ISBN: 978-3986601652

© 2024 Kampenwand Verlag
Raiffeisenstr. 4 · D-83377 Vachendorf
www.kampenwand-verlag.de

Versand & Vertrieb durch Nova MD GmbH
www.novamd.de · bestellung@novamd.de · +49 (0) 861 166 17 27

Text: Julia K. Rodeit
Lektorat: Ute Bareiss
Korrektorat: Veros Wahre Worte Veronika Schlotmann-Thiessen
Shutterstock: Daria Ustiugova, Gringoann.art, xpixel, Murat Yelkenli,
nuruddean, Peter Wollinga, paul prescott
Druck: Smilkov Print . Pokrovnishko Shose . 2700 Blagoevgrad . Bulgaria

JULIA K. RODEIT

Inselküsse

auf

Sylt

Kapitel 1

„So, das hätten wir. Du kannst Pünktchen wieder in den Käfig setzen." Enna strich dem Hamster noch einmal über das goldbraune Köpfchen und lächelte Hannah beruhigend zu.

Das kleine Mädchen sah mit ernstem Gesicht zu ihr auf, die Nase gekraust, die Mundwinkel herabhängend.

„Pünktchen wird wieder ganz gesund", versicherte Enna dem Kind. „Ab jetzt musst du aber aufpassen, dass er keine Gummibärchen mehr isst. Die sind nicht gut für Hamster."

Die letzten Minuten hatte Enna damit zugebracht, Pünktchen vorsichtig die Reste der Süßigkeiten aus den Backentaschen zu fischen, die sich darin verklebt hatten. Dabei war die Situation durchaus ernst gewesen. Für einen Hamster konnte eine Backentaschenentzündung schnell lebensbedrohlich werden. Immer wieder hatte der kleine Kerl selbst versucht, die Gummibärchen herauszuholen, sodass bereits eine leichte Entzündung vorlag.

„Es tut mir so leid." Hannah drückte den Hamster an ihre Wange und hauchte ihm ein Küsschen auf den Kopf. Mit einer Mischung aus tiefer Verzweiflung und grenzenloser Erleichterung schloss sie dabei die Augen. „Ich habe einfach nicht aufgepasst. Das muss unters Sofa gefallen sein." Der Hamster fiepste und seine Barthaare zitterten, als er Hannah mit seinen schwarzen Knopfaugen ansah.

Das erlösende Gefühl, dass der kleine Kerl gerettet war, war dem Kind deutlich anzumerken.

Enna ging zum Waschbecken und drehte den Wasserhahn auf, um sich die Hände gründlich zu reinigen. Gleich darauf kehrte sie mit einem Handtuch, mit dem sie sich die Finger trocknete, zurück und wandte sich an die Mutter von Hannah.

„Keine Sorge, es war zwar ernst, aber noch nicht so, dass Pünktchen hätte zwangsernährt werden müssen. Trotzdem sollten Sie in den kommenden Tagen gut auf ihn achten und genau aufpassen, was er frisst. Süßigkeiten stehen auf jeden Fall nicht mehr auf dem Speiseplan."

Innerlich seufzte Enna auf. Immer wieder geschah es, dass Menschen ihren Haustieren aus falsch verstandener Tierliebe Dinge fütterten, die für sie nicht nur nicht geeignet waren, sondern schnell zu einem lebensbedrohlichen Zustand führten.

„Pünktchen bekommt jetzt erst einmal Schmerzmittel und ein Antibiotikum für die nächsten Tage. Außerdem können Sie zusätzlich mit Kamillentee Spülungen vornehmen. Bitte achten Sie dabei unbedingt darauf, den Tee ausreichend abkühlen zu lassen."

„Natürlich." Auch die Mutter wirkte erleichtert, dass es Pünktchen besser zu gehen schien und ihre Tochter wieder lächeln konnte.

Während Hannah den kleinen Patienten in den Käfig setzte und den Hamster nicht aus den Augen ließ, erklärte Enna der Mutter die Gabe der Medizin.

„Achten Sie darauf, dass er in den nächsten Tagen Schonkost frisst. Also bitte keine scharfkantigen Körner, die sich in die Wunde bohren können. Stattdessen gekochte Flocken, gern mit gemahlenem Trockenfutter und ebenfalls gemahlenen Kräutern angereichert. Dazu passiertes Obst, das mit Leinöl versetzt ist. Dann sollte Pünktchen bald wieder in der Wohnung herumflitzen."

Kopfschüttelnd sah Enna den beiden nach, als sie mit dem Hamster die Praxis verließen, bevor sie den Untersuchungstisch mit Desinfektionsmittel einsprühte und die Oberfläche mit einem Tuch sauber wischte.

Die Tür ging auf und Jessica streckte ihren Kopf zur Tür herein.

„Das war der letzte Patient für heute", verkündete sie. „Allerdings hat Dominik Thannheimer angerufen. Er klang ein wenig panisch und bat um dringenden Rückruf."

Überrascht sah Enna auf. „Hat er gesagt, worum es geht?"

„Um Helga."

Für einen Moment konnte Enna ein Schmunzeln nicht unterdrücken. Das Huhn gehörte ihrer Freundin Fentje und lebte zusammen mit fünf anderen gefiederten Damen auf derem kleinen Selbstversorgerhof. Dominik und Fentje hatten sich im letzten Sommer kennengelernt und waren seither beinahe unzertrennlich. Nur Dominiks Liebe zum Federvieh war nicht im selben Umfang gewachsen wie die zu Fentje. Insbesondere zu Helga pflegte er kein besonders vertrauensvolles Verhältnis. Noch immer behauptete er steif und fest, dass das Huhn ihm nach dem Leben trachtete.

„Du kannst für heute Schluss machen, wenn du möchtest", wandte sich Enna an Jessica. „Genieß den freien Nachmittag am Strand. Es ist so ein schöner Tag, das solltest du nutzen, solange es noch geht."

Jessica lächelte zufrieden. „Das war der Plan, ich möchte ein bisschen Sonne tanken, bevor es stürmisch wird."

Die Sonne ging wieder früher unter, das Licht veränderte sich, wurde goldfarben, und die Heidelandschaften blühten bereits in einem zarten Purpur, bevor sie in Kürze in einem kräftigen Lila erstrahlten.

Ihre Helferin verabschiedete sich mit einem Winken. Danach war es einen Moment still. Enna schaute sich prüfend um. Alles war aufgeräumt und an seinem Platz, die Flächen sauber. So liebte sie ihre kleine Praxis.

Dann fiel ihr Blick auf den Computer und sie unterdrückte ein Seufzen. Heute war Mittwoch, die Praxis am Nachmittag geschlossen, auch wenn sie ihr Notfallhandy überall bei sich hatte, um im Ernstfall schnell zur Stelle zu sein. Später würde sie sich um die Buchhaltung kümmern müssen. Das war eher eine lästige Pflichtaufgabe, aber sie gehörte ebenso zu ihrem Alltag wie das Behandeln der Tiere.

Das musste auf heute Nachmittag warten. Dominik bot ihr erst einmal die perfekte Ausrede, diese unliebsamen Dinge auf später zu verschieben. Sie griff nach dem Smartphone und wählte. Es läutete nur einmal, bis Dominik das Gespräch annahm.

„Moin", grüßte sie den Allgäuer. „Was kann ich für dich beziehungsweise Helga tun?"

„Ich glaube, sie hat Legenot."

Dass sich der fröhliche Bayer nicht mit den sonst üblichen Floskeln aufhielt, zeigte Enna, wie ernst die Lage war. Sofort schaltete sie in den beruflichen Modus. „Wie kommst du darauf?"

„Ihr Schwanz hängt gedrückt nach unten. Sie hockt da, den Kopf eingezogen und rührt sich nicht. Als ich vorhin nach ihr geschaut habe, ist sie nicht einmal zeternd auf mich zugerannt. Dabei hasst sie mich noch immer."

Der Hauch einer Anklage lag in Dominiks Stimme, sodass Enna unwillkürlich ein Lächeln unterdrückte.

„Okay, ich schließe die Praxis jetzt sowieso, ich bin gleich bei dir."

„Kann ich solange etwas machen?"

„Wenn es wirklich Legenot ist, könntest du sie warm baden. Traust du es dir zu, sie hochzunehmen?"

Dominik schnaubte. „Fentje hat mir gezeigt, wie das geht. Die anderen Hühner hatte ich alle schon auf dem Arm, nur Helga lässt sich von mir nicht hochnehmen. Muss ich sie unbedingt ins Wasser stecken?" Seiner Stimme war deutlich anzuhören, was er von dem Vorschlag hielt.

„Du kannst sie natürlich auch erst einmal auf eine Wärmflasche setzen. Das tut ihr ebenfalls gut. Wann hat sie das letzte Ei gelegt?"

„Keine Ahnung. Fentje könnte es dir bestimmt sagen. Sie kann jedes Ei einem Huhn zuordnen. So weit bin ich längst noch nicht. Ich erkenne zwar die Unterschiede und weiß, dass die dicksten Eier von Berta sind, aber welches von Helga ist? Sorry, da stehe ich auf dem Schlauch. Ich könnte Fentje natürlich Bilder schicken."

„Wann kommt sie denn von ihrer Lesereise zurück?", wollte Enna wissen, um Dominik abzulenken.

„Zum Glück heute Mittag. Es wird höchste Zeit. Insgesamt war sie dann zweieinhalb Wochen weg."

„Es läuft gut mit ihrem neuen Buch, nicht wahr?"

„Ja, das kann man wohl sagen. Sie haben schon angefragt, ob sie verlängert. Aber Fentje möchte nach Hause."

Das konnte sich Enna nur zu gut vorstellen. Für die introvertierte Frau, von der bis vor einem Jahr niemand gewusst hatte, dass sie eine von Deutschlands erfolgreichsten Thrillerautorinnen war, musste eine solche Reise eine Herausforderung sein. Noch dazu, wenn sie jeden Abend an anderen Orten Lesungen hielt.

Auch für Dominik war es eine Zerreißprobe. Er war tagsüber mit seiner mittlerweile gut laufenden Physiotherapiepraxis mit angeschlossenem Fitnesscenter ausgelastet und kümmerte sich abends um Fentjes kleine Farm, wie Enna sie insgeheim nannte. Zwar war das Gemüse größtenteils abgeerntet, aber da waren immer noch sechs Hühner, ein Hund und ein Esel zu versorgen.

„Pass auf, du machst jetzt eine Wärmflasche, wickelst sie in ein Handtuch und setzt Helga darauf. Ich schließe die Praxis und komme gleich vorbei."

„Danke." Dominik hörte sich reichlich unglücklich an.

Auch wenn er stets behauptete, dass Helga ihm nach dem Leben trachtete, so hegte Enna die Vermutung, dass ihm das Huhn längst nicht so egal war, wie er immer betonte.

„Ich möchte dich nicht von der Arbeit abhalten."

Enna lächelte. „Tust du nicht. Außerdem ist das mein Job, falls du das vergessen hast. Du lotst mich höchstens von meiner Buchhaltung weg, was ich persönlich nicht so schlimm finde."

„Danke. Ich möchte nicht, dass der dicken Helga in meiner Obhut etwas passiert, sonst lande ich unweigerlich in Fentjes nächstem Buch. Als Leiche, angespült an einem stürmischen Herbsttag auf Sylt."

Enna lachte über den düsteren Tonfall in Dominiks Stimme laut auf. „Helga ist nicht dick."

Dominik stöhnte. „Du hörst dich an wie Fentje."

Aus dem kleinen Lächeln, das sich in Dominiks Stimme geschlichen hatte, hörte sie die grenzenlose Liebe des Allgäuers zu seiner Freundin heraus.

„Ich bin gleich bei dir."

Wenig später lehnte Enna ihr Fahrrad an den Zaun.

„Dominik?", rief sie, als sie das Tor zu Fentjes Grundstück öffnete.

Ein gekiester Weg, der von immer noch üppig blühenden Blumen gesäumt war, führte auf das Haus zu. Die kräftigen dunkelroten und orangefarbenen Blüten sahen aus, als wollten sie noch einmal mit ganzer Kraft ihre strahlende Schönheit zur Schau stellen, bevor der nahende Herbst sie daran erinnerte, dass es Zeit war, sich für den Winterschlaf vorzubereiten.

Enna ließ bewundernd den Blick schweifen und sog den schwachen Hauch eines süßen Dufts ein – ein letzter Gruß des Sommers. Sie hatte keine Ahnung, welche Blumen dort so herrlich blühten. In ihrem eigenen Garten regierte der Wildwuchs, dabei konnte sie kaum eine Pflanze benennen.

Ihr gefiel beides. Fentjes geordnete Bepflanzung war hübsch anzusehen, aber sie konnte auch dem natürlichen Chaos etwas abgewinnen.

Ja, rede dir das nur ein, dachte sie und unterdrückte ein Schmunzeln. Immerhin war das die perfekte Ausrede, nichts tun zu müssen. Denn obwohl Enna den Anblick schöner Blumen liebte, so sehr hasste sie es, über den Boden zu kriechen und Unkraut zu jäten oder gar die Hände in die Erde zu stecken.

Da niemand antwortete, schlug sie den Weg um das Haus herum ein, denn der Garten befand sich im hinteren Teil des Grundstücks.

„Dominik?", rief sie erneut, erhielt aber wieder keine Antwort.

Dafür stob nur Bruchteile von Sekunden später ein kleiner Hund mit goldfarbenem, struppigem Fell um die Ecke.

„Diego, mein Guter." Enna beugte sich hinunter.

Der Hund sah sie und legte nur wenige Meter vor ihr eine Vollbremsung hin. Kurz schnüffelte er, dann wandte er sich eilig ab und trat den Rückzug an.

„Hey", rief sie dem Mischlingsmix hinterher. „Ich will heute gar nichts von dir."

Den Hund kümmerte das wenig. Der unverkennbare Geruch nach Tierarztpraxis, der an ihr haftete, und die damit verbundenen Erinnerungen an Untersuchungen und gelegentliche Spritzen sorgten für ein gesundes Misstrauen Enna gegenüber, auch wenn sie Diego noch nie ernsthaft hatte versorgen müssen.

Da der Rüde aber aus Mallorca gekommen war, hatte er anfangs eine ganze Liste an medizinischen Maßnahmen und Impfungen über sich ergehen lassen müssen, die das Verhältnis zu Enna nachhaltig geprägt hatten.

Sie nahm es sportlich, war daran gewöhnt, dass Tiere ihr mitunter misstrauisch begegneten. Schließlich ging sie selbst auch nicht gern zum Zahnarzt.

Als sie kurze Zeit später den Garten betrat, war Diego nicht mehr zu sehen.

„Dominik?"

„Hier hinten im Hühnerstall."

Enna ging durch den Gemüsegarten, der einem Bauerngarten gleich rechtwinklig angelegt war. Sternförmig führten gekieste Wege zur Mitte, wo eine Kräuterspirale stand, die noch üppig bewachsen war, wenn der Rest des Gartens auch schon kahl zu werden begann. Einzig die Kürbispflanze wucherte. Sie hatte die Gunst der Stunde genutzt und sich große Teile der Anlage einverleibt. Die Früchte glänzten sattorange in der Sonne. Nicht mehr lange und es gab wieder Fentjes herrliche selbstgemachte Kürbissuppe.

Der Gedanke an die leckere Mahlzeit erinnerte sie daran, dass sie seit dem Frühstück nichts gegessen hatte. Ihr Magen machte sich mit einem leisen Grummeln bemerkbar.

Doch dafür war jetzt keine Zeit. Als Enna den Gemüsegarten hinter sich gelassen hatte, sah sie Dominik auf einem Stuhl in der Voliere sitzen. Auf seinem Schoß saß Helga, die Augen fest geschlossen.

Der unglückliche, hilfesuchende Blick, den er Enna zuwarf, war so komisch, dass sie trotz der Situation ein Lächeln unterdrücken musste.

„Fentje bringt mich um, wenn der dicken Helga etwas passiert", jammerte er.

„Sie ist nicht dick." Mahnend hob Enna den Zeigefinger. „Pass nur auf, dass sie das nicht hört."

Sie kletterte über den Zaun, hinter dem die anderen Hühner warteten, in den Auslauf. Flink rannten sie herbei und sahen zu ihr auf.

„Ich habe nichts für euch." Sie zeigte den Tieren ihre leeren Handflächen.

Die Damen beeindruckte das nicht. Enten gleich liefen sie hinter Enna her und umringten sie, kurz bevor sie die Voliere betreten wollte. Sanft schob sie die Hühner zur Seite und betrat den Käfig, in dem der Hühnerstall stand. Um ungestört arbeiten zu können, schloss sie die Tür hinter sich, was zunächst zu einem zarten Protest führte, bevor die Hühner sich wieder ihrer liebsten Beschäftigung zuwandten: der Futtersuche im Gras.

Behutsam trat Enna näher und musterte Helga, die unbeweglich in Dominiks Schoß hockte.

„Ich bin so froh, dass du kommst." Dominiks Stimme klang gepresst. „Was machen wir nur, wenn wirklich ein Ei feststeckt?"

„Langsam, ich möchte mir Helga zuerst einmal ansehen." Enna trat näher.

„Ich habe alles so gemacht, wie du es gesagt hast. Die Wärmflasche habe ich in ein Handtuch eingewickelt und mir auf die
Beine gelegt. Obwohl Helga mich hasst, hat sie sich wider-
standslos hochnehmen und daraufsetzen lassen. Seither hockt
sie da. Sie hat schon die ganze Zeit die Augen zu." Erschrocken
sah er Enna an. „Sie ist aber nicht tot, oder?" Entsetzen mischte sich in die Stimme des ehemaligen Skirennläufers. Automatisch war er wieder in den bayerischen Dialekt verfallen,
den er sich im Laufe des vergangenen Jahres bemüht hatte
abzulegen.

Enna überwand die letzten Zentimeter und beugte sich zu
Helga hinunter. Ihr Schatten fiel auf das braune Gefieder.
Helga war gut von den anderen Hühnern zu unterscheiden.
Ab dem Hals aufwärts wies ihr Federkleid deutlich helle-
re Töne auf, einzelne weiße Federn hatten sich darunter-
gemischt. Ihre Kolleginnen waren alle dunkler. Dennoch
waren auch sie gut auseinanderzuhalten, wenn man sie erst
einmal besser kannte.

Derart des wärmenden Sonnenlichts beraubt, blinzelte
Helga unwillig mit den Lidern und öffnete schließlich träge
die Augen. Sie reckte den Kopf und gackerte leise schimpfend
vor sich hin.

„Nein, Helga geht es hervorragend", meinte Enna.

Wie befreit stieß Dominik die Luft aus.

„Darf ich sie mir mal ansehen?"

„Mit dem größten Vergnügen." Dominiks Erleichterung
war deutlich spürbar. Vorsichtig bewegte er sich und unterdrückte ein Stöhnen. „Ich habe mich gar nicht mehr getraut,
mich zu rühren, aus Angst, das Huhn beim Legen zu stören."

Enna trat hinter Helga und griff mit beiden Händen beherzt
zu. Dabei achtete sie darauf, die Flügel seitlich zu fixieren, und
schob die Finger unter den Bauch, wobei sie die Beine dazwischen festhielt.

„Nanu, da liegt das Ei ja", meinte sie und deutete mit dem Kinn auf Dominiks Schoß, wo ein wunderschönes braunes Ei in stattlicher Größe lag. „Das hätte ich auch nicht legen wollen."

„Was?" Fassungslos starrte Dominik das Ei an. „Wie ist das denn jetzt passiert?"

Enna hob das Huhn hoch und klemmte es sich unter den Arm. Vorsichtig tastete sie mit der anderen Hand den Bauch ab. „Ganz einfach. Bei dir war es gemütlich. Noch dazu auf der Wärmflasche fand sie das wohl so toll, dass sie eingeschlafen ist, nachdem sie das Ei losgeworden ist."

Dominik richtete sich auf und klopfte seine Hose ab. „Sie hat es sich auf meinem Schoß gemütlich gemacht? Ernsthaft? Die hat mich total veralbert."

„Du musst das positiv sehen. Sie mag dich."

„Dafür will sie mir aber immer noch oft genug ans Leder."

„Im Ernst, Helga geht es gut." Enna entließ das Huhn auf den Boden, wo es eilig das Weite suchte und zum Zaun rannte, um nach draußen zu den anderen zu gelangen. Enna öffnete ihr die Tür, sodass Helga davonflitzte. „Das Ei war ziemlich groß, ich kann mir schon vorstellen, dass sie damit Probleme hatte. Die Hühner aus den Legebatterien werden ausschließlich fürs Eierlegen gezüchtet und sind nach eineinhalb Jahren körperlich völlig ausgezehrt. Du hättest sehen sollen, in welchem Zustand Fentje sie übernommen hat. Da hatten sie kaum Federn. Diese Tiere bekommen oft Probleme."

„Und was kann man dagegen machen?"

Enna zuckte mit der Schulter. „Keine Eier kaufen, von denen man nicht weiß, wie die Hühner gehalten wurden. Und keine Eier in L-Größe kaufen. Die sind unnatürlich groß, von Natur aus legen Hühner nur bis Größe M."

„Und was machen wir mit Helga?"

„Auf jeden Fall musst du sie weiter beobachten. Wenn sie sich wieder so verhält, müssen wir vielleicht einen Ultraschall machen, um eine Entzündung auszuschließen."

Dominik grummelte immer noch vor sich hin. Auch er hatte es nun eilig, die Voliere zu verlassen. Die Wärmflasche im Handtuch hielt er weit von sich gestreckt.

„Du hast das toll gemacht", beruhigte Enna ihn. „Du warst ruhig und gelassen, das hat sich auf das Huhn übertragen. Zusammen mit der Wärme war das ideal, um entspannt das Ei zu legen."

„Dann hätte sie aber wieder auf den Boden springen können."

„Wozu? Bei dir war es kuschelig. Du scheinst doch noch ein Händchen fürs Federvieh zu entwickeln."

„Wenn du das Fentje erzählst, sorge ich persönlich dafür, dass du in ihrem nächsten Thriller landest. Am Ende kommt sie auf die Idee, öfter zu verreisen. Das ist richtiger Stress für mich. Später muss ich noch eine Runde mit Poseidon drehen." Anklagend sah er Enna an, die nun aus vollem Hals lachte.

„Mach dich nur lustig", brummte er. „Gestern hat der Esel wieder das Weite gesucht und ich habe einen Anruf von der Polizei bekommen. Ich musste fast bis Westerland laufen, um ihn einzusammeln."

„Tja, so ist das mit dem lieben Vieh. Deswegen mögen wir es doch, nicht wahr?"

„Als wenn ich sonst nichts zu tun hätte."

„Wer passt auf die Praxis auf?"

„Im Moment ist es zum Glück ruhiger, die meisten Sommerurlauber sind wieder nach Hause gefahren. Außerdem ist mein neuer Mitarbeiter Malte eine fantastische Kraft, ich kann ihm den Laden getrost ein paar Stunden überlassen."

„Dann kann Fentje ja doch weiter auf Promotour bleiben."

„Sag ihr das bloß nicht", flehte Dominik.

„Keine Sorge, meine Lippen sind versiegelt." Enna fuhr sich mit dem Zeigefinger über den Mund.

„Möchtest du einen Kaffee?"

„Nein, danke. Ich fahre mit dem Rad weiter zu Heike. Ich möchte sehen, wie sie sich in ihrem neuen Geschäft macht. Danach wartet leider die Buchhaltung auf mich. Aber ich komme morgen gern noch einmal vorbei, um nach Helga zu sehen."

„Danke. Nicht auszudenken, wenn dem Huhn etwas passiert wäre."

„Vor wem hast du mehr Angst? Vor Helga oder vor Fentje?", neckte Enna ihn.

Dominik winkte ab. „Ich miste jetzt Poseidons Stall aus und gehe dann mit ihm spazieren."

„Komm schon, wenn du ehrlich bist, machst du das doch gern."

„Für Fentje mache ich es gern."

„Siehst du." Enna boxte ihn gegen den Oberarm. „Falls etwas ist, kannst du mich jederzeit anrufen." Sie winkte ihm noch einmal zu und stieg wieder auf ihr Rad, um nach Westerland zu fahren.

Grinsend sah Paul zu, wie Sophie und Leon ihre Surfbretter aus dem Wasser zogen und an den Strand trugen. Sie schüttelten sich, dass die Tropfen nur so flogen.

„War es zu viel Wind?", frotzelte er.

„Ja, ja, schon gut", rief Sophie und legte das Brett mit dem Segel auf dem Strand ab. „Wir waren ein bisschen zu optimistisch mit dem Sechser."

Gemütlich lehnte Paul sich im Sand zurück, legte die Beine übereinander und trank einen Schluck Kaffee aus dem Becher, den er eben noch einmal gefüllt hatte. „Sagt nicht, dass ich es euch nicht gleich gesagt habe."

„Du hattest recht", gab Sophie zurück und streckte ihm die Zunge heraus. „Wie meistens."

Zufrieden nickte er bei diesen Worten. „Das war es, was ich hören wollte. Danke."

Leon ließ sich in seinem Neoprenanzug neben ihn in den Sand fallen und starrte aufs Wasser hinaus, wo sich ein weiterer Surfer abmühte. Sein Segel war jedoch etwas größer und schließlich kam er ins Gleiten.

„Riggt ihr um?", wollte Paul wissen.

Doch Leon schüttelte den Kopf. Auch Sophie verneinte.

„Später vielleicht, der Wind soll am Abend zunehmen."

Geschmeidig erhob sich Paul aus seinem Stuhl. „Dann will ich mal nicht so sein. Möchtet ihr Frühstück?"

Überrascht sah Sophie zu ihm auf. „Hast du schon etwas vorbereitet?"

„Nein, ich war nur schon beim Bäcker und habe frische Brötchen besorgt, als ihr euch da draußen abgemüht habt. Die anderen schlafen noch, aber der Tisch ist schnell gedeckt."

Leon seufzte. „Wir wären wohl auch besser liegen geblieben. Gib uns noch einen Moment, ja?"

Sophie machte es sich ebenfalls im Sand gemütlich und lehnte ihren Kopf an Leons Schulter. Augenblicklich schlang er den Arm um sie.

„Beim nächsten Mal hörst du einfach gleich auf mich, wenn ich sage, dass es zu wenig Wind hat", frotzelte Paul weiter. „Möchtet ihr wenigstens einen Kaffee?"

„Da sagen wir nicht nein, oder Sophie?"

„Kaffee klingt fantastisch."

Paul ging die paar Schritte zu der Stelle, wo sie ihre Sachen abgelegt hatten. Dort stand der Korb mit den Tassen und einer Thermoskanne, die er auf dem Campingplatz gefüllt hatte. Er goss zwei Becher voll und gab in einen davon einen guten Schuss Milch, bevor er zu seinen Freunden zurückkehrte. Den Kaffee mit Milch reichte er Sophie, den anderen Leon.

„Ich möchte mir nachher den *Brandenburger Strand* in Westerland ansehen", sagte er und setzte sich wieder. „Kommt ihr mit?"

Die beiden sahen sich an und schüttelten dann den Kopf.

„Ne", meinte Sophie. „Der läuft nicht weg. Die Fahrt gestern hierher war nicht ohne, ich möchte mich ein wenig ausruhen und später ein bisschen am Strand faulenzen. Ich habe einen neuen Roman dabei."

„Immer noch so blutrünstig?", zog er sie auf. Schon früher hatte Sophie die gruselige Spannung geliebt.

Jetzt grinste sie ihn an. „Nein, ich habe meine Liebe für schnulzige Liebesromane entdeckt."

„Was denn? Du?"

„Ich hatte Lust auf Abwechslung."

„Dann fahre ich wohl allein." Paul stieß einen theatralischen Seufzer aus.

„Du wirst schon zurechtkommen", tröstete Leon ihn. „Vielleicht begleitet dich jemand von den anderen."

„Das glaubst du doch selbst nicht. Sie werden den ganzen Tag am Strand hocken und auf den Wind warten."

„Vielleicht kommt er ja noch." Sophie zuckte mit der Schulter.

„Vielleicht auch nicht", erwiderte Paul und ließ den Blick über das Meer schweifen, bevor er einen weiteren Schluck Kaffee trank. „Ich bin cleverer. Ich höre den Wetterbericht und weiß, dass wir in den nächsten Tagen mehr als genug Wind haben werden. Mir genügt das. Ich war schon ewig nicht mehr hier und möchte von der Insel etwas sehen."

Schweigend saßen sie nebeneinander und starrten aufs Meer hinaus, während sie ihren Kaffee tranken. Tief sog Paul die Luft ein. Das Rauschen der Brandung war kraftvoll und hatte eine beruhigende Wirkung.

Es war eine gute Idee gewesen, dass sie hergefahren waren. Den letzten Urlaub, der über ein Jahr geplant gewesen war, hatten sie absagen müssen, weil nicht nur er, sondern auch Evi und Finn aus ihrer Clique Corona bekommen hatten.

Jetzt hatte sich einmal mehr gezeigt, dass Planungen von langer Hand oft zunichtegemacht wurden, während spontane Aktionen oft gelangen. Erst letzte Woche hatte Sophie ihn angerufen, um zu fragen, ob er mitkommen wollte. Ohne zu zögern, hatte er zugesagt, weil er gerade ein Projekt beendet hatte und ein längerer Urlaub wie gerufen kam. Wie durch ein Wunder war es Sophie gelungen, die ganze Truppe zusammenzutrommeln, und nun waren sie hier und freuten sich auf den *Windsurf World Cup*, der bald in Westerland am *Brandenburger Strand* stattfand.

Kurz verweilte sein Blick auf Sophie. Ihr dunkelbrauner Schopf lehnte noch immer an Leons Schulter. Paul horchte in sich hinein, was dieser Anblick in ihm auslöste. Doch da war nichts außer der Erkenntnis, dass er sich aufrichtig für sie freute. Sie hatte gelitten. Nicht mehr als er, aber anders. Offener.

Paul unterdrückte einen Seufzer, bevor er die Gedanken von sich schob. Mit einem einzigen Zug leerte er die Tasse und stand auf.

„Bleibt ruhig noch einen Moment. Ich sehe mal nach, was die anderen machen, decke den Tisch und koche Eier. Wenn ihr in zehn Minuten nachkommt, reicht das völlig aus."

Sophie warf ihm einen dankbaren Blick zu, bevor sie sich wieder an Leon kuschelte.

Paul schnappte sich den Korb, verstaute seine Tasse darin und machte sich auf den Rückweg zum Campingplatz. Das Rauschen der Brandung in seinen Ohren wurde leiser. Er freute sich auf das Frühstück und die anschließende kleine Tour mit dem Rad nach Westerland.

Kapitel 2

Auf der Promenade holte Enna zunächst ein Fischbrötchen.

„Mit extra Zwiebeln, bitte", bat sie Ole, den Besitzer der Fischbude. „Und bitte pack mir zusätzlich ein Brötchen für Heike ein. Bestimmt kommt sie vor lauter Arbeit nicht zum Essen."

Seit ihre Freundin das *Möwennest* neu eröffnet hatte, gab es jede Menge zu tun. Außerdem hatte ihre Mitarbeiterin Jella kürzlich ihre Reise nach Namibia angetreten, auf die sie sich seit langer Zeit gefreut hatte, die mit dem drohenden Untergang von Heikes altem Souvenirshop jedoch beinahe ins Wasser gefallen wäre.

Ole schlug ein weiteres der mit leckerem Fisch belegten Brötchen in einen Bogen Papier ein und hielt es hoch. „Nimmst du das so oder soll ich dir eine Tasche mitgeben?" Er deutete auf einen Stapel mit braunen Papiertüten, auf denen lustige Fischbrötchen mit Gesichtern aufgedruckt waren.

Enna winkte ab. „Gib es mir gern so. Ist ja nicht weit." Sie nahm die Brötchen, verabschiedete sich von Ole und schlenderte davon.

Obwohl sich die Insel langsam leerte, war es auf der Promenade noch immer voll. Sonnenhungrige genossen die letzten Strahlen wie Süchtige. Als würde morgen die Welt untergehen. Enna schüttelte den Kopf.

Nur wenige Meter weiter sah sie schon das Schaufenster des neuen *Möwennests*. Heike hatte eine wunderschöne Strandlandschaft mit echtem Sand aufgebaut. Dort lagen Sanddornprodukte in den edel wirkenden Verpackungen in Orange- und Rottönen mit goldener Schrift. Dazwischen steckten aus Treibholz geschnitzte Möwen, seitlich thronte ein Piratenschiff. Mittlerweile hatte es sogar Segel bekommen und wirkte nun, als würde es in vollem Wind über die Meere segeln.

Enna unterdrückte ein Schmunzeln, als sie daran dachte, dass es das erste Geschenk von Joe für Heike gewesen war. Ihre beste Freundin aus Kindertagen hatte endlich einen Mann in ihr Leben gelassen und wirkte seither entspannter und glücklicher als jemals zuvor.

Als Enna die Tür des Ladens öffnete, sah sie Heike im hinteren Bereich mit einer Kundin im Gespräch vertieft. Eine weitere Dame betrachtete gerade den Aufsteller mit den Duschgels und Badeprodukten, die zur Einführung im Sonderangebot waren.

Bewundernd sah Enna sich um. Heikes Lebensgefährte Joe und sein Vater hatten die Möbel selbst geschreinert und ganze Arbeit geleistet. Alles war maßgefertigt und aus edlem Holz mit dunklem Anstrich. Das Geschäft vermittelte mit den stimmigen Farben in verschiedenen Terrakottanuancen einen erdigen, beruhigenden Eindruck.

Hier herrschte ein absolutes Wohlfühlambiente. Klar, dass die hauptsächlich weiblichen Kunden sich die Klinke in die Hand gaben. Enna dachte an die Zeit zurück, als das *Möwennest* vor dem Aus gestanden hatte, bis ihnen mit vereinten Kräften die Rettung gelungen war. War das erst wenige Wochen her?

Die Frau, die eben noch die Badeprodukte bewundert hatte, wandte sich nun den Schnitzereien zu, die einen separaten Platz im Regal bekommen hatten. Ein Schild verkündete, dass es sich hier um Unikate des Künstlers Johannes Baudach handelte, die er aus angeschwemmtem Treibholz angefertigt hatte.

Bewundernd strich die Dame über eine geölte Platte, hob sie hoch und warf einen verstohlenen Blick auf das Preisschild, das darunter angebracht war. Schließlich nickte sie, legte das Duschgel, das sie ausgesucht hatte, darauf und ging mit beidem zur Kasse.

Heike hatte ihre Beratung zwischenzeitlich beendet. Der Korb der anderen Kundin war mit Essbarem gefüllt: Brotaufstriche, Likör, Tee und Gummibärchen.

Jetzt entdeckte Heike auch Enna und winkte ihr kurz lächelnd zu. „Gleich", formte sie mit den Lippen, bevor sie hinter den Tresen trat und die Preise der Waren in die altertümliche Registrierkasse eingab, die sie aus dem früheren *Möwennest* mitgenommen hatte.

„Und das ist wirklich ein Unikat?", vergewisserte sich die Frau mit der Holzplatte. Leichtes Misstrauen schwang in ihrer Stimme mit.

„Selbstverständlich, das sind alles Einzelstücke. Herr Baudach verkauft seine Kunst ausschließlich über unseren Shop. Nirgendwo sonst finden Sie seine Werke. Nicht auf Sylt und nicht auf dem Festland."

Zufrieden nickte die Kundin und beobachtete Heike mit Argusaugen, als sie die Platte in Papier einschlug und ihr die Einkäufe dann überreichte.

„Viel Freude damit", wünsche Heike mit einem Lächeln. Die rosigen Wangen zeugten davon, wie glücklich sie war.

Schließlich kam sie hinter dem Tresen hervor und zog Enna in eine schnelle Umarmung.

„Der Laden brummt, wie mir scheint." Enna freute sich aufrichtig für ihre Freundin.

„Das kannst du laut sagen." Heike stöhnte auf und strich sich über die Stirn. „Ich kann das Geschäft keine Sekunde aus den Augen lassen. Ausgerechnet jetzt ist Jella nicht da. Aber egal, ich wollte es so und bin happy damit."

„Das sieht man dir an." Enna lächelte. „Ich habe dich noch nie so von innen heraus strahlen sehen wie im Moment. Sag, woran liegt es? Am neuen Laden und daran, dass er so gut läuft oder doch eher an Joe?"

„Ich würde sagen, es ist eine Mischung aus beidem. Es ist wirklich der Wahnsinn, was hier los ist. Die Kunstwerke finden reißenden Absatz und die Sanddornprodukte laufen besser, als ich es je zu träumen gewagt habe. Kannst du dir das vorstellen? Aus einer Laune heraus hat Joe eine Möwe und einen Kerzenhalter geschnitzt und jetzt geht das Zeug weg wie warme Brötchen."

„Kann deine Mutter ab und zu für dich einspringen?"

„Das tut sie, keine Sorge. Sonst könnte ich nicht einmal etwas zu Mittag essen."

„Apropos", Enna drückte ihrer Freundin das Fischbrötchen in die Hand. „Ich dachte mir, dass du Hunger haben könntest. Ich war selbst eben bei Ole."

„Du bist meine Rettung, danke. Ich bin am Verhungern. Deswegen riechst du nach Zwiebeln."

„Ich bin allein mit mir und meinem Papierkram, also dachte ich, dass ich mir das heute Mittag gönne. Es stört ja niemanden."

Wie aufs Stichwort fiepte ihr Smartphone. Enna sah besorgt auf. „Vielleicht doch", murmelte sie und fischte das Handy aus der Tasche. „Sorry", entschuldigte sie sich bei ihrer Freundin. „Aber da muss ich ran. Hoffentlich ist es nicht Dominik."

Mit gerunzelter Stirn las sie die wenigen Worte der Whats-App-Nachricht von Mark, mit dem sie kürzlich in Hamburg eine unverbindliche Nacht verbracht hatte, bevor sie das Telefon zurück in ihre Handtasche gleiten ließ. Ihm würde sie später antworten. Oder lieber gar nicht, sonst gab er niemals auf.

„Dominik? Ist was mit Diego?" Heike verharrte mit dem Brötchen in der Hand, das sie bereits auf halbem Weg zum Mund geführt hatte.

„Nein." Enna kicherte bei der Erinnerung und schob die Gedanken an Mark beiseite. „Er hat mich vorhin wegen Helga angerufen, weil sie ihm Kummer bereitet hat."

Mit gerunzelter Stirn biss Heike in ihr Brötchen.

Enna erzählte ihr, wie Dominik sich um das Huhn gesorgt und was sich weiter zugetragen hatte.

Augenblicklich prustete Heike los. „Ich kann mir lebhaft vorstellen, wie Helga es sich in seinem Schoß bequem gemacht hat. Hast du ein Foto gemacht?"

„Nein, ich war damit beschäftigt, ihn von Helga zu befreien. Der arme Kerl saß völlig verkrampft da, weil er Angst hatte, sich zu bewegen."

„Zumindest weiß Fentje jetzt, dass er für Helga alles geben würde. Er hat sich gut eingelebt auf ihrem Selbstversorgerhof und macht das großartig, solange sie nicht da ist."

„Vielleicht weil all das in Gegensatz zu seiner alten Welt steht." Der ehemalige Weltklasseskiläufer hatte sich auf Sylt abseits des Jetsetlebens erstaunlich schnell eingelebt.

Erneut signalisierte Ennas Smartphone eine eingehende Nachricht. Wieder holte sie es aus der Tasche und warf mit einem Seufzen einen Blick auf das Display. Diesmal war Marks Mitteilung mit einem Herzchen garniert.

„Ich nehme an, das ist immer noch nicht Dominik", schlussfolgerte Heike, biss erneut in ihr Brötchen und sah sie abwartend an.

Enna schüttelte den Kopf, behielt das Telefon jedoch in der Hand.

„Möchtest du darüber reden?", fragte Heike, als sie den Bissen hinuntergeschluckt hatte.

„Das war Mark."

Sie erntete nur einen verständnislosen Blick ihrer Freundin.

„Der Tierarzt aus Frankfurt", verdeutlichte Enna.

„Den du neulich auf dem Kongress in Hamburg getroffen hast?" Heike riss die Augen auf. „Ich dachte, ihr hättet beschlossen, dass es nicht für mehr reicht."

Enna seufzte. „Er hat das nur leider nicht begriffen."

Schweigen breitete sich zwischen ihnen aus. Als es unwohl zu werden begann, sprach Enna weiter: „Versteh mich nicht falsch, er ist süß. Die Zeit mit ihm war nett. Aber ..."

„Nett ist die kleine Schwester von du-weißt-schon-wem."

„Nein, so ist es nicht." Hilflos hob Enna die Schultern. „Er ist ein anständiger Kerl, er sieht auch nicht schlecht aus, ist charmant und alles."

„Aber?" Heike schob sich den letzten Bissen ihres Mittagessens in den Mund.

„Er ist einfach nicht der Richtige."

Umständlich wischte sich Heike die Lippen mit der Serviette. Enna seufzte innerlich auf. Sie ahnte, was ihre Freundin gleich sagen würde.

„Wie muss er denn sein, der Richtige?", fragte Heike prompt.

Erneut zuckte Enna mit der Schulter, sah Heike dabei aber nicht an. Erst als sie eine Hand sanft auf ihrem Oberarm spürte, hob sie den Blick. Das warme Lächeln ihrer Freundin streichelte ihre Seele.

„Süße, ist deine Suche nach Mr Right nicht nur eine Ausrede? Meinst du nicht, dass es langsam an der Zeit ist, dein Herz wieder für eine neue Liebe zu öffnen?"

Obwohl sie damit gerechnet hatte, trafen Heikes Worte Enna tiefer, als sie vermutet hatte. Ein dicker Kloß bildete sich in ihrem Magen und schickte sich an, ihren Hals hinaufzuwandern. Sie kannte das nur zu gut und atmete hektisch ein und aus, damit der Klumpen verschwand, ehe er ihre Augen zum Überlaufen brachte. So lange hatte sie nicht mehr wegen Tobias geweint. Nun war definitiv nicht der richtige Moment, um wieder damit anzufangen.

„Du kannst doch nicht ewig kneifen."

Überrascht sah sie auf. Froh über die Ablenkung durch den sanften Vorwurf vergaß sie sogar die Tränen, die ihren Blick für einen Moment getrübt hatten. „Ich kneife nicht."

„O doch", widersprach Heike, aber noch immer liebevoll. „Ist dir das nicht aufgefallen? Immer dann, wenn es auch nur den Anschein hat, dass es ernst werden könnte, ziehst du die Reißleine."

„Das stimmt nicht", protestierte Enna voller Inbrunst, horchte aber gleichzeitig in sich hinein, ob nicht doch ein Funken Wahrheit in Heikes Worten steckte.

„Wie war das bei Peter damals?"

„Ich bitte dich, das war zu frisch."

„Ben?", hakte Heike nach.

Enna klappte den Mund zu und schluckte die Erwiderung hinunter.

„Daniel? Und jetzt Mark?"

Nun biss sich Enna auf die Unterlippe. Das war typisch Heike. Wenn sie sich in ein Thema verbissen hatte, gab sie keine Ruhe.

„Sieh mal, ich meine es nicht böse", fuhr ihre Freundin in liebevollem Ton fort. „Ich möchte nur, dass du wieder glücklich bist."

„Ich bin nicht unglücklich", empörte sich Enna.

„Möglicherweise nicht. Aber wirklich unbeschwert bist du auch nicht."

„Das ist so lange her. Kann es sein, dass du das nur sagst, weil du gerade selbst auf einer rosaroten Wolke sitzt?" Das kam spitzer herüber, als es gemeint war. Augenblicklich tat Enna leid, was sie gesagt hatte. „Mir geht es doch gut", fügte sie versöhnlich hinzu. „Vielleicht brauche ich einfach keinen Mann in meinem Leben. Oder es war wirklich nicht der Richtige dabei. Wenn er kommt, werde ich ihn schon erkennen."

„Wer ist der Richtige?", dröhnte es von der Tür.

Beide wandten sich um. Enna registrierte das Strahlen, das sich auf dem Gesicht ihrer Freundin ausbreitete und verspürte einen kleinen Stich in ihrem Inneren. Verärgert versuchte sie, das Gefühl beiseitezuschieben. Sie gönnte Heike die frische Liebe von Herzen.

Kurz dachte sie über Heikes Worte nach. War es das, was sie damit meinte? Enna hätte auch gern einen Mann an ihrer Seite. Einen, mit dem sie lachen konnte, dem sie abends von ihren Patienten erzählte und der sich mit ihr freute, wenn ein Tier durch ihre Hand wieder gesund wurde. Der ein Strahlen auf ihr Gesicht zauberte, wann immer sie ihn sah. So, wie sie es schon einmal gehabt hatte.

Doch wenn der Richtige nicht hinter der nächsten Straßenbiegung wartete, wo sollte sie ihn hervorzaubern?

Oder war es so, wie Heike ihr vorwarf? Dass Enna Reißaus nahm, wenn es ernst wurde?

Nachdenklich betrachtete sie Joe, der Heike gerade in eine Umarmung zog und sie liebevoll küsste. Instinktiv unterdrückte sie ein Seufzen, das ihre Kehle hinaufgewandert war.

„Entschuldige bitte", wandte sich Joe mit einem Lächeln an Enna und zog sie ebenfalls in eine freundschaftliche Umarmung. „Schön, dich zu sehen. Was führt dich so früh am Tag her?"

„Ich habe deiner Freundin ein Mittagessen vorbeigebracht. Vor lauter Arbeit kommt sie nicht aus dem Laden raus."

„Ich habe noch mehr Beschäftigung mitgebracht." Joe hob die Tasche hoch, an der er schwer getragen hatte. „Hier sind neue Schnitzereien drin. Und eine Kleinigkeit zu essen."

„Eben habe ich erst die Holzplatte verkauft, die du mir vorgestern gebracht hast. Die Kundin wäre sicher noch einen Moment geblieben, wenn sie gewusst hätte, dass der Künstler höchstselbst sich die Ehre gibt."

Joe und Heike lachten und auch Enna fiel zögerlich ein.

Lässig legte Joe den Arm um Heikes Schulter.

„Musst du nicht ins Restaurant?", fragte Heike verwundert.

„Nein. Ich habe bereits vorgekocht und Lene gesagt, dass ich erst später wiederkomme. Heute Mittag möchte ich mit meiner Freundin eine Runde am Strand spazieren gehen und dort ein kleines Picknick machen mit den Sachen, die ich uns eingepackt habe. Du weißt schon, die heilsame Wirkung des Meeresrauschens." Er zwinkerte ihr zu.

Obwohl es sicher nicht so gemeint war, fühlte sich Enna plötzlich ausgeschlossen, beinahe überflüssig. Sie hatte das Gefühl, die beiden in ihrem Glück zu stören. Gemeinsam lachten sie über Dinge, die nur sie kannten, und verströmten eine tiefe Verbundenheit.

Heike seufzte. „Hach, das wäre zu schön. Aber ich kann den Laden nicht allein lassen."

„Kein Problem. Ich habe vorhin mit deiner Mutter telefoniert. Gerda kommt in einer halben Stunde vorbei." Joe hob die Hand, als Heike einen Einwand erheben wollte. „Sie macht das gern, hat sie gesagt. Die einzige Bedingung ist, dass sie pünktlich zum Bingoabend wieder zurück ist."

Heike prustete los. „Den lässt sie sich nicht entgehen, schon klar. Da könnte sie sonst ja etwas verpassen."

Auch Enna schmunzelte jetzt. Heikes Mutter war dieses wöchentliche Ritual seit Jahren heilig. Dabei wussten alle, dass es ihr nicht um Bingo ging, sondern ausschließlich um Klatsch und Tratsch. Nirgendwo erfuhr man mehr Buschfunk als dort.

„Dann wünsche ich euch eine schöne Zeit am Strand", meinte Enna und steckte das Smartphone nun doch zurück in die Tasche.

„Möchtest du nicht mitkommen?" Heike löste sich von Joe und machte einen Schritt auf sie zu.

„Nur zu gern, aber ich muss mich um Bürokram kümmern." Plötzlich erschien ihr die Aussicht darauf, sich mit Kontoauszügen und Rechnungen herumzuschlagen, nicht mehr so schlimm. Lieber verschanzte sie sich in der Praxis, als dass sie die beiden frisch Verliebten in ihrer Zweisamkeit störte.

Heike zog sie in eine schnelle Umarmung. „Du störst nicht, falls du das denkst."

Unwillkürlich musste Enna lachen. Heike kannte sie einfach zu lange und zu gut. Ihre Freundin wusste genau, was in ihr vorging.

„Keine Sorge, das ist es nicht. Ich muss wirklich zurück."

Heike musterte sie eindringlich. „Und du bist mir nicht böse wegen all dem, was ich gesagt habe?"

Beruhigend schüttelte Enna den Kopf. „Wie könnte ich? Du meinst es nur gut."

„Eben. Sehen wir uns heute Abend bei Jaspers Geburtstag?"

„Natürlich. Ich bin auf Fentjes Bericht von der Lesereise gespannt." Sie lächelte Heike an. „Genießt die Sonne."

Enna verabschiedete sich von den beiden und verließ nachdenklich das *Möwennest*.

Hatte Heike am Ende recht? War sie noch immer nicht über Tobias' Tod hinweg? Obwohl kaum ein Tag verging, an dem Enna nicht an ihn dachte, so wühlten sie die Überlegungen diesmal mehr auf als sonst.

Enna ließ den Blick über das Meer vor Westerland schweifen und sog tief die salzhaltige Luft in die Lunge. Am Horizont erkannte sie ein großes Schiff, möglicherweise ein Tanker. Davor flitzten zwei Windsurfer über die Wellen. Vielleicht schon erste Vorboten des *Windsurf World Cups*, der in knapp drei Wochen stattfinden würde. Dann war Westerland wieder fest in der Hand der Surfer, die mit ihren waghalsigen Manövern in der Welle aber auch bei den Speeddisziplinen um Bojen ihr Können zeigten. Der Weltcup war nicht nur für eingefleischte Fans ein Highlight, bei dem sich das Who's who der Szene zeigte. Auch Urlauber und Hobbysportler wurden von dem Großereignis angezogen.

Enna musste zugeben, dass sie sich ebenfalls darauf freute. Es war jedes Jahr ein Highlight, den Profis zuzusehen. Tollkühn und spektakulär waren nur wenige Worte, die das Ereignis beschrieben.

Um sie herum waren Fußgänger unterwegs, manche fuhren mit dem Rad, andere führten Hunde an der Leine. Die Restaurants und Cafés waren gut besucht. Der Tag heute lud noch einmal zum Sonnetanken ein.

Aber das pulsierende Leben kam Enna plötzlich unwirklich vor. Sie war doch glücklich, oder?

Nachdenklich sah sie einer Möwe zu, die auf der Balustrade herumspazierte und ihren Blick aufmerksam über die Fußgänger schweifen ließ. Es kam nicht selten vor, dass zu sorglose Urlauber ihr Essen unfreiwillig teilten. Noch schien aber niemand in Sicht zu sein, der so unvorsichtig war, sein Fischbrötchen unter freiem Himmel zu verzehren.

Nachdenklich ging Enna weiter. Unglücklich war sie auf jeden Fall nicht. Aber wie sollte je wieder ein Mann ihr Herz erobern? Bisher hatte sie keinen getroffen, der Tobias das Wasser reichen konnte.

In Kürze jährte sich sein Todestag zum achten Mal. Mit Tobias hatte Enna die Liebe ihres Lebens verloren. Obwohl sie jung gewesen waren, waren sie sich sicher gewesen, füreinander bestimmt zu sein. Zwei gerade erwachsene Mediziner am Anfang ihres Studiums mit großen Plänen für die gemeinsame Zukunft. Sie hatten die eigene Praxis bereits vor sich gesehen, ebenso das Haus mit kleinem Garten und ihre Kinder, die dort Ball spielten.

Dann hatte das Schicksal jedoch erbarmungslos zugeschlagen. Bei Tobias war eine aggressive Form der Leukämie diagnostiziert worden. Ihnen waren noch vier Monate geblieben, bevor er aus dem Leben gerissen wurde. Bis zuletzt hatte sie an seiner Seite gewacht, danach hatte sie jeden Halt verloren und war wochenlang wie betäubt gewesen.

Sie seufzte auf. Ein altbekanntes Brennen stieg ihren Hals hinauf und erreichte die Augen. Kurz blinzelte sie, dann presste sie Daumen und Zeigefinger auf die Nasenwurzel, um die Tränen zurückzuhalten.

Heike hatte sie mit einer simplen Frage auf dem falschen Fuß erwischt und Erinnerungen hervorgekramt, die Enna lieber tief in sich verschloss. Denn egal wie viel Zeit verging, sie würden immer schmerzlich bleiben. Sie schluckte und lenkte ihren Blick nach vorn.

Ein Radfahrer kam ihr entgegen, der gemächlich in die Pedale trat. Vor ihr lief eine ältere Dame in einem geblümten Sommerkleid, an der Leine führte sie einen weißen Pudel, der die Nase gesenkt hielt und am Boden schnüffelte.

Plötzlich schwankte die Frau, fast, als torkelte sie betrunken den Weg entlang. Ennas Blick verharrte auf ihr. Etwas stimmte nicht. Die Frau blieb stehen, die linke Hand, in der sie die Leine hielt, sank seitwärts hinab.

Enna machte zwei schnelle Schritte auf sie zu und streckte den Arm nach ihr aus, doch es war zu spät. Der Pudel zog der Frau den ledernen Riemen aus den schlaffen Fingern und machte sich selbstständig, während ihre Knie unter ihr nachgaben und sie zu Boden sank.

Nur am Rande nahm Enna wahr, dass der Radfahrer aufschrie, bevor sich die lange Schleppleine des Hundes in seinem Vorderrad verfing. Abrupt stoppte das Fahrrad, der Mann stürzte über den Lenker nach vorn und landete unsanft auf dem Asphalt.

Enna kniete bereits neben der Frau, die nun gekrümmt am Boden lag, und tastete nach ihrem Puls.

„Alles okay?", rief sie über die Schulter hinweg und drehte sich nur flüchtig zu dem Radfahrer um, der sich aufrappelte und versuchte, die Hundeleine aus den Speichen seines Rades zu befreien. Er wandte ihr den Rücken zu. Enna sah den Fahrradhelm und atmete erleichtert auf.

„Ja, alles gut. Wie geht es der Frau?"

„Nicht gut", meinte Enna nach einem Blick in ein kalkweißes Gesicht. Verwirrt und mit offenem Mund sah die Verletzte sie an.

„Hören Sie mich?", fragte Enna und legte ihre Hand auf die Schulter der Patientin.

Auf der Stirn der Frau hatte sich ein leichter Schweißfilm gebildet. Das weiße Haar hing ihr ins Gesicht. Zwar schaute sie Enna an, jedoch auf eine entrückte Weise, als nähme sie sie nicht wahr.

„Verstehen Sie mich?" Enna sprach laut und rüttelte an ihrer Schulter.

Die Frau versuchte, etwas zu sagen, brachte jedoch nur unverständliche Laute über die Lippen. Der herabhängende linke Mundwinkel verlieh ihr ein groteskes Aussehen.

„Scheiße", rutschte es Enna heraus. Das sah überhaupt nicht gut aus. Die Sprachstörung und der Mund deuteten auf einen Schlaganfall hin. Der FAST-Test war überflüssig. Die Frau musste auf dem schnellsten Weg ins Krankenhaus.

Hastig kramte Enna ihr Smartphone aus der Tasche und wählte den Notruf.

„Mein Name ist Enna Rohde. Ich bin auf der Strandpromenade in Westerland, etwas nördlich der *Sylter Welle*. Eine ältere Frau ist eben gestürzt, Verdacht auf Schlaganfall, sie ist bei Bewusstsein, der Puls ist sehr kräftig."

Enna lauschte dem Mann, der ihren Notruf entgegengenommen hatte.

„Ich bin Ärztin", fügte sie hinzu. „Tiermedizin, ja, aber ich habe drei Semester Humanmedizin studiert und bin außerdem als Rettungssanitäterin gefahren."

Das genügte dem Mann, der versicherte, einen Krankenwagen zu schicken.

Enna schob das Smartphone zurück in die Tasche.

„Hören Sie mich?", fragte sie die Frau erneut. „Hilfe ist unterwegs, machen Sie sich keine Sorgen. Ich werde Sie ein wenig bequemer hinlegen, bis der Arzt eintrifft." Sie musste den Oberkörper der Frau erhöht lagern.

Die Frau machte Anstalten, etwas zu sagen. Sie hob den rechten Arm, ihr Blick irrte suchend herum.

„Ihr Hund?", fragte Enna geistesgegenwärtig.

Dass die Frau sich bei der Frage etwas entspannte, zeigte ihr, dass sie mit ihrer Vermutung richtig gelegen hatte. Schnell wandte sie sich um. Der Radfahrer, der noch immer mit dem Rücken zu ihr stand, hatte es geschafft, die Leine aus den Speichen seines Vorderrades zu befreien. Der Hund stand vor ihm, zuckte zwar unruhig, ließ sich aber an der Leine halten.

„Keine Sorge, dem geht es gut. Ein junger Mann kümmert sich um ihn."

Die Frau schloss die Augen.

„Sie bleiben schön bei mir", sagte Enna laut und rüttelte erneut an der Schulter der Frau.

Hastig sah Enna auf und ließ den Blick schweifen. Mittlerweile hatte sich eine kleine Menschentraube um sie herum geschart. „Ist ein Arzt hier?"

Niemand antwortete, manche blickten betreten zu Boden, andere sahen unverhohlen neugierig zu ihnen herüber.

Sie deutete auf eine junge Frau mit einer prall gefüllten Strandtasche. „Kommen Sie bitte zu mir." Ihr Tonfall ließ erst gar keinen Widerspruch zu.

Zögernd löste sich die Frau aus der Gruppe der Schaulustigen und trat näher.

„Nehmen Sie das Handtuch aus der Tasche und legen es auf den Boden. Wir lagern die Frau hoch." Routiniert erteilte Enna ihre Anweisungen. Zwar hatte sie das Studium der

Humanmedizin nach drei Semestern abgebrochen, die Abläufe aus Zeiten des Sanitätsdienstes hatte sie aber verinnerlicht. Sie würden ihr Leben lang abrufbar bleiben.

Die junge Frau tat, wie ihr geheißen. Eine weitere Frau hatte sich ein Herz gefasst und half nun, den Oberkörper der Patientin auf dem großen, gefalteten Badetuch zu betten, damit sie erhöht lag.

Enna kontrollierte unterdessen erneut den Puls der alten Dame, der besorgniserregend hoch war, und strich ihr beruhigend über den Oberarm.

„Hilfe ist unterwegs. Sie bleiben schön wach, dann bringen wir Sie ins Krankenhaus. Wenn Sie möchten, kümmere ich mich um Ihren Hund." Es war wichtig, dass die Frau bei Bewusstsein blieb, deshalb plapperte Enna einfach weiter. Hauptsache, die Augen der Frau fielen nicht zu. Außerdem wusste sie, wie bedeutend es war, dass die Patienten beruhigt in die Klinik ging. „Ich bin Tierärztin. Ich versichere Ihnen, ich werde gut auf ihn aufpassen, bis Sie wieder fit sind."

Sie lauschte dem Klang des Martinshorns, der sich schnell näherte.

„Gleich ist jemand da, der sich um Sie kümmert", sprach Enna eilig weiter, weil die Augenlider der Frau schon wieder zu flattern begannen. Sie bemühte sich dabei, laut und deutlich zu sprechen, ihrer Stimme aber gleichzeitig eine beruhigende Färbung zu geben.

Enna sah auf. Erleichtert registrierte sie, dass sich ein Rettungswagen näherte, der nur wenig später neben ihnen hielt. Die Türen gingen auf, zwei Sanitäter drängten sich durch die Wartenden, die glücklicherweise sofort Platz machten.

Sie strich der Frau noch einmal über die Hand und erhob sich, um die Helfer in Kenntnis zu setzen. Nur wenig später traf der Notarzt ein. Enna trat einen Schritt zurück, um das

Medizinteam seine Arbeit machen zu lassen. Ihre Aufgabe war erledigt.

Erst jetzt merkte sie, dass ihr die Knie zitterten. Es war Jahre her, seit sie erste Hilfe geleistet hatte. Sie strich sich das Haar aus der Stirn und schnaufte ein paarmal tief durch. Erst da sah sie das Fahrrad am Boden liegen. Es handelte sich um ein Mountainbike. Wo war der Fahrer?

In dem Moment fiel Enna ein, dass sie der alten Dame versprochen hatte, sich um den Hund zu kümmern. Innerlich stöhnte sie bereits auf. Doch ihr Versprechen würde sie halten. Sicher kam bald jemand, um den Pudel abzuholen. Wo war er nur?

Aufmerksam schaute sie sich um, bis ihr Blick an einer Gestalt mit Fahrradhelm hängen blieb, die am Boden saß, halb verdeckt von den Schaulustigen. Er hielt den Hund, der unruhig mit den Ohren zuckte, an der Leine fest und strich ihm gelegentlich über das Fell.

Enna kniff die Augen zusammen. Jetzt hob der Typ den Kopf, ihre Blicke trafen sich. Der Mann war blass, der Schreck stand ihm deutlich ins Gesicht geschrieben. Was jedoch viel schlimmer war, war das Blut, das aus einer Wunde an der Stirn über seine linke Wange hinablief. Auf dem weißen T-Shirt hatte sich bereits ein roter Fleck gebildet.

Mit zwei Sätzen war Enna bei ihm.

Kapitel 3

Was war das denn eben gewesen? Er war nur auf der Strandpromenade mit dem Rad gefahren. Damit, dass der Hund sich losreißen würde, hatte Paul nicht gerechnet. Alles war so schnell gegangen, und ehe er recht wusste, wie ihm geschehen war, hatte er am Boden gelegen wie die ältere Dame ein paar Meter von ihm entfernt.

Wenigstens hatte sich gleich jemand um sie gekümmert. Zwar brummte auch sein Schädel ordentlich, aber der Frau schien es deutlich schlechter zu gehen. Die Sanitäter hatten einen Zugang gelegt, eben wurde sie auf eine Trage gebettet.

Paul hingegen hatte die Leine des Hundes aus dem Vorderrad befreit. Der kleine Kerl hatte jämmerlich gejault. Ein Glück, dass ihm nicht mehr geschehen war. Die Leine war lang genug gewesen, dass der Hund keine Bekanntschaft mit dem Reifen geschlossen hatte. Das hätte auch für ihn böse enden können.

Nun hockte er neben Paul, die Zunge hing ihm aus dem Maul, er winselte.

Paul hatte von Hunden gehört, die sich wie verrückt gebärdeten, wenn ihr Frauchen im Krankenwagen abtransportiert wurde. Deswegen hielt er die Leine fest umklammert und achtete darauf, dass das Tier bei ihm blieb.

Jetzt kam die blonde junge Frau, die sich eben noch um die alte Dame gekümmert hatte, auf ihn zu. Sie war groß gewachsen und trug das Haar, das ihr in sanften Wellen auf die Schulter fiel, offen.

Als sie bei ihm war, hob er den Kopf, weil sie nun direkt vor ihm stand. Eigentlich hätte er aufstehen müssen, es war unhöflich, am Boden zu hocken, während sie sich zu ihm hinunterbeugte. Doch er fühlte sich ein wenig benommen, außerdem war da noch immer der Hund, den er an der Leine festhielt.

„Lassen Sie mich das mal sehen", verlangte sie jetzt mit zusammengekniffenen Augen und gerunzelter Stirn und kam noch näher.

Was meinte sie?

„Können Sie den Helm abnehmen? Verstehen Sie mich?" Sie berührte ihn an der Schulter.

In Paul breitete sich zunehmend Verwirrung aus. Er war doch nicht der Patient. Sein Blick huschte hinüber zu der Verletzten. Die alte Dame wurde eben in den Krankenwagen verfrachtet, die Türen hinter ihr geschlossen.

Jetzt sah er auf und der Blonden in die Augen. Sie waren von einem tiefen Blau wie das Meer vor ihm. Kurz dachte er an die Meerjungfrau, die auf dem Bilderbuch abgebildet war, das zusammen mit all den anderen Dingen in Kisten im Keller verstaut war.

„Sie sind auf jeden Fall laut genug, dass man Sie auch unten am Strand noch hört", brummte er schließlich das Nächstbeste, das ihm in den Sinn kam.

Erleichterung breitete sich auf den Zügen der Frau aus, der ernste Ausdruck verschwand für einen Moment, ihre Stirn glättete sich wieder.

„Dann ist ja gut. Entschuldigung, ich wollte Sie nicht anschreien." Verlegen strich sie sich das Haar aus dem Gesicht, ein kleines Lächeln umspielte ihre Mundwinkel. „Ich war wohl noch im Sanitätermodus. Ein Patient am Tag reicht eigentlich, ich bin ein wenig aus der Übung."

„Wieso ein Patient?" Paul verstand nur Bahnhof und sah die Frau nun seinerseits verwirrt an.

„Sie bluten." Sie deutete auf sein T-Shirt. „Haben Sie das nicht bemerkt?"

Langsam senkte Paul den Blick. Deutlich zeichnete sich ein roter Fleck von dem hellen T-Shirt ab. Überrascht sah er wieder auf und der Blonden in die Augen. „Ist das von mir? Wie konnte das denn passieren? Ich trage doch einen Helm." Vorsichtig tastete er an seine Stirn, wo unnatürlich viel Feuchtigkeit zu sein schien. Er zuckte zusammen. Die Stelle war außerdem äußerst schmerzempfindlich. „Das erklärt wenigstens den Brummschädel."

„Darf ich mir das bitte einmal ansehen?", verlangte die Frau jetzt erneut.

Sie schien es gewohnt zu sein, Anweisungen zu erteilen, zumindest zögerte er nur einen kurzen Moment, ehe er den Riemen des Fahrradhelms unter seinem Kinn löste und ihn abnahm. Dabei war sie nicht herrisch oder gar unfreundlich, das war einfach eine unmissverständliche Aufforderung gewesen.

Paul legte den Helm vorsichtig neben sich auf den Boden. Die Frau fasste mit sanften Fingern unter sein Kinn und hob seinen Kopf leicht an. Er spürte die Wärme ihrer Hand auf seiner Haut und beobachtete sie, während sie mit gerunzelter Stirn die Wunde in Augenschein nahm.

„Die sollte genäht werden."

Paul merkte, wie er sich unwillkürlich versteifte. Er drehte leicht den Kopf, sodass sie ihn loslassen musste. Verwundert sah sie ihn einen Moment an, doch er wandte den Blick schnell ab.

Im Hintergrund setzte sich der Rettungswagen in Bewegung und fuhr langsam über die Strandpromenade davon. Paul stieß die Luft aus.

Die Frau hatte die Inspektion seines Kopfes offenbar abgeschlossen oder hatte bemerkt, dass er nicht länger hinhalten würde, und richtete sich wieder auf. „Sie müssen ins Krankenhaus, unter Umständen muss ein Röntgenbild gemacht werden. Das war ein heftiger Sturz, den Sie da hatten."

Wenigstens schien sie ihm nicht übel zu nehmen, dass er sich ihrem Griff entzogen hatte. Doch Paul hörte nur „Krankenhaus", da ging ein Rollladen vor seinen Augen herunter.

„Das wird nicht nötig sein", wiegelte er ab. „Ich werde die Wunde säubern und Strips draufkleben. Danke für deine Hilfe."

Jetzt hob sie die Brauen und sah ihn an wie seine Erzieherin früher, wenn er etwas ausgefressen hatte. Er konnte nicht einschätzen, ob es daran lag, dass er sie unwillkürlich geduzt hatte oder daran, dass sie ihm nicht zutraute, dass er die Versorgung der Wunde allein hinbekam. Dabei war er sich da selbst nicht sicher.

„Ach, das kannst du beurteilen?" Ihr Tonfall klang keineswegs unfreundlich. An der Ansprache konnte es also nicht gelegen haben.

„Ich brauche nur einen Spiegel, ein Tuch und ein bisschen Wasser."

„Das ist aber ein ganz schöner Cut. Mit ein bisschen Wasser …", täuschte er sich, oder klang sie spöttisch? „… ist es da nicht getan."

Paul schwieg. Sie war hartnäckig. Verlangte sie ernsthaft, dass er wegen des kleinen Kratzers in die Klinik ging?

„Außerdem hast du dir ordentlich den Kopf gestoßen. Eine tiefere Verletzung sollte ausgeschlossen werden. Möglicherweise ist etwas am Schädel."

„Ich gehe nicht ins Krankenhaus", gab er mit fester Stimme zurück und sah sie, wie er hoffte, durchdringend und entschlossen genug an, sodass sie von ihrem Vorhaben abrückte.

Hartnäckig erwiderte sie seinen Blick, sie fochten ein stummes Duell aus. Fest stand, er würde nicht nachgeben. Nicht in diesem Punkt.

Er sah ihr an, dass sie zögerte und überlegte.

„Das wird eine hässliche Narbe geben, wenn das nicht genäht wird." Nachdenklich sah sie ihn einen Moment an, dann schien ihr ein Licht aufzugehen. „Du brauchst dir keine Sorgen zu machen, das wird örtlich betäubt, du wirst nichts davon spüren."

„Vergiss es", gab er fest zurück. „Kein Krankenhaus, keine Betäubung."

Jetzt legte sich ihre Stirn erneut in Falten, außerdem kniff sie die Augen zusammen, dabei machte sie einen äußerst grimmigen Eindruck.

Einen Moment starrten sie sich an. Sie ihn verbissen, er versuchte, alles an Charme in ein Lächeln zu stecken, mit dem er sie davon überzeugen wollte, ihn gehen zu lassen.

Schließlich entspannte sie sich ein wenig und stieß einen kleinen Seufzer aus, der irgendwie niedlich klang. „Darf ich die Wunde wenigstens säubern?"

Zögernd nickte er.

„Dazu müsstest du aber mit zu mir in die Praxis kommen."

„Bist du Ärztin?"

Jetzt grinste sie sogar. „Tierärztin."

Wie auf das Stichwort bellte der Hund, der bisher ruhig neben ihm gesessen hatte.

Sie sahen beide hinunter. Während Paul sich reichlich hilflos vorkam und nicht wusste, wie er das Tier beruhigen sollte, das nun überdies an der Leine zerrte, beugte sich die junge Frau hinab und strich dem Pudel über den Kopf.

„Du bist aber ein hübsches Fräulein", sagte sie in einem Tonfall, von dem er sich wünschte, dass sie ihn auch für ihn übriggehabt hätte. Dann käme er sich jetzt nicht ganz so dämlich vor. Immerhin war er verletzt.

Die Pudeldame lauschte mit aufgerichteten Ohren und sah die Tierärztin mit wachsamem Blick an. Sie ließ sie auch nicht aus den Augen, als die Frau sich wieder aufrichtete und die Stirn furchte.

„Was mache ich denn jetzt mit dir?" Nachdenklich sah sie auf den Hund hinunter, bevor sie Paul mit fragendem Blick bedachte.

Er hob abwehrend beide Hände. „Ich kenne mich mit Hunden nicht aus."

Die Frau rieb sich mit gequältem Gesichtsausdruck die Stirn. „Das ist mir schon klar. So war das nicht gemeint. Ich habe der alten Dame versprochen, dass ich mich um ihren Hund kümmere." Sie schien angestrengt nachzudenken. „Ich halte meine Versprechen eigentlich."

„Daran habe ich nicht einen Moment gezweifelt", gab er todernst zurück.

„Irgendwie war das heute alles nicht der Plan ", murmelte die Frau vor sich hin und griff nach der Hundeleine, die nach der Bekanntschaft mit seinem Fahrrad etwas ramponiert aussah.

Nun sah sie ihn an und zeigte mit dem Finger auf ihn. „Komm ja nicht auf den Gedanken, dass ich dich in Ruhe lasse, nur weil ich mich um den Hund kümmere. Ich nehme euch einfach beide mit."

„Und was mache ich mit meinem Fahrrad?" Der Vorderreifen wies eine deutliche Acht auf.

Sie warf nur einen abschätzenden Blick darauf. „Das sieht aus, als wenn es noch fahrtüchtig ist. Bis Wenningstedt sollte es reichen."

Paul starrte sie an. War das ihr Ernst? Er sollte mit dem Rad fahren?

Offenbar hatte sie seinen Blick bemerkt, denn sie hob entschuldigend die Arme. „Ich bin ohne Auto hier. Meinst du, du schaffst das? Sonst hole ich das Auto und bin in zwanzig Minuten wieder da."

Der zweifelnde Blick, den sie ihm dabei allerdings zuwarf, zeigte Paul, dass ihr diese Möglichkeit überhaupt nicht zusagte. Ob sie Angst hatte, dass er in der Zwischenzeit türmte?

Das war albern. Die ganze Situation war völlig grotesk. Er hockte mit einer blutenden Wunde auf der Strandpromenade, weil er über einen Pudel gestolpert war. Und nun bot ihm eine Tierärztin an, seine Verletzung zu versorgen, wozu er aber mit dem ramponierten Fahrrad in den Nachbarort fahren musste.

Etwas in ihm juckte ihn, zu sehen, wie es weiterging und welche Absurditäten noch auf ihn warteten. „Was machen wir mit dem Hund?"

Einen Moment überlegte sie. „Ich packe ihn in meinen Fahrradkorb", beschloss sie kurzerhand und drehte sich um. Energisch marschierte sie los, während Paul nur den Kopf schüttelte.

„Kommst du?", fragte sie über ihre Schulter hinweg mit einer Stimme, die keinen Widerspruch duldete. Ihm blieb nichts anderes übrig, als zu nicken.

Während sie in die Pedale trat, fluchte Enna leise vor sich hin. Was war heute eigentlich los? Der Tag schien wie verhext zu sein. Das hatte mit Dominik und Helga begonnen und fand nun seinen Höhepunkt in dieser sonderbaren Aktion.

Vor ihr im Fahrradkorb hockte die Pudeldame und reckte die Nase in den Fahrtwind. Hin und wieder schloss sie die Augen, ihre Ohren flatterten lustig im Wind. Wenigstens hatte sie keine Anstalten gemacht, sich gegen das vermutlich ungewöhnliche Transportmittel zu wehren.

Enna hob den Blick. Vor ihr radelte der verletzte Mann. Er sah furchterregend aus mit der blutenden Wunde und dem besudelten T-Shirt. Außerdem war seine Fahrt äußerst holprig, weil das Vorderrad reichlich mitgenommen aussah. Ein bisschen plagte sie das schlechte Gewissen, dass sie ihn genötigt hatte, auf das Rad zu steigen. Wäre die Lage andererseits aber nicht so ernst gewesen, hätte sie vermutlich darüber gelacht.

Was genau sie dazu bewogen hatte, ihn mitzunehmen, konnte Enna nicht sagen. Sie glaubte nicht, dass er ernstlich verletzt war. Dafür hatte er einen zu orientierten Eindruck gemacht und überdies mit schlagfertigen Antworten gekontert. Außerdem war es nicht seine Schuld, dass er über den Hund gestürzt war. Aber wenn die Wunde nicht genäht wurde, behielt er tatsächlich eine Narbe zurück.

Sie hatte sich nur über seine vehemente Weigerung, ins Krankenhaus zu gehen, gewundert. Als sie auch noch angedeutet hatte, dass er sich wegen der Schmerzen keine Sorgen machen müsste, da er eine örtliche Betäubung bekommen würde, hatte er beinahe Reißaus genommen. Hatte er womöglich ein Drogenproblem gehabt und war jetzt clean?

Ihr war jedoch nichts aufgefallen. Er hatte einen klaren Blick gehabt und machte weder einen verlotterten Eindruck noch hatte er Verletzungen oder Einstichstellen. Zumindest nicht in den Bereichen, die sie oberflächlich in Augenschein genommen hatte. Im Gegenteil, er wirkte wie ein sportlicher Mensch, dessen natürliche Bräune davon zeugte, dass er sich viel an der frischen Luft bewegte. Sein Haar war ein wenig zu lang, die Haut etwas trocken. Fast sah er aus wie ein typischer Surfer. Er war schlank, hatte breite Schultern und muskulöse Oberarme. Nicht unbedingt ein Bodybuilder, aber ausgezehrt und mitgenommen wie ein Junkie sah er definitiv nicht aus.

Sie würde seine Wunde versorgen und nähen. Auf die Spritze musste er eben verzichten, sie hatte keine geeigneten Medikamente in der Praxis. Hoffentlich rührte seine Abneigung gegen Krankenhäuser nicht daher, dass er kein Blut sehen konnte. Am Ende kippte er um. Während ihrer Zeit als Rettungssanitäterin hatte sie einige Männer gesehen, die beim Anblick eines winzigen Blutstropfens in Ohnmacht gefallen waren. Meist waren es die gewesen, die aussahen, als würden sie sonst jedem Sturm trotzen.

Dann wäre er aber umgekippt, als er das versaute Shirt gesehen hatte. Daran konnte es also doch nicht liegen.

Grübelnd erreichten sie die Praxis. Enna stellte das Rad achtlos neben dem Eingang ab und hob den Pudel aus dem Korb. Die Leine hielt sie fest. Der typische Geruch nach Tierarzt veranlasste die Pudeldame sonst möglicherweise zur Flucht.

Sie wandte sich zu dem Typ um, der sein Fahrrad nun ebenfalls an die Wand lehnte und sich aufmerksam umsah. Erinnerungen an Fentjes gepflegten Garten drängten sich ihr auf. Nun war ihr das Chaos, das in ihrem herrschte, fast ein wenig peinlich. Hoffentlich sah der Mann nicht allzu genau hin.

Schließlich schüttelte sie den Kopf über sich selbst. Erstens sah er nicht aus wie ein Botaniker, dabei hatte sie keine Ahnung, wie sie sich einen Pflanzenkundler vorstellen sollte, und zweitens störte sie das doch sonst nicht.

„Kommst du?", fragte sie stattdessen forsch, damit er gar nicht erst auf die Idee kam, sich ausführlicher umzusehen.

Zielstrebig ging sie auf den Eingang zu, die Pudeldame, die jetzt zu zappeln begann, fest unter den Arm geklemmt. Sie nestelte den Schlüssel aus der Tasche, öffnete und ließ den Mann eintreten. Als die Tür hinter ihr wieder geschlossen war, setzte sie zuerst den Pudel auf den Boden. Der senkte den Blick und fing sofort an zu schnüffeln. Aufgeregt wedelte er mit dem Schwanz und lief hierhin und dorthin.

„Ich glaube, um sie müssen wir uns erst einmal keine Gedanken machen", meinte Enna zufrieden. „Hier im Flur kann sie nichts anstellen. Was dann passiert, sehen wir später." Sie wandte sich zu ihrem menschlichen Patienten um. „Jetzt bist du dran. Bitte hier entlang, wir gehen ins Behandlungszimmer."

Enna öffnete die Tür zum Wartezimmer, das sie durchquerte, bevor sie die Tür, die in den Behandlungsraum führte, auf der anderen Seite aufschob. Dort deutete sie auf den Untersuchungstisch.

„Oder sitzt du lieber auf einem Stuhl?", fragte sie, bevor sie argwöhnisch hinzufügte: „Da kannst du dich anlehnen und fällst nicht so tief."

„Willst du damit andeuten, dass ich umkippe?" Die Entrüstung stand ihm nicht nur deutlich ins Gesicht geschrieben, sie sprach auch aus seinem Tonfall.

„War eine Vermutung, weil du dich so vehement gegen das Krankenhaus gewehrt hast."

Für einen Moment legte sich ein Schatten auf sein Gesicht. „Ich habe es nicht so mit Kliniken. Ich mag den Geruch nicht." Plötzlich wirkte er angespannt.

Einen Augenblick sah Enna ihn noch an, dann nickte sie. „Ich werde die Wunde jetzt erst einmal säubern und desinfizieren. Da ist Sand vom Strand drin."

Brav setzte sich der Typ auf die Liege, während Enna zusammensuchte, was sie benötigte.

„Ich heiße übrigens Paul", sagte er in die Stille hinein. „Paul Falkner."

„Enna Rohde", murmelte Enna und nahm das Desinfektionsmittel an sich, bevor sie sich wieder umdrehte.

Paul saß auf der Liege und ließ die Füße baumeln. Noch machte er einen recht entspannten Eindruck. Das würde sich in Kürze ändern, wenn sie sich an der Platzwunde zu schaffen machte.

Sie stellte alles neben ihm ab und beugte sich dann vor, um besser sehen zu können. Erst da fiel ihr das Fischbrötchen wieder ein.

„Tut mir leid, wenn ich nach Zwiebeln rieche, aber es war nicht geplant, dass ich die Praxis heute Mittag noch einmal öffne. Weder für Tiere und schon gar nicht für Menschen."

„Sorry, ich wollte deinen Tag nicht durcheinanderbringen."

„Dafür ist es sowieso zu spät", gab sie trocken zurück, während sie Handschuhe anzog. „Außerdem kannst du nichts dafür. Eigentlich wollte ich Bürokram erledigen. Was ich persönlich ziemlich ätzend finde. Also passt das schon. So, das brennt jetzt ein bisschen."

Sorgfältig spülte sie die Wunde. Sie musste Paul zugutehalten, dass er sich nichts anmerken ließ. Erst, als sie sich mit der Pinzette zu schaffen machte, um zwei kleine Kieselsteine herauszufischen, zuckte er kurz zusammen.

„Wie sieht es aus?", wollte Paul wissen, als sie die gesäuberte Wunde betrachtete. „Klammern oder nähen?"

„Wenn die Narbe nicht allzu groß werden soll, würde ich nähen. Fünf oder sechs Stiche müssten reichen. Aber die Wunde ist meiner Meinung nach zu tief, um einfach nur Steri-Strips darüberzukleben und zu hoffen, dass es hält. Wenn sie wieder aufgeht, fängt das Theater von vorne an."

„Und das weiß eine Tierärztin?" Neugierig musterte er sie.

„Ich habe drei Semester Humanmedizin studiert, du Spaßvogel, und bin davor im Rettungsdienst gefahren. Glaub mir, ich kann das einschätzen. Außerdem ist es nicht so, dass man als Tierarzt keine Wunden näht. Das kommt häufiger vor, als du denkst."

Wenigstens klappte er den Mund jetzt wieder zu.

„Es sei denn natürlich, du traust dich nicht. Eine Betäubung bekommst du von mir allerdings nicht. Für Menschen habe ich nichts da. Ich rate dir aber, später ein Schmerzmittel in der Apotheke zu holen."

„Wieso sollte ich mich nicht trauen?"

„Das werte ich als ein ‚Ja'?"

„Ich gebe zu, dass ich nicht besonders scharf darauf bin, mir ohne Betäubung von einer Tierärztin eine Platzwunde nähen zu lassen. Sorry, so ganz geheuer ist mir das trotz deiner Erfahrung nicht. Aber ich fürchte, du lässt sowieso nicht locker. Und langsam glaube ich, dass du recht haben könntest."

Enna nickte nur und nahm die Nadel zur Hand. „Letzte Möglichkeit für einen Rückzieher?"

„Nein", gab Paul mit fester Stimme zurück, bevor er sie mit einem eigentümlichen Glitzern in den Augen ansah. „Hast du etwas zum Draufbeißen und eine Flasche Whiskey?"

Enna hielt mitten in der Bewegung inne und sah ihn eindringlich an. Erst jetzt fielen ihr die ungewöhnlich hellbraunen

Augen auf, die so wunderbar zu den blonden Locken passten. Sie erinnerten sie an salziges Karamell. Fast meinte sie, den Geschmack auf der Zunge zu spüren.

„Hey, war nur ein Scherz", sagte er jetzt, weil sie ihn wohl einen Moment zu lange angestarrt hatte.

Schnell richtete Enna ihre Konzentration wieder auf die Verletzung.

Natürlich war das Nähen einer Wunde bei einem Menschen nicht anders als bei einem Tier. Dennoch verspürte Enna eine leichte Nervosität.

Es war schon eine Weile her, dass sie dabei zugesehen hatte. So weit, es selbst zu tun, war sie während ihres Studiums nicht gekommen. Sie hatte lediglich an Schweinebäuchen geübt und ein Professor hatte ihr damals ein beachtliches Talent bescheinigt und vorgeschlagen, sie sollte die plastische Chirurgie in Erwägung ziehen.

Das allerdings hatte sie Paul wohlweislich verschwiegen. Am Ende hätte er wirklich Reißaus genommen. Glücklicherweise war er ein ruhiger Patient und zuckte kaum, auch wenn er hin und wieder ein Stöhnen unterdrückte und sich nun tatsächlich ein leichter Schweißfilm auf seiner Stirn bildete.

Er hätte es so viel einfacher haben können, dachte Enna und biss die Zähne zusammen. Wenn er nicht so stur gewesen und ins Krankenhaus gegangen wäre. Sie konnte nicht verhindern, dass sich ein Hauch Mitleid in ihr ausbreitete.

Nicht nur er war froh, als die Prozedur beendet war. Auch Enna seufzte gedanklich auf und legte erleichtert die Nadel zur Seite, bevor sie ihr Werk begutachtete. Das sah gut aus. Ihr Prof wäre noch immer stolz auf sie.

„Ich mache ein großes Pflaster drauf. Sicherlich wird das einen ordentlichen blauen Fleck geben. Wenn das verläuft, hast du obendrein ein Veilchen."

„Wer zieht die Fäden?"

„Du kannst ins Krankenhaus gehen oder das von einem Arzt machen lassen."

Er sah sie nur an.

Sie nickte ergeben. „Okay, darauf kommt es nun auch nicht mehr an. Wenn du möchtest, mache ich das."

„Bekomme ich jetzt ein Lob, weil ich brav stillgehalten habe?"

Der scherzhafte Ton täuschte nicht darüber hinweg, dass das Nähen nicht spurlos an Paul vorübergegangen war. Er sah angestrengt aus, wirkte blass unter der Sonnenbräune. Seine Haut war von einem leichten Schweißfilm bedeckt. Dennoch beschloss Enna, darauf einzugehen.

„Wenn du willst auch einen Hundekeks. Sie bekommen Leckerlis, wenn sie brav hingehalten haben." Sie hielt ihm eine Dose hin und nahm den Deckel ab.

Paul warf nur einen kurzen Blick hinein und verzog das Gesicht. „Ich denke, ich nehme doch lieber den Whiskey."

Enna verschloss die Dose wieder und stellte sie zurück an ihren Platz. „Ganz, wie du möchtest. Dann aber bitte nicht zusammen mit den Schmerzmitteln."

„Immer diese Entscheidungen."

„Ich bin mir sicher, du triffst die richtige." Enna streifte die Handschuhe ab und warf sie in den Mülleimer, als ihr etwas einfiel. „Wo wohnst du eigentlich?"

„In Rantum auf dem Campingplatz."

Überrascht drehte sie sich um. „Dahin kannst du unmöglich mit dem kaputten Rad zurückfahren. Soll ich dich bringen?"

Paul schüttelte den Kopf und zuckte augenblicklich zusammen. „Das ist nicht nötig, danke. Ich rufe einen Kumpel an, der mich abholt. Oder ich nehme ein Taxi. Dein Tag war schon verkorkst genug."

So schlimm war er nun auch wieder nicht, dachte Enna. Paul hatte es schlechter getroffen. Wenigstens hatte sie später bei Jaspers Feier etwas zu berichten.

Er würde also seinen Kumpel anrufen. Beinahe breitete sich bei dem Gedanken ein Gefühl der leisen Enttäuschung in ihr aus. Doch nur fast. Wenn sie sich ranhielt, konnte sie zumindest noch ein paar Rechnungen schreiben.

„In Ordnung." Kurz zögerte sie, dann zog sie eine Schublade auf und holte eine Visitenkarte heraus, die sie Paul reichte. „Hier. Falls etwas sein sollte und du dich immer noch weigerst, ins Krankenhaus zu gehen."

Er griff nach der kleinen weißen Karte. Kurz streiften seine Finger ihre, was ein warmes Kribbeln auf Ennas Haut auslöste. Schnell zog sie ihre Hand zurück.

„Du solltest auf jeden Fall heute ein bisschen cool tun und dich ausruhen. Wenn dir schlecht wird oder du dich sogar übergeben musst, gehst du ins Krankenhaus, hörst du?"

Paul nickte langsam.

„Ernsthaft, damit ist nicht zu spaßen. Versprichst du das?"

Er atmete tief durch. „Wenn es unbedingt sein muss."

„Außerdem möchte ich dich morgen noch einmal sehen. Passt es dir kurz nach zwölf? Bis dahin sind die Vierbeiner verschwunden."

„Gern." Nun schlich sich doch ein Schmunzeln in das etwas bleiche Gesicht ihres menschlichen Patienten.

Es stand ihm, musste sie zugeben. Seine karamellfarbenen Augen leuchteten dabei auf.

„Ich rufe jetzt meinen Kumpel an, damit er mich abholt."

„Vielleicht setzt du dich einfach noch einen Moment hin. Ich hole dir etwas zu trinken."

Plötzlich kam Enna der Behandlungsraum zu klein für sie beide vor. Hastig öffnete sie die Tür und stolperte beinahe über die Pudeldame, die dahinter gewartet hatte und winselnd zu ihr aufsah.

„Ach, du Arme! Dich habe ich völlig vergessen. Was mache ich denn jetzt mit dir?" Sie sah hinunter. Die Hündin schaute sie erwartungsvoll an und wedelte mit dem Schwanz. „Na, dann komm mal mit in die Küche. Ich hole dir auch etwas zu trinken und später telefonieren wir ein bisschen herum."

Kurz darauf war die Hündin versorgt und Enna kehrte mit einem Glas Wasser zu Paul zurück, der eben sein Smartphone in die Tasche schob.

„Alles klar, mein Kumpel ist schon unterwegs." Dankend griff Paul nach dem Glas und leerte es in einem Zug, bevor er es ihr zurückreichte. „Ich warte dann draußen. Tut mir leid, dass du Arbeit mit mir hattest. Wie rechnen wir das eigentlich ab? Schickst du mir eine Rechnung?"

Verlegen winkte Enna ab. „Das ist nicht der Rede wert, wirklich. Hauptsache, es ist nichts Schlimmeres passiert. Meldest du dich heute Abend mal bei mir?"

Mit hochgezogenen Brauen sah er sie an.

„Einfach nur, damit ich weiß, dass alles okay ist?"

„Klar, kann ich gern machen."

Toll, dachte der Typ am Ende, sie war auf einen Flirt aus?

„Ich muss mich jetzt um den Pudel kümmern", murmelte sie und wandte sich ab.

„Ich gehe dann mal."

„Du kannst ruhig noch bleiben, bis dein Kumpel da ist."

Doch Paul schüttelte den Kopf. „Ich sehe mir mein Rad an."

Auch gut, dann konnte sie sich dem Hund widmen.

Sie brachte Paul zur Tür und verabschiedete sich von ihm. „Gute Besserung."

„Danke." Er schenkte ihr ein unergründliches Lächeln. „Und danke für die Erstversorgung."

Kapitel 4

„Alter, wie siehst du denn aus?", fragte Finn kurze Zeit später, als er Paul sah. „Und wie bist du hierhergekommen? Bist du falsch abgebogen? Du wolltest dir doch den *Brandenburger Strand* ansehen."

Paul winkte ab. „Du glaubst mir nie, was passiert ist."

„Da bin ich aber gespannt."

„Bekommst du mein Bike allein auf den Fahrradträger? Ich fürchte, ich brauche ein neues Vorderrad."

Finn maß ihn mit einem nachdenklichen Blick. „Du siehst echt scheiße aus. Setz dich erst mal ins Auto, ich kümmere mich um den Rest."

Paul war froh, als er sich in das weiche Polster des Beifahrersitzes fallenlassen konnte. Er lehnte sich zurück, schloss die Augen und lauschte für einen Augenblick der Stille, die in seinen Ohren dröhnte.

Die Prozedur in Ennas Praxis hatte ihn ganz schön mitgenommen, auch wenn er das nur ungern zugab. Da war der Moment gewesen, als er sich gewünscht hatte, keinen Scherz mit dem Whiskey gemacht zu haben. Doch er war selbst schuld, das hätte auch Enna ihm unweigerlich noch einmal an den Kopf geworfen. Er hatte ja nicht ins Krankenhaus gewollt. Dabei musste er zugeben, dass sie vermutlich recht gehabt hatte, die Wunde zu nähen. Dass das jedoch so schmerzhaft werden würde, damit hatte er nicht gerechnet.

Er hörte, wie Finn das Fahrrad auf den Ständer hob und es anschließend fixierte. Nur wenig später ging die Fahrertür auf. Finn ließ sich auf den Sitz gleiten. Statt den Motor zu starten, blieb er ruhig sitzen, sagte jedoch kein Wort.

Zwar war Paul unendlich müde, aber nun öffnete er doch die Augen und wandte blinzelnd den Kopf zu seinem Kumpel hinüber.

Der saß unbeweglich da und starrte ihn an. „Alter, ich habe Fragen", sagte er schließlich in die Stille hinein und schüttelte den Kopf.

Paul drehte sich wieder in die Ausgangsposition zurück und schloss erneut die Augen. „Gern. Aber können wir bitte zuerst in eine Apotheke fahren? Mir brummt der Schädel, außerdem ist mir flau im Magen. Ich wurde gerade mit sechs Stichen genäht. Ohne Betäubung. Danach würde ich mich gern in einen Liegestuhl setzen und heute nichts mehr machen."

„In Ordnung."

Paul hörte, wie Finn sich im Sitz neben ihm bewegte, dann surrte leise der Motor des Elektroautos und sie rollten langsam los.

Er ließ die Augen geschlossen, hatte keine Ahnung, wo sie anhielten. Finn stieg aus und legte ihm wenig später eine Schachtel und eine Flasche in den Schoß.

„Die Apothekerin meinte, du kannst zwei auf einmal nehmen, wenn es schlimm ist. Falls es morgen nicht besser ist, rät sie dir dringend, einen Arzt aufzusuchen."

Paul brummte etwas Unverständliches, öffnete aber die Augen. Während Finn schon in südlicher Richtung weiterfuhr und sie Westerland hinter sich ließen, drückte Paul zwei Tabletten aus dem Blister und schraubte den Verschluss der Wasserflasche ab. Er spülte die Medizin hinunter, schloss die Augen und hoffte, dass die Wirkung bald einsetzte. Nicht nur litt er unter den Nachwehen des Nähens, mittlerweile dröhnte ein Presslufthammer in seinem Kopf.

Erneut machte Paul die Augen zu, während sie schweigend nach Rantum fuhren. Am liebsten wäre er eingeschlafen, doch die Fahrt dauerte nicht lange genug. Schon rollte der Wagen auf den Campingplatz.

„Soll ich dir helfen?", fragte Finn, als er die Beifahrertür geöffnet hatte und ihm die Hand entgegenstreckte.

Paul antwortete nicht, griff aber dankbar nach der rechten seines Kumpels und ließ sich hochziehen. Finn verriegelte den Wagen mit einem Knopfdruck, dann setzten sie sich in Bewegung in Richtung der Camper, die in vorderster Front mit Blick auf das Wattenmeer an der östlichen Seite der Insel standen.

Seine Freunde saßen um den Tisch herum und unterhielten sich. Doch die Gespräche verstummten augenblicklich, als sie ihn zu Gesicht bekamen.

Sophie sprang als Erste auf. „Um Himmels willen, was ist denn mit dir passiert?" Mit zusammengekniffenen Augen musterte sie das große Pflaster an seinem Kopf, das Enna mit weißen Klebestreifen befestigt hatte.

Finn neben ihm schüttelte den Kopf. „Ihr glaubt mir nicht, wo ich ihn aufgegabelt habe. Bei einer Tierärztin. Könnt ihr euch das vorstellen? Ihr solltet mal das Fahrrad sehen."

Nun kamen auch die anderen zu ihm herüber.

Paul stöhnte auf. „Leute, ich habe im Moment nur einen Wunsch: Ich möchte mich setzen. Mir dröhnt der Schädel. Aber so was von."

Eilig wurde ein Stuhl geräumt und für ihn in den Schatten geschoben. Dankbar ließ Paul sich fallen und trank einen Schluck Wasser aus der Flasche, die Finn ihm zuvor mitgebracht hatte.

Alexander trat vor und musterte den Verband. „Platzwunde?"

Paul nickte vorsichtig. Zwar setzte die Wirkung der Schmerztabletten langsam ein, aber jede noch so kleine Bewegung verursachte ihm Übelkeit. Wenigstens ließ das dumpfe Gefühl direkt an der Wunde nach.

„Muss das genäht werden?" Alexander war Kinderarzt in einer Klinik in Bremen.

Paul winkte ab. „Schon geschehen."

„Etwa von der Tierärztin?"

Der fassungslose Blick, mit dem sein Kumpel ihn musterte, zeigte ihm, dass das wirklich so schräg war, wie er es empfunden hatte.

„Wieso hast du mich nicht angerufen?"

„Ich bin gar nicht auf die Idee gekommen." Wenn er ehrlich war, war er völlig durch den Wind gewesen nach dem Sturz. Die Forderung von Enna, ins Krankenhaus zu gehen, hatte ihm den Rest gegeben, sodass er nicht einmal auf die Idee gekommen war. Vielleicht war sie ja doch eine Meerjungfrau und er hatte sich von ihren meerblauen Augen und dem blonden Haar verhexen lassen.

Oder der Schlag auf den Kopf war zu heftig gewesen, zog er sich selbst auf, hütete sich aber, die Gedanken laut auszusprechen. Am Ende verlangte auch sein Kumpel, dass er ins Krankenhaus ging.

„Sieh mich mal an", forderte Alexander und beugte sich zu ihm hinunter. Gleich darauf hob er seinen Zeigefinger und bewegte ihn vor seinem Gesicht hin und her. „Mit dem Blick folgen, den Kopf nicht bewegen."

Paul tat ihm den Gefallen. „Sie hat drei Semester Humanmedizin studiert", fühlte er sich genötigt, Enna zu verteidigen. „Außerdem flickt sie Tiere zusammen, das ist auch nichts anderes."

Alexander hielt mitten in der Bewegung inne und richtete sich wieder auf. „Drei Semester? Alter, willst du mich verarschen? Man näht erst später Wunden am Patienten."

„Und an diversen lebendigen Tieren. Ich hatte nicht den Eindruck, dass sie das zum ersten Mal gemacht hat."

„Hat sie dir etwas gespritzt?" Argwöhnisch sah Alexander ihn an.

„Sie hat mir geraten, ins Krankenhaus zu gehen."

„Was du abgelehnt hast", sagte Sophie leise und legte ihm die Hand auf die Schulter.

Er war dankbar für das verständnisvolle Gefühl, das sie ihm mit der Wärme ihrer Hand vermittelte. Er nickte erschöpft.

„Sie hat es ohne Betäubung genäht."

„Musstest du bellen, solange sie genäht hat? Ich würde mir das gern ansehen."

Paul durchzuckte der Schreck. Er wollte nicht, dass Enna Schwierigkeiten bekam. Sie hatte es nur gut gemeint und sich nicht schlecht um ihn gekümmert. Besorgt sah er zu, wie Alexander zum Camper ging.

„Wir können immer noch ins Krankenhaus fahren und das mit einer ordentlichen Betäubung neu machen lassen, wenn sie das nicht gut gemacht hat", rief er über seine Schulter hinweg zu ihnen zurück.

Paul fühlte sich zu schwach, um zu protestieren. Der beruhigende Druck von Sophies Hand auf seinem Rücken signalisierte ihm, dass sie das zu verhindern wusste. „Lass ihn. Das ist nur Machogehabe. Er weiß selbst, dass eine Tierärztin das ebenso gut hinbekommt. Er ist beleidigt, weil du nicht gleich zu ihm gegangen bist."

„Das tut mir auch leid, wirklich. Aber nach dem Sturz war ich völlig durcheinander. Außerdem war die Tierärztin so … bestimmend, dass ich gar nicht darüber nachgedacht habe. Ich will nicht, dass er mich ins Krankenhaus zerrt."

„Wird er nicht, wir finden eine andere Lösung."

Dankbar sah er zu ihr auf und fasste kurz nach ihrer Hand, um sie zu drücken. Sie würde eine andere Möglichkeit finden.

Noch immer standen alle um ihn herum und sahen ihn betreten an. Leons Blick verweilte kurz auf seiner Hand, mit der er Sophies umklammert hielt. Schnell zog er sie weg. Er wollte nicht, dass es Missverständnisse gab, auch wenn Leon nie etwas angedeutet hatte.

„Was ist eigentlich passiert?", wollte Nina schließlich wissen. Die hohe Stimme der kleinen Brünetten ließ vermuten, dass sie ein zartes Wesen war. Dabei hatte Paul sie auf dem Wasser schon die waghalsigsten Manöver vollführen sehen.

Kurz umriss Paul, was sich zur Mittagszeit auf der Strandpromenade zugetragen hatte.

„Wie schrecklich", hauchte Evi. „Hoffentlich geht es der Frau gut."

Paul zuckte bedrückt mit der Schulter. „Es sah nicht besonders gut aus, das hat Enna bestätigt."

„Wer ist Enna?"

„Die Tierärztin."

In dem Moment kehrte Alexander mit Desinfektionsspray, neuem Verbandsmaterial und Handschuhen, die er nun überstreifte, zurück. Er beugte sich vor, um den Verband zu begutachten. „Wenigstens das hat sie ordentlich gemacht."

Paul schluckte eine Erwiderung hinunter. Vermutlich hatte Sophie recht, Alexander fühlte sich in seiner Ehre gekränkt.

So ungehalten der Kinderarzt eben noch gewirkt hatte, so vorsichtig war er nun, als er die Klebestreifen löste.

Evi schlug sich beim Anblick der Wunde unwillkürlich die Hand vor den Mund. Auch den anderen stand die Betroffenheit ins Gesicht geschrieben. Er musste furchterregend aussehen, dachte Paul. Vielleicht warf er besser erst morgen einen Blick in den Spiegel. Im Moment schien ihm sein eigenes Nervenkostüm ein wenig angekratzt zu sein.

Alexander begutachtete die Naht eingehend und brummelte dabei unentwegt vor sich hin. Da sich seine Stirn langsam glättete, schöpfte Paul Hoffnung, dass sein Kumpel ihn nicht ins Krankenhaus schleppte. Und dass Enna aus dem Schneider war.

„Bist du halbwegs zufrieden?", fragte er, als er die Neugier nicht mehr zügeln konnte.

Alexander desinfizierte die Wunde erneut und klebte ein frisches Pflaster darauf.

„Ist in Ordnung."

„In Ordnung?"

„Eigentlich ganz okay."

Erleichtert stieß Paul die Luft aus. „Leute, wenn es euch nichts ausmacht, würde ich mich gern ein bisschen hinlegen und die Augen zumachen." Er wollte nur noch seine Ruhe haben.

Enna räumte zunächst den Behandlungsraum auf und entsorgte die Verpackung des Verbandsmaterials.

Erst jetzt, da die Nervosität nachließ, merkte sie, wie angespannt sie beim Nähen gewesen war. Natürlich war ihr klar, dass sie das eigentlich nicht hätte tun sollen. Aber etwas an Pauls vehementer Weigerung, ins Krankenhaus zu gehen, hatte sie tief in ihrem Inneren berührt. Hatte sie sich zunächst keinen Reim darauf machen können, so hatte sie in der Praxis gespürt, dass der Grund möglicherweise ein schmerzlicher war.

Sie hatte eine seltsame Verbundenheit zu dem Mann empfunden, den sie doch nicht kannte. Ihre eigenen Gefühle hatte sie nicht deuten können, weil sie sie verwirrt hatten. Schließlich war sie beinahe froh gewesen, als er die Praxis verlassen hatte.

Ein Kratzen an der Tür erinnerte sie, dass eine Pudeldame durch ihr Haus stromerte. Schnell wandte Enna sich um und drückte die Klinke. Die Hündin blieb jedoch vor der Tür sitzen und sah aufmerksam zu ihr auf.

„Du bist aber eine gut erzogene Dame." Enna beugte sich hinunter, um über das weiße Köpfchen zu streichen. „Wie heißt du eigentlich? Ich kann dich doch nicht ‚Pudel' nennen."

Erwartungsvoll sah die Hündin sie an.

„Meinst du, wir sollen mal telefonieren, um zu sehen, wie es dem Frauchen geht?"

Der Pudel bellte einmal, wie um die Frage zu beantworten.

Enna ging in die Küche, wo das Telefon auf der Arbeitsplatte lag. Die Hündin folgte ihr auch ins Wohnzimmer, wo Enna nach kurzer Überlegung die Decke vom Sofa nahm und sie zweimal faltete, um sie auf den Boden zu legen. Durch das Fenster fiel Sonnenlicht auf den Platz. Enna setze sich daneben und klopfte mit der flachen Hand darauf.

Die Pudeldame verstand sofort, hüpfte auf die Decke, drehte sich noch einmal im Kreis und ließ sich nieder.

Enna suchte die Nummer des Krankenhauses heraus und wählte gleich darauf. Während sie dem Freizeichen in der Leitung lauschte, kraulte sie mit der anderen Hand die Hündin hinter den Ohren. Die schloss sofort die Augen und legte genüsslich den Kopf auf die weiche Unterlage. Es dauerte nur wenige Sekunden, da drehte sie sich auf den Rücken und streckte Enna den Bauch hin.

„Du hast aber Vertrauen zu mir", murmelte sie erfreut und lauschte gleich darauf den verdutzten Worten aus der Leitung. „Entschuldigen Sie bitte. Nein, ich meinte nicht Sie, sondern den Hund, der neben mir liegt."

Enna rollte mit den Augen. Ihre Gesprächspartnerin schien eher von der humorlosen Sorte zu sein.

„Vorhin wurde eine ältere Dame mit Verdacht auf Schlaganfall bei Ihnen eingeliefert. Ich war als Ersthelferin am Unfallort und habe den Rettungsdienst gerufen. Könnte ich bitte mit jemandem sprechen, der weiß, wer die Frau ist?"

Wieder lauschte sie der strengen Erwiderung, bevor sie genervt die Luft ausstieß. „Mir ist klar, dass Sie mir keine vertraulichen Daten mitteilen dürfen. Es war die reine Menschlichkeit, die mich hat fragen lassen. Außerdem habe ich den Hund der Dame mitgenommen. Ich würde gern wissen, wann jemand kommt, um ihn zu holen, oder soll ich ihn vorbeibringen?"

Die Frau am andern Ende der Leitung schien kurz zu überlegen, brummte dann etwas Unverständliches und verband Enna weiter. Aus dem Hörer drang die typische Melodie einer Warteschleife.

„Na, dir scheint das zu gefallen", murmelte Enna und kraulte weiter den Bauch der Hündin. Die öffnete nur kurz die Augen, schloss sie aber schnell wieder und hielt genüsslich hin.

Die Dame, die sie jetzt in der Leitung hatte, schien jünger und deutlich freundlicher zu sein. Außerdem kam ihr die Stimme vage bekannt vor.

„Nele?", fragte sie, weil sie sich nicht ganz sicher war.

„Ja", kam die erstaunte Erwiderung aus dem Telefon. „Bist du das Enna?"

Nele war um einiges jünger als sie. Sie war in ihrer unmittelbaren Nachbarschaft aufgewachsen, mittlerweile aber nach Hörnum gezogen.

„Ja, was für ein Zufall."

„Mensch, Enna, wie schön, von dir zu hören. Wir haben uns ewig nicht gesehen. Wie geht es dir?"

„Ganz gut so weit, danke. Ich hoffe, dir auch."

Sie tauschten ein paar Höflichkeiten aus, dann kam Enna auf den eigentlichen Grund ihres Anrufs zu sprechen. „Ich war heute Mittag Ersthelferin bei einer alten Dame, die vermutlich einen Schlaganfall hatte. Erstens wollte ich wissen, wie es ihr geht und zweitens fragen, ob sich jemand gemeldet hat. Ein Angehöriger oder Freunde vielleicht. Die Frau hatte einen weißen Pudel bei sich, den ich notgedrungen mitgenommen habe. Ich konnte das arme Tier schlecht auf der Strandpromenade zurücklassen."

„Herrje", rutschte es Nele heraus.

„Das trifft es ziemlich gut. Ich weiß, du darfst mir nicht viel sagen, mir geht es wirklich um den Hund."

Nele zögerte einen kurzen Moment. „Die Frau war allein zu Besuch auf der Insel. Ein Angehöriger, der den Hund an sich nehmen kann, ist leider nicht in Sicht."

Enna schloss die Augen und stöhnte innerlich auf. Allerdings wunderte sie das heute nicht. Bei ihrem Glück wohnten die nächsten Verwandten vermutlich in Österreich.

„Es wird auch eine Weile dauern, bis jemand sie besuchen kommt, weil sie in der näheren Umgebung von München wohnt."

„Na, wenigstens nicht Wien", gab Enna trocken zurück. Sie konnte die ganze Situation nur noch mit Humor nehmen.

„Wie kommst du auf Wien?" Nele war die Verwirrung deutlich anzuhören.

„Nicht so wichtig, war nur so ein Gedanke."

„Ich bin mir auch nicht sicher, ob sie sich noch einmal um ihren Hund wird kümmern können", setzte Nele zögernd hinzu.

So schlimm stand es also um die Frau. Und das, obwohl Enna sofort reagiert hatte. Sie merkte, wie sich Betroffenheit in ihr ausbreitete.

„Danke", sagte sie leise. „Darf ich dir meine Kontaktdaten dalassen? Falls jemand anruft wegen des Hundes."

„Klar. Schieß los. Hast du noch immer die Praxis in Wenningstedt?"

Enna bejahte.

„Dann weiß ich wenigstens, wo ich die Angehörigen hinschicken kann."

Enna hinterließ auch ihre Telefonnummer und verabschiedete sich.

Die Hündin lag noch immer am Boden, hatte sich mittlerweile aber zur Seite gerollt. Ihre Atemzüge hatten sich vertieft, ein leises Schnarchen war zu hören.

„Wie es scheint, werden wir beide ein paar Einkäufe tätigen müssen." Enna seufzte. „Ich bin zwar Tierärztin und habe das Wichtigste hier, aber auf längeren Besuch von Vierbeinern bin ich definitiv nicht eingestellt. Ich fürchte, wir werden ein oder zwei Tage zusammen verbringen, bis jemand aus München kommt, um dich abzuholen. Mich würde ja brennend interessieren, wie du heißt. Sisi vielleicht? Ein Namensschild hast du auf jeden Fall nicht am Halsband, schade. Aber sicher bist du gechipt."

Augenblicklich schüttelte Enna den Kopf. Wie bescheuert war das eigentlich? Sie redete mit einem schlafenden Hund, der noch nicht einmal ihr gehörte, es sich in ihrem Wohnzimmer aber gemütlich gemacht hatte.

Leider war die Hündin nicht gechipt. Ihr Name blieb also vorerst ein Geheimnis. Wenn die Pudeldame ausgeschlafen hatte, würde sie eine Runde mit ihr drehen und anschließend nach Tinnum fahren. Dort gab es ein Tierfachgeschäft, in dem sie zumindest das Wichtigste bekommen würde. Zwar hatte sie von Vertretern einiges in der Praxis, aber doch nicht genug, um ein Tier für längere Zeit zu versorgen, denn größere Operationen nahm sie nicht vor.

Dann war es vermutlich schon Zeit, zu Jasper und Lene aufzubrechen. Den Geburtstag ihres Bruders wollte sie keinesfalls verpassen. Die Sache mit der Buchhaltung hingegen hatte sich für heute wohl endgültig erledigt.

Plötzlich legte sich ein Schatten auf Pauls Gesicht. Wo kamen die Wolken her? Es war doch eben noch strahlend blauer Himmel gewesen. Oder war er am Ende richtig eingeschlafen und die Schlechtwetterfront zog früher herein?

Er blinzelte und erkannte eine Gestalt gegen das Licht. Durch die Sonne im Rücken sah sie aus wie von einem Heiligenschein umgeben. Das rote Haar wirkte kräftiger, als stünde der Kopf in Flammen.

Vorsichtig schüttelte er den Kopf, um die Gedanken loszuwerden. Halluzinierte er am Ende? Wenigstens hatten die Kopfschmerzen nachgelassen.

„Entschuldige, habe ich dich geweckt?" Sophies besorgte Stimme klang äußerst real. „Ich wollte sehen, wie es dir geht."

Paul brummte etwas Unverständliches und richtete sich vorsichtig auf. Ein wenig benommen war er. Das konnte aber auch am Schlaf liegen. Offenbar hatte er doch nicht nur ein kleines Nickerchen gemacht.

Sophie trat einen Schritt zur Seite und ging um die Liege herum, um sich neben ihn auf den Boden zu setzen. Zweifelnd musterte sie ihn, bevor sie lächelte. „Du bekommst ein ganz schönes Veilchen. Das sieht zusammen mit dem Pflaster furchterregend aus."

„Da braucht man keine Feinde mehr, wenn man solche Freunde hat", stellte er fest.

Sophies Lächeln verbreiterte sich, dann streckte sie ihm eine Flasche Wasser hin. „Deine Freundin sorgt zumindest dafür, dass du genug trinkst. Das schadet nämlich nicht."

Dankbar nahm Paul die Wasserflasche entgegen und schraubte den Verschluss ab. Dann hielt er inne. „Habe ich lang geschlafen?"

„Drei Stunden ungefähr."

Nachdenklich trank Paul ein paar Schlucke. Das kühle Nass rann angenehm seine Kehle hinunter. Erst jetzt merkte er, wie durstig er war. Der Sturz hatte ihn offenbar mehr mitgenommen, als er gedacht hatte, wenn er so lange geschlafen hatte.

Sophie wartete, bis er fertig war und die Flasche wieder absetzte. „Ich wollte wirklich nur sehen, wie es dir geht. Wir alle machen uns Sorgen."

„Müsst ihr nicht."

„Deine konsequente Weigerung, ins Krankenhaus zu gehen, kann wohl niemand besser nachvollziehen als ich. Trotzdem ist mit einer Kopfverletzung nicht zu spaßen."

Unwillkürlich kam Paul wieder der Gedanke an die Meerjungfrau. „Du hörst dich an wie die Tierärztin."

Sophie legte freundschaftlich die Hand auf sein Knie. „Wir meinen es alle nur gut."

„Mir fehlt nichts, glaub mir. Wenn es etwas Ernstes wäre, ginge es mir vermutlich nicht so gut. Ich habe einfach ein wenig Schlaf und die Kopfschmerztabletten gebraucht."

„Schlecht ist dir aber nicht?"

„Nein. Wirklich nicht." Beruhigend legte er seine Hand auf ihre, die noch immer auf seinem Knie lag. „Hör mal, du brauchst dir keine Sorgen zu machen. Das Einzige, was an der Situation richtig blöd ist, ist dass ich nicht aufs Wasser kann." Er verzog das Gesicht zu einer grimmigen Miene, von der er wusste, dass sie darüber lachen würde.

Sein Plan ging auf. Fast sofort hoben sich ihre Mundwinkel nach oben. Sie lehnte sich zurück, zog ihre Hand unter seiner heraus und lachte hell auf.

„Hat sie gesagt, wie lange du nicht rausdarfst?"

Paul zuckte mit der Schulter. „Ich weiß es nicht. Aber sicher, bis die Fäden draußen sind. Dabei fällt mir ein, ich soll sie anrufen und ihr sagen, wie es mir geht."

Sophies linke Augenbraue hob sich. Er hatte das schon immer fasziniert beobachtet. Es verlieh ihr ein solch ironisches Aussehen, dass man sehr wohl wusste, was sie dachte, auch wenn sie kein Wort aussprach.

„Du brauchst gar nicht so zu schauen", brummte er und wandte den Kopf vor dem bohrenden Blick ab. Auf dem Boden lag eine Muschel, die seine Aufmerksamkeit auf sich zog.

„Wie schaue ich denn?"

Dazu diese hochnäsige Stimme … Unwillkürlich seufzte Paul. „Vergiss es."

Da war die Hand wieder, diesmal auf seinem Arm. „Ich wünsche mir, dass du glücklich bist." Ihre Stimme war leise, dafür aber umso intensiver.

Die Worte fraßen sich wie Feuer durch seine Eingeweide. Dennoch zwang er sich, den Kopf zu wenden und sie anzulächeln. „Mir geht es gut. Wirklich."

Die Braue wanderte wieder nach oben. Diesmal jedoch ohne Spott. „Hör mal, du kannst dich nicht ewig weigern, ein Krankenhaus zu betreten. Es wird der Tag kommen, an dem auch du möglicherweise einmal einen Arzt brauchst. Viel hat heute nicht gefehlt, und wenn wir ehrlich sind, hättest du die Wunde dort versorgen lassen sollen."

Großspurig winkte Paul ab. „Ich fand das nicht nötig. Wenn es nach mir gegangen wäre, hätte Alexander ein paar Strips draufgeklebt und ich wäre wie neu gewesen."

Sophie rümpfte die Nase. „Da hat Alexander aber etwas anderes gesagt. Er meinte, dass die Wunde auf jeden Fall genäht werden musste. Wie hast du es nur geschafft, die Tierärztin zu überreden?"

Er legte den treuherzigen Charme in seinen Blick, von dem er wusste, dass er auch Sophie damit herumbekam. „Das lag an meinem überzeugenden Wesen."

„So ein Blödsinn." Sophie kniff die Augen zusammen und nahm die Hand von seinem Arm. Nur allerdings, um ihm mit dem Zeigefinger gegen die Schulter zu tippen. „Du kannst nicht immer alles ins Lächerliche ziehen. Wenn wir es einmal auf die nackten Tatsachen reduzieren, hast du eine panische Angst vor Krankenhäusern, die sogar so weit geht, dass du leichtsinnig mit deiner eigenen Gesundheit umgehst."

Betroffen wollte er etwas erwidern, schwieg aber, als Sophie herrisch die Hand hob.

„Ich bin noch nicht fertig. Glaub mir, niemand weiß mehr als ich, wie du dich fühlst. Genau deswegen sage ich dir, dass es an der Zeit ist, dass du dir Hilfe holst. Auch wenn du nach außen der strahlende Sonnyboy bist, mich täuschst du nicht. Und als deine gute Freundin versichere ich dir, dass das nicht so weitergehen kann. Nicht, wenn du dein eigenes Wohlbefinden aufs Spiel setzt."

Lange Zeit saßen sie schweigend nebeneinander. Paul wandte den Blick schließlich ab und hob die Muschel vor ihm vom Boden auf. Nachdenklich drehte er sie in der Hand. Sonnenlicht fiel seitlich in das Innere und ließ die glatte Fläche perlmuttfarben schimmern.

„Sophie, ich …", hob er irgendwann an, schwieg aber gleich wieder, weil er nicht wusste, wie er in Worte fassen sollte, was er fühlte.

Kurz darauf hörte er, wie es neben ihm raschelte, als Sophie sich erhob. Er sah zu ihr auf, begegnete ihrem traurigen Blick.

„Glaubst du, für mich ist es leicht?" Ihre Stimme klang leise durch die Brise, die mittlerweile aufgefrischt hatte. Die Worte wurden fortgetragen und hallten dennoch in ihm nach.

Noch einmal legte sie die Hand auf seine Schulter und drückte sie leicht, bevor sie langsam davonging.

Sein Blick blieb für einen Augenblick an ihrer schlanken Silhouette kleben, dann wandte er sich ab. Grimmig warf er die Muschel auf den Boden.

Kapitel 5

„Wir sind hinten", rief Lene, als Enna vor dem Gartentor stand. Die Pudeldame, die sie an der neuen Leine mitführte, sah sich interessiert um, schnüffelte hier und da und wedelte aufgeregt mit dem Schwanz.

Enna hatte ein halbes Vermögen in der Tierbedarfshandlung gelassen. Das lag nicht nur an dem ambitionierten Verkäufer, der ihre Situation sofort erkannt und die Gunst der Stunde genutzt hatte, sondern daran, dass sie der Hündin das Zusammenleben so angenehm wie möglich gestalten wollte. In erster Linie tat ihr aber die alte Dame leid, von der Nele gemeint hatte, dass sie sich von dem Schlaganfall, wenn überhaupt, nur sehr langsam erholen würde. Es war das Mitgefühl gewesen, das sie verleitet hatte, beim Einkauf etwas über die Stränge zu schlagen. So hatte sie nicht nur eine neue Leine besorgt, denn die alte war nach der Bekanntschaft mit Pauls

Fahrradspeichen nicht mehr zu gebrauchen, sondern auch ein Körbchen, hochwertiges Futter, ein paar Kaustangen und Spielzeug.

Die Angehörigen der Frau sollten ihr nicht nachsagen, dass Enna ihre neue Aufgabe als Hundesitterin nicht ernst nahm. Außerdem musste sie zugeben, dass das Shoppen Spaß gemacht hatte. Trotz ihrer Tierliebe hatte sie selbst nie eines besessen. Allerdings wusste sie sehr gut, wie wichtig eine gesunde Ernährung war. Daher hatte sie daran nicht gespart.

Jetzt hüpfte die Pudeldame aufgeregt auf und ab, reckte die Nase in die Luft und schnupperte, bevor sie zu bellen begann.

Es dauerte nur wenige Sekunden, bis Diego um die Ecke stob. Kurz hielt er inne, zögerte, als er Enna sah. Mit wachsamen Augen wanderte sein Blick von ihr zu der Hündin, die die Nase durch das Tor reckte. Der Mischling ließ jede Zurückhaltung fallen, kam angelaufen und schnüffelte aufgeregt.

„Was ist denn hier los?" Lene tauchte auf, sie hatte ebenfalls den Weg durch den Garten gewählt.

Hinter ihr erblickte Enna Fentje, die einen erstaunten Blick auf die Hunde warf, ehe sie die Pudeldame mit einem verzückten Blick bedachte. „Die ist ja süß! Wo hast du sie her?"

„Das erzähle ich euch gleich. Kannst du Diego bitte eine Leine anlegen, damit sie sich in Ruhe beschnuppern können?"

Es dauerte nicht lange, bis Diego angeleint war und Enna das Grundstück betreten konnte. Die beiden Hunde drehten sich im Kreis und gaben einen drolligen Anblick ab.

Die Schriftstellerin kam näher, beugte sich hinab und zog Diego am Halsband zur Seite, bevor sie sich der Hundedame widmete.

Auch Lene kraulte den Pudel hinter den Ohren. Die Hündin genoss die Aufmerksamkeit sichtlich und reckte hoheitsvoll den Kopf in die Abendsonne. Dabei drehte sie den Hals, damit Lene und Fentje sie an den Stellen streicheln konnten, die sie am liebsten hatte.

Enna sah dem Treiben eine Zeit lang mit schräg gelegtem Kopf zu, bevor sie sich räusperte, um auch auf sich aufmerksam zu machen. „Ja, danke, ich bin gut hergekommen. Euch auch ein herzliches Hallo.“

Grinsend erhoben sich die beiden Frauen.

„Hallo Enna, schön dass du hier bist.“ Lene schenkte ihr eine liebevolle Umarmung. „Nicht böse sein, aber sie ist einfach zu süß.“

Auch Fentje drückte sie an sich. „Ich habe gehört, du warst heute bei uns? Dominik hat etwas angedeutet, will aber nicht recht mit der Sprache herausrücken.“

„Hm, gilt es, wenn ich Patientengeheimnis sage?“

„Nein“, lehnte Fentje entschieden ab und machte ein entschlossenes Gesicht. „Irgendwas war. Und ich finde heraus, was.“

Enna grinste in sich hinein, sagte aber nichts. Dann wurden auch die beiden Frauen abgelenkt, weil Diego offensichtlich zurück in den Garten wollte. Auch die Pudeldame bellte nun und zerrte ungehalten an der Leine.

„Ich schätze, wir sollten sie befreien, bevor sie auch ihre neue Leine zerlegt.“ Enna schnitt eine Grimasse. „Wo ist eigentlich das Geburtstagskind?“

„Hinten bei Dominik und Joe.“

„Ach, er konnte sich loseisen?“

Lene schüttelte den Kopf. „Im Moment ist nicht mehr viel los. Wir haben unsere Gäste gefragt, ob sie sich ausnahmsweise auf ein Experiment einlassen. Sie waren einverstanden und haben Gutscheine für Oles Fischbude bekommen. Fischbrötchen und Getränke inklusive.“

Enna ging ein Licht auf. „Das Dankeschön dafür, dass Ole zwei Tage deine Küche geschmissen hat, als Joe und Heike die Sanddornmanufaktur in Brandenburg besucht haben?"

„Exakt."

„Wann fängt der neue Koch an?"

„Erst nächsten Monat. So lange müssen wir überbrücken." Lene stieß einen so tiefen Seufzer aus, dass Enna ihr unwillkürlich über den Arm streichelte.

„Dafür, dass du zuerst kein Restaurant im Hotelbetrieb wolltest, hast du es innerhalb kurzer Zeit weit gebracht, findest du nicht?"

Lene grinste Enna an. „Ich kann zumindest nicht klagen."

Die Pudeldame zerrte glücklicherweise nicht mehr ganz so heftig an der Leine. Auch Diego beruhigte sich langsam.

Wenig später erreichten sie die gemütliche kleine Sitzgruppe im Garten. Enna stellte fest, dass sie die Letzte war. Der Besuch im Zoofachgeschäft hatte Zeit gekostet. Mehr, als sie einkalkuliert hatte. Jasper stand mit Joe am Grill. Sie hörte, wie der Koch gerade den perfekten Garpunkt für ein Steak erklärte und wie man ihn mit den Fingern fühlte.

Dominik saß bei Henning und Leonhard. Die drei unterhielten sich über Fentjes Gemüsegarten. Offenbar hatte ihre Freundin die letzten Reste ihres Sommergemüses geerntet und zu Salat und vegetarischen Grillhäppchen verarbeitet.

„Meinst du, wir können sie laufen lassen?", überlegte Enna an Fentje gewandt. Beide sahen zu den Hunden hinunter, die sich noch immer beschnüffelten.

„Diego haut nicht ab, keine Sorge. Er ist ja nicht Poseidon. Für deine Madame lege ich die Hand natürlich nicht ins Feuer."

„Ich habe das Gartentor geschlossen." Lene deutete hinter sich. „Es sei denn, sie springt drüber."

Sie lösten die Leinen und die Hunde verschwanden in Richtung der Büsche.

Zufrieden sah Enna ihnen nach und ging dann zum Grill hinüber. Herzlich breitete sie die Arme aus und drückte ihren Bruder an sich. „Alles Liebe und Gute zum Geburtstag, großer Bruder."

„Danke schön." Jasper grinste sie an.

„Ich habe dir etwas mitgebracht." Lächelnd überreichte sie ihm ihr Geschenk.

„Du sollst mir doch nichts schenken."

„Ich weiß. Aber in dem Fall finde ich, dass du das brauchen kannst. Wenn ich es dir nicht heute gegeben hätte, dann nächste Woche. Also kann ich es dir auch ebenso gut an deinem Geburtstag überreichen. Ein Nicht-Geburtstagsgeschenk sozusagen."

Jasper schüttelte lachend den Kopf. „Enna, du bist unmöglich."

„Ich weiß."

Enna sah ihrem Bruder zu, wie er umständlich die Schleife öffnete und das rote Band von dem Päckchen löste, das sie zuvor in braunes Papier eingeschlagen hatte, das sie mit allerlei lustigen Tierstempeln verziert hatte.

Als sie die ergonomische Maus neulich im Laden gesehen hatte, hatte sie sofort an ihren Bruder denken müssen, der so viel Zeit am Computer verbrachte und noch immer mit einer herkömmlichen Computermaus arbeitete. Dabei hatte er erst kürzlich über Schmerzen im Handgelenk geklagt.

Als Jasper erkannte, was sie ihm schenkte, wusste Enna, dass es genau das Richtige war. Begeisterung breitete sich auf seinem Gesicht aus, seine Augen leuchteten auf.

„Schwesterherz, du bist die Beste!" Überschwänglich drückte er ihr einen Schmatzer auf die Wange.

Achtlos ließ er das Geschenkpapier fallen und nestelte an dem Karton, um ihn zu öffnen.

„War ja nicht mehr mit anzusehen, wie du dich geplagt hast."

Begeistert stimmte Lene zu und lachte dann. „Jetzt sehe ich ihn vermutlich gar nicht mehr. Seit er die Kampagne des Süßwarenherstellers gestaltet hat, kann er sich vor Anfragen kaum retten."

Im selben Augenblick trat Heike aus dem Haus, in der Hand ein Tablett mit Sektgläsern.

Die Pudeldame unterbrach ihr Abenteuer mit Diego für einen kurzen Moment, rannte zu ihnen herüber und schnüffelte aufgeregt an Heikes Bein.

„Nanu, dich kenne ich doch", wunderte sich Heike und stellte das Tablett auf dem Tisch ab, bevor sie sich hinunterbeugte und der Hündin über das Köpfchen strich. „Wie kommst du denn hierher?" Verwundert sah sie zu Enna. „Sie war erst heute bei mir im Laden. Eine ältere Frau hat sie an der Leine geführt. Das war kurz, bevor du gekommen bist. Ihr hättet euch treffen können."

„Das haben wir. Allerdings war es kein freudiges Aufeinandertreffen."

Enna berichtete, was sich am Mittag zugetragen hatte. Erstaunt und gleichermaßen bekümmert sahen die Freunde sie an.

„Es steht nicht gut um die alte Dame. Ich habe ihr aber versprochen, mich um den Hund zu kümmern."

„Und den Radfahrer hast du auch zusammengeflickt? Mensch, Schwesterherz, bei dir wird es nicht langweilig." Jasper schüttelte den Kopf.

„Ich hoffe, es meldet sich bald jemand und holt die Pudeldame ab. Ich weiß noch nicht einmal, wie ich sie rufen soll, weil sie keinen Chip hat. Sie scheint allerdings gut erzogen zu sein. Im Gegensatz zu Diego." Enna deutete zum Zaun hinüber. „Gräbt er sich darunter durch?"

„Diego, hierher!", forderte Fentje mit strenger Stimme, die Enna nur selten hörte. Meist nur, wenn sie hinter Poseidon her war oder wenn Diego Unfug anstellte.

Sofort hielt der Mischling inne, sah auf und schlich dann mit eingezogenem Schwanz zu ihnen herüber.

Heikes Stirn legte sich in Falten, während sie die Pudeldame am Hals streichelte. „Komm schon, Süße, sag es mir. Wie hat dein Frauchen dich genannt?"

„Ach, du weißt, wie sie heißt? Da wäre natürlich toll, ich kann sie schlecht ,Pudi' rufen."

Joe prustete los und auch Henning fiel in das Lachen mit ein. „Fehlt nur das rosa Schleifchen."

„Wieso hat sie kein Glitzerhalsband?", frotzelte Leonhard.

Angestrengt dachte Heike nach. „Es hatte etwas mit München zu tun, glaube ich."

„Ihr Name soll etwas mit München zu tun haben?" Zweifelnd sah Enna sie an, bevor ihr Blick zu Lene weiterwanderte.

Die hob beide Hände. „Was schaust du mich an? Nur weil wir aus dem Allgäu kommen, kennen wir nicht zwingend Münchner Namen, nicht wahr, Dominik?"

„Genau", stimmte der Skirennläufer ihr zu. „Ihr kennt ja auch nicht jeden Fisch im Wasser."

Ein Grinsen breitete sich auf Heikes Gesicht aus. „Ich habs. Erinnert ihr euch an den Song von der Frau, die täglich inseriert?"

„Zwounddreißig, sechzehn, acht", lachte Jasper auf. „Sie heißt Rosi."

„Natürlich." Lene summte die ersten Zeilen des Liedes aus den Achtzigern.

Einzig Joe schüttelte den Kopf. „Rosi? Ernsthaft? Der Hund heißt Rosi? Fehlt noch, dass wir ihr Zöpfe flechten. So weit sind Glitzerhalsband und rosa Schleifchen nicht weg."

„Hört auf, euch über den Pudel lustig zu machen", verteidigte Enna die Hundedame. „Sie hatte heute ein traumatisches Erlebnis."

Sie schlang die Arme um den Hals der Hündin, die sie einen Augenblick verdutzt ansah, dann fuhr sie ihr erfreut mit der Zunge über die Wange. „Ih, Rosi!", rief Enna aus und kniff die Augen zusammen. „Das machen gut erzogene Hunde nicht."

Die anderen lachten schallend.

„Na, ich sehe schon, ihr werdet Spaß haben." Lene gluckste. „Wie sieht es aus, wollen wir auf Jaspers Geburtstag anstoßen?"

„Kommen Mama und Papa nicht?", fragte Enna erstaunt und richtete sich auf. Sie nestelte ein Taschentuch aus der Tasche und wischte sich damit über das Gesicht.

„Später, sie hatten noch etwas auf dem Festland zu erledigen", meinte Jasper. „Sie kommen aber direkt vom Bahnhof her."

Gleich darauf hielten alle ein Sektglas in der Hand.

„Auf dich, mein Schatz." Lene sah zu ihrem Mann auf und strahlte ihn an, bevor sie sich bei ihm unterhakte.

„Auf Pudeldame Rosi", erwiderte Jasper verlegen, dem sichtlich unangenehm war, im Mittelpunkt des allgemeinen Interesses zu stehen.

Enna unterdrückte ein Grinsen. Da Rosi offenbar verstanden hatte, dass es um sie ging, setzte sie sich auf den Boden, wedelte mit dem Schwanz und sah erwartungsvoll von einem zum anderen.

Was Sophie zu ihm gesagt hatte, nagte an Paul. Hatte sie am Ende recht? Sollte er sich Hilfe holen?

Paul schloss die Faust um die kleine Muschel, die er wieder aufgehoben hatte, nachdem er sie nach dem Gespräch mit Sophie unwirsch auf den Boden gepfeffert hatte.

Quatsch. Er doch nicht. Er kam schon klar. Schließlich hatten viele Menschen eine Abneigung gegen Krankenhäuser. Das war auch nicht verwunderlich bei der Luft, die dort herrschte. Das hielt kein Mensch aus. Wie machte das nur das Personal? Vielleicht war Enna deswegen Tierärztin geworden.

Nachdenklich ging er hinunter zum Strand auf der Westseite, wo die Sonne sich eben anschickte, am Horizont im Meer zu versinken. Der Weg vom Campingplatz auf der Ostseite dorthin war nicht weit, denn an dieser Stelle war Sylt am schmalsten. Der Campingplatz im Osten und der Strand im Westen waren nur durch die Hauptstraße getrennt.

Der Anblick war spektakulär, auch die anderen ließen sich das nicht entgehen, wie er jetzt erkannte. Seine Freunde hockten am Strand und tranken Bier aus Flaschen.

Was hätte er dafür gegeben, auch einen Schluck zu nehmen. Aber die Vernunft siegte. Alkohol und Schmerztabletten vertrugen sich nicht. Es mochte nicht besonders clever gewesen sein, mit einer solchen Verletzung nicht in die Klinik zu gehen, aber jetzt ein Bier zu trinken, wäre einfach nur dumm.

Alexander sah auf. „Was macht der Brummschädel?"

„Wird besser."

„Setz dich zu uns."

Langsam ließ Paul sich in den Sand zwischen Alexander und Nina fallen. Die kleine Frau neben ihm rutschte ein wenig zur Seite und sah ihn mitleidig an.

„Das Veilchen wird gruselig. Du siehst aus, als wärst du in eine üble Kneipenschlägerei geraten."

„Du solltest erst mal den anderen sehen", scherzte Paul und grinste schief.

„Möchtest du etwas trinken?"

„Gern, aber kein Bier bitte."

„Mir war auch nicht nach Bier", warf Sophie ein, die auf Ninas anderer Seite saß. Ihr Freund Leon hatte fest den Arm um sie geschlungen und sie schmiegte sich an ihn. „Ich habe Apfelsaftschorle dabei. Möchtest du?"

„Gern." Dankend nahm Paul die Flasche entgegen, schraubte den Verschluss ab und trank in langen Zügen.

„Jetzt seid aber leise, sonst hören wir nicht, wie es zischt, wenn die Sonne im Meer versinkt." Evi, die vor ihnen saß, drehte sich um.

Sie hatte langes, schwarz gefärbtes Haar und ihre schlanke Gestalt war an den Armen, aber auch an den Knöcheln und einem Teil der Wade mit Tätowierungen bedeckt. Außerdem war sie eine hoffnungslose Romantikerin.

Paul lenkte seine Konzentration auf den Horizont. Der Wind hatte aufgefrischt, das Wellenrauschen zugenommen. Die Schlechtwetterfront hatte ihnen allerdings noch eine Gnadenfrist geschenkt, sodass sie dieses einmalige Naturschauspiel genießen konnten.

Langsam senkte sich der glutrote Feuerball in Richtung des Wassers. Das Farbenspiel tauchte die Umgebung um sie herum in ein rötlichgoldenes Licht. Begleitet von vielen Ahs und Ohs sah es tatsächlich aus, als würde die Sonne im Meer versinken.

Wie gebannt starrten alle auf das Wasser. Paul konnte sich der Magie dieses Anblicks ebenfalls nicht entziehen, wenn ihn gerade solche Momente auch manchmal wehmütig werden ließen.

Er versuchte, Sophies Rat zu folgen und die Gedanken fortzuwischen. Dabei fiel ihm ein, dass er der Tierärztin versprochen hatte, noch einmal anzurufen. Das würde er gleich nachholen, wenn sie zurückgingen.

Die Sonne war verschwunden, hinterlassen hatte sie eine eigentümliche Stimmung. Langsam senkte sich die Dämmerung auf sie herab, außerdem begann Paul zu frösteln. Man spürte deutlich, dass es auf den Herbst zuging. Neben ihm regten sich seine Freunde, einer nach dem anderen stand auf und klopfte sich den Sand von der Hose. Die Flaschen waren schnell eingesammelt und in einem Korb verstaut.

„Ich weiß nicht, wie es euch geht, aber ich habe einen Bärenhunger." Finn streckte sich.

Zu seiner Überraschung merkte Paul, wie auch sein Magen sich meldete. Kein Wunder, er hatte das Mittagessen ausfallen lassen und den Nachmittag größtenteils verschlafen.

„Wie wäre es, wenn wir Pasta machen?" Finn sah in die Runde. „Wenn wir alle helfen, sind wir schnell fertig."

„Geht schon mal vor, ich muss noch kurz telefonieren", meinte Paul und zog bereits das Smartphone aus der Tasche. Er ließ sich ein Stück zurückfallen und wählte die Nummer, die er, kurz nachdem er die Visitenkarte erhalten hatte, ins Handy eingespeichert hatte.

Auf eigentümliche Weise freute er sich auf den Anruf. Ja, das musste an dem Verständnis liegen, das Enna ihm entgegengebracht hatte, ohne weitere Fragen zu stellen.

Er lauschte dem Tuten in der Leitung, stellte sich vor, wie sie das Telefon zu sich heranzog, vielleicht überlegte, wer sie um diese Uhrzeit noch anrief. Bestimmt saß der Hund zu ihren Füßen.

„Hallo?", drang es gleich darauf aus der Leitung.

Im Hintergrund waren Stimmen zu hören, die sich unterhielten. Jetzt lachte jemand laut auf, ein Hund bellte einmal. Das klang nicht nach der Pudeldame.

„Oh, Entschuldigung, ich wollte dich nicht stören", stammelte Paul und wusste einen Moment nicht, was er sagen sollte.

Natürlich verbrachte sie den Abend nicht allein zu Hause. Sie war ein netter Mensch, sicher hatte sie jede Menge Freunde. Möglicherweise sogar einen Freund. Verärgert stellte er fest, dass ihm diese Vorstellung nicht gefiel. Wer war er, darüber nachzudenken?

„Paul, bist du das? Geht es dir gut?" Offenbar hatte sich Enna ein paar Schritte von den anderen entfernt, die Hintergrundgeräusche wurden leiser.

Erst da wurde ihm bewusst, dass er sich gar nicht gemeldet, stattdessen einfach losgestottert hatte. Verlegen lachte er. „Ja, tut mir leid. Hier ist Paul. Und ja, es geht mir gut." Er atmete tief durch. „Ich hatte nur nicht damit gerechnet, dass du unterwegs bist."

„Ach, alles gut. Mein Bruder feiert seinen Geburtstag und hat ein paar Freunde eingeladen." Sie unterbrach sich kurz, jemand sagte etwas zu ihr, das Paul nicht verstand. Ein Lachen ertönte, dann wurde es wieder leise. „Wie geht es dir? Hast du Kopfschmerzen? Übelkeit? Siehst du klar?"

„Es ist wirklich alles in Ordnung", versicherte Paul. Ein wenig freute er sich über die Sorge in ihrer Stimme, bevor er sich einen Narren schimpfte. Sie war Ärztin, das war ihr Beruf. „Der Brummschädel lässt dank der Schmerztabletten langsam nach. Ansonsten habe ich den halben Nachmittag verschlafen. Jetzt habe ich einen Bärenhunger. Ich finde, das ist ein gutes Zeichen."

„Das sehe ich auch so."

Täuschte er sich, oder hörte sie sich erleichtert an?

„Du kommst aber morgen trotzdem noch einmal zu mir in die Praxis, damit ich die Wunde kontrollieren kann."

Das war keine Frage, registrierte Paul jetzt und unterdrückte ein Grinsen.

Eigentlich war es nicht nötig, zu ihr zu gehen. Die Verletzung hätte auch Alexander versorgen können. Das verschwieg er aber wohlweislich, gab es ihm doch einen Grund, noch einmal bei ihr vorbeizusehen. Allerdings musste er auch die Wogen bei seinem Kumpel glätten. Nun, irgendwie würde er den Spagat schon hinbekommen. „Natürlich. Alles so, wie Frau Doktor es wünscht. Wie geht es der kleinen Pudeldame?"

„Ach Rosi?" Kurz drang ihre Stimme nur gedämpft zu ihm, als wenn sich Enna umgedreht hätte. Dann perlte ihr Lachen aus der Leitung. „Sie hat einen Freund gefunden und gräbt unter einem Busch."

„Sie heißt also Rosi. Oder hast du sie so genannt?"

„Nein. Es war Zufall, dass wir das herausgefunden haben. Meine Freundin hat sie erkannt, weil die alte Dame Souvenirs bei ihr gekauft hat. Auf jeden Fall hört sie auf den Namen, sie muss es also sein."

Paul lachte nun ebenfalls leise, bevor er wieder ernst wurde. „Hast du etwas von der Frau gehört?"

„Nicht viel." Enna seufzte. „Es scheint ihr nicht besonders gut zu gehen.

Betroffen schwieg Paul zunächst. „Das tut mir leid."

Erneut schien jemand bei Enna vorbeizugehen. Es raschelte, als sie offensichtlich die Hand auf das Mikrofon legte.

„Ich bin gleich so weit", hörte er sie gedämpft sagen.

„Es tut mir leid, ich wollte dich nicht stören", sagte Paul hastig, weil es ihm unangenehm war, dass sie ihre Freunde seinetwegen vernachlässigte. Ohnehin war ihr ganzer Tagesablauf durcheinandergebracht worden. „Noch mal vielen Dank für alles. Mir geht es wirklich gut und ich komme brav vorbei."

„In Ordnung." Er meinte ein Lächeln aus ihrer Stimme herauszuhören. „Dann schone dich und wir sehen uns morgen."

Paul wünschte ihr einen schönen Abend und schob das Handy zurück in die hintere Hosentasche seiner Jeansshorts.

Er hob den Blick, die anderen hatten längst die Straße überquert und waren sicher gleich bei ihren Campern angelangt. Wenn er Glück hatte, gab es in Kürze einen Teller Pasta. Evi und Nina hatten am Nachmittag eingekauft, zumindest hatten sie das gesagt.

Paul freute sich auf den Abend. Die letzten Tage im Büro, bis das Projekt fertig gewesen war, waren stressig verlaufen. Hier war die Aufregung heute Morgen gleich weitergegangen. Langsam war es an der Zeit, dass Ruhe einkehrte.

Die Nudeln kochten bereits, als er zurückkehrte. Außerdem zog der kräftige Duft nach Olivenöl und frischen Kräutern über den Campingplatz und vermischte sich mit der salzhaltigen Luft des Meeres.

Paul wurde genötigt, sich an den gedeckten Tisch zu setzen und sich das Essen bringen zu lassen.

„Morgen ist die Schonfrist vorbei", brummte Leon, grinste ihn aber an. „Heute darfst du es noch einmal richtig auskosten."

„Hast du um diese Uhrzeit noch Patienten?" Überrascht sah Dominik Enna an, als sie an den Tisch zu den anderen zurückkehrte. Auf dem Grill lagen inzwischen Würstchen und Gemüse und erinnerten mit ihrem intensiven Duft an einen letzten Hauch Sommer.

„Nein, das war der Typ, den Rosi vom Fahrrad geholt hat. Ich habe euch doch erzählt, dass ich die Wunde genäht habe."

Da mittlerweile alle mit Tellern bewaffnet um den Grill herumstanden, nahm sich auch Enna einen und stellte sich dazu. „Keine Ahnung, warum er nicht ins Krankenhaus gehen wollte, aber ich kann ihn schließlich nicht zwingen. Ich habe ihn gebeten, mich noch einmal anzurufen, damit ich weiß, ob es ihm gut geht."

„Und?" Heike sah sie neugierig an.

„Zumindest lassen die Kopfschmerzen dank der Schmerztabletten nach und übel ist ihm auch nicht. Das Einzige, was jetzt passieren kann, ist, dass die Wunde nicht verheilt. Aber ich habe ihn für morgen noch einmal einbestellt, damit ich mir das ansehen kann."

„Dass du das kannst", meinte Fentje bewundernd.

Ihre Freundin hatte bereits Würstchen und Grillkäse auf dem Teller liegen. Der Duft, der an Ennas Nase drang, ließ ihren Magen augenblicklich grummeln.

„Was habt ihr nur alle? Es ist kein Unterschied, ob ich ein Tier oder einen Menschen nähe. Außerdem habe ich drei Semester Humanmedizin studiert", erinnerte Enna die Schriftstellerin.

„Ach ja, das hatte ich vergessen."

Dominik schlang den Arm um die Taille seiner Freundin und drückte ihr einen Kuss auf die Wange. „Damit hat alles angefangen."

„Das Unheil nahm seinen Lauf", lachte Heike.

„Das stimmt nicht", gab sich Dominik entrüstet. „Es war der Anfang von etwas Wunderbarem."

„Das hast du schön gesagt." Verliebt sah Fentje ihn an. „Vielleicht leihe ich mir das einmal aus."

Dominik rollte mit den Augen. „Ich muss bei allem, was ich sage, aufpassen", klagte er. „Immer landet etwas in einem Buch."

Fentje zuckte nur mit der Schulter.

„Aber du schreibst Thriller", wunderte sich Heike.

„Trotzdem dürfen sich dort Menschen ineinander verlieben. Manchmal auf krankhafte Weise." Das Grinsen, das sie Heike schenkte, war diabolisch.

Jetzt stöhnte auch Heike auf. „Du hast eine ganz schön kranke Fantasie. Das traut man dir gar nicht zu."

„Und trotzdem liebt ihr alle den Nervenkitzel und kauft die Bücher."

Enna streckte ihrem Bruder den Teller entgegen.

„Was darf es sein?"

„Würstchen, bitte. Und vom Gemüse."

Jasper legte ihr das Gewünschte auf den Teller. Sie schnupperte mit geschlossenen Augen. Fast augenblicklich begann ihr Magen wieder zu knurren.

„Ui, da hat aber jemand Hunger." Fentje lächelte ihr zu.

Verlegen hob Enna die Schultern. „War ein langer Tag heute. Zuerst der Sturz der alten Lady, dann musste ich nähen und danach habe ich mich um Rosi gekümmert, bevor ich hierherkam."

„Wieso hast du aufgehört mit der Humanmedizin?"

Die Frage kam überraschend und traf Enna deswegen umso mehr. Beinahe wäre das Würstchen vom Teller gekullert, als sie zusammenzuckte. Im letzten Moment gelang es ihr, das Essen zu retten, bevor es zu Boden und damit den Hunden zum Opfer fiel.

Der kurze Moment gab ihr jedoch die Gelegenheit, sich zu sammeln. Weil sie Fentje nicht ansehen wollte, trat sie zu dem kleinen Tisch, auf dem Salate und Brot standen, und schöpfte sich vom Nudelsalat auf den Teller.

„Tiere sind dankbarer als Menschen", sagte sie schließlich, als sie es schaffte, Fentje wieder unbefangen anzusehen. „Sie sind ehrlicher."

Das war nicht der einzige Grund. Aber mehr wollte sie nicht preisgeben. Fentje schien damit jedoch zufrieden zu sein.

„Dass du dich getraut hast, einen Menschen zu nähen, finde ich ganz schön mutig."

„Das war nicht schwer. Bei Tieren kommt das beinahe täglich vor. Außerdem hat man mir im Studium bescheinigt, dass ich ein Händchen dafür habe." Jetzt gelang es ihr sogar ein Lächeln. „Ich hatte einen Prof, der war so beeindruckt von meinem Talent, dass er mich unbedingt für die plastische Chirurgie gewinnen wollte. Stellt euch das mal vor."

„Warum nicht? Damit wärst du auf der Insel zumindest nicht falsch."

Im selben Moment betraten ihre Eltern den Garten. Erleichtert atmete Enna auf. Sie sprach nicht gern über die Zeit ihres Studiums.

Zunächst gratulierten Tomke und Ulla ihrem Sohn, bevor sie die anderen begrüßten und sich mit Essen versorgten. Erneut durfte Enna die Geschichte erzählen, wie sie zu Rosi gekommen war. Ihre Mutter schüttelte nur den Kopf.

„Du hast schon immer kranke Tiere eingesammelt. Erinnerst du dich noch an die Möwe, die humpelte?"

„Die habe ich erstklassig wieder hinbekommen."

„Nur, dass sie uns dann aus Dankbarkeit den ganzen Sommer über besucht hat", gab ihre Mutter trocken zurück. „Und die Kumpels hat sie auch gleich mitgebracht. Das war eine schöne Sauerei auf der Terrasse."

Jetzt lachten alle.

„Was sollte ich tun? Ich kann nicht aus meiner Haut. Rosi konnte ich unmöglich zurücklassen. Außerdem habe ich ein Versprechen gegeben."

„Dann hattest du damals schon ein Händchen für gefiederte Tiere", meinte Fentje. „Auch wenn Ulla wenig begeistert war."

„Das hat sie immer noch", warf Dominik ein.

Enna unterdrückte ein Grinsen, als sie daran dachte, wie verzweifelt Dominik mit Helga auf dem Schoß im Garten gesessen hatte.

„Das ist ein gutes Stichwort", nahm Fentje den Faden auf. „Ich möchte jetzt endlich wissen, warum Enna bei uns gewesen ist."

Ergeben hob Dominik beide Hände. Kurz druckste er noch herum, dann erzählte er, welche Sorgen er sich um Helga gemacht hatte.

„Er hat sich kaum bewegt, saß völlig verkrampft da", kicherte jetzt auch Enna. „Ihr hättet das sehen sollen."

Fentje sah ihn mit leuchtenden Augen an. „Du hast dir Sorgen um Helga gemacht. Ich wusste, dass du sie insgeheim magst."

„Er hatte nur Angst, in deinem nächsten Thriller das Opfer zu sein", warf Jasper lachend ein.

„Das würde ich nie tun. Dominik hat ein weiches Herz. Auch wenn er das nicht zugibt. Vielleicht hatten er und Helga Anlaufschwierigkeiten. Aber ich glaube, sie mögen sich auf eine ganz besondere Art und Weise. Ich finde es toll, dass du dich um sie sorgst."

Dominik brummte etwas Unverständliches vor sich hin, lächelte Fentje aber voller Liebe an.

Enna unterdrückte ein Seufzen. Die beiden waren ein hübsches Paar. Seit sie zusammen waren, war die verschlossene Fentje richtiggehend aufgetaut.

Ein Glas Wein schob sich in ihr Blickfeld, gleich darauf setzte sich Heike neben sie.

„Eigentlich wollte ich nach Hause gehen", meinte Enna jetzt und lächelte die Freundin entschuldigend an.

„Papperlapapp. Erinnerst du dich noch, wie wir vor wenigen Wochen bei dir saßen und du abends eine Flasche Wein geköpft hast?"

„Da hast du sie gebraucht", erinnerte sich Enna schmunzelnd. „Weil dein Laden kurz vor dem Aus stand und du Liebeskummer hattest."

„Da warst du für mich da. Ich möchte auch für dich da sein." Heike schenkte ihr ein warmes, dankbares Lächeln.

„Wer sagt, dass ich jemanden brauche, der für mich da ist?"

Heike beugte sich ein wenig vor und senkte die Stimme. „Wir kennen uns schon so lange. Ich habe gesehen, wie Fentjes Frage dich aus der Bahn geworfen hat. Und ich habe den Seufzer bemerkt, den du zu unterdrücken versucht hast."

„Das ist gar nicht wahr."

Der Blick, den Heike ihr zuwarf, zeigte Enna, dass leugnen zwecklos war. Ihre Freundin kannte sie einfach zu gut.

„Wenn ich heute Morgen etwas zu forsch gewesen bin, tut es mir leid."

„Ach was", wiegelte Enna ab, obwohl sie zugeben musste, dass Heikes Worte sie zum Nachdenken gebracht hatten. Zumindest so lange, bis die alte Dame gestürzt war.

„Ich meine es wirklich nicht böse."

„Das weiß ich doch." Ihr Lächeln geriet eine Spur traurig, das merkte Enna selbst. Aber sie wusste auch, dass sie sich vor Heike nicht zu verstecken brauchte.

Mitfühlend legte die Freundin eine Hand auf ihren Unterarm. „Ich möchte nur, dass es dir gut geht."

„Ich weiß. Es ist nur … Ach, ich weiß auch nicht." Unglücklich griff Enna nach ihrem Weinglas und trank einen Schluck. Hauptsächlich, weil es ihr Zeit gab, sich zu sammeln.

„Tobias' Todestag jährt sich bald", sagte Heike leise.

Enna schluckte. „Dass du daran denkst."

„Hör mal, seit wann kennen wir uns?"

„Lange."

„Ich weiß doch, wie es dir geht. Das ist nicht einfach. Jedes Jahr um diese Zeit fällst du in ein Loch. Ich möchte dir beistehen."

„Danke."

„Hör mal, Süße, wenn du mich als übergriffig empfindest, musst du mir das sagen, dann höre ich sofort auf. Aber glaub mir, ich meine es nur gut mit dir."

„Auch das weiß ich."

Einen Moment schwiegen sie, hingen ihren Gedanken nach.

„Glaubst du, Tobias hätte gewollt, dass du für den Rest deines Lebens allein bist?"

Entschieden schüttelte Enna den Kopf. „Er hat mich so sehr geliebt wie ich ihn."

„Was hättest du dir für ihn gewünscht, wenn du ihn hättest verlassen müssen?"

„Dass er glücklich wird", sagte Enna leise. Nachdenklich fuhr sie den Stil des Glases mit ihrem Finger nach.

„Glaubst du nicht, dass er sich das auch für dich erhofft hat?"

„Er hat es mir sogar gesagt." Enna krauste die Nase und kniff die Lider für einen kurzen Moment zusammen, um die Tränen daran zu hindern, ihre Augen zu fluten. „Auf dem Sterbebett hat er mir das Versprechen abgenommen, dass ich mein Leben weiterleben, mich verlieben und Kinder haben soll."

„Das hast du mir nie erzählt." Betroffen sah Heike sie an.

„Es ist nicht leicht, darüber zu reden."

„Das verstehe ich. Aber siehst du, genau das meine ich. Ist es nicht an der Zeit, dieses Versprechen einzulösen? Wenn nicht für dich, dann wenigstens für ihn?"

„Das ist nicht fair." Trotzdem merkte Enna, wie sich ein winziges Lächeln auf ihre Lippen schlich.

„Ich weiß", erwiderte Heike mit warmer Stimme. „Aber du solltest der Liebe wieder eine Chance geben. Ich sehe doch, wie sehnsüchtig du all die Paare hier betrachtest. Ich weiß, wie sehr auch du dir wünschst, dich zu verlieben. Und glaub mir, niemand hat es mehr verdient als du."

Eine lange Zeit schwieg Enna, bis sie all ihren Mut zusammennahm und weitersprach: „Ich habe Angst, dass ich wieder jemanden verliere", flüsterte sie und starrte in das Weinglas, in dem der Pegel schon deutlich gesunken war. Das hatte sie noch nie jemandem gestanden.

„Ach Süße, glaubst du, ich habe das nicht längst geahnt?" Heike legte den Arm um ihre Schulter und drückte sie.

Diesmal seufzte Enna wirklich. Heike kannte sie in- und auswendig. Es machte keinen Sinn, sich vor ihr zu verstecken.

„Was, wenn es wieder passiert?"

„Niemand kann dir eine Garantie geben." Enna spürte, wie die Freundin nach Worten suchte. „Aber ich kann dir auch versprechen, dass du niemals dein ganzes Glück finden wirst, wenn du nicht deinen Einsatz bringst."

Nachdenklich wandte sich Enna wieder dem Glas zu. Zögernd führte sie es an die Lippen und trank einen kleinen Schluck.

Plötzlich spannte sich Heike neben ihr an und griff nach ihrem Arm. Ihre Finger gruben sich in Ennas Haut.

Überrascht sah Enna auf, in Heikes Augen lag ein aufgeregtes Glitzern. „Ich habe eine Idee."

Zweifelnd sah Enna sie an. „Warum nur habe ich gerade meine Zweifel, dass ich sie gut finden werde?"

„Hör zu, der nächste Mann, der dir über den Weg läuft und den du halbwegs sympathisch findest, dem gibst du eine Chance. Verlieb dich. Lache, sei jung und unbeschwert, sei glücklich und genieße das Leben."

„Und wenn er ein Trottel ist?"

„Dann kannst du ihn wieder in den Wind schießen und es mit dem nächsten versuchen. So lange, bis der eine kommt, der dich auf Händen trägt und dir die Sterne vom Himmel holt."

Enna schmunzelte über den Eifer der Freundin. „Dir ist es ernst damit, oder?"

„Natürlich, über so etwas macht man keine Scherze."

Lange Zeit schwiegen sie.

„Ich habe Angst", flüsterte Enna schließlich und schaffte es kaum noch, die Tränen zu unterdrücken.

„Ich weiß, Süße, das ist auch völlig in Ordnung. Aber glaub mir, ich bin an deiner Seite. Ich halte deine Hand. Zusammen schaffen wir das." Feierlich hob Heike ihr Glas. „Darauf, dass du dein Glück findest. Und auf Tobias, er war ein wunderbarer Kerl."

Als die Gläser aneinander klirrten, sann Enna einen kurzen Moment nach. Möglicherweise hatte Heike recht. Heute hatte sie einer alten Frau ein Versprechen erfüllt. War es nicht an der Zeit, auch Tobias' Wunsch nachzukommen? Wenn nicht für sich selbst, dann für ihn?

Heike konnte ganz schön hartnäckig sein, wenn sie sich etwas in den Kopf gesetzt hatte. Aber ihre Freundin hatte das Herz am rechten Fleck und Enna wusste, dass sie nur ihr Bestes wollte. Eigentlich sollte sie ihr dankbar sein.

Sie schluckte und nickte dann entschlossen. „Auf Tobias." Enna atmete tief durch und leerte das Glas mit einem Zug. „Aber du musst mir versprechen, dass wir das gemeinsam machen."

„Alles, was du möchtest, solange du glücklich bist", entgegnete Heike und drückte ihre Freundin kurz an sich.

„Hey, ihr beiden, was gibt es da zu tuscheln?" Joe sah zu ihnen herüber.

Als Enna sah, wie Heike seinen Blick erwiderte, fiel es ihr schon nicht mehr so schwer wie zuvor bei Fentje. Sie würde es ganz einfach wagen und der Liebe eine Chance geben.

Kapitel 6

Paul war früh wach am nächsten Morgen, was kein Wunder war, wenn man bedachte, dass er den Nachmittag verschlafen und am Abend bald ins Bett gegangen war.

Vorsichtig tastete er nach seinen Klamotten und verließ leise den Camper, den er sich mit Alexander teilte. Als er die Tür aufstieß, drang ein würziger Geruch an seine Nase. Zwar regnete es im Moment nicht, aber die Luft war feucht und salzig, der Himmel wolkenverhangen und von tiefem Grau. Dazu wehte ein kräftiger Wind.

Ihn fröstelte bei dem Anblick. Hastig schlüpfte er in Jogginghose und Hoodie. Paul hatte sich im Laufe des Urlaubs auf Sonnenaufgänge am Wattenmeer gefreut, aber natürlich war schon gestern klar gewesen, dass das bei dem angekündigten Wetterwechsel nichts werden würde.

Statt sich dem Strand direkt am Campingplatz, der im Osten Sylts lag, zuzuwenden, wandte er sich in Richtung der

Westseite der Insel. Auch hier gab es Ebbe und Flut, aber das offene Meer zog sich längst nicht so weit zurück wie auf der anderen Seite.

Er überquerte den verschlafenen Campingplatz, auf dem sich noch nichts rührte, gleich darauf die Straße und stand wenig später am Strandübergang. Auf dem schmalen Fußweg ging Paul durch die Dünenlandschaft in Richtung Strand. Schon von Weitem hörte er das Meer rauschen. Gewaltige Wellen brachen sich in der Brandung. Nach wenigen Sekunden hatte sich Feuchtigkeit in seinem Gesicht gesammelt, die salzig schmeckte, wenn er mit der Zungenspitze über die Lippen fuhr.

Als das Meer in seiner tosenden Schönheit vor ihm lag, stockte Paul kurz der Atem. Fast meinte er, dass es nach ihm rief, ihn hinauslockte in die unergründliche Dunkelheit. Das waren genau seine Bedingungen. Jetzt mit dem Brett draußen sein, das war nach seinen Vorstellungen. Im Moment reichte ein kleines Segel, um ordentlich Fahrt aufzunehmen. Ein Viereinhalber vielleicht. Auf dem Wasser konnte er alles vergessen, es hatte etwas Magisches an sich, das dafür sorgte, dass er sich frei fühlte. Es war in der Lage, alles, was auf ihm lastete, mit sich fortzureißen.

Paul stieß einen tiefen Seufzer aus. Er würde erst einmal nicht aufs Meer hinauskönnen. Mit der frisch genähten Wunde war das keine gute Idee, auch wenn er sich bedeutend besser fühlte. Die Kopfschmerzen waren nahezu verschwunden, selbst das drückende Gefühl der Narbe hatte ein wenig nachgelassen. Doch er konnte sich nicht vorstellen, dass Enna es gutheißen würde, wenn er zum Surfen ging. Zumindest im Moment nicht. Vielleicht würde er sie fragen, ob sie in seinem Fall eine Ausnahme machte, wenn er versicherte, dass er umsichtig war.

Paul zog die Schuhe aus und ging zum Wassersaum hinunter. Er musste vorsichtig sein, die auslaufenden Wellen waren unberechenbar. Nie konnte er vorhersagen, wie schnell seine Füße feucht wurden. Am Ende hatte er eine nasse Hose.

Wieder warf er einen sehnsüchtigen Blick hinaus. Wie schön wäre das jetzt. Doch er war hier festgebunden. In seiner Welt. Er würde einen anderen Weg finden müssen, in seinem Inneren für Ruhe und Frieden zu sorgen.

Paul vergaß am Wasser jedes Zeitgefühl. Erst als er merkte, wie weit er sich vom Übergang zur Straße entfernt hatte, drehte er um. Er sog die frische, salzhaltige Luft tief in seine Lunge und genoss das belebende Gefühl, das damit einherging.

Ein wenig nagte es an ihm, dass er nicht aufs Wasser konnte. Die Bedingungen waren perfekt. Dort draußen würde er sich noch wohler fühlen. Aber sie würden noch eine Weile hierbleiben, um den *Windsurf World Cup* anzusehen, dem sie alle bereits seit Tagen entgegenfieberten. Dann würde auch seine Verletzung so weit verheilt sein, dass er wieder aufs Wasser konnte.

Als er zum Campingplatz zurückkehrte, zeigte sich ihm ein anderes Bild. Überall wurde vor den Wohnwagen und Campern gewerkelt.

Auch auf dem Platz, wo ihre Fahrzeuge nebeneinanderstanden, herrschte rege Betriebsamkeit. Seine Freunde hatten das Frühstück bereits vorbereitet, Kaffeeduft wurde vom Wind an seine Nase getragen.

„Wo kommst du denn her?" Finn sah ihn fragend an.

„Ich war unten am Wasser."

„Und? Wie ist es?" Evis Augen glitzerten voller Vorfreude.

„Hm", brummte Paul und nahm die Tasse entgegen, die sie ihm reichte. Augenblicklich stieg ihm der aromatische Duft in die Nase. „Vermutlich ganz gut", gab er schließlich widerstrebend zu, weil er um keinen Preis eingestehen wollte, dass ihn die Frage wurmte.

„Was soll das denn heißen?" Fassungslos sah Nina ihn an.

Sophie lachte hell auf. „Das kann ich euch schon sagen. Es ist nicht so toll, wenn man bei einem solchen Wind am Strand sitzt und zum Zusehen verdammt ist, während die Cracks übers Wasser flitzen."

Jetzt ging auch den anderen ein Licht auf.

Gutmütig schlug Leon ihm auf die Schulter. „Wir sind ja noch eine Weile hier. Bestimmt ergeben sich für dich ein paar super Surftage, wenn erst einmal das olle Pflaster weg ist und die Fäden gezogen sind."

Evi strich ihm über den Arm. „Selbst schuld, wenn man nicht Rad fahren kann." Ihre Mundwinkel verzogen sich zu einem breiten Grinsen.

Nun prusteten auch die anderen los. Obwohl ihm überhaupt nicht danach zumute war, stieg selbst in Paul ein Lachen auf. „Ja, ja. Wer den Schaden hat, braucht für den Spott nicht zu sorgen. Ihr seid ganz schön gemein."

„Ach was, wir haben Frühstück gemacht. Du musst dich nur setzen." Leon deutete auf den gedeckten Tisch.

Der Anblick von frischen Brötchen ließ Pauls Magen knurren.

„Wusste ich doch, dass du Hunger hast", meinte sein Kumpel gutmütig.

Nina klatschte in die Hände. „Dann wollen wir mal. Esst, Leute, und stärkt euch. So schnell kommen wir heute nicht vom Strand weg."

Paul unterdrückte ein Seufzen. Er konnte es ohnehin nicht ändern. Aber die Bedingungen waren einfach so perfekt, dass es schmerzte, nur zusehen zu dürfen.

„Ich frage sie, wann ich aufs Wasser kann", fasste er einen Entschluss und griff nach einem Brötchen, um es aufzuschneiden.

„Apropos, wenn du nachher zu der Tierärztin gehst, bringe ich dich hin", sagte Alexander, der neben ihm saß, beiläufig.

Überrascht sah Paul auf. „Möchtest du nicht aufs Wasser?"

„Doch, schon. Aber ich bin neugierig auf die Frau, die meinen Kumpel verarztet hat."

„Ist das so ein Berufsethosdings?" Paul konnte den Spott nun seinerseits nur schlecht aus der Stimme heraushalten. Offenbar war Alexander immer noch ein wenig angefressen. „Bist du neidisch, weil sie schönere Nähte macht als du?"

Der strafende Blick, den Alex ihm daraufhin zuwarf, zeigte Paul, dass er mit dieser Vermutung ins Schwarze getroffen hatte. Schadenfroh grinste er seinen Kumpel an. „Soll sie dir vielleicht etwas beibringen?"

Paul konnte sein Schienbein gerade noch in Sicherheit bringen. Wenn er schon nicht aufs Wasser konnte und alle über ihn spotteten, war es nur fair, wenn er sich verbal revanchierte. Er konnte es nicht abwarten, wieder aufs Meer zu können und sie alle in Grund und Boden zu fahren.

Als der Wecker Enna am nächsten Morgen unsanft aus dem Schlaf riss, brummte ihr Schädel. Mit geschlossenen Augen blieb sie einen Moment liegen. Das letzte Glas Wein war definitiv zu viel gewesen. Warum hatte sie es nur getrunken?

Da fiel ihr ein, was das Ergebnis dieses letzten Glases gewesen war. Stöhnend fuhr sie sich mit der Hand über die Stirn. Sie hatte nicht wirklich zusammen mit Heike beschlossen, dass sie dem nächsten Mann eine Chance geben würde? Was war das denn für eine bescheuerte Idee? Wie stellte Heike sich das vor? Dass sie sich dem nächstbesten Kerl an den Hals warf?

Enna schüttelte den Kopf, was sie im gleich darauf folgenden Moment bereute. Kurz dachte sie darüber nach, die Praxis heute geschlossen zu lassen. Am liebsten wäre sie im Bett geblieben und hätte den Rest des Tages verschlafen. Draußen zerrte der Wind an den Fensterläden, offenbar verpasste sie nichts.

Gleich darauf spürte sie etwas Raues auf ihrer Wange und riss erschrocken die Lider auf. Nur, um in zwei schwarze Knopfaugen zu schauen, die von kleinen weißen Löckchen umrahmt waren. Die hellrote Zunge fuhr erneut über ihre Wange.

„Ih, Rosi, wie kannst du nur?", rief Enna und kniff die Augen zusammen. Gleichzeitig schob sie den Hund von sich.

Rosi bellte einmal, stand auf und lief aufgeregt vor dem Bett hin und her. Am gestrigen Abend hatte Enna Mitleid mit der Hündin gehabt, die in ihrem Körbchen im Flur jämmerlich gewinselt hatte. Die ungewohnte Umgebung war doch nicht so spurlos an der Pudeldame vorbeigegangen, wie sie zunächst vermutet hatte. Außerdem vermisste sie bestimmt ihr Frauchen.

Kurzerhand hatte Enna den Korb in ihr Schlafzimmer verfrachtet. Rosi hatte die Gelegenheit genutzt und war mit einem Satz aufs Bett gesprungen. Es hatte einiges an Überzeugungsarbeit erfordert, bis Rosi begriffen hatte, wo ihr Platz war. Glücklicherweise hatte die alte Dame den Hund gut erzogen, sodass er Kommandos verstand. Gestern Nacht hätte Enna die Kraft auch nicht mehr aufgebracht, länger zu diskutieren. Vermutlich hatte Rosi bei ihrem alten Frauchen im Bett schlafen dürfen. Das kam für sie jedoch nicht infrage.

Nur hatte Enna leider vergessen, dass sie nun selbst Hundehalterin war, weswegen sie die ungewohnte Zuneigungsbekundung am frühen Morgen reichlich schockierte.

Wieder öffnete Enna die Augen. Rosi stand vor ihrem Bett und schaute sie abwartend an. Einen Moment geschah nichts, dann legte die Pudeldame die Vorderpfoten auf die Decke und legte den Kopf schief.

Vorsichtig streckte Enna die Hand aus und strich ihr über den Kopf, bevor sie sie hinter den Ohren kraulte. Die Hündin genoss die Streicheleinheiten sichtlich und gab ein brummendes Geräusch von sich.

Nachdenklich sah Enna auf Rosi hinab. „Kannst du dir vorstellen, was Heike sich gestern Nacht ausgedacht hat?"

Die Pudeldame öffnete die Augen.

„Ich soll dem nächsten Mann, der mir über den Weg läuft, eine Chance geben. Was für ein Blödsinn. Soll ich etwa einen aus dem Supermarkt mitnehmen?"

Enna schüttelte den Kopf und war dankbar über Rosis zustimmendes „Wuff".

„So sehe ich das auch. Vermutlich hat sie das längst wieder vergessen. Sie hatte ein Glas Wein mehr als ich. Was meinst du, Rosi? Wir breiten einfach den Mantel des Schweigens darüber. Jetzt brauchen wir ohnehin zunächst ein Frühstück."

Mit ihren Gedanken zufrieden, schlug Enna die Bettdecke zurück. Deutlich sah sie Rosi an, wie gern sie mit einem Satz hinaufgesprungen wäre.

„Untersteh dich", warnte sie die Hündin. „Es muss reichen, dass dein Körbchen in meinem Schlafzimmer steht."

Der Holzboden fühlte sich kalt unter Ennas Füßen an. Sie fröstelte und freute sich auf die warme Dusche. Zuvor allerdings ging sie eine Runde mit Rosi um den Block. „Nachher drehen wir eine größere Runde. Zeit genug haben wir noch."

Wenig später stand sie mit nassen Haaren in der Küche. Rosi hüpfte bereits aufgeregt um sie herum. Offenbar hatte die Pudeldame Hunger. Dankbar registrierte Enna, dass die Kopfschmerztablette, die sie vor dem Duschen genommen hatte, langsam ihre Wirkung entfaltete.

Enna schaltete zunächst die Kaffeemaschine ein und füllte im Anschluss Rosis Napf. Zufrieden machte sich die Pudeldame über ihr Frühstück her, während Enna sich mit einer Tasse Kaffee und ein paar Flocken an den Frühstückstisch setzte.

Dabei wanderten ihre Gedanken zum gestrigen Abend und zu der Unterhaltung, die sie mit Heike geführt hatte, zurück. Zugegeben, all die glücklichen Paare um sie herum hatten sie zum Nachdenken gebracht und eine tiefe Sehnsucht in ihr hervorgerufen. Natürlich wünschte sich auch Enna Zweisamkeit, sehnte sich nach kleinen Momenten, die man miteinander teilte, nach einem Gefühl, dass zwei Herzen im Gleichklang schlugen.

All das hatte sie bereits einmal erlebt. Tobias war der perfekte Mann an ihrer Seite gewesen. Schon nach kurzer Zeit hatten sie sich so verbunden gefühlt, als hätten sie ihr Leben lang nur darauf gewartet, den anderen zu treffen, um vollständig zu werden. Wenn er nicht bei ihr war, hatte sie stets das Gefühl gehabt, dass etwas fehlte. Deshalb hatte sein Tod ihr auch den Boden unter den Füßen weggezogen. Irgendwie fühlte es sich seither an, als sei ein Stück von ihr selbst herausgerissen worden.

Enna trank in kleinen Schlucken, der Kaffee war noch heiß. Das Müsli in der Schale vor ihr wurde vom Joghurt, den sie daraufgelöffelt hatte, langsam weich. Die Heidelbeeren gaben einen schönen farblichen Kontrast und dennoch verspürte sie heute keinen rechten Hunger.

Mit einem Seufzer schob sie die Schale von sich. Rosi hatte ihr Frühstück mittlerweile beendet und kam herübergetrottet. Aufmerksam sah die Hündin zu ihr auf.

„Du möchtest noch einmal raus, nicht wahr? Wir drehen gleich eine Runde."

Freudig wedelte die Pudeldame mit dem Schwanz, was Enna ein Lächeln entlockte.

Sie trank den Kaffee aus und zog sich an. Als Rosi begriff, dass es wirklich vor die Tür ging, bellte sie einmal und lief aufgeregt hin und her. Ihr konnte es nicht schnell genug gehen, bis sie nach draußen kam.

„Schönes Schietwetter haben wir uns da ausgesucht", meinte Enna, als sie die ersten Schritte getan hatten. Der Wind pustete ihr ins Gesicht und wirbelte das Haar durcheinander.

Rosi war davon völlig unbeeindruckt. Sie zog Enna zur nächsten Straßenecke, schnüffelte und zerrte sie weiter in Richtung des Strandes. Dort angekommen, ließ Enna sie von der Leine und Rosi stob zur Wasserkante davon, wo sie ein paarmal auf und ab hüpfte, um die Wellen anzubellen, die sich tosend am Strand brachen. Möwen kreisten über ihnen, den Blick suchend nach unten gerichtet. Die Luft war feucht und salzhaltig, auf Ennas Gesicht hatte sich bereits ein dünner Film aus feinen Wassertropfen gebildet.

Zunächst hatte sich Enna gesorgt, dass Rosi möglicherweise abhauen würde, aber die Hündin drehte sich immer wieder nach ihr um, um zu sehen, wo sie blieb. Auch kam sie ab und zu herbeigelaufen, wedelte aufgeregt mit dem Schwanz und sah zu ihr auf.

So früh am Morgen war Enna selten am Strand, bei diesem Wetter erst recht nicht. Aber die Brise tat gut, vertrieb die tristen Gedanken und sorgte dafür, dass sie sich frei und fast ein wenig unbeschwert fühlte.

Weiter vorn hüpfte Rosi vor einer Welle davon. Mit einem Anflug von Mitleid sah Enna ihr zu. Das Leben der Pudeldame war von einem Tag auf den anderen auf den Kopf gestellt worden. Nicht nur, dass sie nicht mehr in ihrer gewohnten Umgebung war, auch ihre Zukunft war ungewiss.

Offenbar fühlte sie sich im Moment aber nicht unwohl. Vielleicht war es für sie der Beginn eines neuen Lebens, wie auch immer das aussehen mochte, wenn die Verwandten der Frau sie abholten.

War das ein Omen? War Rosi da, um ihr zu zeigen, dass auch Ennas Leben weiterging? War sie bereit für einen Neuanfang?

Heike hatte recht. Das Letzte, was Tobias gewollt hätte, war, dass sie allein und unglücklich war. Ebenso wenig wie sie sich das im umgekehrten Fall für ihn gewünscht hätte.

Doch es war nicht so, dass es ihr an Möglichkeiten mangelte. Auch in diesem Fall lag Heike richtig. Stets war es Enna, die davonlief, wenn ein anfänglicher Flirt sich zu mehr zu entwickeln schien. Nicht jedoch, weil sie es nicht wollte, sondern vielmehr, weil sie Angst hatte, wieder diesen Verlust und den damit verbundenen Schmerz durchleben zu müssen. Damals war sie beinahe daran zerbrochen. Enna wusste nicht, ob sie das noch einmal überleben würde.

Sie stapfte weiter durch den vom Regen schweren Sand, während der Wind unablässig an ihr zerrte und ihr das Haar ins Gesicht wehte. Beeindruckende Wellen brachen sich tosend, sodass die Gischt aufstob. Gurgelnd liefen sie am Strand aus und trieben Schaum vor sich her.

Im Moment fegte der Wind auch auf überraschende Weise ihr Gehirn leer. Als wollte er Platz für etwas Neues schaffen.

Enna biss sich auf die Unterlippe und versuchte, sich das mittlerweile feuchte Haar aus der Stirn zu streichen. Sollte sie die trüben Gedanken endlich hinter sich lassen? Zulassen, dass die Leere in ihrem Herzen gefüllt wurde? Was passierte, wenn sie es wagte? Vielleicht war dann wieder alles möglich. Selbst der Platz ganz oben auf der Spitze des Glücks. Auch wenn es bedeutete, dass sie gegebenenfalls erneut tief fiel und noch härter landete als beim letzten Mal.

Sollte sie das zulassen, um endlich wieder glücklich zu sein? Vielleicht war das der Einsatz, den sie bringen musste. Wenn sie die Paare um sich herum beobachtete, hatten zumindest alle gesetzt und in diesem Spiel den Hauptgewinn abgeräumt.

Enna seufzte auf. Sie musste das nicht jetzt entscheiden, oder? Auf ein paar Tage oder Wochen mehr oder weniger kam es nicht an. Ohnehin musste ihr erst ein geeigneter Mann über den Weg laufen. Männer gab es schließlich nicht an jeder Straßenecke. Und selbst wenn sie einen fand, musste es passen.

Sie warf einen Blick auf die Uhr und stellte fest, dass sie dringend zurückmusste, um die Praxis zu öffnen. Sie rief Rosi, die im Lauf stehen blieb und sich umdrehte. Aufmerksam sah sie herüber, schien einen Moment zu überlegen. Dann jagte sie zu Enna zurück und kam hechelnd vor ihr zum Stehen.

Enna beugte sich hinunter und kraulte kurz die weißen Löckchen auf dem Kopf, bevor sie sich seufzend aufrichtete. „Wir sind schon so ein Gespann. Beide ein bisschen orientierungslos und mit ungewisser Zukunft. Was meinst du, sind wir bereit für einen Neuanfang?"

Rosi legte den Kopf schief, sah sie mit den schwarzen Knopfaugen bedeutsam an und bellte einmal laut. Dabei machte sie einen so ernsten Eindruck, dass Enna nichts anderes übrig blieb, als zu nicken. „In Ordnung. Wenn du das auch sagst, geben wir Heikes hirnrissiger Idee vielleicht doch eine Chance."

Am Vormittag kam Enna nicht mehr dazu, über Heikes Worte und ihren eigenen Entschluss nachzudenken. Sie hatte mit einem ruhigen Tag gerechnet, dann aber war der Strom an

Patienten nicht mehr abgerissen. Zunächst musste sie eine Katze mit einem entzündeten Zahn behandeln, die einen äußerst mitgenommenen Eindruck machte. Dann kam eine Englische Bulldogge mit einer Schnittverletzung in der Pfote. Der arme Kerl war am Strand in eine Glasscherbe getreten. Es dauerte, bis Enna die Wunde gereinigt und im Anschluss genäht hatte.

Auch Vögel waren unter ihren Patienten dabei, so musste Enna einen Papagei mit Milbenbefall behandeln. Bernie, so hieß der Vogel, hatte sein Federkleid in der Folge bereits selbst ausgedünnt. Auch Pünktchen, der Hamster mit der entzündeten Backentasche war erneut da, weil er laut Hannah nichts fraß.

Die Zeit verging wie im Flug, schon ging es auf die Mittagszeit zu. Der letzte Patient war schließlich ein Border Collie. Nach einer ersten Untersuchung bestätigte sich der Verdacht auf einen Kreuzbandriss. Hier konnte Enna allerdings nichts für den Hund tun, außer, ihm Schmerzmittel zu verordnen. Die erforderliche Operation musste auf dem Festland durchgeführt werden.

Enna war gerade dabei, letzte Eintragungen in der Krankenakte des Hundes auf dem Computer vorzunehmen, während Jessica die Untersuchungsliege desinfizierte, als es an der Tür läutete.

Rosi sprang auf und lief hinaus, sichtlich mit Freude erfüllt, einen weiteren Patienten begrüßen zu dürfen. Für die Pudeldame war all das furchtbar aufregend, teilweise hatte sie sich kaum einkriegen wollen bei so viel tierischem Besuch. Am Morgen hatte Enna den Kopf geschüttelt, nachdem sie den Papagei mit dem Milbenbefall angebellt und der sich in den hintersten Winkel seines Käfigs zurückgezogen hatte.

„Wenn das so weitergeht, muss sie aus den Praxisräumen raus", hatte Enna gestöhnt. Zwar brummte ihr Schädel nicht mehr, aber der Lärm, den die Hündin veranstaltete, war ohrenbetäubend.

Jessica unterbrach ihre Arbeit ebenfalls. Ein leicht gequälter Ausdruck lag auf ihrem Gesicht, weil sie bereits ihre Mittagspause schwinden sah.

„Nicht noch ein Patient", murmelte Enna vor sich hin. Sie musste mit Rosi eine Runde Gassi gehen. Dann hatte auch sie nur kurz Zeit zum Mittagessen, bevor sie zu den Petersens musste, die in Keitum einen Reitbetrieb unterhielten. Bei einem Teil der Pferde stand die Tetanus-Impfung an, die alle drei Jahre wiederholt werden musste.

Rosi gebärdete sich mittlerweile wie verrückt und kratzte mit der Pfote am Türblatt, das hörte Enna selbst aus dem Büro.

„Rosi, aus!", vernahm sie Jessicas autoritäre Stimme. Das Kratzen verstummte, dafür winselte die Hündin jetzt.

Enna hörte dumpfes Gemurmel und einen erstaunten Ausruf ihrer Helferin. Dann kehrte sie mit zwei Männern im Schlepptau zurück. Einer der beiden sah sie unverhohlen neugierig an, während der andere breit grinste und ein großes Pflaster auf der Stirn trug. Außerdem hatte Paul mittlerweile ein Veilchen.

Jetzt hob er die Hand und winkte ihr verlegen zu. „Wenn wir unpassend kommen, gehen wir gleich wieder. Mein Kumpel hier kann die Wunde ebenfalls versorgen und zur Not neu verbinden." Er deutete halbherzig auf seinen Freund.

Rosi wuselte herein und stürzte sich erneut auf Paul. Sie sprang an ihm hoch und bellte wie verrückt. Erst, als er sich zu ihr hinunterbeugte und sie am Hals und hinter den Ohren kraulte, beruhigte sie sich. Sie leckte Paul über die Hand und versuchte, auch sein Gesicht zu erwischen, was der jedoch zu verhindern wusste, indem er geschickt auswich.

Enna schmunzelte. Die Hündin hörte zwar auf fast jedes Kommando, aber ihre Vorliebe, in Betten zu schlafen und Gesichter abzulecken, war etwas, das ihr nicht besonders gefiel.

„Brauchst du mich noch?" Jessica sah aus, als würde sie die Flucht ergreifen wollen.

„Nein, alles prima. Später fahren wir zum Petersen, in Ordnung? Es reicht aber, wenn du um zwei Uhr wieder hier bist."

Das ließ sich Jessica nicht zweimal sagen. Sie war weg, ehe Enna sich umdrehen konnte.

Paul schien die Kuschelrunde mit Rosi zwischenzeitlich beendet zu haben, er richtete sich wieder auf. Sein Kumpel stand mit unbeweglicher Miene neben ihm. Wenigstens sah er nicht mehr ganz so grimmig aus wie noch zuvor.

„Also, wie gesagt, wenn wir ungelegen kommen, macht das mein Freund Alexander." Paul wandte sich an seinen Kumpel. „Das ist Enna Rohde, die Frau, die mich versorgt hat, als ich vom Rad gestürzt bin. Rosi kennst du jetzt auch."

Enna machte einen Schritt auf Alexander zu, streckte ihm die Hand entgegen und lächelte. „Freut mich, dich kennenzulernen. Es ist immer schön, auf einen Kollegen zu treffen. Was ist dein Fachgebiet?"

„Pädiatrie."

„Ach, dann hast du sicher öfter mit solchen Verletzungen zu tun als ich. Für mich war das Neuland. Ich weiß nicht, ob Paul es dir erzählt hat, aber ich habe nur drei Semester Humanmedizin studiert und dann gewechselt. Tiere zu nähen, ist natürlich keine Seltenheit für mich."

Alexander warf Paul einen vielsagenden Blick zu, den Enna nicht deuten konnte. Deswegen wandte sie sich jetzt an ihren Patienten. „Dir scheint es nicht schlecht zu gehen. Bis auf das Veilchen. Das sieht furchterregend aus. Schade, dass wir nicht Halloween haben, die Verkleidung könntest du dir dann sparen."

Paul verzog die Lippen zu einem vergnügten Grinsen. „Mir geht es wirklich viel besser. Gestern hatte ich einen ziemlichen

Brummschädel. Aber die Schmerztabletten und ausreichend Schlaf haben mich kuriert."

Mich nicht ganz, dachte Enna mit einem Anflug von Ironie. Wenigstens waren auch ihre Kopfschmerzen verschwunden. Mehr Schlaf hätte allerdings nicht geschadet.

„Darf ich mir die Wunde einmal ansehen?" Enna beugte sich leicht nach vorn, dann stutzte sie. „Nanu, hast du das Pflaster abgemacht? Das ist nicht von mir."

Betretenes Schweigen breitete sich aus, das Paul jedoch nichts auszumachen schien. Im Gegenteil, das Grinsen auf seinem Gesicht wurde immer breiter und nur von den Ohren gebremst, während sein Kumpel neben ihm einen verlegenen Eindruck machte und eingehend den Boden studierte.

In dem Moment ging Enna ein Licht auf. Auch sie musste ein Schmunzeln unterdrücken. „Ich verstehe. Der Tier-Doc näht den besten Freund. Wenn ich ehrlich bin, hätte ich auch einen Blick darauf werfen wollen. Schon allein aus beruflicher Neugier."

Zufrieden wandte sich Paul an seinen Kumpel. „Siehst du? Du kannst beruhigt zurück zu den anderen. Oder möchtest du bleiben und zusehen, ob sie es richtig macht?"

„Sie macht das schon."

„Sag ich doch."

Das war interessant. Paul hatte sie offenbar verteidigt. Natürlich konnte sie Alexanders Reaktion nachvollziehen. Sicher war er verschnupft, dass Paul nicht gleich zu ihm gekommen war. Alexander hätte die Versorgung der Wunde ebenfalls spielend übernehmen können.

Enna merkte, wie sich ein seltsames Gefühl in ihrem Magen ausbreitete, das sie nur zu gut kannte. Es war ein Anflug von Panik, der sonst immer viel später kam. Sie unterdrückte den Impuls, auf dem Absatz umzudrehen und den Raum zu verlassen.

War Paul jener Mann, von dem Heike gestern gesprochen hatte? Der nächste? Der, auf den sie sich einlassen sollte? Enna spürte, wie ihr das Herz bis zum Hals schlug. In ihren Ohren dröhnte es, als das Blut aus ihrem Kopf wich. Hastig schnappte sie nach Luft.

Das hat überhaupt nichts zu bedeuten, redete sie sich ein. Außerdem kannst du immer noch einen Rückzieher machen. Niemand weiß, dass das hier gerade passiert. Zumindest Heike nicht und der musste sie nichts davon erzählen.

Sie spürte, wie etwas gegen ihr Bein stupste. Die Berührung riss sie aus der Erstarrung. Überrascht sah sie nach unten, wo Rosi vor ihr Platz genommen hatte und nun zu ihr aufsah. Enna wurde es warm ums Herz. Die süße Hündin schien ihren inneren Aufruhr gespürt zu haben und war sofort zu ihr geeilt, um ihr beizustehen.

Rasch beugte sie sich hinunter, um der Pudeldame über den Kopf zu streichen. Die sah sie aufmerksam an und hielt still. Schnell merkte Enna, wie sie selbst ruhiger wurde. Als sie sich schließlich wieder aufrichtete, zog sich die Hündin zurück, blieb aber in der Nähe. Die Männer hatten von der stummen Zwiesprache offenbar nichts bemerkt.

Enna wandte ihnen ihre Aufmerksamkeit wieder zu.

„Wenn es okay ist, fahre ich wirklich zurück." Alexander wirkte noch immer ein wenig verlegen, gleichzeitig aber auch erleichtert. „Wie mir scheint, kann ich dich hier guten Gewissens zurücklassen."

Paul stieß einen Seufzer aus. „Grüß die anderen von mir und lasst mir etwas übrig."

Alexander klopfte ihm auf die Schulter und nickte Enna noch einmal zu, dann waren sie allein in der Praxis.

Für einen Moment war es ungewohnt still. Enna spürte ihren Herzschlag und atmete zweimal hastig. Rosis Kopf zuckte nach oben. Das Wissen, die Hündin an ihrer Seite zu haben, gab ihr die nötige Sicherheit zurück.

„Setz dich doch schon mal. Ich wasche mir nur die Hände." Die paar Sekunden, die sie benötigte, um zum Waschbecken zu gehen, und die Zeit, während der sie sich die Hände wusch, reichten, um sich zu sammeln und sich wieder gänzlich in den Griff zu bekommen.

Als sie nach dem Papierhandtuch fasste, sah sie zu Rosi hinüber. Die Hündin hatte den Kopf auf die Vorderpfoten gebettet, sah aber immer noch zu ihr herüber. Enna wandte sich um. Paul hatte sich zwischenzeitlich auf die Liege gesetzt und sah sie erwartungsvoll an.

„Wie kommst du zurück, wenn dein Freund schon wieder unterwegs ist?", fragte sie das Erstbeste, was ihr einfiel. Gleich darauf sah sie betreten zur Seite. Hoffentlich dachte er jetzt nicht, dass sie sich für ihn interessierte. Oder ihm gar anbot, ihn zu bringen.

„Ich nehme den Bus. Ich habe mir die Verbindung schon angesehen, er fährt alle zwanzig oder dreißig Minuten."

Erleichterung breitete sich in Enna aus. „Er hat sich Sorgen gemacht, oder?"

„Du hast keine Ahnung, was ich mir gestern anhören durfte, als ich zurück war."

„Er hat sicher geschimpft, weil du nicht ins Krankenhaus gegangen bist, vermute ich."

„Und wie."

„Du weißt aber schon, dass er recht hat." Ernst sah Enna ihn an, während sie blaue Handschuhe überstreifte.

„Natürlich. Aber Alex musste zugeben, dass du deine Sache außerordentlich gut gemacht hast."

Das Lob auf Umwegen ihres Kollegen wärmte Ennas Herz. „Das freut mich."

„Das kann jetzt ein bisschen ziehen", meinte Enna, um Paul darauf vorzubereiten, dass sie das Pflaster gleich entfernen würde.

Sie trat näher. Der Duft seines Aftershaves drang an ihre Nase. Erfrischend herb wie das Meer vor Sylt. Vorsichtig strich sie das blonde Haar von dem Verband weg. Vielleicht waren die Locken ein wenig lang, aber genau das gefiel Enna. Paul wirkte dadurch nicht so ernst. Kurz trafen sich ihre Blicke. Salziges Karamell, schoss es ihr durch den Kopf. Seine Augen hatten eine Farbe, wie Enna sie noch nie gesehen hatte. Sie schluckte, atmete tief durch.

Schließlich zwang sie ihre Konzentration weg von den Augen, der geraden Nase und den kantigen Konturen seines Gesichts. Insgeheim verfluchte sie Heike, die ihr diesen unmöglichen Floh ins Ohr gesetzt hatte.

Vorsichtig zupfte sie das Pflaster ab, das Alexander gestern aufgeklebt hatte.

„Macht ihr einen Männerurlaub?", fragte Enna, hauptsächlich wieder, um die Stille, die auf seltsame Art für Spannung sorgte, zu brechen. „Er hat dich gestern nicht abgeholt, sonst hätte er die Praxis vermutlich sofort gestürmt."

„Nicht ganz. Wir sind zu acht mit unseren Campern. Fünf Männer und drei Frauen. Wir haben spontan beschlossen, Urlaub zu machen und zum Surfen zu gehen." Pauls Antwort klang gedämpft. Offenbar wollte er stillhalten und sie nicht aus der Konzentration bringen.

„Dann seid ihr bestimmt wegen des *Windsurf World Cup* hier. Das wird euch gefallen. Da ist immer viel Trubel."

„Das war der Plan. Wir surfen alle selbst und werden auf dieses großartige Ereignis nicht verzichten."

Enna seufzte. „Ein wenig beneide ich dich. Ich war Ewigkeiten nicht mehr weg. Außer kürzlich auf einem Kongress in Hamburg. Aber da war ich zum Arbeiten, das ist kein Urlaub."

„Kann ich verstehen. Für mich ist es seit Langem auch die erste Erholung. Aber jetzt war das aktuelle Projekt fertig. Es hat einfach gepasst."

Enna musterte ihr Werk und machte sich zufrieden daran, ein neues Pflaster aufzukleben. „Die Wunde sieht gut aus. Die Narbe wird nicht groß sein, denke ich. Darf ich fragen, was du arbeitest?"

„Ich bin Architekt."

„Oh, wow, das ist sicher ein toller Job. Für Einfamilienhäuser oder größere Gebäude?"

„Für alles Mögliche. Ich arbeite in einem Start-up-Unternehmen. Wir bauen Häuser aus dem 3-D-Drucker."

Enna trat zurück und zog ihre Handschuhe aus. „Fertig. Das sieht gut aus." Sie warf die Verpackung und das alte Pflaster zusammen mit den Handschuhen in den Mülleimer. „Kann man ganze Häuser aus dem 3-D-Drucker bauen?"

Paul sprang von der Liege. „In der Zwischenzeit geht das. Je nach Material, das man verwendet, kann es sogar sehr viel nachhaltiger sein, als wenn man klassisch oder mit Holz baut. Holz ist mittlerweile ja auch ein Rohstoff, der kritisch gesehen wird wegen all der Wälder, die dafür abgeholzt werden."

„Aus was besteht das Baumaterial für so einen Drucker?"

„Aus verschiedenen Mischungen. Die Zusammensetzung ist ein hochkomplexes Thema. Da werden sogar Pflanzenfasern oder Stroh verwendet. Außerdem Kalk und Rohboden. Das ist ein Boden, der noch kaum verwittert ist."

„Das klingt spannend." Gern hätte Enna mehr darüber erfahren, aber sie traute sich nicht zu fragen.

„Wir experimentieren derzeit viel, haben so aber schon erste Gebäude errichtet."

Kurz breitete sich erneut Stille aus. Enna hatte so viele Fragen, irgendwie war ihr Kopf dennoch wie leergefegt.

„Wann kann ich wieder zum Surfen?" Paul strich sich das Haar aus der Stirn und lächelte sie erwartungsvoll an.

Enna krauste die Nase. Sicher gefiel ihm nicht, was sie jetzt sagte. „Ich rate davon ab, ins Wasser zu gehen, bevor die Fäden gezogen sind."

Wie erwartet breitete sich Enttäuschung auf seinem Gesicht aus.

„Das hat zwei Gründe", rechtfertigte sie ihr Anraten. „Erstens geht es um die Wundheilung. Eine offene Verletzung ist immer eine potenzielle Gefahr für eine Infektion. Daher würde ich auch beim Duschen zu wasserfesten Pflastern raten. Leitungswasser geht noch, es gibt sogar Studien, die besagen, dass die Wundheilung dadurch nicht beeinflusst wird. Allerdings würde ich es selbst nicht ausprobieren. Im Meer tummeln sich darüber hinaus allerlei Keime und Schmutz. Da reinzugehen, ist fahrlässig."

„Das hast du auch gesagt, als ich nicht ins Krankenhaus wollte."

Enna sah Paul nur an, schwieg aber. Ihr Blick sprach hoffentlich Bände. Tatsächlich erlosch der Funken Hoffnung, der eben in seiner Miene aufgeglommen war, sofort wieder, was ihr dann irgendwie auch leidtat.

„Und zweitens?", wollte er wissen, konnte seine Frustration aber kaum verbergen.

„Wenn man Sport macht, steigert das die Durchblutung, was zusätzlichen Druck auf die Naht bedeutet. Vor allem bei einer frischen Verletzung könnte die Wunde wieder aufgehen, was ebenfalls zu einer verzögerten Wundheilung führen kann. Noch einmal flicke ich dich nicht zusammen, das machen meine Nerven nicht mit."

„Wenn ich ehrlich bin, fand ich es auch nicht so prickelnd", gab Paul jetzt beschämt zu und verzog das Gesicht zu einer Grimasse. „Mir war anschließend ein wenig flau im Magen."

„Das tut mir leid. Ich habe dir gleich gesagt, dass das nicht angenehm wird. Aber du wolltest nicht auf mich hören." Nun verspürte sie fast einen Anflug von Mitleid mit ihm.

Es war immer dasselbe mit den Männern. Großspurig hatte er zunächst behauptet, das auszuhalten. Als es dann aber so weit war, musste er doch zugeben, sich überschätzt zu haben.

„Damit dürfte die Gefahr, dass du aufs Brett steigst, ja nicht so groß sein", gab Enna trocken zurück.

„Eher weniger. Wann kommen die Fäden raus?"

„Das kommt darauf an. Ich würde mir die Wunde nach zehn Tagen noch einmal ansehen und dann eine Entscheidung treffen. Ich gehe davon aus, dass dein Kumpel das ebenso sieht."

„So lange?"

„Ja", erwiderte Enna fest.

„Kann ich selbst etwas machen, damit es schneller geht?" Erneut schimmerte Hoffnung in seinen Augen.

„Ich an deiner Stelle würde mich an den Rat meines Arztes halten. Die Verlockung ist groß, aber hinterher ist der Schaden unter Umständen größer als zuvor."

Schuldbewusst senkte Paul den Blick. „Ich weiß, Geduld ist nicht mein zweiter Vorname." Er stieß einen beinahe herzzerreißenden Seufzer aus.

„Sylt hat noch andere schöne Flecken, die man ansehen kann", tröstete Enna ihn. „Falls dir die Ideen ausgehen, fahr zur Touristeninfo in Westerland am Bahnhof, die haben jede Menge Tipps."

Pauls Gesichtsausdruck zeigte deutlich, was er von dem Vorschlag hielt. Enna unterdrückte ein Schmunzeln.

„Surfst du?", fragte er unvermittelt.

„Nein. Irgendwie ergab sich nie die richtige Gelegenheit. Und mittlerweile denke ich, dass ich zu alt bin, um das noch zu lernen."

Paul lachte schallend los. „Ja, klar, Oma. Dafür ist man nie zu alt."

Tatsächlich hatte Enna als kleines Mädchen mit dem Gedanken gespielt. Jasper surfte gelegentlich und hatte sie einmal mitgenommen. Dann jedoch war sie abgestürzt und mit dem Surfbrett davongetrieben.

„Ich komme also in zehn Tagen wieder", riss Paul sie aus ihren Gedanken.

Überraschung breitete sich in Enna aus. Sie war davon ausgegangen, dass Paul die Wunde von seinem Freund versorgen ließ. Fäden ziehen konnte er auch auf dem Campingplatz. Gleichzeitig spürte Enna jedoch auch, wie sich Freude in ihr ausbreitete, die nur Bruchteile von Sekunden später von Panik abgelöst wurde, die ihre klammen Finger nach ihr ausstrecken wollten.

Paul schien nichts zu bemerken. „Darf ich mich in irgendeiner Form für das erkenntlich zeigen, was du für mich getan hast?"

In Enna stritten die verschiedensten Emotionen miteinander und sorgten dafür, dass sie kein Wort herausbrachte.

In dem Moment trottete Rosi zu ihr herüber und sah zu ihr auf. Die Hündin gab ihr die perfekte Ausrede, um ihre Gedanken zu sortieren. Schnell beugte sie sich hinunter und streichelte ihr über den Kopf. Das Gefühl des Fells unter ihren Fingern hatte eine beruhigende Wirkung auf sie.

„Ich glaube, ich komme in Erklärungsnot, wenn wir das über deine Krankenkassenkarte abrechnen."

Paul lachte laut auf. Es war ein angenehmes Lachen, kein polterndes. Vielmehr ein befreites. Er machte den Eindruck, als lachte er gern.

„Das meinte ich nicht. Ich dachte eher daran, dich auf ein Abendessen einzuladen. Wenn dir das nicht zu viel ist. Oder lieber auf einen Kaffee? Ich habe mir sagen lassen, dass es in Kampen tollen Kuchen gibt."

„In der *Kupferkanne*, ja", murmelte Enna und strich fester über Rosis Fell.

Mehr brachte sie nicht heraus. Sie fühlte Pauls abwartenden Blick auf sich gerichtet, hatte jedoch keine Ahnung, wie sie ihm begegnen sollte. Das gestrige Gespräch mit Heike beherrschte ihre Gedanken. Sie hatte ihrer Freundin versprochen, sich darauf einzulassen, die Idee dann wieder verworfen und heute Morgen festgestellt, dass sie vielleicht doch nicht abwegig war. Sollte sie Paul diese Chance geben?

Noch während sie überlegte, schüttelte Paul den Kopf. „Tut mir leid, das war eine dumme Idee von mir. Bestimmt hast du einen Freund oder sogar einen Mann. Sorry, das sollte keine blöde Anmache sein, ich möchte mich wirklich nur bedanken."

„Nein, nein", hörte Enna sich sagen, weil ihr jetzt leidtat, dass Paul das schlechte Gewissen plagte.

Er sah auf. Schimmerte Hoffnung in seinem Blick? „Wenn du nicht mit mir zum Essen gehen möchtest, habe ich eine andere Idee. Wie wäre es mit einer Surfstunde? Hast du Lust? Natürlich nicht jetzt, im Moment sind die Wellen viel zu hoch. Aber wenn sich die Wetterlage etwas beruhigt hat vielleicht?"

Fest griff Enna in Rosis Fell. „Okay", erwiderte sie schließlich. „Das würde ich gern einmal ausprobieren", fügte sie gefasster hinzu.

„Also gut." Paul nickte. „Dann melde ich mich bei dir, wenn das Wetter passt."

„In Ordnung. Ich freue mich", fügte Enna sogar hinzu.

Kapitel 7

Paul wusste selbst nicht, was ihn geritten hatte, Enna zu einer Surfstunde einzuladen. Dankbarkeit und Langeweile vermutlich, überlegte er. Die nächsten Tage würden hart werden, vor allem, wenn das Wetter so blieb. Dann musste er am Strand sitzen, während seine Freunde über das Wasser brausten und sich die Gischt ins Gesicht wehen ließen.

Er ging an der Wasserkante entlang und warf einen sehnsüchtigen Blick aufs Meer hinaus. Die Wellen türmten sich auf und brachen brodelnd am Strand. Weiter draußen tanzten Schaumkronen in einem wilden Ritt auf dem Wasser dort, wo sie tosend zusammenkrachten. Sicher war es ein beeindruckendes Gefühl, mittendrin zu sein.

Nun, er würde etwas anderes unternehmen müssen. Still zu sitzen, entsprach nicht seinem Naturell. Daher war der Gedanke, sich bei Enna mit einem Essen oder einem Kaffee zu bedanken, nicht so abwegig gewesen.

Ihre Reaktion hatte Paul allerdings irritiert. Fast schien es ihm, als hätte sie Angst vor einem Date. Sofern man das überhaupt Date nennen konnte. Er hatte einfach nur nett sein wollen. Sie hatte jedoch nicht nur abgelehnt, Paul hatte deutlich die Panik in ihren Augen gesehen. Umso überraschter war er gewesen, als sie bei der Surfstunde schließlich doch zugesagt hatte. Dabei hatte sie die arme Rosi festgehalten, als würde sie sonst der Mut verlassen. Seltsam.

Nun aber freute er sich, dass sie seinen Vorschlag angenommen hatte. Allerdings würde es eine Weile dauern, bis das möglich war. Zumindest die nächsten zwei Tage würde es so stürmisch bleiben. Perfekte Bedingungen eigentlich. Nicht aber für Anfänger. Danach war die Wetterlage noch unbeständig.

Zu seinem Erstaunen verspürte Paul einen Hauch von Enttäuschung in sich aufsteigen. Wie sollte er sich die Zeit bis zu einem Treffen mit Enna vertreiben?

Spontan beschloss er, ihren Vorschlag mit dem Touristenbüro aufzugreifen. Sicher bekam er dort Informationen, was er mit seiner freien Zeit anstellen konnte. Nach Westerland war es ein schöner Fußmarsch. Am Strand entlang aber auch herrlich befreiend. Paul war beinahe allein unterwegs. Bei diesem Wetter traute sich offenbar kaum jemand ans Wasser. Ihm machte es nichts aus. Im Gegenteil. Zwar hielt er es gern auch eine Stunde am Strand in der Sonne aus, aber die Gewalt der Natur beeindruckte ihn jedes Mal aufs Neue.

Sehnsüchtig sah er hinaus. Am Horizont glitt ein Surfer vorbei, der wusste, was er tat. Auch Kiter waren unterwegs. Immer wieder nutzten sie die Wellen für einen Sprung und ließen sich hoch in die Luft ziehen.

Keine Frage, das waren Bedingungen für geübte Sportler. Umso mehr freute er sich auf den *Windsurf World Cup*, wenn die wirklichen Cracks ihr Können zeigten.

Geraume Zeit später erreichte er den Strand von Westerland mit den unsäglichen Betonbauten an der Küste. Schon bei der Ankunft hatte er sich entsetzt gefragt, wie man hatte zulassen können, dass solche Hotels erbaut worden waren. Glücklicherweise war dem Einhalt geboten worden, sonst wäre mittlerweile vermutlich ganz Sylt mit diesen Klötzen verschandelt. Dem Architekten in ihm schnitt es ins Herz, das zu sehen. Dabei waren es gerade die Friesenhäuschen mit den roten Klinkern und den reetgedeckten Dächern, die das Bild von Sylt prägen sollten.

Das konnte er sich vornehmen. Häuser anschauen. Sicher war es möglich, auch solche Bauten mit dem 3-D-Drucker zu erstellen, überlegte er. Vielleicht war das ja sogar ein neues Geschäftsmodell.

Paul verließ den Strand und passierte die Promenade, wo die alte Dame gestern gestürzt war. Was Enna zu berichten gewusst hatte, klang nicht besonders gut. Was wohl aus Rosi werden würde? Im Moment war sie bei Enna gut aufgehoben, hatte sich augenscheinlich an ihre neue Situation gewöhnt. Sie war süß, die kleine Hündin. Paul wünschte ihr nur das Beste, ebenso wie ihrem Frauchen.

Wenig später bummelte er zum Touristenbüro. Der gemütlich wirkende ältere Herr, der hinter dem Tresen saß und Kaffee trank, hatte offenbar Langeweile. Breit grinsend sah er Paul an. „Na, min Jong, hattest du Ärger mit einer Frau?"

„Im weitesten Sinne." Paul schmunzelte und erzählte, wie es zu dem Sturz gekommen war.

„Das ist ein ordentliches Veilchen."

„Der Grund, warum ich hier bin. Eigentlich wollte ich surfen, aber das fällt jetzt aus. Was gibt es denn für Alternativen für so einen armen Menschen wie mich?"

Redselig begann der Mann zu erzählen und reichte Paul allerhand Broschüren über die Theke. „Es kommt darauf an, was du machen möchtest. Wenn dir der Sinn nach Natur steht, empfehle ich das *Erlebniszentrum Naturgewalten*. Das ist ein einzigartiges Museum, wo du viel über das Weltnaturerbe Wattenmeer lernen kannst. Auch eine Wattwanderung wäre etwas. Oder du buchst eine Fahrt zu den Seehundbänken. Allerdings musst du das Wetter im Auge behalten. Wenn unsere Kapitäne bei diesen Bedingungen rausfahren, gibt es viel Fischfutter." Bedeutsam schaute er Paul an und grinste gemütlich unter der blauen Fischermütze hervor, die er auf dem Kopf trug. „Du kannst natürlich auch das Kontrastprogramm buchen. Geh doch in die *Sansibar*. Dort gibt es guten Kuchen, wenn du nichts Warmes essen möchtest oder der Geldbeutel zu klein ist." Er lachte gutmütig. „Manche Sachen muss man einfach gesehen haben. Und wenn es nur ist, um zu wissen, dass man da nichts verloren hat. Kampen ist ebenfalls einen Besuch wert. Warst du schon beim *Roten Kliff* oder auf der *Uwe-Düne*?"

Von so viel Informationsfluss überfordert, schüttelte Paul verdattert den Kopf. „Hier kann man mehr machen, als ich dachte."

Er plauderte noch ein wenig mit dem Mann, holte sich weitere Insidertipps, wo man gut essen konnte, und machte sich mit Informationen vollgestopft auf den Rückweg zum Campingplatz. Mittlerweile hatte es angefangen zu regnen, der Wind peitschte ihm feinen Sprühnebel ins Gesicht. Paul war froh, als er endlich im Bus saß. Er wollte nicht, dass sein Pflaster nass wurde.

Gegen halb zwei läutete Ennas Telefon. Sie war eben mit Rosi von einer längeren Gassirunde am Strand zurück, als die ersten Regentropfen zu Boden pladderten. Nun hatte sie sich mit einem belegten Brot auf das Sofa zurückgezogen.

Stirnrunzelnd warf sie einen Blick auf das Display. Die Nummer sagte ihr nichts. Hoffentlich war das kein Notfall. Sie hatte die Tetanusimpfungen bereits einmal verschieben müssen.

„Rohde?", meldete sie sich.

„Guten Tag, Frau Rohde, ich bin Lisa Bergmüller."

Kurz überlegte Enna, das sagte ihr nichts. Sie hätte darauf gewettet, dass es in ihrer Kartei keinen Patienten mit diesem Namen gab. Allerdings sagte das nicht viel aus, es kam immer mal wieder vor, dass Urlauber ihre Vierbeiner, vorzugsweise Hunde, sie hatte aber auch schon Katzen, Hamster und einmal sogar einen Wellensittich gehabt, zum Arzt bringen mussten.

„Ich bin die Tochter von Ingrid Walcher. Der Frau, die Sie gestern in die Klinik eingeliefert haben."

Natürlich! Rosis Besitzerin. Enna legte das Brot zur Seite, das sie in der Hand gehalten hatte, und warf der Pudeldame einen strengen Blick zu. Rosi saß zu ihren Füßen, schaute aber immer wieder nach oben. Das Leberwurstbrot war offenbar sehr verlockend.

„Wie geht es Ihrer Mutter? Ich habe gestern versucht, etwas in Erfahrung zu bringen, aber natürlich durfte man mir nichts sagen."

Ein unterdrücktes Schluchzen, das augenblicklich Ennas Mitleid erregte, drang aus dem Hörer. „Nicht besonders gut", sagte Lisa, als sie sich gefangen hatte. „Es ist nett, dass Sie auf Rosi aufpassen."

„Das ist doch selbstverständlich." Enna warf einen Blick zu der Hündin hinüber, die sehnsüchtig auf das Leberwurstbrot schielte. „Wissen Sie denn schon, wie es weitergehen wird? Muss sie länger im Krankenhaus bleiben?"

„Ein paar Tage vermutlich. Wir müssen hier erst alles in die Wege leiten." Lisas Stimme war leise. „Wie es aussieht, wird meine Mutter nicht mehr allein zurechtkommen. Wir sind gerade dabei, eine häusliche Pflege für sie zu organisieren. Wir möchten sie ungern in ein Heim geben."

„Das verstehe ich", erwiderte Enna sanft. Sie würde es auch nicht übers Herz bringen, ihre Mutter in einer solchen Einrichtung unterzubringen, und vorher alle Hebel in Bewegung setzen, um das Dilemma anderweitig zu lösen. „Wann holen Sie Ihre Mutter nach Hause?"

„Es ist wegen Rosi, nicht wahr?" Beinahe klang Lisa jetzt flehentlich. „Es tut mir so leid, dass das nun an Ihnen hängenbleibt. Die beiden hingen sehr aneinander, müssen Sie wissen."

„Den Eindruck hatte ich auch. Der erste Gedanke Ihrer Mutter galt dem Hund."

„Das ist typisch für sie." Ein trauriges Lachen drang aus der Leitung, das Enna augenblicklich ins Herz schnitt.

„Machen Sie sich keine Sorgen. Bis Sie hierherkommen können, passe ich auf Rosi auf. Ich glaube, sie fühlt sich ganz wohl bei mir."

„Das ist nett von Ihnen." Lisas Erleichterung war fast mit Händen greifbar. „Da fällt mir ein Stein vom Herzen. Selbstverständlich kommen wir für alles auf. Kennen Sie sich mit Hunden aus?"

„In gewisser Weise. Ich bin Tierärztin."

„Ach, dann hat Rosi es wirklich gut getroffen. Ist es in Ordnung, wenn ich Sie anrufe, sobald wir auf der Insel sind?"

„Natürlich." Verwundert strich Enna über den Kopf der Hündin, die sich die Streicheleinheit nur zu gern gefallen ließ. Wenn das Ennas Mutter gewesen wäre, hätte sie alles stehen und liegen lassen, um zu ihr zu kommen. Aber natürlich ging sie das nichts an. Hauptsache, Rosi wurde abgeholt. Wann auch immer das sein mochte. Offenbar hatte sie ihre vierbeinige Freundin noch ein paar Tage länger zu Gast.

Enna wünschte aufrichtig eine gute Besserung und verabschiedete sich von Lisa, die versprach, sich zu melden, wenn es Neuigkeiten gab. Als sie aufgelegt hatte, speicherte Enna die Telefonnummer ein, bevor sie den Rest ihres Leberwurstbrotes aß. Verfolgt von den sehnsüchtigen Blicken der Pudeldame.

Knut Petersen war ein wortkarger Mann, dem das Wohl seiner Tiere schon immer mehr am Herzen zu liegen schien, als das seiner Mitmenschen. Schnell war klar, dass er keine Lust hatte, sich mit Enna oder Jessica zu unterhalten.

„Ich weiß, wo ich hinmuss", sagte Enna daher gutmütig. „Du brauchst nicht mitzukommen, wenn du Besseres zu tun hast."

Knut brummte vor sich hin, was schwer danach klang, dass er etwas reparieren musste, und trollte sich gleich darauf.

Enna ging zum Stall. Sie hatte eine Liste, welche Pferde geimpft werden mussten. Da sie jedes seit dem Fohlenalter kannte, war das keine Schwierigkeit für sie. Jessica folgte ihr mit glänzenden Augen.

„Das sind die Termine, für die ich alles gebe", flüsterte sie ehrfürchtig, als sie die Stallgasse betraten.

„Reitest du? Das wusste ich gar nicht."

Ihre Assistentin schüttelte den Kopf. „Ich wollte immer. Aber meinen Eltern fehlte das Geld."

Enna nickte gedankenverloren. Sie wusste, wie glücklich sie sich schätzen durfte, dass sie als kleines Mädchen Reitstunden hatte nehmen dürfen. Zweimal in der Woche war sie bei Knuts Vater im Unterricht gewesen. Der alte Mann war das Gegenteil von seinem Sohn gewesen. Gesprächig und herzensgut. Zu den Pferden wie den Kindern gleichermaßen. Das hatte Enna fast bis zum Abitur gemacht. Schon damals hatte sich herauskristallisiert, dass sie ein Händchen für Tiere hatte.

Dennoch hatte sie sich zunächst der Humanmedizin zugewandt. Bevor sie sich nach Tobias' Tod wieder den Tieren gewidmet hatte. Es war wie eine Therapie gewesen, sich um diese Lebewesen zu kümmern. Sie waren dankbarer, als es ein Mensch je sein konnte.

„Frag ihn doch, ob du bei ihm Stunden nehmen kannst", schlug Enna Jessica vor.

„Bei dem alten Brummbär? Lieber nicht. Er ist bekannt für seine wenig freundlichen Worte, die er den überwiegend weiblichen Reitschülerinnen gelegentlich an den Kopf wirft. Wenn er überhaupt redet. Ich frage mich, wie er überleben kann, wenn er sich so benimmt." Jessica stieß einen Seufzer aus.

„Es gibt auch noch andere Betriebe", tröstete Enna die Assistentin. Wenn sie ehrlich war, konnte sie Jessicas Bedenken nachvollziehen. Knut war schon früher speziell gewesen. Aber je älter er wurde, desto ausgeprägter wurde das. Als Knuts Vater gestorben war, war es Enna nicht besonders schwergefallen, den Reiterhof zu verlassen, als sie nach Hannover zog.

Mittlerweile hatten sie die erste Box erreicht. Die Fuchsstute Destiny begrüßte sie mit einem freudigen Schnauben.

„Sie ist ganz brav", erklärte Enna. „Das ist ein Pferd, auf dem du reiten lernen könntest. Der kleine Schecke dort hinten ist ein anderes Kaliber. Bei ihm musst du dich in Acht nehmen, er beißt gern mal zu."

Enna beobachtete Jessica im Umgang mit den Pferden und stellte insgeheim fest, wie glücklich sie sich schätzen konnte, sie als Assistentin zu haben. Jessica hatte ein tolles Einfühlungsvermögen. In ihrer Nähe beruhigten sich die Tiere. Das hatte Enna auch schon anders erlebt. Die Frau, die zuvor bei ihr gearbeitet hatte, war viel zu aufgeregt gewesen. Diese Nervosität hatte sich auf die Patienten übertragen. Beim Tierarzt war das keine gute Kombination.

Die Impfungen waren schnell erledigt. Bei einem der Pferde stellte Enna bei der routinemäßigen Untersuchung zufällig eine Verdickung des rechten Hinterbeins fest, die auffällig warm war. Normalerweise wäre sie einfach wieder gegangen. So aber suchte sie Knut auf, den sie im hintersten Winkel des Hofes fand. Er war über den Motor eines Treckers gebeugt und hantierte mit einem dicken Schraubenschlüssel darin. Aus seinem Blaumann hing ein ölverschmierter Lappen.

„Knut, Sunrise hat ein Problem am rechten Hinterbein."

Petersen brummelte in den Motor hinein, bevor er sich aufrichtete. Umständlich zog er den Lappen aus der Hose und wischte sich die Finger daran ab, was nicht wirklich von Erfolg gekrönt war, wie Enna gleich darauf feststellte.

„Hab ich schon bemerkt. Ist gestern in ein Loch getreten. Verdammte Feldmäuse."

Enna wartete ab. Sie wusste, wie allergisch er darauf reagierte, wenn er das Gefühl hatte, bevormundet zu werden.

„Sie läuft im Moment nicht. Kriegt spezielles Futter und Umschläge."

„Das sollte erst einmal reichen. Du kannst mich jederzeit rufen, wenn du das Gefühl hast, dass es nötig ist."

Petersen nickte. Mit einem „Tschö dann" wandte er sich um und verschwand wieder im Trecker.

Kapitel 8

*I*n der nächsten Zeit fühlte sich Paul wie Falschgeld. Morgens frühstückte die Clique zusammen und es wurde besprochen, was man am Tag unternehmen wollte. Im Grunde genommen war das eine rein rhetorische Frage, denn die Entscheidung fiel nicht schwer. Da der Wind anhielt, wollten alle aufs Meer und so viel Zeit wie möglich auf dem Surfbrett verbringen. Das Wetter war zwar unbeständig und ab und zu ging ein Regenschauer nieder, was jedoch niemanden störte. Außer Paul.

Anfangs hatten sie noch zusammen aufgeräumt und den Abwasch erledigt, bis Paul seine Freunde weggeschickt hatte.

„Was soll ich den ganzen Tag tun, wenn ihr mir das auch noch abnehmt? Ich kann doch nicht nur hier herumsitzen und warten, bis ihr zurückkommt."

Paul hatte sich zwischenzeitlich den neuen Thriller von U.T. Bareiss „Green Lies – Tödliche Ernte" besorgt, der erst seit wenigen Tagen auf dem Markt war. Da er schon ihre Alex-Martin-Reihe verschlungen hatte, war er auch in diesen Roman in kürzester Zeit abgetaucht. Ihn interessierte die Kombination aus fernen Ländern und Umweltschutzthemen. Außerdem waren die Bücher spannend bis zur letzten Seite. Aber er hätte natürlich viel lieber in der Sonne liegend gelesen, statt in dem engen Camper. Doch draußen war es einfach zu ungemütlich. Und sich immer nur in einem Café aufzuhalten, erschien ihm auch etwas anstrengend zu sein. So viel Kaffee konnte er gar nicht trinken. Außerdem hatte ihm die Bedienung am zweiten Tag schon einen seltsamen Blick zugeworfen, weil er wieder sein Buch ausgepackt hatte und drei Stunden geblieben war.

Nun erledigte Paul die Hausarbeiten der Gruppe, was ihm nichts ausmachte. Viel zu tun war ohnehin nicht. Er ging einkaufen, bereitete das Mittag- und das Abendessen vor und wusch ab.

Es war vielmehr die Tatsache, dass sich alle bis auf ihn auf dem Wasser amüsierten, die ihn verstimmte. Jeden Abend kamen seine Freunde erschöpft, aber glücklich zurück, während er nicht wusste, was er mit seiner überschüssigen Energie anfangen sollte.

Nicht einmal das Fahrradfahren blieb ihm. Am ersten Tag hatte er mit Alexanders Rad, seines war nicht mehr zu gebrauchen, in einem Anflug von Leichtsinn das Rad zum Einkaufen genommen und war prompt in einen Regenschauer geraten, der sich gewaschen hatte. Das Wetter war äußerst unbeständig. Schien im einen Moment noch die Sonne, verdunkelte sich im nächsten Augenblick der Himmel und man war im Nu nass bis auf die Knochen.

Zwischenzeitlich war er dank des Tipps von dem gemütlichen älteren Herrn in der Touristeninfo mit dem Bus nach

List ins *Erlebniszentrum Naturgewalten* gefahren. Dort hatte er einen ganzen Tag verbracht, der äußerst interessant gewesen war. So hatte er alles über die Entstehung Sylts erfahren, viel über den Küstenschutz gelernt und auch Flora und Fauna waren nicht zu kurz gekommen. Das Museum war spannend, weil vieles interaktiv war. An verschiedenen Stationen konnte man selbst Dinge ausprobieren. So ließ er zum Beispiel Wellen entstehen, die immer höher wurden. Es gab aber auch Audioaufnahmen von Sturmfluten. Manches davon war erschütternd, einiges zum Schmunzeln, in erster Linie aber alles zum Staunen.

Am faszinierendsten war jedoch das 360-Grad-Kino, in dem die Illusion erzeugt wurde, mitten im Geschehen zu sein. So hatte er das Gefühl, selbst in einem Tauchroboter zu sitzen und die Nordsee unter Wasser zu erleben. Einzig, dass er über sich Kiter auf der Wasseroberfläche herumfahren sah, die nach waghalsigen Sprüngen wieder landeten, erinnerte ihn daran, was er gerade verpasste.

Alles in allem war das aber ein großartiger Tag, der Paul die Insel auf eine ganz andere Weise noch einmal nahe brachte und die faszinierende Natur- und Tierwelt auf eindrucksvolle Art erklärte.

Wenn Paul abends zurückkehrte, machte er sich daran, das Abendessen vorzubereiten. Es bereitete ihm Spaß, für seine Freunde zu kochen, und sie wurden nicht müde zu betonen, dass in ihm offenbar verborgene Talente schlummerten. Dennoch machte ihn die zur Untätigkeit verdammte Zeit langsam mürbe.

Wie jeden Abend wurden die Handys gezückt, um mit Freude festzustellen, dass sich das Wetter nicht änderte.

Heute hatte Paul eine Fischpfanne mit Kartoffeln gekocht. Den Freunden hatte es wie immer hervorragend geschmeckt. Dabei hatte er den leisen Verdacht, dass sie auch Schuhsohlen gegessen hätten, so ausgehungert wie sie nach einem Tag auf dem Meer waren. Aber natürlich freute er sich über so viel Lob.

Sophie legte die Gabel zur Seite und hielt sich stöhnend den Bauch. „Ich kann nicht mehr. Das war so lecker!"

Paul grinste in sich hinein. Er wusste, dass das ihr Lieblingsessen war.

„Ich glaube, morgen bleibe ich zur Abwechslung einmal hier und helfe dir", fuhr sie fort, was ihr einige erstaunte Blicke der Freunde eintrug. Nur Leon schien das nicht seltsam zu finden. Zärtlich griff er nach ihrer Hand, verflocht seine Finger mit ihren und sah sie liebevoll an.

Anfangs war es seltsam gewesen, Sophie und Leon so vertraut miteinander zu sehen. Mittlerweile war es normal. Paul freute sich für Sophie und beneidete sie insgeheim darum, dass sie einen Partner gefunden hatte, der in der Lage war, ihre Seele zu heilen.

„Du kannst doch keine Pause machen." Entgeistert schaute Nina ihre Freundin an. „Nicht, wenn solche Bedingungen herrschen."

„Ich kann alles und muss nichts", erwiderte Sophie mit einer Gelassenheit, die Paul neu war. „Mir ist im Moment einfach danach, es etwas langsamer angehen zu lassen. Ich hatte in letzter Zeit so viel Spaß auf dem Wasser, morgen möchte ich mich ausruhen und stattdessen lesen."

Nina sah Sophie an, als hätten unbekannte Wesen aus dem Weltall sie entführt und einer Gehirnwäsche unterzogen, bevor sie sie wieder auf der Erde ausgesetzt hatten.

Der eher stille Simon, der neben Nina saß, wischte mit gerunzelter Stirn über sein Smartphone und brummelte vor sich hin. Schließlich legte er das Mobiltelefon auf den Tisch. „Wie mir scheint, können wir morgen alle einen Tag Pause einlegen. Der Wind lässt nach und es soll aufhören zu regnen."

„Was? Auf meiner App nicht, ich habe heute Mittag erst geschaut." Finn zückte nun ebenfalls sein Handy. Auch seine Stirn legte sich gleich darauf in Falten. „Hm, als ich nachgesehen habe, sah das anders aus. Offensichtlich ändert sich das Wetter, weiß aber noch nicht genau, wie es sich entscheiden soll."

Auch die anderen holten nun ihre Smartphones hervor. Die verschiedenen Apps wurden verglichen und es wurde über deren Verlässlichkeit diskutiert.

Paul lehnte sich zurück. Er war sowieso in seiner Situation gefangen. Besseres Wetter kam ihm entgegen. Endlich konnte er wieder etwas unternehmen. Außerdem freute er sich darauf, Enna die versprochene Surfstunde zu geben. In den letzten Tagen hatte er ab und zu an sie gedacht. Insgeheim hatte er gehofft, dass sie sich vielleicht melden und erkundigen würde, wie es ihm ging. Dass sie es nicht getan hatte, betrübte ihn ein wenig.

Aber natürlich war er nur ihr Patient. Ein menschlicher, zugegeben, aber seine Verletzung war nicht so schwerwiegend, dass sie einer ständigen Überwachung bedurfte. Vermutlich hatte sie zu tun. Andererseits war morgen Samstag, da war die Praxis sicher geschlossen.

„Was ist die Tendenz?", fragte er schließlich, als es am Tisch einen Moment ruhiger war.

Evi sah auf. „Unentschieden. Die einen sagen so, die anderen so. Vielleicht reicht es morgen, möglicherweise aber auch nicht. Auf jeden Fall soll sich das Wetter ändern. Die Frage ist nur, wie schnell."

Einen Augenblick dachte Paul nach, dann stand er entschlossen auf. „Ich muss kurz telefonieren. Soll ich auf dem Rückweg etwas zu trinken mitbringen?"

„Haben wir noch eine Flasche von der Sanddorn-Schorle?", fragte Sophie und sah zu ihm auf. „Ihr könnt mich auslachen, aber ich liebe dieses Zeug. Es ist herber als die üblichen papp-süßen Fruchtsaftschorlen."

„Ich habe jede Menge davon geholt", erwiderte Paul. „War nicht ganz günstig, aber der Laden auf der Promenade in Westerland verkauft nur Bioqualität. Ich hatte eine hervorragende Beratung. Wenn dich das interessiert, es gibt noch viel mehr, das man aus Sanddorn machen kann."

„Was genau?" Neugierig schaute Evi ihn an.

Jetzt zuckte Paul grinsend mit der Schulter. „Auf jeden Fall standen ein Haufen Cremes und Tiegel herum. Alles, was man sich in irgendeiner Form auf den Körper schmieren kann. Frauenkram. Am besten, du gehst selbst hin."

Evi schnaubte nur und reckte die Nase. „Werde ich machen. Wenn das Wetter schlechter ist und ich nicht aufs Wasser kann." Sie streckte ihm die Zunge heraus.

Paul winkte gelassen ab. Kaum war er außer Hörweite, zückte er jedoch sein Smartphone. Endlich sah er einen Ausweg aus der tristen Langeweile, die sein Leben in den letzten Tagen beherrscht hatte. Er suchte Ennas Kontakt heraus und wählte.

„Hallo Paul", meldete sie sich wenig später. „Wie geht es dir? Macht dir die Wunde Probleme?"

Täuschte er sich oder hörte er einen Anflug von Sorge aus ihrer Stimme heraus? Irgendwie wäre das ein schöner Gedanke.

„Nein, es ist alles okay."

Im Hintergrund bellte ein Hund.

„War das Rosi?"

„Ja. Sie mag es nicht, wenn ich meine Aufmerksamkeit teile, das habe ich jetzt schon festgestellt. Vermutlich liegt es daran, dass sich sonst alles um sie dreht. Frau Walcher hat sich sicher rührend um sie gekümmert."

„Die alte Dame. Dann weißt du jetzt, wie sie heißt? Wie geht es ihr?"

Ein Seufzer klang aus dem Hörer, der von Ennas Mitgefühl zeugte. „Nicht besonders gut. Ich habe mit der Tochter gesprochen. Sie wollen Frau Walcher nach Hause holen, sobald sie transportfähig ist. Rosi soll dann ebenfalls abgeholt werden."

Nun vernahm Paul Rosis Hecheln und Enna bewegte sich. Er stellte sich vor, wie sie auf dem Sofa saß, die Hündin neben sich.

„Rosi ist eben auf meinen Schoß gesprungen. Na, du Süße?"

Wenn Paul die Augen schloss, sah er die beiden dort sitzen. Ein Bild purer Idylle.

„Vermutlich hat unser Zusammensein bald ein Ende."

„Dann können wir bloß hoffen, dass sich die Familie nicht nur um die Mutter, sondern auch um Rosi kümmert."

„Da hast du recht. Aber was kann ich für dich tun? Die Wunde scheint ordentlich zu verheilen, wenn ich das richtig verstanden habe."

Paul atmete tief durch. „Ich hatte dir eine Surfstunde versprochen. Bisher war das Wetter nicht besonders einladend dafür. Zumindest nicht, wenn man es lernen möchte. Da gibt es idealere Bedingungen."

Enna lachte erneut. Es war ein schönes Geräusch, das sein Herz wärmte. „Da hast du vermutlich recht. Ich möchte nicht in England landen."

Verdutzt hielt Paul inne und ließ den Blick über den nächtlichen Campingplatz gleiten. Hier und da brannte Licht, vor manchen Campern saßen Gruppen oder Paare, um sich zu unterhalten und das Leben bei einem Glas Wein oder Bier zu genießen.

„Wie kommst du auf England?"

Jetzt kicherte Enna. „Das ist eine alberne Geschichte. Außerdem ist sie ein wenig peinlich. Vielleicht erzähle ich sie dir. Das muss ich mir aber erst überlegen."

„Okay, ich bin gespannt." Das war nicht so dahingesagt. Tatsächlich interessierte Paul, was es damit auf sich hatte. Obwohl es bereits abgemacht war, musste er nun doch seinen ganzen Mut zusammennehmen. „Das trifft sich dann ja hervorragend. Morgen soll das Wetter besser sein und da wollte ich dich fragen, ob du Zeit hast."

Paul hörte Ennas Zögern förmlich durch den Hörer. Es war, als müsste sie über seinen Vorschlag erneut nachdenken. Keinesfalls wollte er sie jedoch drängen, obwohl er sich sehr darüber gefreut hätte, den Tag mit ihr auf dem Wasser zu verbringen. Es war nicht nur, weil er die Langeweile besiegen wollte. Er freute sich schlicht darauf, sie wiederzusehen. Wenn er wartete, bis sie die Fäden zog, dauerte ihm das zu lange.

Alter, das ist ganz schön armselig, hielt er sich selbst vor. Das kommt nur davon, weil du die Nase voll hast, den anderen beim Surfen zuzusehen. Während sie Spaß hatten, saß er buchstäblich auf dem Trockenen und biss vor Ungeduld beinahe in die Tischkante.

Daher kniff er kurz die Augen zusammen und drückte sich selbst die Daumen, dass Enna morgen Zeit hatte.

Schließlich atmete sie tief durch. „Ich habe nichts vor." Ihre Stimme klang leise. Fast war ihm, als müsste auch sie ihren ganzen Mut zusammennehmen, um die Worte hervorzubringen.

Paul gab sich selbst gedanklich ein High five und antwortete völlig cool: „Prima, dann hole ich dich ab. Hast du einen Neoprenanzug?"

„Nein. Aber ich kann mir einen von meiner Freundin leihen."

„Prima, dann bin ich morgen früh bei dir. Passt es dir gegen zehn Uhr? Oder gehörst du eher zur Fraktion der Langschläfer?"

„Selbst wenn, Rosi sorgt schon dafür, dass ich aufstehe. Sie muss schließlich raus."

„Dann bin ich um zehn Uhr bei dir."

Nachdenklich ließ Enna das Telefon sinken. Rosi sah aufmerksam zu ihr auf. Die Hündin schien ihren inneren Aufruhr zu spüren wie neulich, als sich die Panik in ihr auszubreiten gedroht hatte. Gedankenverloren strich Enna ihr über das lockige, dichte Fell und kraulte Rosi am Hals und hinter den Ohren. Die Hündin rührte sich nicht, während Enna merkte, wie sie langsam wieder ruhiger wurde.

„Was hältst du davon, Rosi?", fragte sie schließlich in die Stille hinein.

Sie hatte es sich mit einer Tasse Tee und einem Liebesroman auf dem Sofa gemütlich gemacht. Für ihr Leben gern las sie romantische Geschichten, in denen Heldin und Held ihre Traumata überwanden, über ihren eigenen Schatten sprangen und am Ende, nach vielen Irrungen und Wirrungen, mit der großen Liebe belohnt wurden. Sie litt mit ihnen und bewunderte gleichzeitig ihren Mut. Ihr selbst fehlte oft die Courage dazu.

„Ein bisschen wurmt es mich, dass ich mich auf Heikes Betteln eingelassen habe." Rosi öffnete die schwarzen Knopfaugen und sah sie aufmerksam an. „Noch mehr ärgere ich mich aber über mich selbst, dass mir das so viel ausmacht."

Rosi leckte ihr mit der kleinen rosa Zunge über die Hand, als wollte sie sie beruhigen. Oder war es eine Aufforderung?

„Es hilft nichts. Ich habe sowieso schon zugesagt. Ich lasse das jetzt einfach auf mich zukommen. Wenn ich niemandem etwas sage, kann nichts passieren. Ich habe alle Fäden in der Hand und kann jederzeit die Reißleine ziehen. Weißt du eigentlich, wie schön es ist, dir das alles zu erzählen? Du bist eine aufmerksame Zuhörerin."

Die Hündin leckte ihr dankbar über den Handrücken.

Entschlossen griff Enna nach dem Telefon und wählte.

„Hallo Heike. Störe ich?"

„Nein. Joe ist noch im Restaurant, ich habe mir eben etwas zu essen gemacht und warte, dass er nach Hause kommt."

„Hach, junge Liebe", frotzelte Enna. „Wie schön."

„Hast du nicht Lust, mir Gesellschaft zu leisten?"

„Wenn ich ehrlich bin, bin ich hundemüde. Die Woche war ganz schön anstrengend. Ich bin mit Rosi viel draußen unterwegs, das bin ich nicht gewöhnt. Eben habe ich es mir auf dem Sofa mit einer Tasse Tee und einem Buch gemütlich gemacht."

Heike lachte auf. „Kann ich verstehen. Ich habe auch keine Lust, die Wohnung zu verlassen. Es geht auf den Herbst zu, da sind Tee und Wohnzimmer verlockender als der Sturm draußen. Was liest du? Wieder eine von deinen Liebesschnulzen?"

Während Enna es gern romantisch hatte, verschlang Heike Spannungsromane. Ihr Metier waren Krimis und Thriller. Im Moment gruselte sie sich mit Fentjes neuem Roman.

Das war so ziemlich das einzige Thema, bei dem die Freundinnen nicht einer Meinung waren. Aber Enna fand, dass das zu vernachlässigen war. So zogen sie sich nur gegenseitig ab und zu auf.

„Lach du nur. Bei mir gibt es wenigstens kein Gemeuchel."

„Bei mir auch nicht", gab Heike ungerührt zurück. „Erst eine Leiche im aktuellen Buch."

Enna schüttelte sich. „Wie viele Seiten hast du schon gelesen?"

„Zwanzig."

„Keine Leiche bei mir und ich bin mitten in der großen Krise. Jetzt kommt die Wende und dann steuere ich hoffentlich auf das fulminante Happy End zu."

„Du solltest dich um dein eigenes Happy End kümmern, Süße."

Enna hörte den liebevollen Klang aus der Stimme ihrer Freundin heraus.

„Kannst du mir bitte einen Neoprenanzug leihen?", fragte sie unvermittelt.

„Einen Neopren? Was willst du denn damit?"

„Meinen Horizont erweitern und vielleicht Surfen lernen. Zumindest gebe ich diesem seltsamen Sport eine zweite Chance."

„Soll ich dich dann in England abholen?", neckte Heike sie.

„Sehr witzig. Das werde ich Jasper nie verzeihen. Also, hast du einen?"

„Klar. Ich hatte ihn nur schon ewig nicht mehr in Gebrauch. Wo willst du es denn lernen?"

„Wenn ich ehrlich bin, habe ich keine Ahnung."

„Ich bin verwirrt. Raus mit der Sprache, was hast du angestellt?"

Kurz zögerte Enna. Sollte sie Heike von Pauls Angebot erzählen? Nein, lieber nicht. Obwohl ihre Freundin es gut meinte, würde sie sich von Heikes Nachfragen, die unweigerlich kamen, unter Druck gesetzt fühlen.

„Gar nichts", gab sie daher möglichst unbefangen zurück. „Unser Gespräch von Jaspers Geburtstag hat mich zum Nachdenken gebracht. Also habe ich beschlossen, mal etwas aufgeschlossener durchs Leben zu gehen. Mit Surfen möchte ich anfangen. Ich weiß, dass ich morgen eine Stunde habe, nähere

Details kenne ich aber nicht. Außer, dass ich einen Neopren mitbringen muss."

„Ist empfehlenswert bei dem Wetter. Vielleicht hast du ja einen heißen Surflehrer."

Spätestens jetzt feierte sich Enna für den Entschluss, Heike nichts von Paul erzählt zu haben.

„Mal sehen", sagte sie daher nur unbestimmt. „Kann ich das Ding morgen früh abholen?"

„Ja, klar. Ab zehn Uhr bin ich im Laden."

„Da bräuchte ich ihn schon."

Heike stöhnte auf. „In Ordnung. Du kannst entweder vorbeikommen oder Joe nimmt ihn mit, wenn er zur Arbeit fährt."

„Das ist vermutlich praktischer, dann kannst du ausschlafen."

„Tu nicht so, als würdest du das nicht auch gern machen."

Enna lachte. „Mit Rosi ist das schwierig."

„Ist sie immer noch bei dir?"

„Ja. Ich habe zwar nichts mehr gehört, aber ich vermute, dass sie morgen oder übermorgen abgeholt wird. Ich denke, die Angehörigen von Frau Walcher werden das Wochenende nutzen, um die Mutter zu besuchen."

„Schade. Rosi ist süß. Und hat sich wunderbar mit Diego verstanden."

Enna lachte. „Du alte Kupplerin."

„Man tut, was man kann. Ich lege den Neopren raus und gebe ihn Joe morgen mit. Ich freue mich auf deinen Bericht, wie dir der Surflehrer gefallen hat", meinte Heike scherzhaft.

Sie verabschiedeten sich und Enna legte auf.

„Was meinst du, Rosi? Kann man Paul in die Kategorie ‚heißer Surflehrer' einordnen?"

Die Pudeldame bellte einmal, rollte sich dann neben Enna auf dem Sofa zusammen und bettete den Kopf auf ihren Schoß.

Gedankenverloren strich Enna erneut über ihr Fell. Mittlerweile verstand sie Menschen mit Hunden besser. Sie hatte es nicht für möglich gehalten, aber die Hündin hatte eine beruhigende Wirkung auf sie. Kein Wunder, dass Hunde zur Therapie eingesetzt wurden.

Kurz gönnte sie sich noch einen Gedanken an Paul, dann griff sie nach ihrer Teetasse und trank einen Schluck. Das Getränk wärmte ihr Inneres. Mittlerweile musste sie zugeben, dass sie sich auf den morgigen Tag doch ein wenig freute.

Kapitel 9

Wie verabredet brachte Joe am nächsten Morgen Heikes Neoprenanzug vorbei.

„Mir ist es ja ein Rätsel, wie man sich das antun kann", meinte er. „Ich liebe das Meer. Zum Anschauen. Oder zum Schwimmen. Aber ich hätte irgendwie Angst, dass ich abgetrieben werde."

Argwöhnisch sah Enna ihn an. „Hat Heike dir von meinem Kindheitstrauma erzählt?"

„Nein. Sollte sie?"

Enna winkte ab. „Ich weiß auch nicht, ob ich dafür gemacht bin. Wenn ich mir den Wind ansehe, finde ich das immer noch ein wenig sportlich zum Anfangen. Ich war eben mit Rosi unten am Strand. Die Brandung ist ziemlich heftig."

„Dann pass nur auf dich auf", riet Joe, winkte ihr zu und machte sich auf den Weg zur *Strandmuschel*.

Der Neoprenanzug verströmte einen seltsamen Geruch, der an eine Mischung aus Meer und Gummi erinnerte. Enna war gespannt, wie lange er sie warmhalten würde. Sicher lag sie am Anfang mehr im Wasser, als dass sie sich auf dem Brett hielt.

Mittlerweile zweifelte sie daran, dass das eine gute Idee war. Aber da sie beschlossen hatte, das Leben auf sich zukommen zu lassen, nahm sie es, wie es war.

Als es wenig später erneut an der Tür läutete, war sie dennoch etwas aufgeregt. Mit klopfendem Herzen öffnete sie und stand Paul gegenüber. Das Veilchen war heller geworden und schillerte nicht mehr ganz so dunkelviolett. Stattdessen hatte es jetzt blaue und grüne Schattierungen angenommen.

„Das sieht ja schon deutlich besser aus", meinte sie daher.

Verdutzt sah Paul sie an, bis Enna aufging, dass sie ihn nicht einmal begrüßt hatte.

„Entschuldige bitte", brachte sie verlegen hervor. „Vermutlich eine Berufskrankheit. Dein blaues Auge, meine ich. Aber du natürlich auch", schob sie eilig hinterher. „Nicht, dass du vorher schlecht ausgesehen hast. Also, bis auf das Veilchen, meine ich." Enna hielt inne. Sie hatte sich heillos verheddert. Hilflos hob sie die Schultern. „Da komme ich jetzt nicht mehr raus, oder?"

Paul grinste. „Ich fürchte nicht."

„Moment." Nach kurzem Zögern schloss sie die Tür vor Pauls Nase.

Gleich darauf klingelte er erneut. Diesmal riss Enna die Tür auf. Paul wirkte sichtlich irritiert, aber sie ließ sich davon nicht beeinflussen.

„Paul, wie schön, dass du gekommen bist. Gut siehst du aus! Deine Verletzung scheint auch zu heilen. Wie erfreulich."

Kurz schwiegen sie, dann brachen sie beide in Gelächter aus.

„War das besser?"

„Bedeutend besser."

Schwanzwedelnd kam Rosi angelaufen und schnüffelte aufgeregt an Pauls Beinen. Der beugte sich hinunter und begrüßte die Pudeldame.

„Möchtest du reinkommen? Oder sollen wir gleich los? Ich bin fertig. Von Heike habe ich einen Neopren bekommen, außerdem habe ich ein großes Handtuch und eine Flasche Wasser eingepackt. Sonnencreme brauche ich heute wohl nicht."

Nun machte Paul einen betretenen Eindruck. „Auf dem Weg hierher war ich am Strand an der Stelle, von der ich dachte, dass sie zum Anfangen geeignet ist. Vermutlich wäre sie auch nicht schlecht. Das Problem ist nur, dass der Wind heute noch ein wenig stark ist. Zumindest im Moment." Verlegen sah er sie an. „Ich fürchte, das wird keine gute Erfahrung für dich werden, wenn ich dich bei diesen Bedingungen aufs Wasser schicke."

„Für dich wären sie vermutlich auch nichts. Zu wenig, oder?"

Paul nickte. „Es tut mir leid. Ich hätte anrufen sollen."

„Nein." Enna überlegte. „Nein, ist schon okay."

„Jetzt habe ich dir den Samstag verdorben. Ich hoffe, du hattest nichts Wichtiges vor."

„Ach was, viel stand nicht an. Ich bin immer noch dabei, mich an den Tagesablauf mit Rosi zu gewöhnen. Da kann ich nicht viel unternehmen."

„Man sollte meinen, einer Tierärztin gelingt das spielend."

„Tja, ganz so einfach ist es nicht. Theoretisch weiß ich alles. Praktisch ist es etwas anderes, wenn du morgens um halb sieben von warmem Hundeatem geweckt wirst."

„Darf sie in dein Schlafzimmer?" Paul musterte sie neugierig, während Enna fieberhaft überlegte, welcher Typ Mensch Paul war. Für die einen war es das Normalste der Welt, dass sie mit ihrem Haustier Tisch und Bett teilten, für die anderen gab es klare Grenzen.

„Ich habe ihr Körbchen dort hingestellt, weil sie in der ersten Nacht fürchterlich gejault hat. Ich denke, sie vermisst ihr Frauchen." Tiere waren auch nicht anders gestrickt als Menschen, wenn sie den Partner nicht mehr an ihrer Seite hatten, dachte Enna und schluckte. „Ich hatte Mitleid mit ihr. Allerdings habe ich ihr streng verboten, ins Bett zu kommen. Bisher hält sie sich brav daran. Sollte sich das ändern, kommt das Körbchen vor die Tür."

„Das scheint mir ein vernünftiger Kompromiss zu sein."

„Hm, was machen wir jetzt mit dem angebrochenen Tag? Möchtest du auf eine Tasse Kaffee hereinkommen?"

Paul richtete sich auf. „Da sage ich nicht nein. Aber nur, wenn es dir nichts ausmacht", fügte er eilig hinzu.

Doch Enna winkte ab. „Wenn ich ehrlich bin, bin ich ganz froh, dass wir heute nicht rausgehen. Ich habe mit Rosi vorher eine kurze Runde gedreht. Wir waren unten am Strand. Die Brandung ist nicht ohne."

„Wie gesagt, keine Anfängerbedingungen."

Paul schloss die Tür hinter sich und folgte ihr in die Küche. Enna versuchte, sich in Gelassenheit zu üben. Routiniert schaltete sie die Kaffeemaschine an und nahm Milch aus dem Kühlschrank, während Paul sich neugierig umsah.

Enna ließ den Blick ebenfalls schweifen. Ihr Häuschen war klein und überschaubar, hatte aber den typischen maritimen Stil. Der Boden war aus dunklem Holz, die Möbel hell und freundlich, die Küche, die in den Raum integriert war, hatte friesische Muster. Sogar die weißen Kacheln mit den blau aufgemalten Bildern hatte Enna bei der Renovierung gelassen. Lediglich die dunkle, drückende Decke hatte weichen müssen. Nun waren die Deckenbalken herausgearbeitet und in einem tiefen Braunton gestrichen. Sie sorgten für wunderbar dunkle Tupfer in der ansonsten hellen Einrichtung.

„Hübsch hast du es hier", meinte Paul.

Verlegenheit breitete sich in ihr aus, doch das Lob erfreute sie. „Klein, aber mein. Und so, wie ich es mag."

„Das sieht man. Es passt zu dir. Bescheiden irgendwie, aber tiefgründig."

Neugierig musterte Enna Paul. Sah er sie so? Bescheiden und tiefgründig?

„Zumindest weißt du, was du willst, und kommunizierst es auch."

Fragend sah sie ihn an, die Milchtüte abwartend in der Hand.

„Ui, jetzt bewege ich mich auf dünnem Eis." Paul lachte und hob beide Hände. „Kann ich vielleicht auch noch einmal kurz zur Tür hinaus und von vorne anfangen?"

„Nein, schon okay." Sie fand es spannend, wie sie auf Paul wirkte.

„Mit ‚du weißt, was du willst', meinte ich den Vortrag, den du mir gehalten hast, weil ich nicht ins Krankenhaus wollte. Eigentlich war das eher eine Standpauke."

„Berechtigt." Trotz der Strenge, die sie in ihre Stimme hatte legen wollen, schlich sich ein Lächeln hinein. Jetzt hielt sie die Milchpackung hoch. „Möchtest du einen Kaffee? Oder lieber einen Cappuccino?"

Paul überlegte nicht lange. „Wenn du so fragst, nehme ich gern den Cappuccino. Kaffee hatte ich heute schon genug zum Frühstück."

Wenig später reichte sie Paul das Gewünschte. „Ich bin, wie gesagt, nicht ganz unglücklich, dass das heute nichts wird."

„Hängt das mit der England-Geschichte zusammen?" Neugierig sah Paul sie an.

Sie standen sich am Tresen gegenüber. Paul auf der Seite des Wohn- und Esszimmers, Enna in der Küche. Fast war sie froh über die kleine Mauer, die zwischen ihnen stand.

„Ein bisschen", gab sie zu und lachte verlegen. Für wie albern würde Paul sie halten, wenn sie das beichtete?

„Raus mit der Sprache", forderte er sie auf und hob feierlich die Hand zum Schwur. „Ich lache auch nicht, versprochen!"

„Ich muss zu meiner Verteidigung sagen, dass ich damals noch klein war. Ich habe einen großen Bruder. Jasper. Er wohnt gar nicht weit weg von hier."

„Der, der neulich Geburtstag hatte?"

Enna war überrascht, dass er das behalten hatte. „Als ich jünger war, bin ich mitgegangen, als er beim Surfen war. Später hat er zugegeben, dass er keine Lust hatte, auf mich aufzupassen. Er hat mir zwar gezeigt, wie man surft, es sah auch toll aus. Aber ich war zu klein, um mich auf dem Brett zu halten. Ich habe es einfach nicht verstanden. Irgendwann habe ich mich auf das Board gesetzt und gewartet, bis er mich holt. Dabei bin ich ein wenig abgetrieben. Natürlich hatte ich Angst. Ich erinnere mich, dass ich geweint habe, als er wieder bei mir war."

Betroffen sah Paul sie an.

„Ich habe ihn gefragt, wo ich gelandet wäre, wenn er nicht rechtzeitig gekommen wäre. Ohne mit der Wimper zu zucken, hat er bierernst ‚England' gesagt. Ich hatte den Schock fürs Leben, weil das für mich gefühlt eine andere Welt war."

Jetzt schmunzelte Paul doch, hob aber gleich darauf entschuldigend die Hand. „Tut mir leid. Aber das klingt einfach zu niedlich."

Auch Enna gestattete sich ein kleines Lächeln. „Auch Jahre danach bin ich immer nur so weit ins Meer gegangen, dass ich noch stehen konnte. Sobald ich keinen Bodenkontakt mehr hatte, bin ich umgekehrt."

„Du Arme! Das war sicher ein traumatisches Erlebnis. Umso höher weiß ich zu schätzen, dass du mir dein Vertrauen schenkst und es wirklich mit mir wagen möchtest, dich wieder auf dem Brett in die Fluten zu stürzen."

Einen Moment war es still, während Enna Paul ansah. Mit seinen unergründlich hellen Augen musterte er sie eindringlich. Dennoch lag Verständnis in seinem Blick, fast sogar etwas wie Zärtlichkeit.

Plötzlich schien die Luft zwischen ihnen wie elektrisiert zu knistern. Eine eigentümliche Spannung war fast mit Händen greifbar. Das machte etwas mit ihr, mit ihrem Inneren. Da waren ein Kribbeln und die Erinnerung, wie es einmal gewesen war. Jenes Gefühl, das sich einstellte, wenn man … ja, was eigentlich? Auf dem Weg war, etwas zuzulassen, bei dem Emotionen im Spiel waren?

Enna schluckte, horchte in sich hinein und spürte doch nichts außer dem Gefühl, in kaltem Wasser zu schwimmen und Angst zu haben, dass es jederzeit über ihr zusammenschlagen könnte.

Rosi bellte und unterbrach den Moment. Auch Paul zuckte zusammen. Er drehte sich um, sah die Hundedame an, die im Wohnzimmer stand und sie auffordernd ansah.

„Rosi, was ist los?", fragte Enna, froh darüber, dass die eigentümliche Stille zwischen ihnen unterbrochen war, auch wenn sich ein anderer Teil von ihr wünschte, dass sie noch etwas angehalten hätte.

„Muss sie raus?" Paul wandte sich ihr wieder zu. Doch der seltsame Moment schien verflogen zu sein.

„Möglich." Enna zuckte mit der Schulter.

„Ich könnte dich begleiten. Ich habe ohnehin nichts mehr vor." Verlegen hob Paul die Schultern. „Auf dem Campingplatz bin ich schon zum Koch befördert worden. Wann immer die anderen aus dem Wasser kommen, fragen sie mich, was es zu Essen gibt."

„Vermutlich sind sie froh, dass du zur Untätigkeit verdammt bist."

„Für mich ist das ganz schön hart."

„Das glaube ich dir aufs Wort." Enna lachte verhalten. Zu sehr war sie noch immer mit den verwirrenden Empfindungen beschäftigt, die in ihrem Inneren herrschten.

Nur die Ruhe, ermahnte sie sich selbst. Du wolltest es entspannt auf dich zukommen lassen.

„Vielleicht sollten wir wirklich eine Runde mit Rosi drehen." Irgendwie schien ihr das Wohnzimmer für sie beide zunehmend kleiner zu werden.

Paul hob die Tasse zum Mund und leerte den Rest des Cappuccinos mit einem Schluck. „Dann mal los."

Wenig später machten sie sich mit Rosi auf den Weg zum Strand. Die Stimmung zwischen ihnen war wieder völlig normal, was Enna erleichtert zur Kenntnis nahm. Wenn auch etwas in ihrem Inneren sie zaghaft daran erinnerte, dass an manchen Gefühlen nichts Schlechtes war.

Sie gingen zu dem Strandabschnitt, an dem Hunde erlaubt waren. Dort ließen sie Rosi von der Leine und sahen ihr belustigt zu, wie sie vor den Wellen zurückschreckte, die sich noch immer in beeindruckender Höhe am Strand brachen. Die Hündin rannte ein paar Schritte davon, bis sie sich umdrehte und die Welle empört anbellte. Eine Weile verfolgten sie das Schauspiel, dann gingen sie langsam durch den tiefen Sand weiter. Die Pudeldame folgte ihnen, als hätte sie Angst, dass die Wellen sie holten.

„Was machst du mit der freien Zeit? Außer zu kochen, meine ich."

Paul zuckte mit der Schulter. „Das ist wirklich nicht einfach. Ich bin es gewohnt, etwas zu tun zu haben. Das berühmte

Chillen ist zwar ganz nett, aber ich gehe nach zwei Tagen ein. Da hilft es auch nicht, wenn ich lese."

Enna sah ihn von der Seite an. „Ich wette, du bist ein Thrillertyp."

Überrascht wandte Paul den Kopf und begegnete ihrem Blick. „Wie kommst du darauf? Ich meine, ja, du hast recht. Ich mag Politthriller. Umweltschutz darf auch gern dabei sein. Im Augenblick lese ich ein interessantes Buch über die Abholzung des Regenwaldes in Borneo. Es ist unglaublich grausam, wie wir Menschen mit unserer Umwelt umgehen. Im Buch geht es auch viel um den Schutz von Orang-Utans."

„Dann habe ich richtig geraten."

Paul musterte sie einen Augenblick. „Was liest du gern? Für mich ist es schwierig, das einzuschätzen."

„Tief in mir bin ich eine Disneyprinzessin. Ich liebe Märchen und deswegen habe ich eine Schwäche für Liebesromane."

Rosi jagte einer Möwe nach, die schimpfend aufgeflogen war, als die Hundedame sie aufgestöbert hatte. Das Rauschen des Meeres umtobte sie, die Luft war nach wie vor feucht und salzig.

„Märchen machen die Welt zu einem besseren Ort", sagte Paul neben ihr leise. „Im Grunde ist das, was ich lese, auch nichts anderes. Außer, dass es eine andere Verpackung hat. Aber tief in ihrem Inneren haben die meisten Menschen Sehnsucht nach einer heilen Welt."

Überrascht sah Enna ihn an. In seiner Erklärung lag so viel Tiefgründigkeit.

„Warum sonst gehen die meisten dieser Thriller gut aus? Weil wir uns danach sehnen, dass der Regenwald und damit die Orang-Utans gerettet werden."

„Ist das der Grund, warum du mit Recycling-Material Häuser baust?"

Einen Augenblick dachte er nach. „Sicher auch. Wobei es Zufall war, dass ich da hineingestolpert bin. Das Thema Architektur hat mich schon immer interessiert. Ich finde es schön, wenn man Menschen ein Zuhause geben kann. Die Sache mit dem 3-D-Drucker war nicht geplant."

Paul hob einen Stock auf, zeigte ihn Rosi und warf ihn dann am Strand entlang. Erfreut jagte die Hündin hinterher.

„Ein Professor von mir hat in einem Kurs beiläufig davon erzählt. Ich habe ihn nach der Vorlesung darauf angesprochen, weil ich mehr zu dem Thema erfahren wollte. Wie sich herausstellte, hatte er dazu bereits unzählige Informationen zusammengetragen und konnte viel darüber berichten. Er spielte damals mit dem Gedanken, sich auf dem Gebiet selbstständig zu machen."

Rosi kehrte mit dem Stock zurück und legte ihn vor Paul in den Sand. Der bückte sich und deutete einen erneuten Wurf an, doch Rosi fiel nicht darauf herein. Erst, als er wirklich geworfen hatte, stürmte sie wieder davon.

„Wir blieben in Kontakt. Der Prof hat mich ein bisschen unter seine Fittiche genommen. Vielleicht hat er auch einfach nur eine billige Arbeitskraft gesucht, weil er anfangs nicht viel zahlen konnte. Aber es gefiel ihm, dass ich Interesse hatte. Heute hat er sich wirklich selbstständig gemacht und ist mein Arbeitgeber. Er forscht immer noch unglaublich viel auf dem Gebiet und informiert sich bei anderen Firmen im Ausland. Wir bauen tatsächlich schon Häuser auf diese Weise. Von außen sind sie von denen herkömmlicher Bauweise nicht zu unterscheiden, weil sie am Ende verputzt werden wie jedes andere Haus auch. Aber im Inneren sind sie fast vollständig aus recycelbarem Material erbaut."

Deutlich hörte Enna den Stolz aus seiner Stimme heraus.

„Es ist unglaublich viel wert, wenn man einen solchen Mentor hat", meinte Paul jetzt.

„Ich hatte damals auch einen." Enna lachte leise. „Dem hast du den glücklichen Umstand zu verdanken, dass deine Naht halbwegs ordentlich aussehen wird."

„Wie das? Also, nicht dass ich ihm dafür nicht dankbar wäre. Aber wie kommt es?"

„So früh im Studium lernt man eigentlich nicht, wie man Wunden näht. Ich bin zufällig in einen Kurs geraten, weil ich jemanden begleitet habe. Das Thema hat mich interessiert." Jetzt lachte sie, als sie sich daran erinnerte, dass Paul eben fast dieselben Worte benutzt hatte.

Beinahe sofort fiel er in ihr Lachen ein. Es war wie eine unausgesprochene Einigkeit zwischen ihnen, die angenehm wohltuend war.

„Ich habe in der Folge viel geübt. An Schweinebäuchen allerdings. Mein Professor war der Meinung, dass ich ein Händchen dafür habe." Sie schüttelte den Kopf, als sie sich an das seltsame Gespräch erinnerte, das sie damals geführt hatten. Mit allen Mitteln hatte er sie zu überreden versucht, diese Fachrichtung einzuschlagen. Doch Enna hatte abgewunken. Plastische Chirurgie konnte Wunder bewirken, aber sie sah sich bereits Bäuche straffen, wozu sie überhaupt keine Lust hatte. Obwohl dieses Fachgebiet weit mehr beinhaltete als klassische Schönheitsoperationen. „Wenn ich ehrlich bin, hat es mir wirklich Spaß gemacht. Aber nicht so viel, dass ich seinem Vorschlag gefolgt bin, mich der Plastischen Chirurgie zuzuwenden. Du solltest aber zumindest keine allzu schlimme Narbe zurückbehalten. Die Tiere, die ich heute nähe, haben vermutlich die schönsten Narben, die ein Tierarzt machen kann."

„Und sie wissen es noch nicht einmal zu schätzen."

Rosi war wieder da. Paul hob das Stöckchen auf, überlegte kurz und schleuderte es dann ins Meer hinaus. Rosi rannte los, blieb aber abrupt stehen, als sie registrierte, dass der Weg sie ins kühle Nass führte. Sie stemmte aus vollem Lauf die Vorderläufe in den Sand und bellte, was das Zeug hielt.

Paul lachte laut auf. „Wie das Frauchen."

Enna zog ironisch die Brauen hoch. „Wenn du damit mich meinst, muss ich dich enttäuschen. Ich bin nicht Rosis Frauchen. Das ist immer noch Frau Walcher, auch wenn sie sich augenblicklich nicht um die Kleine kümmern kann."

Die Pudeldame bellte die Wellen eine Weile an, bis ihr klarzuwerden schien, dass das Meer nicht gewillt war, ihren Schatz wieder herauszurücken. Enttäuscht trottete sie zurück und warf Paul einen vorwurfsvollen Blick zu.

„Dir ist hoffentlich klar, dass du gerade ein Herz gebrochen hast." Die Worte waren schneller heraus, als Enna sie zurückhalten konnte. Fast sofort breitete sich ein eigentümliches Gefühl in ihr aus.

Paul, der davon nichts zu bemerken schien, beugte sich lachend nach unten und kraulte die Hündin. „Wie mir scheint, muss ich ein neues Spielzeug organisieren, um mich wieder einzuschmeicheln. Mal sehen." Suchend sah er sich um, ehe er einen weiteren Stock entdeckte.

Von Rosi mit Argusaugen verfolgt, joggte er mühelos durch den tiefen Sand und hob wenig später triumphierend das Holzstück über den Kopf. „Der ist sogar noch viel schöner als der alte", rief er über das Rauschen der Brandung hinweg.

Rosi bellte und Enna sah zu, wie die Hündin begeistert hinter dem neuen Stock herjagte. Gab es etwas Schöneres, als das Leben auf diese Art zu genießen? Es brauchte nicht viel. Wellenrauschen, ein bisschen Wind und einen glücklichen Hund.

Enna merkte, wie sich Zufriedenheit in ihrem Inneren ausbreitete. Es machte ihr nichts aus, sie zuzulassen. Das war nah dran an einem perfekten Tag. Komplettiert wurde er von einem sympathischen Mann an ihrer Seite.

Tief atmete sie ein, sog die Luft in ihre Lungen und spürte, wie die Schwere schwand, die in den letzten Jahren ein fester Bestandteil ihres Lebens geworden war.

„Ich habe Hunger", stellte Enna überrascht fest. „Wie sieht es mit dir aus? Ich weiß, wo es die leckersten Fischbrötchen der Insel gibt. Hast du Lust darauf?"

Paul sah auf. In seinen Augen lag ein Glitzern. „Für gutes Essen bin ich immer zu haben."

„Dann auf zu Ole", rief Enna übermütig.

Wenig später hielten sie die Fischbrötchen in der Hand und machten sich auf den Rückweg von Westerland nach Wenningstedt.

Sie unterhielten sich ausgesprochen gut, erzählten gegenseitig von ihrer Arbeit. Enna lauschte fasziniert, wie Paul davon berichtete, welche Pläne er für seine berufliche Zukunft hatte. Vielleicht war es möglich, in wenigen Jahren auch komplexe Bürogebäude und Hochhäuser aus recycelbarem Material zu erbauen.

Rosi verlor auf dem Rückweg zunehmend die Lust am Stöckchenholen. Sie wirkte müde und trottete mit hängender Zunge neben ihnen her.

Vor Ennas Haustür zog Paul das Smartphone aus der Tasche. „Morgen sieht es tatsächlich besser aus", meinte er. „Wenn du möchtest, können wir einen neuen Start wagen, um mit dem Surfbrett nach England zu kommen."

Enna stöhnte gespielt auf. „Ich wusste, dass es ein Fehler war, dir das zu erzählen."

„Nicht doch. Du warst ein kleines Mädchen. Eigentlich sollte man deinem Bruder nachträglich die Leviten lesen."

In dem Moment klingelte Ennas Telefon. Sie zog es aus der Tasche und warf einen Blick darauf. „Entschuldige mich bitte, da muss ich rangehen."

Paul nickte und entfernte sich diskret ein paar Schritte.

„Fentje, was kann ich für dich tun?", fragte Enna.

„Ich fürchte, ich brauche deine Hilfe. Dominik hatte recht, Helga hat Legenot. Sie steht wie ein Pinguin unter dem Stall und rührt sich nicht. Sie leidet wirklich."

„Hast du es schon mit warmem Wasser versucht?"

„Ja, aber es nutzt nichts." Deutlich hörte Enna die Sorge ihrer Freundin um ihren kranken Liebling aus deren Stimme heraus.

Enna sah zu Paul hinüber, der etwas auf seinem Smartphone tippte. Es war ein wunderschöner Morgen mit ihm am Strand gewesen. Unaufgeregt und entspannt. Im Nachhinein wunderte sich Enna, dass sie anfangs so zwiespältige Gedanken gehabt hatte.

Fentjes Seufzen riss sie aus ihren Gedanken.

„Ich komme gleich zu dir", hörte sie sich sagen.

„Du bist ein Schatz. Du weißt, wie viel Helga mir bedeutet. Na ja, eigentlich alle meine Lieblinge."

„Ich weiß." Enna lächelte. „Bis gleich."

Sie steckte das Smartphone zurück in die Tasche.

„Ein Notfall?" Paul kam wieder zu ihr herüber.

„Wie es scheint, ja. Das Huhn meiner Freundin. Ich muss zu ihr rüber."

Einen Moment sah Paul sie an. Seine karamellfarbenen Augen leuchteten, als er sie anlächelte. „Ich fand es auch nicht schlimm, dass der Wind zum Üben zu stark war. Es war so ein schöner Morgen. Danke, dass du deinen Geheimtipp für Fischbrötchen mit mir geteilt hast."

„Gern geschehen." Verlegen sah Enna ihn an.

„Morgen gehen wir dann aber zum Surfen. Ich habe die Apps gerade noch einmal gecheckt und miteinander verglichen. Das Wetter wird besser. Somit steht der Surfstunde nichts im Weg." Unternehmungslust blitzte in seinem Blick auf.

Enna nickte. „Dann bis morgen."

„Bis morgen." Er schenkte ihr ein Lächeln und wandte sich ab.

Vergnügt machte sich Paul auf den Rückweg, hielt aber in Westerland, um Sanddornsaft-Schorle zu kaufen. Zwar war er der Meinung gewesen, neulich genug besorgt zu haben, nachdem Sophie die Schorle gestern Abend aber in den höchsten Tönen gelobt hatte, hatten auch die anderen Frauen davon gekostet und Gefallen daran gefunden. So neigte sich der Vorrat vermutlich schneller dem Ende entgegen, als er angenommen hatte.

Auf der Promenade war wieder mehr los. Obwohl der Wind noch immer kräftig blies und die Wolkendecke nur gelegentlich die Sonne durchließ, waren vor allem ältere Menschen unterwegs. Das Partyvolk lag vermutlich im Bett, dachte Paul mit einem Anflug von Ironie.

Vergnügt öffnete er die Tür zu dem Geschäft, in dem er kürzlich schon eingekauft hatte. Sofort umfing ihn eine angenehme Stimmung. Das lag an den erdigen Farben, dem dunklen Holz und den orangeroten Tönen der Wände. Die verschiedenen Aufsteller waren in einem blassen Grün gehalten und weckten die Illusion von Strandhafer. Im Hintergrund gurgelte leise das Rauschen des Meeres, gelegentlich keckerte eine Möwe. Nicht aufdringlich, es war eher die perfekte Untermalung.

Wer auch immer sich dieses Konzept ausgedacht hatte, hatte viel richtig gemacht. Dieses Geschäft wollte man nicht verlassen.

„Nanu, hallo", wurde er von der dunkelhaarigen Frau mit dem Pferdeschwanz begrüßt, die ihn neulich beraten hatte. „Ist die Schorle schon getrunken?"

Paul sah auf und begegnete ihrem lächelnden Blick. Sie schien ein gutes Gedächtnis für Gesichter zu haben, wenn sie sich an ihn erinnerte. Sicher hatte sie jeden Tag viel Kundschaft. Oder es lag an der Menge, die er gekauft hatte.

„Wir sind eine größere Gruppe", erklärte er. „Die Frauen waren von der Schorle begeistert und dann gab eines das andere. Die Männer haben auch probiert, festgestellt, dass Sanddorn ein prima Durstlöscher ist, weil er nicht zu süß ist, und schon war die Hälfte weg. Weil ich in der Nähe war, dachte ich, ich nehme gleich noch einen Schwung mit."

„Natürlich. Wie viel möchtest du denn haben?"

Paul überlegte, wie viele Flaschen er wohl in den Rucksack bekam, den er zum Auto schleppen musste.

Offenbar schien die Frau seine Überlegungen richtig zu deuten. „Sollen wir einfach mal etwas in den Rucksack packen und schauen, wie viel hineinpasst?"

„Das ist eine gute Idee." Paul nahm die Tasche ab und reichte sie ihr über den Tresen.

„In den Rucksack geht einiges rein. Voll machen würde ich ihn aber nicht. Am Ende reißen die Gurte."

„Ich muss nur bis zum Auto gehen. Aber vielleicht ist es wirklich besser, ihn nicht zu voll zu machen."

Er sah der Frau zu, wie sie die Flaschen vorsichtig hinein legte, bevor sie den Reißverschluss zuzog und die Tasche probehalber am Henkel hochhob.

„Ich würde es gut sein lassen", meinte sie schließlich und sah ihn besorgt an. „Lieber kommst du noch einmal."

„Ach, ich schicke morgen einfach die Frauen", lachte Paul. „Die wollten sowieso das ganze Sortiment sehen. Besonders die Kosmetikprodukte haben es ihnen angetan. Da war ich definitiv der falsche Ansprechpartner und konnte nicht ausreichend Auskunft geben."

Die Verkäuferin lachte. „Das verstehe ich. Ich kann dir ja ein paar Proben zum Saft legen."

Paul sah der Frau zu, wie sie großzügig kleine, verschiedenfarbige Tuben unter dem Tresen hervorkramte und zu den Flaschen legte. Am Ende packte sie sogar noch eine Tüte Bonbons drauf. „Die geht aufs Haus", sagte sie. „Falls deine Freundinnen eine Entscheidungshilfe brauchen." Sie zwinkerte ihm zu.

„Sicher kommen sie in den nächsten Tagen vorbei. Das Wetter wird besser."

Nun lachte die Verkäuferin. „Welchen Zusammenhang gibt es da? Trauen sie sich bei Regen nicht aus dem Haus?"

„Im Gegenteil. Wir sind zum Surfen hier. Je stärker der Wind, desto weniger sind sie vom Wasser wegzubekommen."

„Ach so. Dann bleibst du sicher noch."

„Natürlich. Bis zum *Windsurf World Cup*. Wir haben spontan alle Urlaub genommen und sind auf dem Campingplatz in Rantum. Nur kann ich im Moment leider nicht aufs Wasser. Ich hatte einen Zusammenstoß mit einem Hund, der mir versehentlich zwischen die Speichen geraten ist." Er deutete auf das Pflaster auf seiner Stirn und schnitt eine Grimasse.

Einen Moment musterte ihn die Verkäuferin verdattert, dann überzog ein Strahlen ihr Gesicht, als ginge die Sonne auf. Mit dem Zeigefinger zeigte sie auf seine Brust. „Ich glaube, ich weiß, wer du bist. Eine Tierärztin hat dich zusammengeflickt, richtig?"

Überraschung breitete sich in Paul aus. „Woher weißt du …?"

„Ha", machte die Frau triumphierend. „Enna ist meine beste und älteste Freundin. Sie hat der Frau, der der Hund gehört, erste Hilfe geleistet. Außerdem hat sie Rosi bei sich aufgenommen. Die alte Dame war kurz zuvor mit dem Pudel bei mir, daher wusste ich, wie sie heißt. Ich bin Heike."

Die Frau reichte die Hand über den Tresen, dass Paul nichts anderes übrig blieb, als sie zu schütteln. „Das ist ja lustig. Ich komme gerade von Enna."

„Ist etwas mit deiner Verletzung?"

„Nein, überhaupt nicht." Paul lachte. „Ich hatte Enna eine Surfstunde versprochen. Als Dankeschön, dass sie meine Verletzung versorgt hat."

„Ach deswegen der Neopren", murmelte Heike, bevor sich ihre Miene zu einem zufriedenen Grinsen verzog.

Zwar konnte sich Paul darauf keinen Reim machen, aber Heike schien nett zu sein.

„Daraus wurde nur heute leider nichts. Für jemanden, der ungeübt ist, war der Wind doch ein wenig zu heftig."

„Holt ihr die Surfstunde nach?"

„Das möchten wir morgen machen. Heute haben wir einen ausgedehnten Spaziergang mit Rosi unternommen."

Heike nickte und grinste breit, als die Türglocke eine weitere Kundin ankündigte. „Das klingt entspannt. Dann wünsche ich euch ganz viel Spaß morgen. Und wenn du deine Freundinnen vom Campingplatz schicken willst, immer her mit ihnen. Sie bekommen einen Sonderpreis von mir. Lasst euch die Schorle schmecken." Sie zwinkerte ihm verschwörerisch zu, bevor sie mit dem Kopf zu der Kundin deutete und sich vorbeugte. „Ich muss dann mal weitermachen."

Paul verabschiedete sich verdutzt. Ihm kam es so vor, als wüsste Heike etwas, von dem er keine Ahnung hatte. Kopfschüttelnd schulterte er den Rucksack, der nun um etliche Kilogramm schwerer war, und verließ das Geschäft.

Kapitel 10

*E*nna packte Rosi kurzerhand in den Fahrradkorb, um zu Fentje zu fahren. Die Hundedame war ausgesprochen lustlos und kaum noch dazu zu bewegen, ihr Körbchen zu verlassen.

„Es hilft nichts, Süße", meinte Enna bedauernd. „Wir müssen uns Helga ansehen. Vielleicht kannst du ein bisschen mit Diego spielen, was meinst du? Wirst du dann wieder munter?"

Nur wenig später fuhren sie bei Fentje vor. Enna hob Rosi aus dem Korb, was die Hündin mit einem weiteren mitleiderregenden Blick quittierte.

„Tut mir leid, Süße. Aber schau mal, da ist Diego."

Enna öffnete das Gartentor und ließ Rosi eintreten. In dem Moment, als sie den Mischling sah, schienen die Strapazen des Morgens vergessen zu sein. Die beiden beschnupperten sich ausgiebig und verschwanden nur wenig später in Fentjes Garten.

„Fentje? Dominik?"

„Im Garten beim Hühnerstall." Die Verzweiflung in Fentjes Stimme war wie ein Vorbote dessen, was Enna erwartete. Die Sorgen um das Huhn schwang deutlich mit.

Mit einem Blick erfasste Enna die Situation. Helga stand in Pinguinhaltung mit eingezogenem Kopf und hängendem Schwanz breitbeinig im Gehege. Fentje kniete vor ihr, neben sich eine Wanne mit Wasser. Dominik hatte neben den beiden Stellung bezogen und wusste offensichtlich nicht, wie er helfen sollte.

„Das sieht nicht gut aus", kommentierte Enna.

Fentje hob den Kopf und sah sie bekümmert an. Enna erschrak, als sie die Freundin sah. So sorgenvoll hatte sie sie noch nie erlebt.

„Dann wollen wir uns Helga einmal ansehen", sagte sie mit fester Stimme und trat näher.

„Sie will nicht ins Wasser."

„Würde ich auch nicht wollen, wenn ich Huhn wäre." Enna tauchte die Hand ins Wasser. „Das kann ruhig noch ein paar Grad wärmer sein. Dominik, könntest du bitte frisches bringen?"

Dominik nickte und trollte sich eilfertig, augenscheinlich erleichtert darüber, etwas zu tun zu haben.

Vorsichtig näherte sich Enna dem Huhn, doch sie brauchte sich nicht einmal die Mühe zu machen, Helga ließ sich ganz einfach hochnehmen. Auch das sonst übliche Gezeter blieb aus.

„So, meine Hübsche, dann wollen wir uns einmal ansehen, was dir fehlt." Routiniert tastete Enna den Bauch des Huhns ab, während Fentje neben ihnen stand und Enna mit bekümmertem Blick zusah.

„Ich kann das Ei tasten", meinte Enna kurz darauf und spürte unter ihren Fingern nach der Rundung. Vorsichtig strich sie darüber. „Hier, möchtest du fühlen?"

Fentje legte ihre Hand ebenfalls sacht auf den Bauch des Huhnes. „Ich spüre es. Was machen wir jetzt?"

„Wir versuchen es noch einmal mit dem warmen Wasser."

„Sie wehrt sich dagegen", klagte Fentje.

„Das sehen wir gleich. Hühner muss man manchmal zu ihrem Glück zwingen. Das ist wie mit uns Menschen." Enna zwinkerte Fentje zu und lächelte sie beruhigend an. „Das wird schon. Helga muss sich nur entspannen."

In diesem Moment kehrte Dominik mit dem Wasserkocher und einer weiteren Kanne mit Wasser zurück. „So können wir es am besten mischen. Ich weiß nicht, wie warm es sein soll."

„Prima Idee." Enna setzte Helga, die keine Anstalten machte davonzulaufen, wieder auf dem Boden ab. Dann mischte sie das Wasser zu der Temperatur, die sie benötigte. Zufrieden nickte sie schließlich. „Jetzt ist es warm genug." Sie nahm Helga wieder auf den Arm und setzte die Henne mit den Füßen ins Wasser. Dem Huhn schmeckte das sichtlich nicht, es schlug mit den Flügeln und schimpfte vor sich hin. Doch Enna ließ nicht locker, hielt sie fest und drückte sie mit dem Bauch in die Wanne.

Es war ein Kräftemessen zwischen beiden. Das Huhn tat alles, um aus dem Wasser zu kommen. Mittlerweile war auch das Federkleid am Bauch ordentlich nass. Enna hielt Helga fest, sodass sie nicht Reißaus nehmen konnte. Es dauerte, bis die Machtprobe ein Ende hatte und Helga sich in ihr Schicksal fügte. Dann jedoch hielt sie still. Als ihre Beine schwer wurden und sie sich freiwillig in das Wasser senkte, begann sie, sich zu entspannen. Nur wenig später schloss sie sogar für einen kurzen Moment die Augen.

„Wahnsinn", flüsterte Fentje ergriffen. „Wie machst du das?"

„Du musst den Tieren einfach nur zeigen, wer das Sagen hat, dann ordnen sie sich unter", gab Enna ruhig und mit gesenkter Stimme zurück, um Helga nicht zu erschrecken. „Wir lassen sie jetzt so lange hier sitzen, bis das Ei draußen ist."

Sacht strich sie dem Huhn immer wieder über den Rücken. Helga hatte augenscheinlich aufgegeben, sich zu wehren. Sie hockte im warmen Wasser und ruhte sich aus.

„Wie lange wird das dauern?", wollte Dominik wissen. Auch er wirkte bekümmert, gleichzeitig aber erleichtert, dass Enna da war.

„Das kann ich nicht sagen. Es ist gut, dass ihr es gleich gemerkt habt. Aber ich würde mir wirklich überlegen, ob ihr Helga nicht einen Hormonchip einpflanzen lassen wollt. Dir geht es ja nicht primär um die Eier, oder?"

Entsetzt schüttelte Fentje den Kopf. „Das war nie der Hintergedanke. Ich habe 6 Hühner, die legen sowieso viel mehr, als ich jemals verbrauchen kann. Die meisten Eier verschenke ich."

„Das Problem deiner Hühner ist, dass sie ausschließlich fürs Legen gezüchtet wurden", erklärte Enna, während sie weiter unablässig in beinahe hypnotischer Ruhe über Helgas Rücken strich. „Sie produzieren in Höchstgeschwindigkeit, danach sind die Körper aber kaputt."

„Ich weiß. Als ich sie bekommen habe, waren sie fast nackt, hatten kaum Federn und waren völlig verängstigt. Bei mir haben sie zum ersten Mal Gras gesehen und frische Luft geschnuppert, kannst du dir das vorstellen? Der Mensch ist so unfassbar grausam in dem, was er tut." Sie seufzte. „Helga und ihre Freundinnen wären nicht mehr am Leben, wenn ich sie nicht zu mir genommen hätte."

„Was bewirkt der Hormonchip?", wollte Dominik wissen.

„Er unterdrückt das Eierlegen. Ein bisschen wie die Anti-Baby-Pille beim Menschen. Mit dem Chip hat sie erst einmal ein halbes Jahr Ruhe und kann sich erholen."

„Dann machen wir das", sagte Fentje sofort.

Es dauerte noch zehn Minuten, dann war das Ei gelegt und Helga machte sich nun doch protestierend daran, die Wanne zu verlassen. Enna hob sie heraus und setzte sie auf dem Boden ab. Schimpfend stob das Huhn davon.

„Sie ist wirklich undankbar." Dominik schüttelte den Kopf.

„Irrtum", gab Fentje zurück. „Wir Menschen haben ihr das angetan und trotzdem quält sie sich jeden Tag damit herum. Wir sind undankbar, weil wir als selbstverständlich hinnehmen, was ein Geschenk ist."

Dominik gab Fentje einen liebevollen Kuss auf die Wange. Fast ein wenig neidisch sah Enna die beiden an. Ihre Liebe zueinander schien grenzenlos zu sein und war etwas ganz Besonderes. Ob ihr das Schicksal irgendwann auch eine solche Liebe schenken würde?

„Ich mache uns jetzt erst einmal einen Kaffee", verkündete Dominik. „Bleibst du auf eine Tasse?"

„Diesmal gern. Rosi scheint sich von ihrem Spaziergang erstaunlich schnell erholt zu haben."

Tatsächlich jagte die Pudeldame vergnügt mit Diego durch den Garten. Auch der Mischling hatte sichtlich seine Freude an der Spielgefährtin, wie Enna amüsiert feststellte.

Gemeinsam verließen sie das Gehege der Hühner und säuberten sich zunächst im Bad, bevor sie sich auf der Terrasse in den Schatten setzten. Dominik war bereits damit beschäftigt, in der Küche Kaffee zu machen.

„Wie lange bleibt Rosi noch bei dir?", wollte Fentje wissen.

Enna lehnte sich im Stuhl zurück. „Ich habe keine Ahnung. Die Tochter der alten Dame wollte die Mutter nach Hause bringen und Rosi bei der Gelegenheit abholen. Wenn das meine Mutter wäre, hätte ich mich vermutlich ins Auto gesetzt und wäre sofort losgefahren. Die Nacht durch, wenn nötig."

„Natürlich, das versteht sich von selbst. Hat sie sich nicht mehr gemeldet?"

„Nein. Irgendwie ist das komisch."

„Du hast doch ihre Nummer, oder? Ruf sie einfach an. Sie verlässt sich ganz schön darauf, dass du dich um Rosi kümmerst."

In diesem Moment kehrte Dominik mit dem Kaffee zurück. Außerdem hatte er eine Platte mit Pflaumenkuchen dabei. Die Stücke waren in Quadrate geschnitten und mit Streuseln bestreut.

„Mein erster Zwetschgendatschi", erklärte er stolz und stellte den Teller ab.

Fragend sah Enna Fentje an. Die hob aber nur die Schultern. „Ist ein Rezept von seiner Mutter. Mit Hefeteig. Das heißt so in Bayern."

Enna kostete von dem Kuchen und musste anerkennen, dass sie selten einen besseren Pflaumenkuchen gegessen hatte. Der Teig war luftig, die Früchte hatten die richtige Mischung aus sommerlicher Süße und herber Säure, und die Streusel waren mit einem Hauch Zimt versehen, der alles abrundete.

Enna blieb nicht mehr lange bei Fentje und Dominik, dann machte sie sich mit Rosi auf den Rückweg. Die Hündin ließ sich in den Fahrradkorb setzen und schien vom Spiel mit Diego endgültig erschöpft zu sein.

Zu Hause angekommen machten sie es sich auf dem Sofa bequem. Die Pudeldame legte den Kopf auf ihrem Schoß ab und schlief, alle viere von sich gestreckt, fast augenblicklich ein. Gedankenverloren strich Enna über ihr Fell, merkte aber selbst bald, wie ihre Augen schwer wurden.

Kapitel 11

Da Enna den Rest des gestrigen Tages faul auf dem Sofa verbracht hatte, war sie am nächsten Morgen früh wach. Ein prüfender Blick aus dem Fenster machte all ihre Hoffnungen zunichte, dass die heutige Surfstunde erneut ausfallen würde. Wenn sie ehrlich war, hätte sie gegen einen weiteren Spaziergang mit Paul nichts einzuwenden gehabt. Er war ein angenehmer Gesprächspartner und sie hatte sich gestern äußerst wohlgefühlt.

Doch draußen schien die Sonne, der Wind war nur noch eine leichte Brise. Vielleicht war es nun zu wenig, überlegte Enna und schöpfte kurz Hoffnung.

Sie machte Frühstück für sich und Rosi, die nach dem gestrigen Tag einen ausgesprochen guten Appetit hatte und sie unternehmungslustig ansah, als der Napf leer war.

„Möchtest du für mich zum Surfen gehen?", fragte Enna und sah zu der Hundedame hinunter. „Ich hätte nichts dagegen, dir zuzusehen. Es soll surfende Hunde geben, bestimmt bringt Paul es dir bei."

Die Hündin bellte laut, wie zur Bestätigung.

„Irgendwie fürchte ich nur, dass er das nicht gelten lassen wird. Was meinst du, möchtest du trotzdem mitkommen?"

Erneut machte Rosi „wau".

„Prima, dann packen wir auch für dich alles ein. Wenn ich ehrlich bin, bin ich froh, wenn du mir Gesellschaft leistest."

Gewöhn dich nur nicht daran, dachte Enna. Lange wird sie nicht mehr hierbleiben.

Da fiel ihr ein, dass sie Frau Bergmüller dringend anrufen musste. Sie griff eben nach dem Telefon, als es an der Tür läutete. Mit einem Seufzen legte sie das Smartphone wieder zur Seite und ging in den Flur, um Paul zu öffnen.

Er schenkte ihr ein unternehmungslustiges Lächeln, das irgendwie ansteckend war. „Einen wunderschönen guten Morgen! Bist du bereit, England zu erobern?" In seinen karamellfarbenen Augen blitzte der Schalk, sodass auch Enna ein Grinsen nicht unterdrücken konnte.

Ihr Herz schlug ein paar Takte schneller. „Fürs Erste würde es mir reichen, wenn ich nicht allzu nass werde."

Paul wiegte nachdenklich den Kopf, was lustig aussah. Er hatte eine Basecap verkehrt herum auf, aus der die blonden Locken hervorlugten. Zusammen mit dem Pflaster und dem nur noch leicht grünen Auge gab ihm das ein verwegenes Aussehen, was durchaus anziehend wirkte. „Da würde ich nicht darauf wetten. Ich gehe sogar so weit zu sagen, dass du etwas falsch machst, wenn du trocken bleibst."

„Ich habe es befürchtet." Enna stieß einen theatralischen Seufzer aus. „Besteht die Chance, dass der Wind noch einmal auffrischt?"

„Nein. Ich habe sämtliche Wetter-Apps gecheckt, das wird nicht passieren, zumindest heute nicht. Morgen auch nicht."

„Da ist Montag, da muss ich wieder arbeiten."

Einerseits hätte Enna tatsächlich nichts dagegen einzuwenden gehabt, wenn die Surfstunde ausfiel. Andererseits freute sie sich darauf, den Tag mit Paul zu verbringen. Wenn das auch bedeutete, dass sie dazu auf ein Surfbrett steigen musste.

„Hast du alles?" Paul warf einen Blick auf die Tasche, die hinter ihr im Flur stand, ehe er sie ernst ansah. „Wir hören sofort auf, wenn du keine Lust hast, okay? Du brauchst auch keine Bedenken zu haben, dir wird nichts passieren."

„Die habe ich nicht." Entrüstet sah Enna ihn an. Plötzlich war ihr wichtig, dass Paul sie nicht für einen Angsthasen hielt. „Das war nur Spaß. Ich weiß noch nicht, ob ich mich freue oder nicht. Aber Schiss habe ich nicht. Auch wenn mein Bruder das damals beabsichtigt hatte, um seine Ruhe vor der kleinen, nervigen Schwester zu haben."

„Dann ist gut. Rosi kommt mit, nehme ich an?"

Enna nickte, die Hündin wedelte aufgeregt mit dem Schwanz, als sie ihren Namen hörte.

„Du solltest allerdings aufpassen, dass du nicht nass wirst", meinte Enna.

Verständnislos sah Paul sie an.

„Na, die Narbe. Die ist noch nicht so verheilt, dass sie mit Meerwasser in Kontakt kommen sollte."

„Keine Sorge, ich hatte nicht vor, unterzutauchen. Es sei denn, ich muss dich aus den Fluten retten." Wieder zwinkerte er ihr scherzhaft zu, was eine eigentümliche Wärme in ihrem Bauch entstehen ließ.

Er war wirklich der personifizierte Sonnyboy, dachte Enna. Als wäre er geradewegs der Fernsehserie „Gegen den Wind" entstiegen. Ein Surfer, wie man ihn sich vorstellte. Er hatte eine Leichtigkeit an sich, die geradezu ansteckend war.

Ihr Blick blieb einen Moment länger an der Locke hängen, die unter der Basecap hervorlugte und sich in seine Stirn kräuselte. Die gebräunte Haut tat ein Übriges, um zu versichern, wie leicht das Leben war. Vielleicht sollte sie sich eine Scheibe davon abschneiden.

„Außerdem habe ich wasserdichte Pflaster dabei", riss Paul sie aus ihren Gedanken.

Mit gerunzelter Stirn sah sie ihn an, ehe ihr aufging, dass dieser Satz an den vorigen anknüpfte und darauf bezogen war, dass die Wunde nicht mit Wasser in Berührung kommen sollte.

Hatte sie ihn eben angestarrt? Enna spürte, wie die Hitze ihren Hals hinaufkroch und sich anschickte, ihre Wangen zu färben. Hastig drehte sie sich um und tat, als suchte sie etwas in ihrer Tasche. Dann nickte sie, griff danach und richtete sich wieder auf.

„Ich glaube, ich habe alles", murmelte sie.

Rosi bellte laut.

„Natürlich, du kommst auch mit. Wo wollen wir eigentlich hin?" Hoffentlich nicht in den Norden, dort oben war die Brandung zu heftig, außerdem gab es Unterströmungen.

Sie schulterte die Tasche und schloss die Tür hinter sich.

„Nicht weit von hier sollen gute Bedingungen für Anfänger herrschen. Zwischen Wenningstedt und Kampen gibt es ein paar vorgelagerte Sandbänke, da sind die Wellen nicht so stark und perfekt zum Üben geeignet, zumindest habe ich das gelesen."

Auf ihren ungläubigen Blick hin lachte Paul. „Lass dich nicht so von mir ärgern", meinte er dann mit einem Lächeln, das zwar schuldbewusst wirkte, seine Augen funkelten jedoch belustigt. „Tut mir leid, ich wollte dich nicht ärgern. Ich weiß auch nicht, warum ich so albern bin. Vermutlich, weil das Leben an sich schon ernst genug ist."

Einen Moment schwiegen sie, während sie nebeneinander hergingen. Die letzten Sätze unterstrichen das Bild, das Enna sich von Paul gemacht hatte.

„Ich habe selbst dort Surfen gelernt", fuhr Paul jetzt fort. „Ich war als kleiner Junge mit meinen Eltern hier. Beide begeisterte Sportler. Genau an jener Stelle habe ich meine ersten Versuche unternommen. Mit einem geliehenen Board, aber es war toll. Ich habe mich gefühlt wie ein König, wenn ich es geschafft habe, mich fünf Sekunden auf dem Brett zu halten." Paul lachte leise.

Enna warf ihm einen verstohlenen Blick zu. Pauls Kindheitserinnerungen schienen schön und harmonisch zu sein.

„Ganz schnell wurden aus fünf zehn Sekunden und so ging es weiter. Ich habe gelernt, wie man das Segel hält, und bin bald ein paar Meter gefahren. Ich war von Anfang an infiziert. Wir haben unzählige solcher Urlaube verbracht. In Kroatien, Italien, Südfrankreich. Immer mit dem Wohnwagen oder dem Wohnmobil auf dem Campingplatz. Das ist bis heute ein Gefühl der Freiheit, das man sich unbedingt bewahren muss. Davon kann man in schlechten Zeiten zehren."

Pauls Stimme war immer leiser geworden. Betroffen sah Enna ihn an. Seine Worte klangen, als hätte auch er die echten Schattenseiten des Lebens kennengelernt. Jetzt sah er mit einem Blick in die Ferne, aus dem Schmerz und Leid sprachen. Oder bildete sie sich das ein? Fast sofort war das Lächeln auf seinen Lippen zurück.

Im selben Moment erreichten sie sein Auto. Ein roter alter Volvokombi, der seine besten Tage längst hinter sich hatte. Ein paar Rostflecken hier, die eine oder andere Beule da. Aufkleber zeugten davon, wo Paul schon überall damit gewesen war. Fast hatte es den Anschein, als seien er und der Wagen ein Team. Auf dem Dach waren Surfbretter montiert, ebenso Segel. Auf der Rückbank standen Taschen, im Kofferraum waren Klappkisten, in denen weiteres Surfzubehör lagerte.

„So, hier wären wir", meinte Paul und schloss den Wagen auf. Immerhin verfügte er schon über eine Zentralverriegelung, wie Enna amüsiert feststellte. Es hätte sie nicht gewundert, wenn Paul das Fahrzeug manuell geöffnet hätte.

Mit einer übertriebenen Verbeugung öffnete er die Beifahrerseite. „Ihre Kutsche, Madame."

„Du bist ein Spinner." Erneut wurde ihr warm im Magen. Verlegen lächelte sie ihn an und versuchte zu ignorieren, dass ihr Herz schon wieder ein wenig schneller schlug.

Rosi bellte und hüpfte in den Fußraum.

„Ich glaube nicht, dass man einen Hund so transportieren darf", meinte Paul und sah besorgt zu Rosi hinunter, nachdem er Platz genommen hatte. „Aber für den Moment muss es reichen."

Enna hatte gar keine Zeit, es sich im Auto gemütlich zu machen, denn nur kurz darauf erreichten sie den Strandabschnitt, den Paul im Auge hatte. Dabei hätte sie die Fahrt gern länger genossen. Ein wenig hatte sie in dem alten Wagen das Gefühl, als säße sie in einem Bully. Die Scheiben heruntergekurbelt, den Arm auf der Tür fühlte sie bereits den Wind, der ihre Haare zauste. Auf der Reise ins Unbekannte, begleitet von einem Gefühl tiefer Freiheit. Am Abend ein Bier in der Hand am Lagerfeuer, während man jemandem lauschte, der Gitarre spielte …

Doch der Surfplatz war zu schnell erreicht, als dass sie den Empfindungen weiter nachspüren konnte.

Paul stellte den Motor ab und wandte sich zu ihr um. „Endstation." Er musterte sie mit einem durchdringenden Blick. „Du brauchst nicht nervös zu sein, okay?" Seine Stimme hatte einen einfühlsamen Klang angenommen. „Ich bin die ganze Zeit bei dir und versichere dir, dass ich dich retten werde, bevor du nach England abdriftest."

Enna schluckte und suchte nach Worten. Der Blick, den Paul ihr zuwarf, machte sie nervös. In ihrem Magen kribbelte es, eine leichte Gänsehaut kroch ihren Rücken hinauf.

„Deine Wunde darf nicht nass werden", erinnerte sie ihn und versuchte, die Nervosität zur Seite zu schieben.

Ein Lächeln breitete sich auf seinem Gesicht aus, das ihre Seele wärmte. „Darüber sehe ich großzügig hinweg, wenn es darum geht, dich zu retten. Nachdem wir es aber gar nicht so weit kommen lassen, passiert weder das eine noch das andere. Also besteht auch keine Gefahr, dass Pflaster oder Wunde nass werden."

Spontan legte er eine Hand auf ihre, die auf ihrem Oberschenkel lag, und drückte sie leicht. Die Berührung war flüchtig und sollte vermutlich eine beruhigende Wirkung auf sie haben. Doch die unerwartete Wärme, die unter seinen Fingern aufloderte, ließ sie verwirrt die Luft einsaugen. Ihr Herz tat einen kleinen Satz, als wenn man die Kupplung eines Fahrzeuges zu hastig kommen ließ.

Ebenso schnell war der Moment aber wieder vorbei, als Paul ihr noch einmal beruhigend zunickte, die Hand wegnahm und ausstieg.

Kurz war es still im Wagen. Ennas Finger waren warm von der Berührung. Sie sah zu Rosi hinunter, die im Fußraum zwischen ihren Beinen hockte und aufmerksam zu ihr hinaufsah.

„Was mache ich hier eigentlich?", flüsterte Enna.

Die Pudeldame legte den Kopf schief und sah sie mit schwarzen Knopfaugen an.

„Du weißt es auch nicht." Enna seufzte. „Es wird mir wohl nichts anderes übrig bleiben, als das auf mich zukommen zu lassen." Dabei wusste Enna nicht, ob sie das Surfen oder das Treffen mit Paul meinte. Seine Hand auf ihrer hatte überraschende Empfindungen in ihr ausgelöst, von denen sie nicht wusste, ob sie sie genießen oder Angst davor haben sollte.

Die Autotür wurde geöffnet und Paul beugte sich zu ihr herunter. Ennas Kopf ruckte ebenso zu ihm herum wie Rosis.

„Na, ihr beiden?", neckte Paul sie lächelnd. „Zwiesprache mit Rosi beendet? Ist sie der Meinung, dass du mir vertrauen kannst?"

Bevor Enna zu einer Antwort ansetzen konnte, reichte er ihr die Hand, um ihr aus dem Auto zu helfen. Einerseits hatte sie Angst vor den Gefühlen, die eine weitere Berührung in ihr auslösen würde, andererseits wollte sie mehr von den Emotionen spüren, die offenbar unter der Oberfläche geschlummert hatten und nun darauf brannten, herausgelassen zu werden.

Der Moment war ebenso schnell wieder vorbei. Diesmal gelang es Enna aber bereits besser, die Wärme zu genießen, die Pauls Berührung hervorrief.

„Ich hole das Brett und das Segel vom Dach und baue auf. Währenddessen kannst du dich schon mal umziehen, in Ordnung?"

Seine Stimme hatte einen ruhigen Klang und trug dazu bei, dass Enna begann, sich sicherer zu fühlen. Wenn Paul an ihrer Seite war, würde nichts passieren. Sie fragte sich mit einem Anflug von Ironie, ob sie sich das einredete oder ob das wirklich der Wahrheit entsprach.

Paul machte sich an dem Dachträger zu schaffen, während Enna Heikes Neoprenanzug aus der Tasche hervorholte. Sie zog das T-Shirt aus und streifte die Hose ab. Darunter trug sie ihren Bikini.

Instinktiv wandte sie sich ab. Nicht weil sie nicht wollte, dass Paul sie ansah, sondern vielmehr, weil sie keine Ahnung hatte, wie blöd sie sich mit dem Anziehen des Neoprens anstellte. Doch erstaunlicherweise ging das recht gut. Nur mit dem Reißverschluss musste sie sich helfen lassen.

Sie nahm das Haar zur Seite und drehte Paul den Rücken zu. Er trat hinter sie. Nervös spürte sie seine Finger hantieren. War das sein Atem, der sie im Nacken kitzelte und ihr einen Schauer über den Rücken jagte?

Da wandte Paul sich schon wieder ab. Das gummiartige Material des Neoprens war ungewohnt auf ihrer Haut und roch nach einer eigenartigen Mischung aus Meerwasser, Algen und altem Gummi.

„Fertig?", wollte Paul wissen.

Enna drehte sich zu ihm um und lächelte ihn schief an. „Auf nach England."

Paul schüttelte nur den Kopf. „Kannst du bitte das Brett nehmen? Ich trage das Segel."

Enna tat wie geheißen und hob das Brett auf. Es war überraschend leicht.

„Ich habe für dich Anfängermaterial ausgeliehen. Die Boards sind breiter und die Segel wiegen nicht so viel. Das Zeug ist nicht mehr auf dem modernsten Stand der Technik, aber es funktioniert einwandfrei. Und es ist wesentlich einfacher, um anzufangen."

„Gibt es da so große Unterschiede?"

„Einem Fahranfänger gibst du auch nicht den Ferrari. Das ist nicht auf die Kosten bezogen", setzte er mit einem Zwinkern hinzu.

Am Strand drehte Paul das Brett um und kniete sich hin, um eine Art umgedrehte Flosse abzumontieren, die darunter befestigt war.

„Das ist die Finne", erklärte er. „Die sorgt für Stabilität im Wasser. Da wir das am Strand aber nicht brauchen und sie nicht kaputtmachen möchten, kommt sie erst später wieder ran."

Ennas Blick klebte an Pauls Rücken. Deutlich zeichneten sich die Muskelstränge unter dem Shirt ab, als er die Arme bewegte. Mit einem Sprung kam er auf die Beine und sah sie an.

„Du darfst jetzt erst einmal auf dem Trockenen üben."

Erleichterung breitete sich in Enna aus. Sie sah Paul dabei zu, wie er das Segel montierte. Es fielen Begriffe wie Gabelbaum, Startschot und Mastfuß. Enna war sich sicher, nichts davon behalten zu können.

„Das ist zunächst auch nicht so wichtig", erwiderte Paul auf ihren Einwand hin. „Du hörst das öfter und dann merkst du es dir automatisch. Das geht ganz schnell, du wirst sehen."

Zwar war sich Enna in dem Punkt weniger sicher als er, aber sie lauschte weiterhin aufmerksam.

„Wichtig ist zunächst, dass du prüfst, aus welcher Richtung der Wind kommt. Davon hängt nämlich ab, wie man sich auf das Brett stellt." Er suchte ihren Blick. „Spürst du den Wind?"

Enna überlegte, ob sie den Finger in den Mund stecken und in die Höhe recken sollte, wie sie das als Kind gemacht hatte. Dann jedoch spürte sie den Wind aus westlicher Richtung und deutete aufs Meer hinaus.

„Das nennt man einen auflandigen Wind. Er ist für Anfänger zwar nicht unbedingt einfacher, aber wesentlich sicherer. Du weißt schon, England." Er zwinkerte ihr zu. „Hier ist vorne am Brett, in diese Richtung surft man." Paul zeigte auf das spitz zulaufende Ende, während das andere abgeflacht war. „Das Board liegt nun quer zum Wind, sodass du ihn im Rücken hast. Möchtest du das Brett ausrichten?"

Enna überlegte nur kurz, bevor sie das Brett hochhob und entsprechend am Strand platzierte.

„Sehr gut", kommentierte Paul. „Du hast den Wind jetzt wie gesagt im Rücken. So kann er die Fläche des Segels erfassen und dir Vortrieb geben." Er stieg auf das Board und sah sie an. „Nun stellst du dich mittig hin, den Mast zwischen deinen Beinen." Er deutete auf seine Füße hinunter. „Dann holst du mit der Startschot das Segel aus dem Wasser."

„Das ist das Seil, oder?"

„Genau. Es ist hier oben am Gabelbaum befestigt und unten am Mastfuß. Du ziehst es mit leicht gebeugten Knien hoch. Nicht aus dem Rücken. Das ist nicht nur nicht gut für dein Kreuz, sondern auch schwieriger, um den Stand zu halten. Anfangs ist das knifflig, vor allem, wenn das Gewicht des Wassers zusätzlich auf das Segel drückt. Du musst es vorsichtig am Mast hochziehen, dann läuft das Wasser seitlich weg. Siehst du? So." Paul deutete die entsprechende Bewegung an. „Wenn du es heraushast, kannst du es einfach halten."

Enna atmete tief durch. „Hoffentlich kann ich mir das alles merken."

„Bestimmt. Wenn das Segel oben ist, nimmst du die Startschot ganz oben am Gabelbaum mit der hinteren Hand. Mit der vorderen greifst du darüber, also über Kreuz an den Gabelbaum. Gleichzeitig machst du mit den Füßen einen Schritt nach hinten auf dem Brett. Siehst du? Ungefähr so. Nun hast du den Mast nicht mehr zwischen den Füßen. Die hintere Hand greift um und liegt dann ebenfalls am Gabelbaum. Fertig. Ganz einfach." Paul grinste, ehe er das Segel langsam wieder zu Boden ließ und vom Board stieg. „Jetzt bist du dran."

„Puh", machte Enna. „Sicher, dass ich nichts kaputtmachen kann?"

„Ganz sicher. Das ist nicht schwer", beteuerte Paul. „Du darfst das hier an Land üben, nachher gehen wir ins Wasser."

Enna stellte sich auf das Brett und versuchte, zunächst ein Gefühl für das Material und das Gewicht zu bekommen.

Mehrfach holte sie daraufhin das Segel aus dem imaginären Wasser und übte die Bewegungsabläufe.

„Die gehen dir später in Fleisch und Blut über, keine Sorge", beruhigte Paul sie, als sie zu früh nach hinten trat und vergaß, vom Mast an den Gabelbaum umzugreifen und umgekehrt. „Das klappt doch schon ganz gut. Wollen wir es jetzt im Wasser versuchen?"

„Ich schätze, ein ‚nein' lässt du nicht gelten, oder?" Sie grinste. So schwer, wie sie es sich vorgestellt hatte, war es nicht, das Segel aufzunehmen. Mittlerweile verspürte sie etwas wie Sicherheit. Sie würde schon nicht abdriften. Und falls doch hatte Paul versprochen, sie heldenhaft zu retten.

„Natürlich nicht."

„Okay, dann los."

„Nanu, plötzlich so übermütig?", neckte Paul sie.

Fröhlich erwiderte Enna sein Lächeln. „Ist gar nicht schwer", behauptete sie.

Ganz so einfach war es dann doch nicht. Paul hatte die Finne wieder anmontiert und ging mit ihr ins Meer, um das Brett zu halten. Dennoch war es in den Wellen eine weitaus wackeligere Angelegenheit als an Land. Da die Last des Wassers zusätzlich auf dem Segel lastete, schaffte es Enna beim ersten Versuch gar nicht, das Rigg, wie Paul das Segel nun auch nannte, aus dem Wasser zu ziehen. Fast sofort fiel sie herunter.

Prustend blieb sie im Meer sitzen und wischte sich die Wassertropfen aus dem Gesicht.

Der nächste Versuch war schon wesentlich besser. Sie bekam nicht nur das Segel aus dem Wasser, sie schaffte es sogar, die Hand auf den Gabelbaum zu legen. „Juhu, es klappt", rief sie und gleich darauf: „Hilfe, was muss ich jetzt machen?"

„Umgreifen, andere Hand auch an den Gabelbaum", kommandierte Paul, da hatte sie das Gleichgewicht aber schon wieder verloren und lag erneut im Wasser.

Die weiteren Versuche waren frustrierend. Enna schaffte es zwar ab und zu, nach dem Mast zu greifen, wenn es aber ans Umgreifen an den Gabelbaum ging, kam sie meist ins Wanken, weil sie noch nicht heraushatte, wo genau sie stehen musste, um die perfekte Balance zu bekommen.

„Keine Sorge, das wird schon", beruhigte Paul sie. „Du machst das gut."

„Sicher?" Zweifelnd sah sie ihn an und wischte sich wieder einmal das Wasser aus den Augen. Mittlerweile hätte sie schwören können, dass sie einen halben Eimer Salzwasser geschluckt hatte.

„Ganz sicher. Wir können aber auch eine Pause machen und ein bisschen Kraft tanken."

Zu Ennas Freude holte Paul Müsliriegel aus dem Auto und reichte ihr einen. „Eine kleine Stärkung schadet nicht."

Ermattet ließ sie sich in den Sand plumpsen. Rosi kam herübergetrottet und legte sich zwischen sie und Paul. Noch einmal verdeutlichte er die Bewegungsabläufe und tatsächlich trugen die Erklärungen diesmal Früchte.

„War Zauberpulver in deinen Müsliriegeln?", fragte sie, als es ihr nach der Pause tatsächlich gelang, gleich beim ersten Mal nach dem Gabelbaum zu greifen und auch die Füße richtig zu positionieren. Sie war so überrascht von sich selbst, dass sie das Segel gleich wieder ins Wasser plumpsen ließ.

„Wer weiß. Ich sagte doch, dass du das hinbekommst. Ich habe schon ganz andere Anfänger gesehen."

Das Lob tat Enna gut. Sofort kletterte sie erneut auf das Board und schaffte es diesmal sogar, ein paar Meter vorwärtszukommen. „Ich surfe", jubilierte sie.

„Prima!", rief Paul ihr lachend hinterher. „Spring über die nächste Welle."

„Wie bitte?"

„War ein Scherz."

„Du und deine Scherze", schimpfte Enna, fiel aber gleich darauf in Pauls Lachen ein. Dabei verlor sie die Konzentration und stürzte prompt wieder ins Meer.

Auch wenn er selbst nicht gesurft war, so hatte Paul ein paar tolle Stunden verlebt. Das lag hauptsächlich an seiner gelehrigen Schülerin. Es war eine wahre Freude zu sehen, wie verhalten Enna zunächst mit dem Brett umgegangen war, bis ihr Selbstbewusstsein nach und nach gestiegen und sie immer sicherer im Umgang mit Board und Segel geworden war.

Nach den ersten paar Metern, die sie wirklich gesurft war, hatte sie gejauchzt wie ein kleines Kind, bevor eine Welle sie zu Fall gebracht hatte und sie kopfüber im Meer gelandet war. Prustend und lachend war sie wieder aufgetaucht, die Tropfen waren aus ihrem blonden Haar über das Gesicht gelaufen. Statt jedoch zu hadern, war sie erneut auf das Brett gekrabbelt und hatte das Segel aus dem Wasser gezogen, um es gleich noch einmal zu versuchen.

Nach und nach war die Ernsthaftigkeit von ihr abgefallen. Darunter waren eine Unbeschwertheit und Leichtigkeit hervorgekommen, die er zwar dort vermutet hatte, ihm war jedoch nicht klar gewesen, wie einfach es war, beides abzustreifen. Als hätte man ein unbewohntes Haus betreten, die Fenster geöffnet, Sonnenlicht hereingelassen und gleich darauf schwere Decken von eingelagerten Möbeln gezogen, um ihre ganze Pracht darunter hervorzuholen.

Fast so wirkte Enna nun auch, als sie den Neoprenanzug am Rücken öffnete und den Reißverschluss nach unten zog. Fast bedauerte Paul, ihr nicht wieder dabei helfen zu können.

Er konnte gar nicht anders, als hinzusehen. Langsam schälte sie sich aus dem nassen Anzug. Darunter trug sie nur einen dunkelgrünen Triangelbikini, der in der Mitte zwischen den Brüsten von einem schmalen Stoffstreifen in derselben Farbe gehalten wurde.

Paul schluckte trocken, dann noch einmal, als er den Blick über ihren perfekten Körper gleiten ließ. Jetzt, da der Neopren auf ihren Hüften saß, fühlte er sich wieder an eine Meerjungfrau erinnert.

Rosi hatte den Tag über in der Brandung und am Strand gespielt, Möwen gejagt und Wellen angebellt. Sie war etwas mutiger geworden und hatte mittlerweile sogar einen nassen Bauch. Jetzt rannte sie zu Enna und sprang bellend an ihr hoch.

Dieses Geräusch riss Paul jäh aus seiner Fantasie der Nixe, die eben dem Wasser entstiegen war. Was hatte er sich nur dabei gedacht, Enna so anzustarren? Beinahe wie ein liebeskranker Pubertierender.

Er schüttelte den Kopf und wandte sich schnell dem Korb zu, den er gepackt hatte. Definitiv musste er sich dringend mit anderen Dingen beschäftigen als mit Ennas Anblick und damit, was der in ihm auslöste.

Aus dem Korb, den er mit Kühlakkus ausgelegt hatte, förderte er zwei Flaschen Bier zutage.

Enna hatte sich zwischenzeitlich ganz aus dem Neopren geschält und sich in ein großes Handtuch gehüllt.

„Möchtest du ein Bier?" Paul hielt ihr eine Flasche hin und hörte selbst, wie rau sich seine Stimme anhörte. „Ich habe aber auch Wasser hier. Wir müssen darauf anstoßen, dass ich dich nicht in England abholen muss." Die Flapsigkeit war seine Strategie, um sich aus schwierigen Situationen zu manövrieren. Er hatte Angst, Enna zu verschrecken. Plötzlich war ihm wichtig, was sie dachte.

„England?", fragte sie mit hochgezogenen Brauen, ehe sie sich in den Sand fallen ließ. „Wer hat denn davon geredet? Bier ist völlig okay."

Der schelmische Blick, den sie ihm dabei zuwarf, ging ihm erneut durch Mark und Bein. Sie griff nach der Flasche, wobei ihre Finger für den Bruchteil einer Sekunde seine berührten. In den letzten Stunden hatten sie viel mehr Körperkontakt gehabt. Zwar hatte ihn das nicht kalt gelassen, im Gegenteil, aber diese flüchtige Berührung hatte etwas so Intimes an sich, dass Paul für einen Moment wie elektrisiert war.

Glücklicherweise nahm Enna die Flasche entgegen und richtete den Blick wieder auf das Meer, was ihm Gelegenheit gab, sich zu sammeln, ehe er sich neben sie in den Sand fallen ließ. Fast sofort drängte sich Rosi zwischen sie und legte sich hin, den Kopf auf die Vorderläufe gebettet.

„Die Arme scheint von dem Tag ganz schön fertig zu sein." Mitleidig strich Paul der Hündin über den Kopf, bedauerte aber zugleich, dass sie nun den Platz an Ennas Seite eingenommen hatte.

„Da geht es ihr wie mir." Enna wandte ihm das Gesicht zu. Ein breites Grinsen lag auf ihren Zügen.

„Du scheinst aber einen ähnlich zufriedenen Eindruck zu machen wie sie. Zum Wohl", prostete er ihr zu und die Flaschen klirrten aneinander.

„Das kannst du laut sagen. Ich glaube, ich habe heute begonnen zu verstehen, was die Faszination an diesem Sport ausmacht. Es ist die Freiheit, die man draußen auf dem Wasser fühlt."

Paul nickte langsam. Das war es früher für ihn gewesen. Mittlerweile war es viel mehr, denn nur dort draußen spürte er die Verbindung.

„Es ist ein tolles Gefühl, mit den Elementen zu spielen", fuhr Enna fort und trank einen Schluck aus der Flasche.

„Wenn man sie beherrscht. Bis dahin dauert es noch eine ganze Weile." Sie seufzte.

„So lange nicht, glaub mir. Ich habe schon andere gesehen, die es nie lernen werden. Du hast definitiv Talent für diesen Sport und ein gutes Gleichgewichtsgefühl."

„So gut wie du werde ich sicher nie werden."

„Du hast mich doch noch nie surfen gesehen."

„Witzbold."

„Ich habe tatsächlich ein wenig Vorsprung. Die Kleinigkeit von zwanzig Jahren oder so."

„Wie lange macht ihr das schon? Ich meine, als Clique in den Urlaub fahren."

Mit gerunzelter Stirn sah Paul sie an. „Ich glaube, seit gut zehn Jahren. Wir haben uns im Urlaub kennengelernt und festgestellt, dass wir gar nicht so weit voneinander entfernt wohnen. Alle rund um Bremen verstreut. Dann haben wir einen Urlaub zusammen verbracht und beschlossen, dass wir das wiederholen können."

Damals hatte er auch Sophie kennen- und später lieben gelernt. Er wollte ansetzen, etwas zu sagen, da sprach Enna schon weiter.

„Kommt ihr immer nach Sylt, um hier den Urlaub zu verbringen?"

„Nein. Es ist erst das zweite Mal, dass wir hier sind. Wir waren schon überall in Europa. Dieses Jahr hat es irgendwie nicht gepasst, weil jeder beruflich eingespannt war. Weil das jetzt eine spontane Idee war, wollten wir nicht allzu weit fahren. Den Campingplatz hier kannten wir schon und der *Windsurf World Cup* kommt als Zugabe dazu."

„Das kann ich mir gut vorstellen."

Paul wandte sich ihr zu. „Hey, hast du nicht Lust, den Rest der Truppe kennenzulernen?", fragte er. „Heute Abend wollen wir grillen. Die Frauen haben bestimmt einiges vorbereitet, weil sie sich die Zeit ohne Surfen vertreiben mussten. Alexander und Leon kennst du ja schon."

Enna lachte leise. „Ja, Alexander. Ich glaube, er war ein wenig schockiert von mir."

Jetzt grinste auch Paul. „Das ist gar kein Ausdruck. Er hätte dir am liebsten das Fell über die Ohren gezogen. Er hat mir das Pflaster beinahe von der Stirn gerissen, als ich ihm gesagt habe, dass du Tierärztin bist."

„Ein Glück, dass ich die Prüfung bestanden habe."

„Hast du. Mehr als das. Ich glaube, er war beeindruckt, weil er selbst keine so schönen Nähte hinbekommt."

„Dann habe ich ja noch einmal Glück gehabt." Enna trank den letzten Schluck aus ihrer Flasche. „Ich glaube, ich brauche eine heiße Dusche. Langsam wird mir ganz schön kalt."

Augenblicklich leerte auch Paul sein Bier, stand auf und hielt ihr die Hand hin.

Einen Moment sah Enna ihn einfach nur an, dann griff sie danach und er zog sie hoch. Ein wenig zu energisch, denn der Schwung genügte beinahe, um sie gegen ihn zu pressen. Nur knapp vor ihm kam sie zum Halt, doch es reichte, dass er die dunklen Sprenkel in ihrer Iris sah, die von so hellem Blau war.

„Hoppla", murmelte Paul und trat eilig einen Schritt zurück. Schief grinste er sie an. „Du bist ein Fliegengewicht", behauptete er, um seine Verlegenheit zu überspielen.

Jetzt lachte Enna aus vollem Hals. Unbeschwert und frei, das Geräusch war Musik in seinen Ohren.

„Dann bringe ich dich mal nach Hause, damit du nicht krank wirst."

Sie räumten ihre Sachen zusammen und achteten sorgsam darauf, auch die Flaschen und die Verpackungen der Müsliriegel mitzunehmen.

„Wie sieht es aus, hast du Lust, den Abend auf dem Campingplatz ausklingen zu lassen?", fragte Paul, als er Enna vor ihrer Haustür absetzte.

Mittlerweile klapperte sie leise mit den Zähnen und hatte blaue Lippen. Weil sie nicht mehr über den heutigen Abend gesprochen hatten, musste er all seinen Mut zusammennehmen, um sie erneut zu fragen. Er erkannte zu seinem Erstaunen, dass ihn eine Abfuhr treffen würde.

Sie sah ihn unverwandt an, als suchte sie in seinem Blick Antworten auf Fragen, die sie nicht laut stellte. Einen bangen Augenblick dachte er, sie könnte ablehnen. Dann jedoch war es, als ginge ein Ruck durch ihren Körper. „Gern", meinte sie und schluckte. „Wenn ich bis dahin wieder aufgetaut bin."

Die Erleichterung, die sich daraufhin in Paul ausbreitete, hatte beinahe etwas Kindisches.

„Prima, dann sehen wir uns später. Irgendwelche Wünsche, was auf den Grill soll?"

Enna hob die Schultern. „Ich bin pflegeleicht und mit dem zufrieden, was es gibt. Soll ich etwas mitbringen?"

„Nein. Fühl dich als Belohnung für die gelungene Stunde eingeladen." Paul sah deutlich, wie sich Enna über das Lob freute.

„Alles klar, dann stoße ich später zu euch."

„Und jetzt ab unter die Dusche", meinte Paul, als Enna das Zähneklappern nicht mehr unterdrücken konnte.

Kapitel 12

Auf dem Weg ins Bad entledigte sich Enna ihrer Klamotten und ließ sie dort auf den Fliesenboden fallen. Sie drehte das Wasser auf und stellte sich nur Sekunden später unter den warmen Strahl. Gleich darauf erhöhte sie die Temperatur noch einmal und genoss, wie sich ihre kalten Muskeln langsam entspannten. Die ungewohnte Betätigung hatte ihrem Körper zugesetzt. Sicher hatte sie morgen einen schönen Muskelkater.

Aber das war es wert gewesen. Die Stunden mit Paul im Meer hatten Spaß gemacht und sie begann tatsächlich zu verstehen, was man auf dem Wasser fühlte.

Doch es war mehr als das gewesen. Pauls bewundernde Blicke, als sie den Neopren ausgezogen hatte, waren ihr nicht verborgen geblieben. Sie hatten gutgetan, ihre Seele gestreichelt. Plötzlich hatte sie sich begehrt gefühlt, was sie ebenso beflügelt hatte wie seine lobenden Worte über ihr Talent.

Mit geschlossenen Augen stand Enna unter der Dusche und spürte, wie die Wärme nicht nur die Kälte vertrieb, sondern auch die Muskulatur immer mehr auflockerte.

Es war nicht so, dass sie seit Tobias' Tod keinen Mann mehr begehrt hatte. Doch wie auch immer Heike es geschafft hatte, etwas war in ihrem Inneren passiert. Eine Mauer hatte zu bröckeln begonnen. Auf einmal schien es ihr wieder möglich, Gefühle zuzulassen. Zwar bisher nur zart und vor den Augen aller verborgen, aber da war etwas.

Dennoch hatte sie gezögert, Pauls Einladung für den heutigen Abend anzunehmen. Erneut war es ihr so vorgekommen, als würde sie damit ein wenig mehr Gefühl zulassen. Und gleichzeitig Tobias ein Stück aus ihrem Inneren verdrängen.

„Das ist nicht so", flüsterte sie unter der Dusche. „Ich werde dich nie vergessen. Aber vielleicht hat Heike recht. Das Leben muss irgendwann weitergehen."

Der heutige Tag hatte so viel Unbeschwertheit bedeutet, dass Enna neugierig darauf war, was weiter passierte.

Schließlich stellte sie das Wasser ab und kroch krebsrot unter der Dusche hervor. Müde, aber zufrieden hüllte sie sich in ein Laken und trocknete sich ab, bevor sie in ihren weichen Bademantel schlüpfte und sich in der Küche einen Tee machte.

Einem Impuls folgend setzte sie sich aufs Sofa und wählte Heikes Nummer.

„Nanu, ich dachte, du bist beim Surfen", begrüßte ihre Freundin sie.

„Da war ich auch bis eben. Zwischenzeitlich war ich ziemlich durchgefroren. Aber ich habe mir sagen lassen, dass ich nicht ganz talentfrei bin." Die Worte kamen Enna nicht ohne Stolz über die Lippen.

Rosi hüpfte auf das Sofa, drehte sich im Kreis und ließ sich dann erschöpft fallen. Sie bettete ihren Kopf auf Ennas Schoß, sah aber noch einmal auf, wie um sich zu versichern, dass das in Ordnung war. Beruhigend strich Enna mit der Hand über ihren Kopf, dann stutzte sie.

„Moment mal, woher weißt du, dass ich heute beim Surfen war?"

Heike schwieg einen Augenblick, ehe sie zögernd weitersprach. „Paul war gestern bei mir im Laden."

Enna riss die Augen auf.

„Es war reiner Zufall, dass wir darauf zu sprechen gekommen sind", fügte sie eilig hinzu. „Er hat erzählt, dass er jemandem eine Surfstunde geben wollte, der Wind aber zu heftig war. Dann meinte er, dass er selbst nicht aufs Wasser kann wegen der Verletzung, die er sich zugezogen hat. In unmittelbarer Nähe zum *Möwennest*. Da habe ich eins und eins zusammengezählt. Ich hoffe, du bist nicht sauer."

Enna seufzte. „Warum sollte ich böse sein? Du kannst ja nichts dafür. So groß ist Sylt nicht. Ich schätze, nicht jeden Tag fällt ein Mann vor deinem Geschäft vom Fahrrad und muss genäht werden."

„Ich hatte nichts sagen wollen, weil ich dich nicht unter Druck setzen wollte." Noch immer klang Heike schuldbewusst. „Ich hatte einen kleinen Schwips an Jaspers Geburtstag und im Nachhinein Sorge, dass ich zu übergriffig war. Dabei wollte ich nur dein Bestes. Dass ausgerechnet dieser Paul auftaucht, damit konnte doch kein Mensch rechnen."

Sie schwiegen beide einen Moment. Rosis Atemzüge waren tief und gleichmäßig geworden, ihr leises Schnarchen füllte die Stille.

„Aber mal ganz ehrlich, er macht einen sehr netten Eindruck."

Enna lächelte. Ihre Freundin war unverbesserlich.

„Außerdem ist er ein optischer Hingucker."

„Ja, ganz passabel", meinte Enna jetzt und versuchte, ihrer Stimme einen ernsten Klang zu geben, um Heike ein wenig auf die Schippe zu nehmen. Pauls Art schien auf sie abgefärbt zu haben.

Prompt fiel ihre Freundin darauf herein. „Also hör mal. Wenn das ganz passabel ist", rief sie empört aus, „wer sieht dann in deinen Augen gut aus?"

Jetzt konnte Enna ein Kichern nicht unterdrücken.

„Du nimmst mich auf den Arm." Überraschung schwang in Heikes Worten mit. „Ist es zu fassen, meine Freundin verkohlt mich. Und das bei einem Thema, bei dem sie normalerweise keinen Spaß versteht. Was ist mit dir passiert?"

„Möglicherweise nehme ich mir deine Ratschläge doch zu Herzen und lasse Dinge auf mich zukommen."

„Nein! Ist das zu fassen!"

„Das heißt gar nichts."

„Seht ihr euch wieder?"

Enna zögerte nur kurz.

„Ha, ich wusste es! Wann? Wo?"

„Er hat mich für heute Abend zum Grillen eingeladen. Auf den Campingplatz mit seinen Freunden."

„Ach." Heike klang ernüchtert.

„Ganz ohne Druck, du erinnerst dich?", neckte Enna ihre Freundin.

„Ich weiß. Aber ich wünsche es mir so sehr für dich."

„Das ist lieb von dir. Aber ich habe beschlossen, die Dinge laufen zu lassen. Der heutige Tag hat so gutgetan, dass ich wieder gespannt bin, was das Leben für mich bereithält. Ob das nun Paul ist oder jemand anderes. Du hattest recht. Es war einfach an der Zeit, wieder ein wenig Unbeschwertheit zuzulassen."

Aus dem Hörer drang ein Schniefen.

„Du weinst doch nicht etwa?" Enna hielt verdutzt damit inne, über Rosis Kopf zu streicheln.

„Nein, doch nicht deswegen." Dafür klang Heikes Stimme aber ganz schön belegt. „Ich freue mich nur so für dich. Glaub mir, Tobias hätte das gewollt."

Gegen Ende war Heike immer leiser geworden, jetzt schluckte auch Enna. „Ich bin froh, dass ich dich habe", brachte sie flüsternd hervor.

„Ich wünsche mir so sehr, dass du glücklich bist."

„Das weiß ich."

Heike schnäuzte sich. „Jetzt erzähl aber mal von deiner ersten Surfstunde seit dem Fiasko mit deinem Bruder."

Enna berichtete in allen Einzelheiten, was sich zugetragen und wie sie sich angestellt hatte.

„Na, dann freue ich mich beim nächsten Mal, mit dir zusammen zum Surfen zu gehen", meinte Heike schließlich.

Lange überlegte Enna, was sie anziehen sollte. Natürlich wollte sie nicht übertrieben aufgebrezelt erscheinen. Immerhin ging es auf dem Campingplatz leger zu. Andererseits wollte sie etwas tragen, das ihr stand und in dem sie sich wohlfühlte. Schließlich entschied sie sich für eine modische Jeans, dunkle Sneakers aus Stoff mit dicker Sohle und ein enganliegendes weißes T-Shirt mit dezentem Blumenmuster darauf. Mittlerweile war die Sonne hervorgekommen und schenkte ihnen noch ein wenig Wärme. Für später packte sie einen kuscheligen schwarzen Hoodie ein.

Außerdem wollte sie nicht mit leeren Händen erscheinen, weswegen sie eine Flasche Sanddornlikör aus dem *Möwennest* einpackte. Erst kürzlich hatte sie das neue Produkt im Laden mit Heike verkostet.

Obwohl sie sich leicht und beschwingt fühlte, war Enna auch nervös, als sie in den Bus nach Rantum stieg. Die Fahrt an der Küste entlang schien heute besonders lang zu dauern und war doch viel zu schnell vorbei. Erneut verspürte Rosi offenbar ihre Aufregung und stupste sie hin und wieder mit der Schnauze an. Enna hatte längst bemerkt, welche feine Antennen die Hündin für ihre Empfindungen hatte.

Als Enna den Campingplatz mit Rosi an der Leine betrat, fühlte sie sich fast ein wenig bang und sah sich suchend um. Dabei blieb ihr Blick an einer jungen blonden Frau in kurzen Hosen hängen, die eine Schüssel unter dem Arm trug, in der sich gewaschenes Geschirr stapelte.

„Bist du Enna?", rief die Frau herüber und blieb stehen.

Überrascht nickte Enna.

„Paul hat gesagt, dass du zum Grillen kommst." Die Frau kam auf sie zu und sah sie freundlich an. „Ich bin Sophie. Eigentlich hätte er dich hier erwarten sollen. Jetzt musst du mit mir vorliebnehmen." Sie lachte. „Aber du kannst mir das Spültuch abnehmen, bevor es auf den Boden fällt."

Verdutzt griff Enna nach dem Lappen, der über Sophies Schulter hing. Ein wenig erinnerte die Frau sie an Heike. Ihre Freundin hatte eine ebenso offene und unverblümte Art.

Als sie ihr das Tuch abgenommen hatte, blieb Ennas Blick an der Tunika hängen, die in voller Pracht zum Vorschein kam. Sie hatte ein tolles, farbenfrohes Muster und war in der Taille von einem Gürtel zusammengefasst. Die langen Ärmel wurden nach unten breiter. Ein bisschen Hippie-Style dachte Enna, aber auf erfrischende Art modern interpretiert.

„Wow, tolles Shirt", meinte sie daher spontan und griff nach einem Topf, der gefährlich auf dem Geschirr gestapelt war und bereits wankte.

Jetzt war es an Sophie, überrascht innezuhalten. „Danke. Ich habe sie selbst gemacht."

„Echt? Die ist der Hammer! Die Farbe steht dir. Ich wünschte, ich hätte ein wenig mehr Mut mit Farben."

„Einfach ausprobieren." Sophie zwinkerte ihr zu. „Ich weiß, dass sich das leicht sagt. Ich habe oft Kundinnen wie dich, die sich zuerst nicht trauen."

„Ach, du machst das beruflich?"

„Ich bin Designerin und habe einen kleinen Laden." Sophie zuckte bescheiden mit der Schulter. Fast wirkte es, als sei es ihr unangenehm, darüber zu reden. „Komm mit, ich stelle dir die anderen vor, wenn Paul schon nicht hier ist."

Sie setzten sich in Bewegung, den Campingplatz zu überqueren.

„Das ist nicht seine Schuld", sagte Enna schnell. „Ich habe einen früheren Bus genommen, als ich zuerst gesagt habe."

„Ach so." Sophie sah sie von der Seite an. „Wir haben vorher überlegt, was wir dir Gutes auf den Grill legen können. Aber Paul sagte, das sei egal."

„Ist es auch. Wegen mir muss man sich keine Gedanken machen, ich bin pflegeleicht. Ich hatte gefragt, ob ich etwas mitbringen soll, aber Paul hat mir versichert, es sei alles da."

„Ist es auch", beruhigte Sophie sie und schnitt eine Grimasse. „Wir hatten heute sowieso nicht viel zu tun. Deswegen gibt es jetzt viele Beilagen."

„Tut mir leid wegen des Wetters."

„Braucht es nicht. Damit leben wir. Wir hatten schon Urlaube von drei Wochen, in denen wir nur einmal auf dem Wasser waren." Unbekümmert zuckte sie mit der Schulter. „Das ist eine Freiluftsportart. Wenn man sich darauf einlässt, muss man damit rechnen, dass es auch schlechte Tage gibt. Es ist ja nicht so, dass es zum Surfen nicht gereicht hätte. Aber mit mehr Wind macht es einfach mehr Spaß."

„Mir hat es durchaus gereicht."

Sophie warf ihr einen schnellen Seitenblick zu. „Das war dein erstes Mal auf dem Wasser, richtig?"

„Ja, beinahe. Bei der Premiere war ich noch klein, das zählt nicht. Aber es hat Spaß gemacht. Paul ist ein geduldiger Lehrer."

Sie bogen noch einmal ab und standen unvermittelt zwischen vier Campern, in deren Mitte ein großer Tisch und mehrere Stühle aufgebaut waren. Darum herum saßen Männer und Frauen in ihrem Alter.

„Da wären wir", meinte Sophie und stellte die Spülschüssel auf dem Tisch ab, sodass das Geschirr darin klirrte. „Schaut mal, ich habe Enna mitgebracht. Die Tierärztin, die Paul zusammengeflickt hat."

Enna erntete freundliche, aber dennoch neugierige Blicke. Sophie übernahm das Bekanntmachen, da von Paul noch immer jede Spur fehlte.

„Das ist Nina." Sophie deutete auf eine zierliche Brünette mit einem Ring in der Nase, die jetzt die Hand hob und lächelte. „Simon hier ist unser ruhender Pol und Ninas Freund." Der Mann neben Nina wirkte tatsächlich, als könnte ihn nichts aus der Ruhe bringen. Auch optisch passte er zu seiner Freundin, war ebenfalls eher der schmale Typ.

„Das ist Evi, unsere Romantikerin."

Auch sie grüßte freundlich herüber.

„Alexander kennst du ja schon." Sophie hatte nun ein unübersehbar schadenfrohes Grinsen auf den Lippen. „Er und Paul teilen sich einen Camper."

Enna nickte und hob winkend die Hand.

„Und das ist Finn."

„Dich kenne ich auch." Enna überlegte kurz, wo sie den Rotschopf schon einmal gesehen hatte. Dann fiel es ihr ein, obwohl sie noch kein Wort mit ihm gewechselt hatte. Sie hatte lediglich durch das Fenster einen Blick auf ihn erhascht. „Du hast Paul bei mir abgeholt, richtig?"

Finn nickte.

„Das ist Rosi", beendete Enna die Vorstellungsrunde und deutete auf die Pudeldame hinunter, die neben ihren Beinen saß und sich aufmerksam umsah.

„Fehlen nur Paul und Leon." Sophie blickte in die Runde. „Wo sind die beiden?"

„Sie wollten noch etwas besorgen, haben aber ein großes Geheimnis daraus gemacht", sagte Evi.

Im selben Moment ertönte eine Fahrradklingel. Die zwei Männer rollten gemächlich heran. Bei Pauls Anblick schlug Ennas Herz ein klein wenig schneller. Sie freute sich, ihn zu sehen, war er doch so etwas wie ein Fels in der Brandung. Bei all den neuen Gesichtern fühlte sich Enna ein wenig in die Defensive gedrängt, obwohl alle sie freundlich aufgenommen hatten und Sophie mit ihrer erfrischenden Art so natürlich war, dass man sich einfach wohlfühlen musste.

Der Mann mit den dunklen Haaren neben Paul war demnach Leon. Er grinste über das ganze Gesicht, stieg vom Fahrrad und lehnte es seitlich an den Camper, bevor er Sophie in eine Umarmung zog und sie flüchtig küsste.

„Du musst Enna sein", meinte er gleich darauf. „Ich bin Leon. Ich nehme an, Sophie hat dir den Rest der Bande schon vorgestellt."

„Hat sie." Enna wusste einen Moment nicht, was sie sagen sollte, und schwieg verlegen.

Auch Paul hatte es nun eilig, vom Fahrrad zu steigen. Er trug einen Rucksack, der gut gefüllt wirkte. Er kam sofort zu ihr herüber. Einen Moment wusste Enna nicht, wie sie ihn begrüßen sollte. Die Hand reichen erschien ihr zu förmlich und passte hier nicht recht. Einfach nur „Hi" sagen, war auch nicht ihre Art. Als sie sich eben entschlossen hatte, die Hand zu heben und ihn mit einem fröhlichen „Hallo" zu begrüßen, war Paul bei ihr, trat nach vorn und nahm sie zu ihrer Überraschung kurz in den Arm.

Ehe Enna die feste Muskulatur unter dem dunklen Shirt richtig spüren konnte, hatte er sie bereits wieder losgelassen. Der Hauch seines Dufts wehte noch zu ihr herüber. Sommer, Sonne und Meer. Sie hätte gern ein wenig mehr davon inhaliert.

„Schön, dass du da bist. Tut mir leid, dass ich zu spät bin." Er beugte sich hinunter, um Rosi zu begrüßen.

„Nicht schlimm", murmelte Enna und versuchte, sich zu sammeln. Sie fühlte die Blicke der anderen auf sich gerichtet und spürte sofort, wie ihr die Röte ins Gesicht stieg. „Ich habe einen Bus früher genommen."

„Was gab es denn noch so Wichtiges zu besorgen?", wollte Sophie wissen und zwinkerte Enna zu.

Erleichterung breitete sich in ihr aus. Dankbar erwiderte sie Sophies Lächeln.

„Zu einem Grillabend gehört ein Nachtisch", erklärte Leon und legte den Arm um Sophie. Zärtlich sah er sie an. „Für die Naschkatzen unter uns. Ein bisschen Gesundheit darf dabei natürlich auch nicht fehlen. Lasst euch einfach überraschen." Er wackelte mit den Augenbrauen.

Das war der geeignete Augenblick, um ihre Flasche aus der Tasche zu holen, fand Enna. „Ich habe euch eine Kleinigkeit mitgebracht. Paul hat erzählt, dass ihr Sanddorn mögt. Vielleicht kennt ihr den Likör ja noch nicht."

Nina sprang auf und kam zu ihr herüber. Ihre Augen glänzten. „Ich wusste tatsächlich nicht, dass das Zeug so lecker ist, bis Paul es uns neulich serviert hat. Das kommt aus einem kleinen Geschäft in Westerland."

„Von dort ist auch der Likör." Enna lächelte. „Das *Möwennest* gehört meiner Freundin Heike."

„Wow, das ist ja toll!" Sophie nahm Enna kurzerhand die Flasche ab und studierte das Etikett, bevor sie mit gerunzelter Stirn aufsah. „Das ist ja gar nicht hier produziert."

Enna nickte. Das kannte sie schon, weil das viele Touristen dachten. „Auf Sylt wird kein Sanddorn verarbeitet. Leider hält sich dieses Missverständnis immer noch hartnäckig. Die größten Sanddorn-Plantagen sind im Osten Deutschlands. Von dort kommen auch diese Produkte. Heike war erst vor ein paar Wochen in der Manufaktur und hat sich davon überzeugt, dass alles unter ökologisch besten Bedingungen hergestellt wird."

„In dem Geschäft gibt es auch Kosmetika, richtig?" Evi war ebenfalls näher gekommen und strich sich jetzt das lange Haar zurück, um wie die anderen das Etikett zu lesen. „Paul hat uns Proben mitgebracht."

„Ja, ich habe schon gehört, dass er dort war." Enna warf Paul einen schiefen Blick zu.

„Deine Freundin ist total nett", sagte er. „Wir sind ein bisschen ins Plaudern gekommen."

„Das habe ich schon mitbekommen." Enna schaffte es nicht ganz, die Ironie aus ihrer Stimme zu verbannen.

Nun kam Paul zu ihr herüber. Mit gerunzelter Stirn sah er sie an. Das Pflaster schob sich an der Stelle zusammen, was lustig aussah. „Hätte ich das nicht erzählen dürfen?", fragte er leise, wobei er sich die Mühe hätte sparen können. Alle waren mit dem Sanddornlikör beschäftigt. Längst hatte Evi die Flasche geöffnet und daran geschnuppert.

„Nein, ist schon okay", gab Enna dennoch ebenso leise zurück. „Heike ist meine älteste und beste Freundin. Nur ist Zurückhaltung nicht unbedingt ihr zweiter Vorname."

„Da kenne ich noch jemanden." Paul lachte und deutete mit dem Kopf leicht in Sophies Richtung, was Ennas ersten Eindruck bestätigte.

„Ich hoffe, Heike hat nichts Seltsames zu dir gesagt." Enna zog die Unterlippe zwischen die Zähne und biss nervös darauf. Eigentlich konnte sie sich das nicht vorstellen, aber wenn Heike sich etwas in den Kopf gesetzt hatte, schoss sie gern mal übers Ziel hinaus.

„Hat sie nicht, keine Sorge. Zumindest ist mir nichts aufgefallen." Paul lachte gutmütig. „Was hätte sie denn sagen sollen?"

Verlegen sah Enna zu den anderen hinüber. Es fiel ihr schwer, Pauls Blick zu erwidern, sie merkte, wie ihr Kopf warm wurde. „Na ja, manchmal … Also …"

Jetzt lachte Paul laut los. „Noch eine Ähnlichkeit mit Sophie. Sie betätigt sich auch gern als Kupplerin."

Verlegen fiel Enna in sein Lachen ein. Es war seltsam, das so ungeniert ausgesprochen zu hören. Einerseits war sie froh, dass sie es nicht über die Lippen hatte bringen müssen. Nicht auszudenken, wenn Paul etwas in ihre Worte hineininterpretiert hätte. Andererseits hörte es sich aus seinem Mund auch komisch an.

„Wer hat Ähnlichkeit mit mir? Und warum?" Sophie sah misstrauisch zu ihnen herüber.

Doch Paul lachte nur gutmütig. „Zwischen dir und Ennas Freundin Heike aus dem Sanddornladen scheint es gewisse Parallelen zu geben."

„Ich hoffe, nur die guten Eigenschaften."

„Natürlich", gab Enna todernst zurück. Jetzt, da sie wusste, dass Paul unbefangen mit den Worten umging, fiel sie in das Gealbere mit ein.

„Warum nur habe ich das Gefühl, dass ihr mich verkohlt?" Sophie stieß einen theatralischen Seufzer aus.

„Ich veralbere dich nicht, wenn ich sage, dass ich dich liebe." Treuherzig sah Leon sie an und küsste sie auf die Wange.

„Außerdem ist es mir ernst, wenn ich sage, dass ich langsam Hunger habe."

„Dann sind wir schon zu zweit." Sophie warf ihm einen verschwörerischen Blick zu und lächelte.

Fast kam es Enna vor, als teilten sie ein Geheimnis. Wieder verspürte sie eine tiefe Sehnsucht in sich. Mit Tobias hatte sie auch alles teilen können. Sie hatten sich oft ohne Worte verstanden, genau gewusst, was der andere dachte. Das Gefühl, so jemanden zu haben, war unbeschreiblich.

Enna unterdrückte einen Seufzer und schob den Gedanken von sich.

„Alles okay?", fragte Paul leise neben ihr.

Erschrocken sah sie ihn an. Ihr war nicht bewusst gewesen, dass er so dicht bei ihr stand und offenbar in ihrem Gesicht gelesen hatte.

„Fühlst du dich nicht wohl?"

„Nein. Nein, es ist alles okay", gab Enna stammelnd zurück. „Ist nur viel auf einmal. Ich werde eine Weile brauchen, bis ich mir alle Namen gemerkt habe."

„Das verstehe ich." Verschwörerisch nickte Paul ihr zu. „Ich glaube, das Areal im Gehirn, das bei anderen das Namensgedächtnis beinhaltet, ist bei mir entweder leer oder gar nicht erst vorhanden."

Enna war dankbar für Pauls Worte, auch wenn sie ein wenig das schlechte Gewissen plagte, dass sie ihn angeschwindelt hatte. Aber ihr Seelenleben wollte sie nicht vor ihm breittreten.

„Vielleicht sollten wir uns Namensschilder um den Hals hängen", schlug Paul scherzhaft vor.

Sophie gab ihm einen Klaps auf den Oberarm. „Ich bin dafür, dass du jetzt den Grill anwirfst, bevor du auf weitere dumme Gedanken kommst."

Enna grinste in sich hinein. Es war alles so ungezwungen. Nun freute sie sich auf den bevorstehenden Abend im Kreis der Freunde.

Paul lächelte. Enna fügte sich wunderbar in die Runde ein. Zunächst verkosteten die Frauen den Sanddornlikör, für die Männer blieb kaum etwas übrig.

„Der war eigentlich zum Nachtisch gedacht", lachte Enna, als sie den letzten Tropfen aus der Flasche in Evis Glas goss.

Das Geräusch perlte in seinen Ohren. Es hatte wieder jene Leichtigkeit, die sie heute Mittag am Strand an den Tag gelegt hatte.

„Egal." Evi zuckte mit der Schulter. „So etwas Leckeres kann man nicht aufsparen. Das ist wie mit einer Tafel Schokolade. Man kann Tage davorsitzen und sie anschauen. Aber einmal angebrochen, ist sie ratzfatz aufgegessen."

„Auf jeden Fall ist das Zeug so lecker, dass ich dem *Möwennest* sicher einen Besuch abstatten werde, bevor wir zurückfahren", ergänzte Nina.

„Ich habe mir nach Pauls Proben schon ein paar von den Kosmetiksachen ausgesucht", warf Sophie ein. „Da brauche ich aber eine Beratung."

„Die bekommst du", versicherte Enna. „Gib mir einfach Bescheid, wann ihr vorbeigehen wollt, dann kümmere ich mich darum, dass Heike Zeit für euch hat."

Wie hilfsbereit, dachte Paul. Enna war ein feiner Mensch. Das hatte er längst bemerkt.

„Jetzt sind erst einmal die Würstchen und der Grillkäse fertig", verkündete Leon, der zu ihnen getreten war. „Ich brauche bitte eine Platte, auf die ich das fertige Grillgut legen kann."

Wenig später saßen sie am Tisch und ließen es sich schmecken. Paul hatte sich ganz selbstverständlich neben Enna gesetzt und genoss ihre Nähe. Trotz ihrer anfänglichen Nervosität plauderte sie nun ungezwungen mit Sophie und unterhielt sich angeregt mit Alexander über das Medizinstudium.

Paul warf immer wieder Blicke zu ihnen hinüber und ärgerte sich über sich selbst, dass ihn das verstimmte. Dabei gab es keinen Grund. Alexander würde sich niemals an eine Frau ranmachen, an der er Interesse hatte. Und dennoch wurmte es ihn, dass die beiden ein gemeinsames Gesprächsthema hatten.

Nach dem Essen holte Paul Bier und Sanddornschorle.

„Was möchtest du?", fragte er an Enna gewandt.

„Saftschorle bitte. Ich muss im Gegensatz zu manchen anderen Menschen morgen arbeiten."

„Sind mit ‚manche andere Menschen' etwa wir gemeint?" Paul sah sie amüsiert an.

„Möglich", erwiderte sie lachend.

Sie hat ein hübsches Lachen, dachte er unwillkürlich. Anfangs war der Zug um ihren Mund so ernst gewesen, doch beim Surfen heute Mittag war etwas geschehen, das sie lockerer hatte werden lassen. Obwohl er auch die ernste Enna anziehend fand, gefiel ihm diese deutlich besser.

„Hast du Lust auf eine weitere Surfstunde?", wollte er wissen.

„Warum nicht?", erwiderte sie und sah ihm in die Augen. In ihren blitzte das helle Blau auf. „Mein Surflehrer meinte, ich habe mich nicht völlig talentfrei angestellt."

„Das wird an ihm liegen."

„Zumindest hatte er Müsliriegel mit Zauberpulver bei sich."

„Kann man immer gebrauchen."

Enna lachte.

„Hast du Lust, den Nachtisch mit mir zu machen?", fragte Paul unvermittelt.

„Klar. Wenn ich hier schon zu Gast bin, ist es nur recht und billig, dass ich mithelfe. Rosi kann hierbleiben, oder?", fragte sie an Sophie gewandt, die nickte.

Erfreut stand Paul auf. Enna folgte ihm zu dem Camper. Neugierig sah sie sich im Innern um. „Hier wohnt ihr also", stellte sie fest.

„Es ist die perfekte Bleibe, wenn man unabhängig sein möchte", gab Paul zurück.

„Ist das nicht ein wenig eng?"

„Man gewöhnt sich an alles. Außerdem sind Alexander und ich pflegeleicht. Wir verstehen uns praktisch blind."

Paul holte ein Brett und ein Messer aus einer Schublade hervor und reichte Enna beides. „Du kannst dich an den Tisch setzen, ich muss die Ananas holen."

Da Enna vor dem Eingang stand, trat sie einen Schritt zur Seite, um Paul vorbeizulassen. Dennoch streifte er sie mit dem Oberarm. Paul merkte, wie sie zusammenzuckte und zurück-zuweichen versuchte, jedoch von der Tür in ihrem Rücken ge-bremst wurde.

„Sorry", murmelte er, weil ihm unangenehm war, dass sie sich erschreckt hatte.

„Kein Thema", gab sie zurück. Dennoch hörte er, wie kräch-zend ihre Stimme klang.

Paul hingegen hätte sie lieber noch näher bei sich gehabt, um mehr von ihrem Duft nach Vanille zu inhalieren.

Enna verwirrte ihn zunehmend. Deutlich hatte Paul am Nachmittag ihre Blicke auf sich gespürt. Auch eben hatte sie kokett geantwortet, als er ihr eine weitere Surfstunde an-geboten hatte. Fast hatte es den Anschein, als würde sie mit ihm flirten wollen. Gleichzeitig zuckte sie zusammen, wenn er sie versehentlich berührte. Als bekomme sie Angst vor der eigenen Courage. Die Signale, die sie aussandte, konnten unterschiedlicher nicht sein.

Um ihr die Verlegenheit zu nehmen, ging Paul schnell nach draußen, um den Rucksack zu holen, in dem er die Einkäufe verstaut hatte. Nur wenig später kehrte er zurück. Enna saß am Tisch und blätterte in einer Surfzeitschrift, die er von Sophie ausgeliehen hatte.

„Lernst du jetzt heimlich?", neckte er sie.

Sie hob den Blick, erwiderte sein Lächeln. „Nein. Aber es ist interessant, wie man Dinge mit anderen Augen sieht, wenn man sie selbst ausprobiert hat."

„Dann wird dir die Ananas zum Nachtisch gleich doppelt so gut schmecken, wenn du sie erst geschält hast", gab er trocken zurück. „Ich kann das nicht, bei mir landet die Hälfte im Abfalleimer."

Jetzt lachte Enna unbeschwert auf. „Ach deswegen hast du mich mitgenommen."

Eigentlich nicht, dachte Paul, sondern weil ich dich nicht länger mit Alexander teilen wollte, mit dem sie sich über Medizinisches unterhalten hatte. Er hütete sich jedoch, das zu sagen, als er sich daran erinnerte, wie sie vorhin zurückgezuckt war.

„Ja", antwortete er stattdessen. „Du kannst das sicher besser."

„Hm, ich habe mir sagen lassen, ich besitze ein gewisses Talent dafür. Wenn du möchtest, bringe ich es dir bei. Ist wie Surfen." Sie zwinkerte ihm unbefangen zu.

Wieder war da die unbeschwerte Enna. Die auch zu einem kleinen Flirt aufgelegt war, wenn sie genügend Sicherheitsabstand hatte.

„Ich lasse mir das lieber gern erst einmal zeigen."

„Kein Problem." Enna griff nach dem Messer und schnitt das obere sowie das untere Ende der Ananas ab. Dann nahm sie die Frucht in die linke Hand und setzte das Messer an, um etwas von der Schale abzuschneiden. Dabei drehte sie die Frucht in der Hand, indem sie sie ein paar Millimeter hochwarf.

Zweifelnd sah Paul ihr zu. „Ich weiß nicht. Das sieht irgendwie gefährlich aus. Hast du dir dabei noch nie in die Finger geschnitten?"

„Nein", beteuerte sie und arbeitete konzentriert weiter. Schon hatte sie die Hälfte der Frucht geschält, wobei die grüne Schale am Stück nach unten hing.

„Aber die braunen Flecken in der Mitte bleiben dabei drin."

Mittlerweile war Enna fertig. Anerkennend stellte Paul fest, dass das schnell gegangen war. Wesentlich fixer, als wenn er das gemacht hätte. Außerdem war kaum Abfall entstanden. Enna setzte das Messer erneut an und schnitt spiralförmig um die Ananas herum die braunen Flecken heraus. Fasziniert sah Paul ihr zu.

„Du kannst nicht nur mit Nadel und Faden umgehen, sondern wie mir scheint auch mit dem Messer."

Enna prustete los. „Dann würde ich mich an deiner Stelle in Sicherheit bringen. Das bringt wohl der Beruf mit sich."

Auch Paul lachte. Ein wunderbar süßlicher Duft lag in der Luft und mischte sich mit dem Geruch von Ennas Vanilleshampoo. Paul musste sich eingestehen, dass er sie gern an sich gezogen und ihre vollen Lippen geküsst hätte. Wie sie wohl schmeckten? Ebenso süß?

Sein Mund wurde trocken, die Kehle eng. Schnell verwarf er den Gedanken. Er wollte Enna nicht noch mehr verschrecken. Also beschränkte er sich darauf, sie zu beobachten, wie sie mit konzentrierter Miene die Ananas bearbeitete, während ihre Zungenspitze angestrengt aus ihrem Mundwinkel hervorlugte.

Plötzlich wurde es Paul viel zu warm im Camper. Das Gefährt war definitiv zu klein, wenn er sich mit Enna darin aufhielt. Bei Alexander war ihm das noch nie passiert.

Paul räusperte sich und zupfte an seinem Shirt. „Woher kannst du das?", fragte er, um sich abzulenken.

„Wir waren mit meinen Eltern mal in Thailand im Urlaub, als wir noch Kinder waren. Da hat es mir eine alte Frau auf einem Markt gezeigt. Zuhause habe ich so lange geübt, bis ich es richtig konnte. Glaub mir, wir haben in diesem Jahr sehr viel Ananas gegessen."

Paul lachte, als er ihrem scherzhaften Blick begegnete.

„So, fertig", verkündete sie wenig später. „Was machen wir damit?"

„Die sieht wirklich toll aus. Sie ist noch ganz. Ich hätte vermutlich ein Massaker veranstaltet und sie wäre unbrauchbar gewesen. Wir benötigen jetzt dicke Scheiben, die wir später grillen. Ich habe eine zweite Ananas, die du dir ebenfalls gern vorknöpfen kannst."

„Und was machst du in der Zwischenzeit?" Enna blitzte ihn schalkhaft an.

„Aufräumen und saubermachen", gab er ungerührt zurück. „Außerdem brauchen wir noch eine Marinade."

„Mit Honig?" Enna leckte sich über die Lippen.

„Und Rum", bestätigte Paul und versuchte zu ignorieren, dass ihre Zungenspitze ihre Unterlippe befeuchtet hatte. „Außerdem habe ich Kokosraspeln gekauft." Um sich abzulenken, suchte er angestrengt nach der Tüte mit den getrockneten Raspeln. „Und für die süße Krönung gibt es Nuss-Nougat-Creme, in die wir sie tauchen können, wer das mag."

„Ich. Ananas und Schokolade ist die beste Kombination der Welt."

„Dann stelle ich das Glas am besten zu dir."

Enna war fertig und ging zum Spülbecken, um die Hände abzuwaschen. Da Paul sich zwischenzeitlich ihr gegenübergesetzt hatte, um die Zutaten für die Marinade zu verrühren, kamen sie sich diesmal nicht in die Quere, was er bedauerte.

Die geschnittenen Ananasscheiben lagen ordentlich auf einem Teller gestapelt. Enna hatte sich Mühe gegeben, auch den Strunk zu entfernen, ohne das Fleisch der Frucht zu verletzen.

„Oh, ich habe etwas Ananassaft auf die Zeitschrift getropft." Schuldbewusst sah Enna ihn an.

„Ist nicht weiter schlimm", tröstete Paul sie und gab einen kleinen Schuss Rum zur Marinade, weil sie noch zu fest war.

Mit dem Finger wischte sie den Fleck vom Adressaufkleber. „Die gehört ja gar nicht dir." Enna sah ihn an, dann zurück auf die Zeitschrift. „Ach, ist Sophie deine Schwester?"

„Wie? Nein." Wie kam Enna darauf?

„Aber ..."

Da ging ihm ein Licht auf. „Ach, wegen des Nachnamens." Er lachte. „Nein, sie ist nicht meine Schwester, sondern meine Ex-Frau."

Mit Augen so groß wie Untertassen starrte Enna ihn an. „Deine ...?"

„Meine Ex-Frau, ja", bestätigte er. „Wir waren verheiratet, haben uns aber vor zwei Jahren getrennt. Sie hat meinen Namen dennoch behalten. Das war ihr irgendwie nicht wichtig."

Schweigen breitete sich zwischen ihnen aus, das auf seltsame Weise unangenehm wurde. Was war er nur für ein Idiot! Sein Verhältnis zu Sophie sorgte immer mal wieder für Aufregung. Seine letzte Freundin vor über einem Jahr hatte ebenfalls Schwierigkeiten damit gehabt.

„Ich hoffe, das ist kein Problem für dich." Besorgt unterbrach Paul seine Bemühungen, aus dem Honig und dem Rum eine homogene Masse herzustellen.

„Nein." Enna schüttelte hastig den Kopf, dabei sah er ihr an, dass sie reichlich befremdet wirkte.

War sie etwa eifersüchtig? Die Vorstellung gefiel ihm.

„Das ist nur irgendwie schräg, dass ihr zusammen Urlaub macht."

„Wir sind nicht im Bösen auseinandergegangen. Ich denke eher, wir waren zu jung, als wir geheiratet haben."

Das und noch etwas anders. Bis heute konnte Paul nicht genau sagen, woran ihre Beziehung schlussendlich gescheitert war.

„Jetzt ist sie mit Leon zusammen. Wir sind gute Kumpels."

„Das klingt wirklich seltsam."

„Nur, weil man sich trennt, muss man nicht streiten. Wir sind erwachsen." Er versuchte, unbekümmert zu klingen, ärgerte sich aber gleichzeitig darüber, nicht von Anfang an offen damit umgegangen zu sein. Doch irgendwie hatte es sich nicht ergeben.

„Von dieser Einstellung könnten sich viele Paare eine Scheibe abschneiden."

„Da hast du sicher recht." Paul lächelte Enna an. „Wollen wir wieder nach draußen gehen und die Ananas auf den Grill legen?"

Enna nickte und folgte ihm langsam zurück zu den anderen. So unbekümmert Paul sich eben gegeben hatte, so konnte er nur hoffen, dass es kein Fehler gewesen war, Sophie nicht gleich als seine Ex-Frau vorzustellen.

Enna war immer noch gänzlich verwirrt. In ihrem Kopf rotierten die Gedanken, sie bekam kaum einen davon zu fassen.

Paul war verheiratet gewesen. Die Tatsache allein schockierte sie nicht. Wenn Tobias noch lebte, wäre sie auch längst verheiratet. Wäre die Krankheit später aufgetaucht, wäre sie jetzt Witwe.

Nein, es war komisch, neben Sophie zu sitzen. Der Frau, mit der er vor einigen Jahren das Bett geteilt hatte.

Noch mehr allerdings verwirrten sie ihre eigenen Empfindungen. In ihr gingen seltsame Dinge vor. Ein Gefühl, das sie selbst so lange nicht verspürt hatte, dass es einen Augenblick dauerte, ehe sie begriff, was es war. Ein fieser kleiner Stachel der Eifersucht, der sie pikte und sein Gift verspritzte.

Enna warf einen verstohlenen Blick zu Sophie hinüber. Sie war hübsch mit dem blonden Haar und der selbst kreierten Tunika. Ganz anders als sie selbst. Sie trug meistens Jeans und Shirts ohne farbliche Highlights.

Wie sie nun wusste, hatte Sophie ein Geschäft in Bremen, in dem sie ihre Mode verkaufte. Offenbar konnte sie gut davon leben, auch wenn sie bescheiden abgewunken hatte. Aber Evi und Nina hatten durchblicken lassen, dass ihre Kundinnen von weit her kamen, um ihre Sachen zu tragen. Sophie mochte eine Nische bedienen, aber in dieser war sie unangefochten an der Spitze.

Enna unterdrückte einen Seufzer. Irgendwie wäre alles einfacher gewesen, wenn Sophie unsympathisch gewesen wäre. Aber sie konnte es drehen und wenden wie sie wollte, die Frau war ausgesprochen liebenswürdig und mit einer gehörigen Portion Humor ausgestattet. Wie Paul, der keinen Scherz leichtfertig verstreichen ließ, stattdessen jede Möglichkeit nutzte, um sein Gegenüber mit einem Augenzwinkern zu foppen.

Wenn Enna es recht bedachte, passten die beiden zusammen wie die Faust aufs Auge. Oder wie Arsch auf Eimer, wie Heike gern zu sagen pflegte. Ihre Freundin Heike, die

Sophie so ähnlich war. Mit dem gleichen Selbstbewusstsein ausgestattet wie Pauls Ex-Frau.

Fakt war, dass sie wesentlich besser zu Paul passte als Enna. Das begriff sie jetzt, als sie neben Sophie saß und sich heimlich mit ihr verglich.

Warum war die Ehe in die Brüche gegangen? Weil sie zu jung gewesen waren, hatte Paul achselzuckend gesagt. Dennoch hatte Enna das Gefühl, dass mehr dahintersteckte. Er hatte zu gleichgültig gewirkt, was dieses Thema anbelangte. Außerdem meinte sie, einen Schmerz in seinen Augen gesehen zu haben, der tief in seinem Inneren verborgen lag. Den er niemals an die Oberfläche trug. Sicher wäre es ihm nicht recht, wenn er wüsste, dass sie seine Gefühlsregung beobachtet hatte.

Paul stand mit einer Flasche Bier in der Hand am Grill und kümmerte sich um die Ananasscheiben, die sie kunstvoll geschnitten hatte. Enna kam nicht umhin zuzugeben, dass er gut aussah. Wie hatte Heike ihn genannt? Einen optischen Hingucker. Das war Paul definitiv.

Was sie auch nicht recht begreifen konnte, war sein Umgang mit Leon. Er war der neue Mann an der Seite seiner Ex. Andererseits, wenn sie sich wirklich auseinandergelebt hatten und er ihr einfach nur von Herzen Glück wünschte? Es mussten nicht alle Menschen die verbalen Messer wetzen, nur weil sie sich getrennt hatten.

„Du bist auf einmal so schweigsam." Evi setzte sich neben sie auf den Stuhl.

„Vermutlich bin ich einfach nur müde", meinte Enna. „Der Tag war lang, das Surfen ungewohnt. Sieh dir Rosi an, sie ist auch völlig fertig."

Da fiel ihr ein, dass sie noch immer nichts von Frau Bergmüller gehört hatte. Jetzt wollte sie sie aber nicht anrufen. Es war Sonntagabend, außerdem war sie hier in Gesellschaft. Es wäre unhöflich, einfach aufzustehen, um zu telefonieren.

Evi sah zum Grill hinüber. „Er legt sich richtig ins Zeug", meinte sie nach einer Weile des Schweigens.

Enna war klar, dass sie von Paul redete. Evi war ihr Blick, mit dem sie den Mann am Grill beobachtet hatte, wohl nicht verborgen geblieben. Zugeben wollte sie das natürlich nicht.

„Ja, ich finde es klasse, dass es Ananas gibt. Ich liebe diese Frucht. War gar nicht so einfach zu schneiden." Selbst in ihren eigenen Ohren hörte sich das Lachen hölzern an. „Es ist toll, wenn Männer sich Gedanken über süßen Nachtisch machen." Himmel, warum redete sie nur solch einen Stuss!

Evi sah sie von der Seite an. Fast meinte Enna, den Spott, der in ihrem Blick lag, mit Händen greifen zu können. „Er ist wirklich ein lieber Kerl", meinte Evi dann mit einem milden Lächeln. „Aber er hatte es auch nicht immer leicht. Das Leben hat ihm übel mitgespielt. Pass auf sein Herz auf."

Enna wollte zu einem Protest ansetzen, aber Evi war schon aufgestanden und zum Grill hinübergegangen, um Paul etwas zuzuflüstern, worüber er laut und herzlich lachte.

„Zeit für den Nachtisch, Leute", rief er dann. „Ihr müsst mit euren Tellern rüberkommen."

Alle scharten sich um den Grill, während Enna sich im Hintergrund hielt.

„Ich dachte schon, du möchtest jetzt nichts mehr davon", meinte er, als sie ihm ihren Teller als Letzte hinhielt.

„Natürlich möchte ich kosten, was wir gemacht haben. Na ja, für das Aroma bist du zuständig, ich habe nur die Ananas geschält." Verlegen sah sie ihn an.

„Das aber mit Bravour. Das hättet ihr sehen sollen", wandte er sich an seine Freunde. „Es war der Wahnsinn, wie sie die Ananas im Handumdrehen von der Schale befreit hat. Ich muss mir das bei Gelegenheit von dir zeigen lassen."

Paul legte ihr eine Scheibe der Frucht auf den Teller und beugte sich zu ihr vor. „Das Glas mit der Nuss-Nougat-Creme steht hier und ist noch ungeöffnet." Sein Atem streifte ihr Ohr und ihren Hals, hinterließ ein prickelndes Gefühl auf ihrer Haut. Von dort breitete es sich aus und sorgte dafür, dass nicht nur in ihrem Magen Hitze aufflammte. „Die Creme ist warm geworden neben dem Grill, du kannst sie einfach rauslöffeln."

Enna sah zu ihm auf, ihre Blicke verhakten sich ineinander. Sie ertrank beinahe in dem warmen Karamellton seiner Augen. Ihr Atem ging schneller, das Herz galoppierte. Deutlich erkannte sie, wie Paul schluckte.

Was war das? Was passierte hier gerade?

Enna hatte keine Ahnung, aber sie merkte, wie sie süchtig danach zu werden begann. Dieses Gefühl, das sie im Moment verspürte, hatte sie so lange nicht zugelassen. Nun war ihr, als sei alles viel intensiver als früher. Ihre Sinne waren geschärfter, sie nahm alles deutlicher wahr, fühlte jeden Blick, jede Berührung tiefgehender.

„Danke", flüsterte sie schließlich heiser zurück.

„Hey, ihr beiden, was gibt es da zu flüstern?"

Es war Ninas Stimme, die sie aus dem Augenblick riss, den sie nur mit Paul geteilt hatte. Auch er musste sich augenscheinlich zwingen, den Blick zu lösen, das erkannte Enna deutlich.

Paul räusperte sich, während Enna schnell nach dem Glas mit der Schokocreme griff. Sie schraubte den Deckel ab und löste die Folie, die sie vom leckeren Inhalt trennte. Als Paul ihr einen Löffel reichte, berührten seine Fingerspitzen ihre. Diesmal hätte sie schwören können, dass er es absichtlich getan hatte.

„Boah, ihr habt Schokocreme!" Nina stand auf und kam herüber. Gerade rechtzeitig, als Enna die mittlerweile flüssige Schokolade über ihre Ananasscheibe träufelte.

Auch die anderen standen auf.

„Du hast uns das vorenthalten." Sophie schüttelte ungläubig lachend den Kopf, bevor sie sich vorbeugte und Paul mit einem amüsierten Glitzern in den Augen ansah. „Bisher war ich immer die, die sie vor den anderen bekommen hat", flüsterte sie leise, aber doch so, dass Enna die Worte mitbekam. „Ich werde mich wohl damit abfinden müssen, dass das nicht mehr so ist." Ehrliche Freude lag in Sophies Stimme. Freundschaftlich strich sie über seinen Arm.

Schnell sah Enna weg. Dieser Moment zwischen den beiden war so intim, dass sie ihn nicht stören wollte. Er gehörte ihnen. Allerdings registrierte sie auch mit Freude, dass sie diejenige war, für die er das Glas zurückbehalten hatte.

Da merkte sie, wie sinnlos und oberflächlich ihre aufkeimende Eifersucht gewesen war.

Enna kehrte mit ihrem Teller zurück an den Tisch. Als Paul sich neben sie setzte, lächelte sie ihn an.

Die Ananas war ein Gedicht. Sie war warm vom Grill und dadurch im Inneren weich und köstlich. Sie hatte die perfekte Mischung aus Süße und Säure, das Äußere war durch den Honig leicht karamellisiert, während der Rum für einen herben Ausgleich sorgte. Der Crunch durch die Kokosstreusel rundete das Ergebnis ab.

Überrascht stellte Enna fest, dass es die Schokocreme nicht gebraucht hätte, um dieses einfache, aber leckere Gericht perfekt zu machen. Aber natürlich gab auch die Schokolade noch einmal einen Kick.

„Das passt wie Arsch auf Eimer." Sophie schloss verzückt die Augen.

Beinahe wäre Enna in Lachen ausgebrochen über den Ausruf.

Schließlich war auch das letzte Stück Ananas verzehrt. Entspannt lehnte Enna sich zurück und fragte Sophie erneut nach der Tunika und weiteren Kleidungsstücken, die sie entworfen hatte.

Sophie gab ihr eine Visitenkarte, auf der die Adresse des Online-Shops vermerkt war, und versicherte ihr, dass sie alles bestellen könnte, was sie dort sah. Zur Not würde sie es anfertigen.

Rosi schlummerte schon längere Zeit selig am Boden auf ihren Füßen. Auch Enna versteckte mittlerweile ein Gähnen hinter ihrer Hand. „Ich glaube, ich breche langsam auf. Ich muss den Bus erwischen. Es war ein schöner Abend, vielen Dank."

„Arme Rosi." Alexander deutete mitleidig nach unten. „Jetzt musst du sie wecken und sie mit dem Bus nach Hause bringen."

„Ich kann dich leider nicht mehr fahren." Besorgt sah Paul sie an. „Ich fühle mich zwar noch halbwegs nüchtern, aber ich habe definitiv zu viel getrunken, um mich hinter das Steuer zu setzen."

„Gib ihr doch dein Auto", schlug Sophie vor. „Enna hatte nur Schorle."

Enna sah entsetzt auf. „Nein, das ist ja albern. Ich muss morgen arbeiten, es wird ewig dauern, bis ich es euch wiederbringen kann."

„Wieso? Paul kann es mit dem Rad holen", wischte Sophie ihre Bedenken vom Tisch. Das listige Lächeln bestätigte Pauls Vermutung, dass sich Sophie als Kupplerin betätigte und somit noch ein paar mehr Ähnlichkeiten zu Heike bestanden.

„Das ist wirklich eine Möglichkeit", meinte Paul langsam und sah sie an. „Wenn nicht für dich, dann wenigstens für Rosi. Es wäre grausam, sie jetzt aus dem Schlaf zu reißen, um sie mit dem Bus über die halbe Insel zu kutschieren. Außerdem müsst ihr anschließend noch zu dir laufen."

„Du tust gerade so, als müssten wir von der Bushaltestelle einen kilometerlangen Fußmarsch auf uns nehmen. Das sind nur ein paar Meter." Das klang neckisch, aber seine Fürsorge sorgte für ein behagliches Gefühl in ihrem Inneren.

„Und die Busfahrt? Für Rosi", setzte er dann hinzu. Seine Hand zuckte kurz in ihre Richtung, doch er ließ sie wieder sinken.

Ein Gefühl der Enttäuschung breitete sich in ihr aus. Zu gern hätte sie seine Hand auf ihrem Arm gespürt.

Enna seufzte auf. „Rosi ist mein Schwachpunkt, ich gebe es zu."

Zufrieden nickte Sophie, während Paul aufstand, um den Autoschlüssel zu holen. „Ich trage Rosi zum Auto, bleib sitzen."

So verabschiedete sich Enna von den anderen und dankte für den schönen Abend.

„Hast du nicht Lust, zu meinem Geburtstag zu kommen?", fragte Sophie. „Wir feiern ein bisschen, nichts Großes. Es wird kaum anders als heute. Aber wenn du magst und Zeit hast, bist du herzlich eingeladen."

Enna zögerte. Die Gefühle in ihr purzelten wild durcheinander. Zuerst Heike, jetzt Sophie. Sie hatte keine Ahnung, ob sie sich das einbildete, aber auch in Sophies Augen glitzerte ein raffiniertes Lächeln. Sie hätte Stein und Bein geschworen, dass Sophie alles daransetzte, um sie mit Paul zu verkuppeln. Sicher aus ebenso guten Absichten wie Heike. Aber plötzlich fühlte sich Enna getrieben. Sie war nicht länger Herrin über ihre eigenen Entscheidungen. All das ging ihr viel zu schnell, selbst wenn sie sich zu Paul hingezogen fühlte.

„Du brauchst jetzt nicht zusagen. Check erst mal deinen Terminkalender. Du kannst auch spontan vorbeikommen, es ist wie gesagt nichts geplant."

Dankbar über den Aufschub nickte Enna. Sie musste die verschiedenen Empfindungen erst sortieren. Was Paul für eine Wirkung auf sie hatte, wie ihr Körper auf seine Nähe und sachten Berührungen reagierte, überforderte sie. Ihr Herz galoppierte, während ihr Verstand ratlos zurückblieb und sogar ein leises Gefühl der Angst verspürte.

Als Paul mit dem Autoschlüssel zurück war, hob er die schlafende Rosi von ihren Füßen. Enna stand auf und bewegte die steifen Glieder. Sie merkte, wie der heutige Tag an ihren Kräften gezehrt hatte. Die Muskulatur war von der ungewohnten Tätigkeit beansprucht. Ihre Vermutung, dass sie morgen einen heftigen Muskelkater haben würde, wurde zur Gewissheit. Besonders in den Oberschenkeln und dem unteren Rückenbereich.

Enna winkte den Freunden ein letztes Mal zu und folgte Paul, der mit Rosi auf dem Arm den Campingplatz überquerte und auf das Auto zuhielt, das davor auf dem Parkplatz stand.

Enna entriegelte den Wagen und machte die Beifahrertür auf. Rosi öffnete müde die Augen und winselte leise, als Paul sie auf den Sitz legte.

Lächelnd sah Paul auf sie hinunter, bevor er vorsichtig die Tür schloss. „Armes Mädchen, sie ist ganz schön fertig."

„Das bin ich auch, wenn ich ehrlich bin", gab Enna trocken zurück und sah zu ihm auf.

Einen Moment standen sie sich schweigend gegenüber und schauten einander an. Enna sah, dass Pauls Blick an ihren Lippen klebte. Ihr Herzschlag beschleunigte sich augenblicklich und sandte ein Prickeln durch ihre Nervenbahnen.

Gleichzeitig spürte sie, wie eine weitere Empfindung in ihr bei dem Gedanken hochkroch, dass Paul sie möglicherweise gleich küssen könnte. Es war ein Gefühl der Angst vor ihrem eigenen Mut. Sie wusste nicht, ob sie so weit war, diesen Kuss zuzulassen. Sicher hatte sie seit Tobias' Tod andere Männer geküsst. Aber diesmal war es anders. Zuvor hatte sie die Reißleine gezogen, bevor Gefühle im Spiel gewesen waren. Paul hatte es jedoch innerhalb kürzester Zeit geschafft, die Mauer, die sie um sich errichtet hatte und die sie vor ihren Emotionen schützen sollte, einzureißen.

Enna versuchte, die aufkommende Panik niederzukämpfen. Sie musste hier weg. Schnellstmöglich. Um sich über ihre Gefühle klar zu werden, und darüber nachzudenken, wozu sie bereit war.

Dankbar registrierte Enna, dass Paul ihre innere Unruhe zu spüren schien. Er wartete ab, den Blick unverwandt auf sie gerichtet.

„Danke für den schönen Abend und die Surfstunde heute", flüsterte Enna und wandte sich dann schnell ab, um auf der Fahrerseite einzusteigen. „Ich wünsche euch noch viel Spaß." Die Worte hörten sich steif an.

In dem Moment, als sie heraus waren, wusste sie, dass sie Paul zwar nicht verletzt hatte, er aber ratlos war, was er damit anfangen sollte. Die Verwirrung stand ihm deutlich ins Gesicht geschrieben. Doch sie konnte nicht zurück. Nicht jetzt.

Hastig ließ Enna den Motor an und steuerte den Wagen vom Parkplatz auf die Straße. Erst dort gestattete sie sich, die Tränen von ihren Wangen zu wischen.

Kapitel 13

Enna fand keine Ruhe in dieser Nacht. Obwohl sie körperlich und auch mental völlig erschöpft war, kreisten die Gedanken unablässig in ihrem Kopf und ließen sie nicht einschlafen.

Tief in der Nacht hörte sie ein Tapsen über den Fußboden. Gleich darauf spürte sie Rosis Schnauze an ihrem Arm. Dankbar streckte sie die Hand aus und strich über den Kopf der Pudeldame.

„Rosi", flüsterte sie.

Die Hündin antwortete mit einem ebenso leisen „Wuff".

Enna zögerte nur kurz. „Das ist eine absolute Ausnahme", warnte sie. „Aber ich glaube, ich brauche dich jetzt. Spring rauf." Sie klopfte auf das Bett.

Diese Geste bedurfte keiner weiteren Aufforderung. Die Hündin hüpfte hoch, drängte sich an Enna und rollte sich neben ihr zusammen. Dankbar vergrub Enna die Finger in dem dichten Fell und kuschelte sich an Rosi. Dann strich sie über die Locken, immer wieder fühlte sie die beruhigende Nähe, die Kühle des Fells.

Irgendwann übermannte Enna doch der Schlaf. Tief und traumlos glitt sie hinein und wurde erst am nächsten Morgen durch das unbarmherzige Läuten des Weckers wieder herausgerissen.

Im Gegensatz zu ihr war Rosi schon hellwach, leckte ihr über die Wange und sprang vom Bett, ehe Enna überhaupt dazu kam, etwas zu sagen. Die Pudeldame lief schwanzwedelnd zur Tür und bellte auffordernd.

Stöhnend zog sich Enna die Decke über den Kopf. Ihr Rücken, aber auch die Beine protestierten, als sie sich aufsetzte und sich mühsam hochhievte.

„So viel Kaffee kann es gar nicht geben auf der Welt, wie ich jetzt brauche", stöhnte sie.

„Wuff", machte Rosi.

Kopfschüttelnd sah sie die Hündin an. Wäre Rosi nicht gewesen, hätte sie vermutlich gar kein Auge zugetan. Einzig der Pudeldame war es zu verdanken, dass sie überhaupt ein paar Stunden geschlafen hatte.

„Ich komme schon", seufzte sie, da Rosi mittlerweile mit der Pfote an der Tür kratzte.

Sie schaltete die Kaffeemaschine ein und öffnete, noch im Schlafanzug, die Tür, um die Hündin nach draußen zu lassen, damit sie das eiligste Geschäft erledigen konnte. Nur wenig später kehrte sie zurück.

Fröstelnd ging Enna wieder ins Haus. Es war empfindlich kalt.

Während sie über der ersten Tasse Kaffee des Tages saß, dachte sie erneut an den gestrigen Abend. Sie hatte ihn in vollen Zügen genossen. Dann jedoch war die altbekannte Panik zurückgekehrt. Mittlerweile fragte sie sich, ob das auch passiert wäre, wenn Sophie nichts gesagt hätte.

Dass Sophie und Paul einmal ein Paar gewesen waren, hatte Enna auf gewisse Weise geschockt. Danach aber hatte sie erkannt, dass Sophie erstens mit Leon glücklich war und sich zweitens für Paul freute, wenn es ihm gut ging.

Am meisten beschäftigte sie aber Pauls Blick. Der verwirrte Ausdruck in seinen Augen, als sie Hals über Kopf, einer Flucht gleich, ins Auto gestiegen und vom Parkplatz gefahren war.

„Da habe ich mich richtig mies verhalten." Schuldbewusst sah sie Rosi an. „Er hat es verdient, dass man ihm die Wahrheit sagt. Ich würde es auch wollen."

Die Hündin sah nur kurz von ihrem Napf hoch.

Enna seufzte. Wenn Paul das Auto später abholte, würde sie mit ihm reden müssen. Sie nahm das Handy und begann zu tippen. Sicher schlief er noch und stand erst auf, wenn sie längst beim Arbeiten war. Wenigstens hatte sie dann eine Ausrede, ihm nicht gleich antworten zu müssen.

Guten Morgen, tippte sie ein. *Danke noch mal für den schönen Abend und die Schokocreme.* Sie überlegte nur kurz und fügte einen lächelnden Smiley an. *Ich kann dir dein Auto gern auch bringen. Heute Abend vielleicht?*

Enna wollte das Smartphone gerade weglegen, als sie sah, dass Paul online ging. Gleich darauf wurde angezeigt, dass er etwas schrieb. Eine Zeit lang sah Enna den tanzenden Punkten zu. Paul tippte endlos, hörte jedoch immer wieder auf.

Sorry, ich hoffe, ich habe dich nicht geweckt, schrieb sie schnell, geplagt vom schlechten Gewissen.

Wieder hörte er kurz auf und begann gleich darauf erneut.

Nein, ich hatte eine schlaflose Nacht und war früh wach, las sie wenig später seine Antwort.

Dann sind wir schon zu zweit, dachte sie und seufzte. Zweifellos hatte auch das mit ihr zu tun. Sie musste wirklich mit ihm reden.

Guten Morgen, schickte er jetzt, ebenfalls mit einem lächelnden Smiley. *Ich hoffe, du hast besser geschlafen.*

Ging so.

Ein Smiley, der mit den Augen rollte. Dann tippte Paul wieder. *Mach dir keinen Kopf, ich komme später vorbei und hole das Auto. Passt es dir gegen fünf Uhr? Falls du noch arbeiten musst, kann ich eine Runde mit Rosi drehen.*

Auch Paul schien der Sinn nach einem Gespräch zu stehen. War das gut oder schlecht? Gut, befand sie schließlich. Was immer gut bedeuten mochte.

In Ordnung, tippte sie und schickte die Nachricht ab. *Ich freue mich*, fügte sie nach kurzem Zögern hinzu und klickte ebenfalls sofort auf Senden, weil sie wusste, dass sie es sich sonst womöglich anders überlegte.

Einen Moment blieb es still, Paul war immer noch online. Es dauerte eine gefühlte Ewigkeit, bis er doch wieder etwas tippte. *Ich mich auch*, stand schließlich dort zu lesen.

Enna konnte ein Lächeln nicht unterdrücken, sperrte das Smartphone und legte es auf den Tresen.

„Sieht so aus, als hätten wir heute ein Date", informierte sie Rosi, die ihr Frühstück zwischenzeitlich beendet hatte und sie äußerst unternehmungslustig ansah.

Mit zwiespältigen Gefühlen schnappte sich Paul am Abend sein Fahrrad und wollte es eben auf die Straße schieben, als Sophie ihn aufhielt.

„Holst du dein Auto?", fragte sie und sah ihn mit schief gelegtem Kopf an.

„Hatte ich vor", brummte er, weil er nicht die geringste Lust verspürte, mit Sophie ein Grundsatzgespräch zu führen.

„Sie ist nett." Sophie ließ sich von seiner abweisenden Miene offenbar nicht beeindrucken.

Paul sagte nichts, nickte nur. Alles wäre viel einfacher, wenn er wüsste, woran er bei Enna war. Er mochte sie, das spürte er deutlich. Schon, als sie seine Wunde versorgt hatte, hatte sie ihn beeindruckt. Gestern, als sie das Surfen am Strand ausprobiert hatte, war sie aufgetaut und hatte eine Unbeschwertheit an den Tag gelegt, die ihm gefallen hatte. Die Ernsthaftigkeit war verschwunden und hatte einen Menschen darunter zum Vorschein gebracht, der es wert war, ihn näher kennenzulernen. Dabei merkte er deutlich, dass auch für ihn die Zeit gekommen war, um wieder Gefühle, vielleicht sogar eine Beziehung zuzulassen. Sophie war das viel schneller gelungen als ihm.

Es war nicht so, dass er seit damals keine Frauen mehr gehabt hatte. Doch die tiefen Gefühle waren ausgeblieben. Mit Enna schien das anders zu sein. Sie interessierte ihn, er wollte mit ihr lachen und scherzen, aber auch ernsthafte Gespräche führen. Vielleicht war es an der Zeit, jemandem die Narben auf seiner Seele zu offenbaren.

Was er jedoch gar nicht verstand, war Ennas Reaktion am gestrigen Abend. Sie war zurückhaltend gewesen, das hatte ihm auf eine gewisse Art imponiert. Er mochte keine Frauen, die sich einem Mann mir nichts, dir nichts an den Hals warfen. Dabei hatte er von Anfang an die ganze Klaviatur des Flirtens gespielt.

Doch nach und nach schien sie aufgetaut zu sein. Gestern Nachmittag hatte er das Gefühl gehabt, endlich die richtige, die echte Enna vor sich zu haben. Am Abend hätte er sogar wetten können, dass sie die Begegnung mit ihm auch nicht kaltließ. Zwischendurch jedoch war es ihm immer wieder so vorgekommen, als hielte sie etwas zurück, sich auf ihn einzulassen. Als wäre eine Kraft in ihrem Inneren, die sie zur Vorsicht mahnte.

Vielleicht war es ein Fehler gewesen, Sophie nicht gleich als seine Ex-Frau vorzustellen. Daran hatte er aber nicht mehr gedacht, weil er nicht da gewesen war, als Enna auf dem Campingplatz angekommen war. Außerdem war es weder ihm noch Sophie wichtig, weswegen sie auch seinen Nachnamen behalten hatte. Auf den Papierkrieg hatten sie beide verzichtet, weil sie zu sehr mit anderen Dingen beschäftigt gewesen waren.

Nachdem Enna es herausgefunden hatte, hatte Paul allerdings das Gefühl gehabt, dass sie den ersten Schock darüber verdaut hatte. Mehr noch, die Blicke, die sie anschließend getauscht hatten, waren so voller Tiefe gewesen, dass Paul nur die Tatsache, dass sie nicht allein gewesen waren, davon abgehalten hatte, sie an sich zu ziehen und zu küssen.

Als er sie jedoch zum Auto gebracht hatte, in der Annahme, sie zum Abschied wenigstens für einen kurzen Moment in den Armen halten zu dürfen – auf mehr hatte er nicht zu hoffen gewagt –, da war sie geradezu vor ihm geflüchtet. Noch immer fragte er sich, was passiert war, was er möglicherweise falsch gemacht hatte. Die halbe Nacht hatte er damit zugebracht, sich das Hirn zu zermartern. Doch selbst, als er zu nachtschlafender Zeit am Strand gewesen war, hatte er auf diese drängende Frage keine Antwort gefunden.

Einzig Ennas schmerzvoller Blick war zurückgeblieben, der ihm selbst ins Herz geschnitten hatte. Die innere Macht hatte sie an der Schulter gepackt und zurückgerissen. Oder er hatte unwissend einen Fehler begangen. Was er sich aber auch nicht vorstellen konnte. Warum sonst hatte sie ihm vorhin die WhatsApp geschickt, dass sie sich freute?

Im Laufe des Tages hatte er die Grübeleien eingestellt, weil er selbst einsehen musste, dass sie zu nichts führten. Er würde mit Enna reden und sie fragen, was ihr Verhalten zu bedeuten hatte. Dabei ahnte er schon, dass er mit äußerster Vorsicht vorgehen musste, um sie nicht zu verschrecken.

Sophies Ratschläge waren zwar gut gemeint, halfen ihm im Moment aber nicht weiter. Und solange er nicht wusste, woran er war, war es müßig, mit ihr darüber zu reden.

„Du magst sie", stellte Sophie nun unumwunden fest und unterbrach seine Gedanken damit erneut.

Wieder brummte Paul nur zur Antwort.

„Ich weiß nicht, was los ist", fuhr sie fort und strich sich das Haar aus der Stirn. „Trotzdem kannst du immer zu mir kommen, wenn du reden möchtest. Das weißt du, daran hat sich nie etwas geändert."

Paul nickte langsam. „Danke."

„Gern." Sophie zögerte, setzte zum Sprechen an, machte den Mund dann aber wieder zu, bevor sie nach einer kurzen Pause doch weiterredete: „Vielleicht hilft es dir, wenn ich dir sage, dass es das Beste war, was mir je passiert ist, mich auf Leon einzulassen. Ich wünsche dir alles Glück der Welt. Von Herzen."

Spontan beugte Paul sich vor, zog Sophie in eine freundschaftliche Umarmung und küsste sie auf die Wange. „Danke", flüsterte er an ihrem Ohr, weil er Sorge hatte, dass seine Stimme ihm nicht gehorchte.

Schnell stieg er auf das Fahrrad und trat in die Pedale.

Den ganzen Tag über kam Enna nicht mehr zum Nachdenken, weil sie beschäftigt war. Ihre Patienten gaben sich die Pfoten in die Hand, später wurde sie zu einer Notgeburt bei einer Stute in Tinnum gerufen, was ihren restlichen Tagesablauf gehörig durcheinanderbrachte. Glücklicherweise gelang es ihr, die Stute und ihr Fohlen zu retten. Die Besitzer waren von der Geburt überrascht worden, hatten noch nicht damit gerechnet. Der eigensinnige kleine Hengst stellte jedoch von Anfang an klar, dass er selbst darüber entschied, wie sein Start auf Erden vonstattenging. Dabei hatte er es auch noch überaus eilig gehabt. Nun war es ein Paukenschlag gewesen, aber am Ende waren nicht nur die Pferdebesitzer erleichtert, auch Enna fiel ein Stein vom Herzen, als sie wieder vom Hof fuhr.

Glücklicherweise war Jessica in der Praxis allein klargekommen und hatte die Patienten, bei denen es nicht eilig war, auf den morgigen Tag verschieben können. Tierhalter waren weit toleranter als Menschen, weil sie sich stets vor Augen hielten, dass für ihre Lieblinge im Zweifelsfall auch andere warten mussten.

Nur die Besitzerin eines Katers saß noch im Wartezimmer, als sie zurückkehrte. Dabei war es schon kurz nach halb sechs. Der arme Kerl hatte einen wilden Zusammenstoß mit einem Artgenossen hinter sich und saß äußerst missgelaunt in seiner Transportbox.

Paul musste ebenfalls längst da sein. Da Rosi fehlte, nahm sie an, dass er sein Versprechen wahrgemacht und mit ihr nach draußen gegangen war. Jessica bestätigte ihre Vermutung prompt.

„Dann wollen wir uns Baghira einmal ansehen", meinte Enna und nahm Frau Ingwersen samt Transportbox mit in das Behandlungszimmer.

„Vorsicht, er hat mich schon gekratzt, als ich ihn in die Box gesetzt habe." Auch Frau Ingwersen sah bekümmert aus und zeigte die Kratzer auf ihrem Handrücken.

„Haben Sie das desinfiziert?", fragte Enna und betrachtete die Wunde mit gerunzelter Stirn.

„Ich habe es abgewaschen."

„Das wird nicht reichen, fürchte ich." Enna seufzte. Auch ein Problem von Tierliebhabern. Sie stellten das Tier über die eigenen Belange. An sich eine ehrenwerte Eigenschaft, aber nur eine fitte Haustierbesitzerin konnte ausreichend für ihr Tier sorgen.

Enna versorgte zunächst Frau Ingwersens Wunde. „Wenn sich das entzündet, es rote Stellen oder Schwellungen gibt, oder wenn es unnatürlich zu schmerzen beginnt, müssen Sie sofort zum Arzt gehen, in Ordnung?"

Die alte Frau nickte, dass ihr grauer Pagenkopf wippte. „Danke, Frau Doktor."

„Keine Ursache." Enna lächelte sie an. „Dann wollen wir uns Baghira mal ansehen."

Sie wandte sich der Transportbox zu und machte sich an der Tür zu schaffen. Sofort fauchte der Kater sie an.

„Da macht aber jemand seinem Namen alle Ehre", meinte sie lachend. „Hättest du dich mal besser heute Nacht so verteidigt."

Tatsächlich sah der Kater mitgenommen aus. An manchen Stellen fehlte Fell, das Ohr war eingerissen und am Bein hatte er eine tiefe Wunde, die genäht werden musste.

Enna blieb nichts anderes übrig, als den Kater in Narkose zu versetzen. Er gebärdete sich wild, fauchte und schlug mit den Krallen nach allem, was sich ihm näherte. Eine ordentliche Versorgung der Wunden war so nicht möglich.

Dadurch verzögerte sich ihr Feierabend weiter. Längst hörte sie, dass Paul mit Rosi zurück war und im Wartezimmer Platz genommen hatte. Enna tat es leid, dass er warten musste, aber zunächst ging Baghira vor.

Es war kurz vor sieben, als Frau Ingwersen ihren matten Kater in der Transportbox mit nach Hause nehmen konnte. Enna hatte alle Wunden versorgt und den Riss am Bein vernäht. Der Kater würde eine Weile brauchen, bis er sich vollständig erholt hatte, aber er würde wieder ganz gesund werden.

Paul saß im Wartezimmer und blätterte in einer Zeitschrift, Rosi lag zu seinen Füßen und hatte den Kopf auf die Vorderläufe gebettet. Als sie Enna sah, sprang sie auf und lief zu ihr.

„Hallo Paul", begrüßte sie ihren Besucher und lächelte ihn verlegen an.

Sie kam nicht umhin festzustellen, dass er verdammt gut aussah. Das blonde Haar hing ihm leicht zerzaust in der Stirn. Der weiche Zug um seinen Mund deutete wenigstens darauf hin, dass er nicht böse war.

Paul erhob sich. Er trug ein weißes T-Shirt, das die Muskeln darunter andeutete, und eine Jeanshose, die lässig auf seinen Hüften saß.

„Deinem Auto geht es gut", sagte sie schließlich, weil sie nicht wusste, was sie sagen sollte.

„Daran habe ich nicht einen Moment gezweifelt." Paul legte die Zeitschrift zur Seite, die er noch in der Hand gehalten hatte, ehe er zu ihr herüberkam und sie prüfend musterte. „Du siehst müde aus", meinte er.

Der weiche Klang in seiner Stimme streichelte ihre Seele.

„War ein langer Tag." Und eine kurze Nacht, fügte sie in Gedanken hinzu.

„Hast du Lust, etwas essen zu gehen?" Eindringlich sah er sie an. Die stumme Bitte in seinem Blick konnte sie dabei nicht übersehen.

Enna gab sich einen Ruck. „Gern. Darf ich mich vorher kurz frisch machen?"

„Natürlich. Nimm dir die Zeit, die du brauchst."

Sie atmete tief durch. „Dann wirst du aber wieder warten müssen."

„Kein Problem. Ich lese den Artikel zu Ende, den ich eben begonnen habe." Er schenkte ihr ein beruhigendes Lächeln.

„Aber nicht hier. Komm doch mit in die Wohnung."

Paul folgte ihr und setzte sich aufs Sofa, während Enna sich beeilte und unter die Dusche sprang. Sie wählte legere Kleidung, legte sogar einen Hauch Make-up auf und fühlte sich bedeutend frischer. Nur wenig später war sie zurück.

„Wir können los", sagte sie eine Spur atemlos, als sie erneut im Wohnzimmer stand, wo Paul und Rosi es sich gemütlich gemacht hatten. Dabei wusste sie nicht, ob das daher kam, dass sie sich so beeilt hatte, oder weil Paul ihr den Atem raubte.

„Wonach steht dir der Sinn? Möchtest du fein essen gehen? Oder lieber ein Fischbrötchen am Strand genießen?"

„Letzteres klingt hervorragend. Ich esse zwar gern gut, aber in den meisten Restaurants muss man reservieren, außerdem ist es oft unfassbar teuer. Ich bin mit etwas Einfachem zufrieden, wenn es gut gemacht ist. Ich möchte mich nur irgendwo hinsetzen und mich ausruhen. Ich habe einen ziemlichen Muskelkater."

„Oh, das tut mir leid." Mitgefühl lag in seinem Blick, das ihr Herz wärmte. Er schenkte ihr ein sanftes Lächeln, das Enna nur zu gern erwiderte.

„Muss es nicht."

„Dann los." Paul klang beinahe aufgekratzt.

Schweigend gingen sie nebeneinander her in Richtung Strand. Rosi folgte ihnen, blieb mal hier, mal dort stehen, und schnupperte an den Straßenlaternen.

Weil Enna nicht wusste, was sie sagen oder wie sie beginnen sollte, erzählte sie Paul, dass sie in der Mittagspause Frau Bergmüller angerufen hatte.

„Wann wird Rosi abgeholt?", wollte er wissen.

„Das ist es ja. Ich habe keine Ahnung. Frau Bergmüller ist zuerst nicht rangegangen und den nächsten Anruf hat sie weggedrückt. Ich dachte mir, dass sie sicher etwas Wichtiges zu erledigen hat. Vielleicht ist sie bei ihrer Mutter im Krankenhaus und kann das Gespräch nicht annehmen. Aber dann hatte ich erwartet, dass sie zurückruft. Das hat sie bis jetzt nicht getan. Das ist alles höchst merkwürdig, finde ich."

„Meinst du, sie holt Rosi überhaupt ab?" Von der Seite sah Paul sie an.

Er ging dicht neben ihr, ab und zu drang ein Hauch seines herben Aftershaves an ihre Nase, das sie an Sommer und Meerwasser erinnerte. Am liebsten hätte sie die Augen geschlossen und tief inhaliert.

Paul war jedoch stets darauf bedacht, so viel Abstand zu halten, dass sie sich nicht berührten. Enna wusste nicht, ob sie ihm dafür dankbar sein oder es bedauern sollte.

„Natürlich werden sie sie abholen. Alles andere kann ich mir nicht vorstellen. Ich finde es nur seltsam, dass sie stillschweigend davon ausgehen, dass ich das schon erledige. Ich meine, seinen Tagesablauf mit einem Hund zu organisieren, ist kein Pappenstiel. Was wäre gewesen, wenn ich eine Kinderarztpraxis hätte wie dein Kumpel? Oder einen Bürojob, vielleicht sogar auf dem Festland? Ich verlange keine besondere Dankbarkeit, das ist ein Akt der Nächstenliebe. Außerdem habe ich der alten Frau Walcher versprochen, dass ich mich um Rosi kümmere."

Die Hündin bellte vergnügt, als sie ihren Namen hörte.

„Aber ich hätte erwartet, dass sie sich wenigstens einmal meldet, um mir einen Zwischenstand zu geben, wie es weitergeht."

„Ja, das wäre nur angemessen."

Enna warf einen Blick zu der Pudeldame hinüber, die gerade wieder schnüffelnd an einem Gartenzaun entlanglief, die Rute in der Luft.

„Mittlerweile frage ich mich, ob ich sie überhaupt guten Gewissens bei der Tochter lassen kann. So wenig, wie sich die Familie kümmert."

„Spielst du mit dem Gedanken, Rosi zu adoptieren?"

„Nein", gab Enna schnell zurück. „Ich weiß selbst nicht, ob ich das leisten kann. Das ist eine ganz schöne Verantwortung, die man da auf sich lädt. Dennoch fühlt es sich komisch an, sie diesen Leuten zu überlassen. Ich werde sie mir genau ansehen, wenn sie kommen, um Rosi zu holen."

Dabei merkte Enna, dass ihr der Gedanke an einen Abschied einen leisen Stich versetzte. Längst hatte sie sich an die Hündin gewöhnt. In der letzten Nacht hatte sie sie sogar gebraucht, um in den Schlaf zu finden. Sie hatte schon oft davon gehört, dass Tiere seelische Schmerzen linderten. Jetzt aber erst, da sie es selbst erlebt hatte, verstand sie die Bedeutung.

Sie erreichten den Strandabschnitt. Suchend sah Paul sich um.

„Dort oben kann man Essen zum Mitnehmen bestellen." Enna deutete auf das Restaurant einer Kette, die auf Sylt weit verbreitet und bei Einheimischen wie Touristen gleichermaßen beliebt war.

„Eine hervorragende Idee. Was möchtest du?"

„Überrasch mich", sagte Enna einem Impuls folgend und überraschte sich damit selbst am meisten.

Paul schien ebenso verdutzt zu sein. Intensiv sah er sie an, bevor sein Blick nach unten wanderte und an ihren Lippen hängen blieb.

Scharf sog Enna die Luft ein. Deutlich erkannte sie, wie Paul schluckte. Dann riss er den Blick los und wandte sich ab.

Enna ging in der Zwischenzeit weiter in Richtung Strand. Die Wellen rauschten heran, das Wasser war auflaufend. Man konnte förmlich dabei zusehen, wie das Meer Zentimeter für Zentimeter den Strand eroberte und mit jeder neuen Welle ein wenig näher kam.

Ob das heute gute Bedingungen zum Surfen waren? Enna ließ den Blick schweifen. Trotz des Muskelkaters, der sie plagte, hatte sie Feuer gefangen und brannte darauf, erneut auf das Wasser zu gehen. Es hatte unglaublich Spaß gemacht, die Balance zu finden und über die Wasseroberfläche zu gleiten. Dabei war sie sich bewusst, dass es längst nicht so schnell vonstattenging wie bei den Kennern der Szene. Dennoch meinte sie, einen Hauch davon erfühlt zu haben, was es mit einem Menschen machte, wenn man sein Material beherrschte.

In diesem Moment kehrte Paul mit einer prall gefüllten Papiertüte zurück.

„Um Himmels willen, wer soll das denn alles essen?" Enna lachte fassungslos bei dem Anblick.

„Ich habe Hunger", gab Paul ungerührt zurück. „Außerdem konnte ich mich nicht entscheiden. Was hältst du davon, wenn wir uns in den Sand setzen, um zu essen?"

Enna nickte und folgte Paul hinunter an den Strand, wo sie nicht die einzigen Besucher waren, die ein abendliches Picknick mit den Köstlichkeiten aus dem Fischrestaurant veranstalteten.

Paul breitete die Boxen zwischen ihnen aus und reichte Enna eine Holzgabel. „Bedien dich. Ich habe von allem, was mir lecker erschien, etwas mitgebracht."

Tatsächlich gab es gebratene Nudeln, frittierte Garnelen, Muschelsalat und Fisch mit Kartoffeln und Remoulade.

„Wahnsinn", hauchte Enna. Dann warf sie einen Blick nach oben, wo ihr Picknick bereits begehrliche Blicke weckte. „Wir müssen achtgeben wegen der Möwen."

„Deswegen lassen wir die Boxen zu und öffnen sie nur, um etwas rauszunehmen." Paul reichte ihr eine Flasche Bier. „Ich dachte mir, in entspannter Atmosphäre beim Essen lässt es sich leichter reden."

Enna schluckte. Also verspürte auch Paul das Bedürfnis, Unausgesprochenes zu klären. Sein freundliches Gesicht mit dem offenen Lächeln nahm ihr jedoch die Panik, die immer noch im Verborgenen in ihr lauerte.

Sie öffneten die Flaschen und stießen an.

„Bitte, greif zu."

Das ließ sich Enna nicht zweimal sagen. Sie nahm eine der frittierten Garnelen, um sie in die Mangomayonnaise einzutauchen. Schweigend kaute sie, suchte nach Worten, um das Gespräch zu beginnen.

„Enna, ich weiß nicht, wie es dir geht, aber ich mag dich", begann Paul schließlich und sah sie an.

Ihr fiel es schwer, seinen Blick zu erwidern, doch sie zwang sich dazu. Ihr Herz hatte schon wieder einen Satz gemacht. Er mochte sie, war alles, was bei ihr ankam. Das noch unausgesprochene „Aber" versuchte sie, zu ignorieren.

„Ich mag deine Art, dein Lächeln, die Begeisterung fürs Surfen. Deine Freude darüber, wenn etwas klappt und die Konzentration, wenn deine Zungenspitze im Mundwinkel ruht und du mit gerunzelter Stirn versuchst, eine Ananas zu schälen oder auf dem Board stehen zu bleiben."

Ein Lächeln schlich sich auf ihre Lippen, das Paul erwiderte.

„Für einen Moment dachte ich gestern, dass es dir möglicherweise ebenso geht. Bisher hielt ich mich für jemanden, der über eine gute Menschenkenntnis verfügt. Dann bist du gestern aber gegangen. Einfach so, ohne ein Wort. Schlimmer noch, in deinen Augen stand Angst." Er schüttelte leicht den Kopf und richtete seinen Blick nach unten, um mit der Gabel ein paar Nudeln aufzuspießen, die er dann doch nicht in den

Mund schob. „Ich gebe ehrlich zu, dass mich die unterschiedlichen Signale, die du aussendest, verwirren. Ich hoffe nur, dass es nicht ich bin, vor dem du Angst hast."

Unverhohlen sah er sie an, in seinem Blick spiegelte sich das Chaos, das in seinem Inneren herrschte. Außerdem lag darin eine stumme an sie gerichtete Bitte.

Die Worte selbst musste Enna erst einmal verdauen. Sie hatte offen mit Paul reden wollen, war aber nicht davon ausgegangen, dass er so schonungslos ehrlich zu ihr sein würde.

Sie schluckte. Das Essen schmeckte auf einmal fad, der Hunger war verflogen. Auch das Atmen fiel ihr auf einmal unendlich schwer.

Paul sagte nichts. Vielleicht wollte er sie nicht unter Druck setzen. Aber sein Schweigen war fast schlimmer als die Worte, die er zuvor an sie gerichtet hatte.

Enna legte die Gabel zur Seite, auch das Bier stellte sie neben sich in den Sand. Wie hatte sie sich nur in eine solche Situation hineinmanövrieren können? Das hatte sie nun davon, dass sie den Gefühlen eine Chance gegeben hatte.

„Es tut mir leid", flüsterte sie schließlich mit belegter Stimme, konnte Paul jedoch nicht ansehen.

„Mich getroffen zu haben?", erwiderte er ruhig.

Ihr Kopf ruckte zu ihm herum. Erschrocken sah sie ihn an. „Nein. Um Himmels willen, nein." Sie atmete tief durch. „Ich … Es ist toll, dass ich dich kennengelernt habe. Heike hat das ja vorgeschlagen." Sie schüttelte den Kopf. Sie sprach wirr.

„Dass du mich treffen sollst? War es geplant, dass ich vom Rad falle?" Jetzt klang er amüsiert.

„Nein, natürlich nicht. Es tut mir leid." Sie atmete tief durch, versuchte, sich zu sammeln. „Ich fürchte, ich muss weiter ausholen."

„Wir haben alle Zeit der Welt." Paul wirkte nun gänzlich entspannt.

Enna war ihm unendlich dankbar dafür. Da er keine Anstalten machte, etwas zu sagen und ihr tatsächlich Zeit zu geben schien, dachte sie nach, wie sie ihm die Situation erklären sollte. Natürlich hatte sie den ganzen Tag über versucht, sich ihre Worte zurechtzulegen. Nun aber war ihr Kopf wie leergefegt. Nichts von dem, was sie sich heute Morgen sorgsam überlegt hatte, wollte ihr mehr einfallen.

Eine Weile beobachteten sie die Wellen. Hin und wieder trank Paul einen Schluck aus seiner Flasche. Schließlich reichte er ihr die Gabel. „Möchtest du nicht noch etwas essen? Wenn das Essen kalt ist, schmeckt es nicht mehr."

Das Lächeln, das er ihr schenkte, war sanft und rücksichtsvoll. Ein Knoten bildete sich in ihrem Magen, mühsam schluckte sie, kämpfte mit den Worten, die ihre Lippen nicht verlassen wollten.

„Enna, ich habe jedes Wort, das ich gesagt habe, ernst gemeint. Wenn du nicht erzählen magst, was dich bedrückt, ist das in Ordnung. Ich möchte mir nur nicht weiterhin etwas einbilden, dass da vielleicht gar nicht ist."

„Ich verstehe dich", flüsterte sie.

Paul spießte eine Scheibe von den Bratkartoffeln auf und reichte ihr die Gabel, weil sie noch immer keine Anstalten machte, etwas zu essen.

Die Geste war so rührend, dass Enna beinahe die Tränen kamen. Das hatte sie überhaupt nicht verdient. Sie nahm die Gabel, kaute den Bissen und schluckte ihn schließlich hinunter.

„Gleich zu Beginn des Studiums habe ich jemanden kennengelernt", sagte sie in die Stille hinein.

Paul lauschte konzentriert und reichte ihr eine weitere Gabel. Diesmal mit Fisch und Remouladensoße. Enna nahm sie, ohne zu schmecken, was sie aß.

„Wir hatten Pläne", flüsterte sie. „Ein Leben zu zweit, ein kleines Haus, eine eigene Praxis, Kinder."

Mit dem nächsten Bissen reichte er ihr von dem Meeresfrüchtesalat.

Enna sprach ein paar Sätze und bekam von Paul etwas zu essen gereicht. Das gab ihr die Gelegenheit, sich zu sammeln. Sie war ihm unendlich dankbar für seine behutsame Vorgehensweise. Stockend erzählte sie ihm, wie sie Tobias kennengelernt und sich in ihn verliebt hatte. Wie die Diagnose ihnen den Boden unter den Füßen weggezogen hatte und wie sie nach seinem Tod in ein Loch gefallen war. Dass sie das Studium der Humanmedizin aufgegeben und danach Tiermedizin studiert hatte.

Paul lauschte, ließ sie reden, unterbrach sie nicht. Enna war ihm unendlich dankbar dafür, weil sie nicht wusste, ob sie sonst den Mut aufgebracht hätte, noch einmal weiterzureden.

„Heike war der Meinung, dass es an der Zeit ist, wieder etwas aufgeschlossener durchs Leben zu gehen", endete sie schließlich. „Beim Geburtstag meines Bruders hat sie mir neulich das Versprechen abgenommen, dem nächsten Mann eine Chance zu geben. Am nächsten Tag warst du zur Kontrolle in der Praxis."

Paul nickte.

Jetzt endlich sah sie ihn an, begegnete dem Lächeln in seinem Blick. „Ich wollte das eigentlich nicht. Das war eine Sektlaune. Auf der anderen Seite hat mir zu denken gegeben, was sie gesagt hat. Auf der Party waren all die verliebten Paare – und ich, die ewige Singlefrau." Verzweiflung lag in ihrer Stimme, für die sie sich selbst hasste. „Dabei habe ich es längst satt, allein zu sein. Da habe ich beschlossen, mich darauf einzulassen. Und Angst vor mir selbst bekommen, je mehr ich erkannt habe, dass mir das gefällt." Unglücklich sah sie Paul an.

Der legte die Gabel langsam zur Seite. Erst jetzt bemerkte Enna, dass die Schalen alle leer waren. Sie hatten alles aufgegessen, mit den letzten Bissen hatte Paul sie gefüttert.

„Du fühltest dich in die Ecke gedrängt", stellte er sachlich fest. „Und Sophie hat es gestern nicht besser gemacht, als sie dich zu ihrem Geburtstag eingeladen hat."

„Ich finde das unglaublich nett von ihr", sagte Enna schnell. Ihr war wichtig, dass Paul nicht den Eindruck bekam, dass sie Sophie nicht mochte. „Aber sie und Heike sind sich vom Wesen her ziemlich ähnlich."

„Ich verstehe."

Wieder schwiegen sie eine Weile, in der Enna fieberhaft überlegte, wie sie die nächsten Worte hervorbringen sollte, während Paul die Boxen und Schüsseln zurück in die Tüte packte.

Schließlich sah sie ihn an. „Ich weiß nicht, ob ich das kann", flüsterte sie und senkte den Blick. In ihrer Stimme lag die ganze Verzweiflung, die sie in ihrem Inneren spürte.

Paul sah sie einen Moment lang an, dann fasste er vorsichtig nach ihrer Hand. Sie ließ es zu, dass seine Finger ihre sanft umschlossen. Die beruhigende Wärme legte sich auf ihren Körper, hüllte sie sanft ein. Zärtlich streichelte er mit dem Daumen über ihren Handrücken. Die Geste hatte etwas so Unschuldiges, dass Enna erneut mit den Tränen kämpfte.

„Ich bin froh, dass du mir von Tobias erzählt hast", sagte er leise. „Er ist ein Teil deiner Vergangenheit und ich möchte noch viel mehr von dir kennenlernen. Egal, wohin das führt oder wie lange es dauert." Er ließ ihre Hand los und sah ihr fest in die Augen. „Ich würde dich gern in den Arm nehmen. Einfach so. Ohne Hintergedanken. Weil ich glaube, dass du gerade einen Freund brauchen kannst, der für dich da ist. Ich würde mich sehr freuen, wenn ich dieser Freund sein dürfte."

Diese Bitte wollte sie Paul gar nicht abschlagen, weil auch sie das Bedürfnis nach Nähe verspürte. Sanft legte er seine Arme um sie und zog sie an sich. Sein vertrauter Duft stieg ihr geballt in die Nase, dass Enna unwillkürlich die Augen schloss und tief einatmete. Die Nähe hatte etwas so Vertrautes, dass sie wusste, dass sie sich fallenlassen konnte.

Als Paul sie schließlich losließ, wusste Enna, dass sie mehr davon wollte. Viel mehr.

Nun war sie Paul viel näher. Pauls Schulter berührte ihre. Es war vertraut, er war vertraut. Lange Zeit saßen sie im Sand, lauschten den Wellen und sahen der Sonne dabei zu, wie sie die letzten Strahlen zur Erde schickte, ehe sie im Meer versank. Schließlich legte Paul den Arm um Enna und hielt sie nur sanft fest. Irgendwann kuschelte sie sich näher an ihn und ließ den Kopf auf seine Schulter sinken.

Als die Sonne weg war, wurde es schnell kalt, obwohl sie sich die mitgebrachten Hoodies überzogen. Schließlich standen sie auf und gingen schweigend zurück. Doch es war keine unangenehme Stille, eher ein stummes Einverständnis. Sacht griff Paul erneut nach ihrer Hand, sah sie jedoch fragend an, fast als wollte er um Erlaubnis bitten. Sie antwortete mit einem Lächeln und genoss das Gefühl, nicht allein zu sein.

Vor der Haustür verabschiedete er sich mit einer keuschen Umarmung. „Sehen wir uns morgen? Zu einer weiteren Surfstunde? Ich muss dir zeigen, wie man wendet, damit du selbstständig von England zurückkehren kannst."

Ein Schmunzeln lag auf seinen Lippen, das Enna jetzt erwiderte. „Gern. Allerdings erst abends, wenn die Praxis geschlossen ist. Ich würde mich freuen."

Das tat sie wirklich. Zum ersten Mal seit langer Zeit hatte sie das Gefühl, dass alles gut werden könnte.

Kapitel 14

I n dieser Nacht schlief Enna deutlich besser. Zu Rosis Miss-
fallen, denn die Pudeldame wäre gern wieder zu ihr ins
Bett gekrochen, was Enna daran merkte, dass sie immer wieder herüber kam und den Kopf auf die Matratze legte.

Nun saß Enna bei einer Tasse Kaffee mit ihrem Müsli am
Frühstückstisch und dachte über den vergangenen Abend
nach.

Dass Paul so verständnisvoll reagiert hatte, tat gut. Er hatte
nicht nur angedeutet, dass er sie gern näher kennenlernen
würde, er wollte ihr auch alle Zeit der Welt lassen. Natürlich
war seine Zeit auf Sylt begrenzt. Selbst wenn sein Urlaub lang
war und noch bis zum *Windsurf World Cup* andauerte, musste
er unweigerlich zurück zu seiner Arbeit, die ihm sehr am Herzen lag. Bis Bremen war es allerdings keine Weltreise. Außerdem mussten sie erst einmal auf sich zukommen lassen, wie es
weitergehen sollte.

Von dem Druck befreit, jetzt eine Entscheidung treffen zu müssen, fühlte sich Enna so erleichtert, dass sie nun auch wieder das Gefühl hatte, ihr Leben im Griff zu haben. So war es einfacher, sich voll und ganz auf die Arbeit zu konzentrieren.

Versonnen löffelte sie die letzten Reste ihres Müslis und trank die Kaffeetasse aus, bevor sie zur Maschine ging und eine weitere zubereiten ließ.

Der gestrige Abend war herrlich gewesen. An Paul gekuschelt am Strand zu sitzen, völlig zwanglos und ohne Erwartungen, hatte ihr ein Gefühl der Sicherheit gegeben. Die Nähe zu ihm hatte etwas Freundschaftliches, etwas Keusches gehabt. Sie hatte seine Wärme genossen und das Empfinden, von jemandem im Arm gehalten zu werden. Ganz ohne Hintergedanken.

Wegen ihr hätten sie ewig dort sitzen können, doch die Nächte waren bereits reichlich kühl. Da hatte auch Pauls Nähe nicht mehr ausgereicht, um sie zu wärmen.

Heute allerdings wollte er erneut mit ihr zum Surfen gehen. Das klang nach Spaß und Unbeschwertheit. Enna freute sich darauf, mit ihm herumzualbern und zu lachen und gleichzeitig ein bisschen mehr von dem Gefühl auf dem Wasser zu bekommen.

„Was meinst du, Rosi, so können wir es doch angehen, oder?"

Die Pudeldame sah mit schief gelegtem Kopf zu ihr nach oben und wedelte mit dem Schwanz.

„Was meinst du, sollen wir mal dein Frauchen anrufen? Ein bisschen Zeit haben wir noch."

Rosi stand auf und trollte sich in ihr Körbchen. Als verstünde sie, was Enna vorhatte, und wollte dem aus dem Weg gehen. Enna seufzte. Natürlich hatte sie sich mittlerweile an die kleine Pudeldame gewöhnt. Und das lag nicht nur daran, dass sie eine beruhigende Wirkung auf sie hatte. Es war schön, im Haus nicht allein zu sein und am Abend jemanden zu haben, mit dem man auf dem Sofa kuscheln konnte. Sie war viel zu lange allein gewesen. Die Hündin genoss die Nähe ebenso sehr wie sie selbst. Aber es half nichts. Rosi gehörte ihr nicht und diese Lösung war nur eine vorübergehende.

Entschlossen griff Enna nach dem Smartphone und wählte die Nummer von Frau Walchers Tochter. Doch der Anruf ging wieder ins Leere, die Mailbox sprang nicht an. Vielleicht war sie wirklich in der Klinik, hatte womöglich sogar dort übernachtet. Unter Umständen war das Handy lautlos. Was allerdings nicht erklärte, warum sie gestern nicht zurückgerufen hatte.

Nach kurzem Zögern wählte Enna erneut die Nummer des Krankenhauses und ließ sich diesmal gleich mit Nele verbinden.

„Moin Enna", grüßte die junge Schwester. „Ich hoffe, es ist nichts Dringendes. Die Visite fängt in ein paar Minuten an. Wir haben heute die große Runde, da sind alle ein bisschen nervös."

„Nein, es ist alles okay. Ich wollte nur fragen, wie es Frau Walcher geht und ob ihre Tochter eventuell irgendwo bei euch ist. Vielleicht kannst du sie mir kurz an den Apparat holen, ich erreiche sie nämlich nicht."

Einen Moment herrschte Schweigen, dann war das Rascheln von Papier zu hören. Offenbar deckte Nele das Telefon kurz zu, gedämpftes Stimmengemurmel drang aus der Leitung, ehe es wieder lauter wurde.

„Entschuldige bitte, ich musste den Befund eben weitergeben." Nele klang atemlos.

„Kein Problem. Wir können gern später telefonieren, wenn dir das lieber ist. Oder könntest du Frau Bergmüller bitte ausrichten, dass sie sich bei mir meldet, wenn sie hier ist?"

„Hat sie dich denn nicht angerufen? Die Familie war am Wochenende da und hat Frau Walcher mitgenommen. Sie wurde in eine Rehaklinik am Tegernsee überführt und geht anschließend dort in ein Pflegeheim. Die Bergmüllers scheinen nicht ganz arm zu sein, das ist ein tolles Heim."

Einen Augenblick stand Enna wie vom Donner gerührt da und glaubte, ihren Ohren nicht zu trauen. Automatisch wanderte ihr Blick zu Rosi hinüber, die am Fenster saß und in den Garten hinaussah, durch den gerade eine Katze stromerte.

„Wow", sagte sie dann. „Das ist ... puh ... Das muss ich erst einmal verdauen."

„Was ist los?"

„Frau Walchers Hund ist noch hier. Ich hatte mit Frau Bergmüller besprochen, dass sie Rosi mitnehmen."

Aus dem Hintergrund wurde nach Nele gerufen.

„Sorry", sagte Enna sofort. „Du musst Schluss machen, ich weiß. Ich rufe Frau Bergmüller direkt an."

Sie verabschiedete sich und legte auf. Ihr Blick fiel dabei auf Rosi, die die Katze im Garten argwöhnisch beobachtete. Jetzt hatte auch die Samtpfote die Hündin entdeckt, schien sich ihrer Sache angesichts der Glasscheibe zwischen ihnen aber sicher zu sein. Sie stolzierte vor dem Fenster und warf immer wieder Blicke auf Rosi, die langsam unruhig wurde und leise knurrte.

„Das ist ja ein Ding", meinte Enna und spürte, wie der Ärger in ihr hochkroch. „Wie es aussieht, wirst du noch ein Weilchen bleiben, weil dein neues Frauchen es vorgezogen hat, dich erst einmal weiter auf das Abstellgleis zu schieben."

Rosi war aufgestanden und knurrte die Katze vor dem Fenster offen an, die nun ihrerseits fauchte und mit den Pfoten gegen die Scheibe schlug. Rosi bellte.

Diesmal griff Enna das Festnetztelefon, von dem sie wusste, dass ihre Rufnummer nicht angezeigt wurde, und wählte erneut. Fast sofort nahm sie das Gespräch an.

„Frau Bergmüller, guten Morgen." Enna sprach bewusst übertrieben freundlich. „Ich wollte einmal hören, ob es Neuigkeiten von Ihrer Mutter gibt und klären, wann Sie Rosi abholen."

Zunächst antwortete Frau Bergmüller nicht. Enna überlegte bereits, ob sie aufgelegt hatte, da hörte sie ihre Gesprächspartnerin tief Luft holen.

„Nun, es ist so …", druckste Frau Bergmüller herum. „Wir waren am Wochenende auf Sylt bei meiner Mutter im Krankenhaus. Es gab unglaublich viel zu tun." Sie klang entschuldigend. „Wir mussten einen Rehaplatz organisieren, den wir aber zum Glück bekommen haben, und dann nach einer entsprechenden Pflegeeinrichtung suchen. Zu Hause lässt sich das doch nicht so leicht bewerkstelligen, wie wir dachten. Glücklicherweise konnte mein Mann ein paar Kontakte spielen lassen." Sie lachte, es klang hohl. „Außerdem stand der Rücktransport meiner Mutter an. Auch den haben wir in die Wege leiten können. Aber darüber …"

„… haben Sie Rosi leider vergessen." Enna merkte selbst, wie ihre Stimme vor Sarkasmus troff.

„Ja."

„Frau Bergmüller, ich weiß nicht, ob Ihnen klar ist, dass es sich bei der Hündin Ihrer Mutter um ein Lebewesen handelt. Eines, das bisher geliebt wurde und sich nun auf eine völlig neue Situation einstellen musste."

Wobei Rosi die gut gemeistert hatte, wie Enna fand.

„Natürlich. Das war auch ein Grund, warum ich mich nicht gemeldet habe. Ich meine, Sie kennen sich mit Tieren aus. Da wäre es doch praktisch …"

„Oh nein", unterbrach Enna Frau Bergmüller entschieden. „Das war eine vorübergehende Lösung, weil ich Ihrer Mutter versprochen hatte, mich um Rosi zu kümmern. Nie war geplant, dass sie länger hierbleiben würde. Das habe ich Ihnen aber ausdrücklich gesagt. Rosi geht es im Moment gut, ich habe Futter, Spielzeug und weiteres Equipment besorgt."

„Wenn es wegen der Auslagen ist, dann lassen Sie mich bitte wissen, wie viel die Anschaffungen gekostet haben."

Das war die Höhe! Frau Bergmüller gehörte offenbar zu der Sorte Mensch, die mit einem dicken Geldbeutel all ihre Probleme löste. Das kannte Enna nur zu gut.

„Darum geht es doch gar nicht", fuhr Enna wütend fort. „Sie haben Verantwortung und schieben Sie einfach ab. Sie dachten, dass Sie das Problem Hund damit lösen, es zu ignorieren."

Rosi machte gerade einen Satz gegen die Scheibe. Die Katze erschrak von der Erschütterung. Zufrieden bellte Rosi ihr nach und drehte sich um, um Enna einen triumphierenden Blick zuzuwerfen, bevor sie mit erhobenem Kopf zu ihr herüberlief. Enna beugte sich hinunter und kraulte sie hinter den Ohren. Die Hündin genoss sichtlich, als Siegerin vom Platz gegangen zu sein. Enna schmunzelte.

Aus dem Hörer war kein Wort mehr gekommen. Jetzt sah Enna auf und konzentrierte sich wieder auf Frau Bergmüller. „Wissen Sie was?", fuhr sie wütend fort, ehe sie auch nur einen klaren Gedanken fassen konnte. „Rosi geht es bei mir sicher wesentlich besser als bei Ihnen. Am Ende schieben Sie sie ins Tierheim ab. Ich behalte Rosi. Mir tut nur Ihre Mutter leid." Diesen Zusatz konnte sich Enna nicht verkneifen. „Aber ich pflege mich an meine Versprechen zu halten, und Ihrer Mutter gegenüber fühle ich mich verpflichtet. Sie werden mir die Auslagen erstatten und den Papierkram erledigen. Wenn ich nichts von Ihnen höre, werde ich Sie beim Tierschutzverein anzeigen."

Das war eine leere Drohung. Zur Not hätte man Rosi immer noch ins Tierheim geben können, wenn das auch nur eine theoretische Option war. Aber es fruchtete.

„Natürlich, das ist sicher die beste Lösung", erklärte Frau Bergmüller sofort beflissen. „Lassen Sie mir bitte all Ihre Daten zukommen, dann kümmere ich mich um alles."

Widerwillig ließ sich Enna die E-Mail-Adresse und Frau Bergmüllers Anschrift geben und legte dann auf.

Rosi sah von unten zu ihr auf. Enna merkte, dass ihr Zorn nur langsam verrauchte. Sie holte tief Luft. Die Pudeldame konnte nichts für Frau Bergmüllers Verhalten.

„Tja, Rosi, das passiert, wenn man schneller redet, als man denkt. Wie es aussieht, werden wir zwei es nun miteinander aushalten müssen. Was meinst du? Bekommen wir das hin?"

Die Hündin machte einmal laut „wuff" und wedelte erfreut mit dem Schwanz, während Enna einen tiefen Seufzer ausstieß und die Augen schloss.

Gegen halb vier schickte Enna Paul eine WhatsApp, dass sie genug hatte für heute und früher zum Surfen gehen könnte, falls er nichts vorhatte.

Innerlich jubelte er. Natürlich hatte er nichts zu tun. Den Tag hatte er damit zugebracht, sich von dem gestrigen Gespräch mit Enna abzulenken. Der Wind war nahezu zum Erliegen gekommen. Beste Voraussetzungen für Enna, um zu üben, wie man auf dem Wasser wendete. Aber für die geübten Surfer waren die Bedingungen keine Freude.

Am Vormittag war die Clique in List bummeln gewesen. Außerdem hatten sie eine Rundfahrt mit dem Bus über die Insel gemacht. Jetzt spielten sie Karten und tranken Sanddornsaftschorle, die sich immer größerer Beliebtheit erfreute.

Paul steckte das Handy zurück in die Tasche und legte das Blatt auf den Tisch. Er hatte ein Full House und hätte die Runde sicher gewonnen. Aber Enna war wichtiger als das Spiel.

„Ich muss los", sagte er und konnte sich ein breites Grinsen nicht verkneifen.

„Lass mich raten, du gibst eine Surfstunde." Sophie lächelte ihn an.

Heute Morgen hatte sie ihn gefragt, wie das gestrige Gespräch verlaufen war. Ehrlich hatte er geantwortet, dass er es langsam angehen lassen wollte und Enna auf keinen Fall unter Druck setzen durfte. Wenn jemand Verständnis dafür hatte, dann Sophie. Daher hatte er sie gebeten, Enna nicht böse zu sein, wenn sie die Einladung zu ihrem Geburtstag nicht annahm, auch wenn sie sicher von Herzen gekommen war. Es war schön, dass Sophie Enna sympathisch fand, obwohl sie so unterschiedlich waren.

Daher erwiderte er ihr Lächeln. „Du hast recht. Wartet nicht auf mich, ich weiß nicht, wann ich zurück bin. Vielleicht gehen wir noch etwas essen oder ins Kino."

Nur wenig später stand er vor Ennas Tür und klingelte. Von drinnen begrüßte ihn Rosis Bellen. Die Hündin konnte es offenbar kaum abwarten, ihn wiederzusehen.

Obwohl er sich bisher nicht für einen Hundetypen gehalten hatte, mochte er die Hündin. Vielleicht war die besondere Beziehung ihrem ungewöhnlichen Kennenlernen geschuldet.

Als sich die Tür öffnete, schoss die Pudeldame heraus, blieb aber vor ihm stehen und sah schwanzwedelnd zu ihm nach oben.

„Na, du Hübsche." Er beugte sich hinunter und kraulte ihren Hals. „Du bist so gut erzogen. Ich finde es toll, dass du nicht an Menschen hochspringst."

„Das wäre auch noch schöner", brummte Enna, die hinter Rosi stand und darauf wartete, ihn begrüßen zu dürfen.

Paul erhob sich und zog sie kurz in seine Arme, achtete jedoch darauf, sie gleich wieder loszulassen. Dennoch reichte es aus, um einen Hauch ihres Dufts zu erschnuppern, an den er sich so sehr gewöhnt hatte. Er fuhr ihm direkt in den Magen und jagte ihm einen Schauer über den Rücken.

Wie gern hätte er sie zur Begrüßung geküsst. Er verspürte den intensiven Wunsch, von ihren Lippen, die so weich und einladend aussahen, zu kosten. Dennoch hielt er sich zurück. Er hatte versprochen, sie nicht zu drängen und daran würde er sich halten, auch wenn die Zurückhaltung seine Selbstbeherrschung auf eine harte Probe stellte.

„War dein Tag so schlimm?", fragte er, als er Enna freigab. „Das hörte sich beinahe dramatisch an."

Enna schnaubte und wandte sich ab, um nach drinnen zu gehen. Paul folgte ihr, schloss die Tür, blieb aber im Flur stehen, weil Ennas Tasche schon dort stand.

„Sagen wir mal so, er war ungewöhnlich und hielt eine Überraschung bereit, mit der ich nicht gerechnet habe."

„Eine positive, wie ich hoffe?"

„Ich überlege noch. Ich hole nur eben eine Flasche Wasser."

Er sah ihr nach, als sie in der Küche verschwand. Nur kurz darauf war sie zurück und deutete auf Rosi hinunter. „Darf ich vorstellen? Meine neue Mitbewohnerin."

Paul zog lediglich die Brauen nach oben. So überraschend fand er diese Neuigkeit nicht.

„Du wirkst nicht so, als würde dich das schockieren."

„Nicht wirklich. Auch wenn du es gestern noch vehement bestritten hast. Wie kommt es zu dem plötzlichen Sinneswandel?"

Verlegen zuckte Enna mit der Schulter. „Ich hatte das nicht so geplant, das kannst du mir glauben. Stell dir vor, die Tochter der Frau war am Wochenende hier. Es ist alles organisiert, Frau Walcher kommt in ein tolles Pflegeheim."

Deutlich hörte er die Verbitterung aus Ennas Stimme heraus. Auch ihm schnitt es ins Herz, wenn ein Mensch einfach abgeschoben wurde.

„Sie sind wieder nach Hause gefahren, ohne sich bei mir zu melden. Die Tochter hat behauptet, dass sie Rosi vor lauter organisatorischen Dingen vergessen hat. Was für ein Blödsinn! Ich habe sie doch angerufen und sie hat mich weggedrückt."

Jetzt atmete Enna tief durch. Paul verkniff sich ein Grinsen. Sie sah süß aus, wenn sie sich so echauffierte. In einer schnellen Geste strich sie das blonde Haar hinters Ohr.

„Auf jeden Fall ist es mit mir durchgegangen", fuhr sie kleinlaut fort und zog den Kopf zwischen den Schultern ein. „Ich habe sie angeschnauzt, dass Rosi es hier sowieso viel besser hat und dass ich mein Versprechen halte. Tja, das ist das Ergebnis."

Enna deutete nach unten, wo Rosi im Flur auf dem Boden hockte und zwischen ihnen hin und her sah. Offenbar bemerkte sie, dass sie Gegenstand der Unterhaltung war, und lauschte aufmerksam.

„Na, ich glaube, es gibt schlechtere Lösungen", meinte er tröstend. „Und wenn du ehrlich bist, ist sie dir mittlerweile doch ans Herz gewachsen."

„Das schon. Aber es verkompliziert einiges. Stell dir nur vor, ich möchte in den Urlaub."

„Dann nimmst du einfach einen Camper. Ich kenne zufällig jemanden, der einen hat. Vielleicht würde er ihn dir ja leihen." Er wackelte scherzhaft mit den Augenbrauen. Dieser Jemand würde dich sogar begleiten, fügte er in Gedanken hinzu, hütete sich jedoch, das laut auszusprechen. „Zum Surfen können wir sie auf jeden Fall problemlos mitnehmen", sagte er stattdessen.

Enna griff nach ihrer Tasche. „Du hast recht. Jetzt ist es sowieso nicht mehr zu ändern. Ich hätte mir nur nie träumen lassen, dass ich jemals unter die Hundebesitzer gehe."

„Das unterstreicht deine Reputation als Tierärztin."

Gemeinsam verließen sie das Haus.

„Du gewinnst allem etwas Positives ab, oder?"

Paul lachte. „Zumindest versuche ich es. Sieh dir Rosi an, wie vergnügt sie ist. Wenn das nicht positiv ist, dann weiß ich auch nicht."

Sie fuhren zum gleichen Strandabschnitt wie beim ersten Mal. Heimlich beobachtete Paul, wie Enna mit Rosi umging. Fast kam es ihm wie ein Wink des Schicksals vor, dass Rosi zurückgelassen worden war. Er hatte den Eindruck, als täte ihre Gesellschaft Enna gut. Es waren die kleinen liebevollen Gesten, die das unterstrichen. Enna war äußerst umsichtig, sprach mit Rosi und streichelte ihr hin und wieder über das Fell, was sich die Hündin nur zu gern gefallen ließ. In der kurzen Zeit, die sie zusammen verbracht hatten, waren die beiden schon fest zusammengewachsen.

Diesmal band Paul Enna in das Aufbauen des Materials mit ein und zeigte ihr, wie das Segel mit dem Mastfuß auf dem Board befestigt wurde. Als Enna sich umzog, sah er dezent zur Seite, obwohl er gern einen Blick riskiert hätte. Im Bikini hatte sie eine äußerst gute Figur gemacht.

Doch Paul war wichtig, dass sie seine Gegenwart unbeschwert genoss, daher hielt er sich zurück und schaute konzentriert auf das Surfbrett, das er nun zum Wasser trug.

„Soll ich es wieder halten?"

„Vielleicht am Anfang?" Enna trug bereits den Neoprenanzug und hatte es diesmal sogar geschafft, den Reißverschluss selbst zuzuziehen. Sehr zu Pauls Bedauern, weil er ihr gern behilflich gewesen wäre.

„Kein Problem." Er zog das T-Shirt über den Kopf und die Hose aus. Heute war es erheblich wärmer als noch beim letzten Mal, was sicher auch daran lag, dass der Wind nachgelassen hatte. „Die Bedingungen sind perfekt, um eine Wende zu üben."

Enna ging ins Wasser und schob das Brett vor sich her. Zunächst hielt Paul es fest, um sie das Aufsteigen erneut üben zu lassen. Das klappte schon ganz gut. Enna bekam auch das Segel aus dem Wasser und verlor nur noch hin und wieder das Gleichgewicht, wenn sie nach dem Gabelbaum griff.

Bei der Wende wurde es schon kniffliger.

„Im Prinzip ist es einfach."

„Schon wieder? Das sagst du zu allem."

Paul lachte auf, als er Ennas Stöhnen hörte. „Wirklich, das ist nicht schwer. Du gehst praktisch in die Ausgangsposition zurück, nimmst die Startschot wieder oben und gibst das Segel hinten frei, damit es lose aus dem Wind fällt."

Enna tat wie ihr geheißen.

„Prima. Jetzt drückst du das Brett vorne unter dem Segel durch und läufst um den Mast herum. Genau so, klasse."

Im selben Moment verlor Enna das Gleichgewicht und landete mit einem Platschen im Wasser.

„So also", sagte sie prustend, als sie wieder an der Oberfläche war, und wischte sich die Tropfen aus dem Gesicht.

„In etwa. Ohne den Wasserkontakt vielleicht."

„Okay, noch einmal." Enna stieg zurück aufs Brett und stand gleich darauf wieder so da wie gerade, als sie ins Wasser gefallen war.

„Nun musst du eigentlich nur einen weiteren Schritt auf die andere Seite machen und den Gabelbaum mit beiden Händen greifen."

Nur wenig später stand Enna richtig und fuhr in die andere Richtung.

„Das war alles?", fragte sie überrascht.

„Man kann das perfektionieren und schneller machen. Mit etwas Wind ist es dann noch einmal schwieriger. Aber ja, im Prinzip war es das. Ich habe doch gesagt, dass es nicht schwer ist."

Die Übungseinheit fiel wegen der fortgeschrittenen Zeit kürzer aus als beim letzten Mal, dennoch war Enna völlig erledigt. Auch Rosi hatte genug. Sie stand bellend am Strand und wartete darauf, dass ihr Frauchen zurückkehrte.

Paul kümmerte sich um das Brett, während sie sich aus dem Neopren schälte und in ein flauschiges Handtuch gehüllt erschöpft in den Sand fiel.

„Das klappt doch schon hervorragend", lobte er und reichte ihr einen Müsliriegel und eine Sanddornsaftschorle. „Du bist talentiert."

„Danke." Enna sah grinsend zu ihm hoch.

Das Surfen tat ihr ausgesprochen gut. Es war schön, ihr dabei zuzusehen, wie sie mit konzentriertem Eifer übte und sich freute, wenn etwas klappte. Paul war froh, dass die Unbeschwertheit zurück war. Er spürte Ennas Dankbarkeit darüber, dass er versprochen hatte, ihr die Zeit zu lassen, die sie brauchte.

Dass sie sich trotzdem trafen, zeigte ihm, dass sie sich gern in seiner Nähe aufhielt. Vielleicht würde daraus in absehbarer Zeit mehr werden. Allerdings achtete er immer strikt darauf, ihr nicht zu nahe zu kommen. Jede Berührung vorher im Wasser, war der Tatsache geschuldet gewesen, dass er ihr etwas hatte zeigen müssen. Nichts davon hatte auch nur den Ansatz eines erotischen Touchs.

Natürlich verstand er ihre innere Zerrissenheit, die aus dem Tod des Mannes herrührte, mit dem sie den Rest ihres Lebens hatte verbringen wollen, und der viel zu früh von ihrer Seite gerissen worden war.

Für einen Moment hatte er erwogen, ihr von Mia zu erzählen. Dann hatte er es jedoch verworfen, weil beides nicht miteinander vergleichbar war, auch wenn es zunächst den Anschein haben mochte. Außerdem wollte er sie nicht zusätzlich belasten.

Daher beschränkte sich Paul jetzt darauf, sich neben sie zu setzen und sich über Belanglosigkeiten mit ihr zu unterhalten. Rosi hatte es sich erneut zwischen ihnen bequem gemacht.

Als es kühler wurde, weil die Sonne sich dem Horizont entgegenneigte, brachen sie ihre Zelte ab und er fuhr Enna nach Hause.

„Hast du Lust, noch etwas zu essen? Wir könnten zusammen kochen", schlug sie vor.

Pauls Herz machte einen Satz bei dem Gedanken daran, weitere Zeit mit Enna verbringen zu dürfen. „Gern. Ich habe nichts vor", gab er sich jedoch gelassen.

„Ich würde vorher allerdings schnell unter die Dusche springen, wenn das okay ist. Du darfst dich auch gern aufwärmen und das Salzwasser abwaschen.

„Auch dieses Angebot nehme ich an."

Wenig später saß Paul auf Ennas Sofa und sah sich um. Rosi hatte es sich neben ihm gemütlich gemacht und den Kopf auf seinem Schoß abgelegt. Keine Frage, sie hatte ihr neues Zuhause akzeptiert.

Im Badezimmer rauschte das Wasser. Paul gab sich Mühe, nicht daran zu denken, dass Enna unbekleidet unter der Dusche stand. Stattdessen nutzte er die Zeit, die Atmosphäre von Ennas Zuhause in sich aufzunehmen. Neulich hatte er sich nicht so ungeniert umsehen wollen.

Ennas Häuschen war eines der kleineren, älter und reetgedeckt. Ein typisches Friesenhaus aus rotem Klinker. Die Sprossenfenster wirkten alt, waren aber gegen Modelle neuesten Standards ausgetauscht. Die Einrichtung war warm und freundlich. Helle Farben dominierten, hauptsächlich creme-weiß, das Enna mit sandfarbenen und braunen Tönen kombiniert hatte. Sattgrüne Topfpflanzen rundeten das Bild ab. Sie musste renoviert haben, denn die Räume gingen ineinander über, waren nicht von Wänden begrenzt. Das verlieh dem Wohnbereich etwas mehr Tiefe und Offenheit, wirkte gleichzeitig aber gemütlich. Lediglich der Boden und die herausgearbeiteten Deckenbalken waren aus dunklem Holz.

Enna hatte sich ein hübsches Heim geschaffen. Fast wirkte es wie ein Rückzugsort für die Seele. Vermutlich hatte sie das nach Tobias' Tod gebraucht.

Pauls Herz zog sich zusammen. Wie musste sie gelitten haben. Sie war viel zu jung gewesen, um den Schmerz zu tragen. Er wünschte sich so sehr, dass sie ihm die Chance geben würde, ihr zu helfen. Enna hatte es verdient. Sie war ein hilfsbereiter und fürsorglicher Mensch. Sie hatte sich um Frau Walcher gekümmert, um ihn und schließlich auch Rosi bei sich aufgenommen. Es war an der Zeit, dass endlich jemand sie umsorgte. Paul wünschte sich nichts sehnlicher, als dass er dieser Mann sein durfte.

Nur wenig später war Enna zurück. Bekleidet mit einem dicken Hoodie und einer gemütlichen Jeans, die Füße steckten in Wollsocken. Ennas Haar war feucht, die Gesichtsfarbe rosig.

„Ist dir immer noch kalt?", neckte er sie. „Vielleicht sollten wir lieber einen Glühwein machen, statt zu kochen."

„Hier machen wir Grog, keinen Glühwein." Enna lächelte ihn an. „Ich habe dir im Bad Handtücher bereitgelegt. Du wirst allerdings mit Frauenduschgel vorliebnehmen müssen."

„Das macht mir nichts."

Auch das Bad war in warmen Tönen gehalten, die Wand hinter der Dusche zierte eine wasserabweisende Fototapete, mit einer Dünenlandschaft und dem Meer im Hintergrund.

Zusammen mit dem Rauschen des Wassers hatte man fast den Eindruck, am Strand zu stehen. Paul fühlte sich auch hier sofort wohl, was nicht zuletzt daran lag, dass die Düfte, die durch den Raum zogen, ihn an Enna erinnerten, als er sich mit ihrem Duschgel einschäumte.

Als er wenig später in die Küche zurückkehrte, werkelte Enna bereits eifrig. Er sah ihr einen Moment zu, wie sie mit Feuereifer Käse auf einer Reibe hobelte. Ein Hauch frischer Tomatensoße hing in der Luft.

„Was kochst du Feines?", fragte er, trat näher und schnupperte.

Enna sah auf. „Ich dachte, wir machen Pizza. Zwar ist der Teig gekauft und aus dem Kühlschrank, aber der Belag ist frisch. Ich hatte noch ein Glas von Fentjes Tomaten hier."

„Wer ist Fentje?"

„Eine Freundin, die einen Gemüsegarten hat. Er sieht toll aus, das solltest du sehen", schwärmte Enna. „Sie versorgt sich nahezu das ganze Jahr über mit eigenem Gemüse. Das schmeckt so herrlich! Ich musste das nur etwas einkochen, so war die Soße zu flüssig für die Pizza."

„Das duftet auf jeden Fall köstlich. So aromatisch nach Sommer und Sonne." Paul merkte, wie sein Magen knurrte. Er trat noch näher. Jetzt stieg ihm außerdem ein Hauch von Ennas Duft in die Nase.

„Mit was möchtest du deine Pizza belegen?", erkundigte sich Enna. „Bist du der klassische Typ? Oder magst du es lieber ausgefallen?"

Paul dachte kurz nach, dann grinste er. „Ich glaube, ich bin der pflegeleichte Typ. Mir ist das egal."

„Ich muss dich leider enttäuschen, dieses Regal war im Supermarkt leer."

„Du zwingst mich zu einer Antwort?"

„Ja. Ich möchte dich ebenso kennenlernen. Und was wäre da besser geeignet als eine Pizza?"

Paul war in dem Moment völlig egal, was später auf seiner Pizza lag. Einzig, dass Enna mehr von ihm wissen wollte, war in seinem Gedächtnis haften geblieben. Das, und das süße Lächeln, mit dem sie ihn jetzt bedachte.

„Puh, dann muss ich wohl eine Entscheidung treffen."

„Ich bitte darum."

Mit einem treuherzigen Blick sah er sie an. „Ich hoffe, du verstehst das jetzt nicht falsch, wenn ich sage, dass ich meine Pizza gern scharf belege."

Die Worte standen einen Moment im Raum, dann prustete Enna los und Paul fiel mit ein. Es war ein herrliches Gefühl, sie so unbeschwert lachen zu hören.

„Diavolo also?", fragte Enna, als sie sich gefangen hatte. „Mit scharfer Salami kann ich leider nicht dienen. Aber normale habe ich hier. Und Peperoni, ebenfalls aus Fentjes Garten. Und falls das nicht genug ist, gibt es getrocknete Chilischoten, die wir hacken können. Ist das für dich in Ordnung?"

„Wenn du noch ein paar Zwiebeln für mich hast, kommen wir ins Geschäft. Aber nun bin ich neugierig." Er musterte Enna eindringlich. Eine süße Röte überzog daraufhin ihr Gesicht. „Ich tippe auf Tomatensoße, Mozzarella, ein bisschen Basilikum. Fertig."

„Einfach."

„Klassisch."

„Beinahe." Enna lächelte. „Aber du hast recht, ohne viel Schnickschnack ist mir Pizza am liebsten. Es dürfen aber noch ein paar Tomatenscheiben drauf."

Enna reichte Paul eine Flasche Wein und einen Korkenzieher. „Ich finde, Rotwein passt hervorragend zum Abendessen, was meinst du?"

„Ich bin mit dem Auto hier", wandte Paul ein.

Enna dachte kurz nach. Es war, als beschäftigte sie etwas tief in ihrem Inneren. Dann nickte sie und reckte entschlossen das Kinn. „Wenn du möchtest, kannst du bei mir schlafen. Auf dem Sofa. Oder so."

Paul wollte zu gern wissen, was „oder so" bedeutete. Aber er traute sich nicht zu fragen. Dieses Angebot war mehr, als er sich zu erträumen gewagt hatte. Allerdings hätte er zu gern gewusst, was sie dazu bewogen hatte, diese Entscheidung zu treffen. Etwas war in ihr vorgegangen. Etwas von Bedeutung, das ihm verborgen geblieben war. Vielleicht würde sie es ihm erzählen.

„Wenn das so ist, dann nehme ich dein Angebot gerne an."

In Ennas Lächeln spiegelte sich Schüchternheit, aber auch Vorfreude auf etwas, das sie lange nicht erlebt hatte. Paul atmete tief durch und nahm sich vor, heute Nacht der anständigste Mann auf der Welt zu sein. Auch wenn ihn das alle Selbstbeherrschung kosten würde, die er aufbringen konnte.

Beim Essen fragte Enna ihn über seinen Job aus. Sie schien ganz fasziniert von der Idee zu sein, dass Häuser aus einem Drucker entstehen konnten. Gerade der ökologische Aspekt interessierte sie. Das war auch der Gedanke, der ihm am meisten hinter der Idee gefiel.

„Der größte Vorteil besteht darin, dass man den Materialeinsatz viel besser planen kann", erklärte er, während er seine Pizza aß. „Zusätzlich stecken wir mitten in der Forschung für den Bau mit erneuerbaren Energien. Zum Teil machen wir das jetzt schon, aber ich bin mir sicher, das kann man weiter vorantreiben. Ich könnte mir gut vorstellen, dass darin unsere Zukunft liegt."

„Wie lange dauert so ein Bau?"

„Das ist unterschiedlich und hängt von der Größe des Gebäudes ab. Aber wir sind wesentlich schneller als mit der herkömmlichen Bauweise."

„Ich finde das immens spannend. Damit erweist du der Menschheit einen guten Dienst."

Paul zuckte mit der Schulter. „Wir haben nur diese eine Welt. Es ist an der Zeit, dass das in die Köpfe der Menschen hineingeht. Wir haben den nachfolgenden Generationen gegenüber eine Verantwortung, der wir uns dringend bewusst werden müssen. Wenn wir nicht endlich anfangen umzudenken, wird es irgendwann kein Leben mehr auf dieser Erde geben."

„Es ist schön, dass es Menschen wie dich gibt." Sie lächelte. „Das lässt Platz für Hoffnung."

„Menschen wie dich braucht es ebenso", gab er mit einem warmen Lächeln zurück. „Was würde Rosi jetzt machen? Und all die anderen Lebewesen?"

Wieder sah er, dass Enna die Röte ins Gesicht stieg, auch wenn sie das geschickt zu verbergen versuchte, indem sie einen tiefen Schluck aus ihrem Glas nahm. Paul konnte sich des Eindrucks nicht erwehren, dass ihre Arbeit viel zu wenig honoriert wurde.

Er erzählte von den Projekten, die sie bisher umgesetzt hatten. Speziell von dem letzten komplexen Vorhaben, bei dem eine Fabrikhalle erbaut worden war.

„Wollen wir uns einen Film ansehen?", fragte Enna, nachdem sie die Küche aufgeräumt hatten. Er hatte es genossen, diese alltägliche Arbeit mit ihr zusammen zu verrichten. Er mochte die Nähe, das Gealbere. Ennas Lachen war Musik in seinen Ohren.

„Gern. Lass mich raten, du stehst auf Liebesfilme."

Enna grinste. „Und du auf Politthriller."

„Ertappt."

„Ebenso. Wie wäre es mit …"

Enna dachte angestrengt nach. Ihre Stirn hatte sich in zarte Falten gelegt und die Zungenspitze erschien wieder in ihrem Mundwinkel. Paul schluckte trocken und schob alle Gedanken, die plötzlich auf ihn einströmten, zur Seite. Tief holte er Luft und versuchte, sich auf Rosi zu konzentrieren, die vor ihm auf dem Boden hockte. Dann verschwand die Zungenspitze zu seiner Erleichterung wieder, während Ennas Gesicht sich erhellte.

„… Eat, pray, love?"

Auch das war Paul einerlei. Er hätte selbst Teletubbies mit ihr geschaut, wenn er neben ihr sitzen durfte. „Gern", sagte er daher und lächelte sie an.

Wenig später saßen sie auf dem Sofa. Enna war zu ihm gerückt, dass er schließlich den Arm um sie gelegt hatte. Wie schon am gestrigen Abend legte sie den Kopf auf seine Schulter. Rosi hatte sich an ihrer Seite zusammengerollt. Bald war nur noch ein leises Schnarchen zu hören.

Paul fühlte Ennas warmen Körper dicht an seinen geschmiegt. Ihr Geruch stieg ihm in die Nase, benebelte seine Sinne und vermittelte auch ihm ein Gefühl der Behaglichkeit. Noch immer verspürte er den intensiven Wunsch, sie zu küssen, von ihren Lippen zu kosten und ihren Körper zu erforschen und zu verwöhnen, doch er drängte diese Bedürfnisse zurück. Wichtig war, dass sie hier war, an ihn gekuschelt, und sich dabei offensichtlich wohlfühlte.

Nach einer guten Stunde schlief auch Enna tief und fest an ihn geschmiegt. Ein seliges Lächeln schlich sich auf sein Gesicht. Noch vor dem Urlaub hätte er es niemals für möglich gehalten, einen Liebesfilm mit Julia Roberts zu schauen, während neben ihm eine Frau und ein Hund zufrieden schlummerten. Das Kurioseste dabei war, dass das so wenig war und gleichzeitig so viel bedeutete. Denn es reichte aus, um ihn glücklich zu machen.

Pünktlich zum Abspann wachte Enna wieder auf. „Oh, bin ich etwa eingeschlafen?", murmelte sie.

Paul wandte lächelnd den Kopf. „Ein bisschen vielleicht."

„Tut mir leid." Enna streckte sich und gähnte. Dabei rutschte ihr Pulli ein Stück nach oben und entblößte ein Stück weiße Haut. „Ich bin wohl müde vom Surfen."

„Kein Ding." Es kostete Paul Mühe, seinen Blick weg von der Stelle und in ihr Gesicht zu zwingen. „Dann ist es an der Zeit, dass du ins Bett kommst."

„Ich denke auch." Sie zögerte kurz. „Möchtest du bei mir schlafen?"

Er schluckte, konnte sein Glück kaum fassen und schwor sich, heute Nacht der anständigste Mann auf der Erde zu sein.

Enna gab ihm eine neue Zahnbürste und bezog ein weiteres Kissen sowie eine Bettdecke. Nur wenig später kroch er in T-Shirt und Boxershorts zu ihr ins Bett. Enna lag auf der Seite, die Hände unter ihrer Wange gefaltet und sah ihn an.

„Danke", flüsterte sie schlicht.

Ein warmes Gefühl breitete sich in Pauls Magen aus. Er hob die Hand und streichelte zart über ihre Wange. „Nicht dafür", gab er zurück. Dann beugte er sich vor und küsste sie sanft auf die Stirn.

Enna schloss die Augen. Eine Weile betrachtete er ihr Gesicht. Ihre Atemzüge wurden ruhiger und gleichmäßiger. Als er sicher war, dass sie schlief, drehte er sich vorsichtig um und löschte das Licht in dem Wissen, der glücklichste Mann der Welt zu sein, auch wenn er nicht mit Enna geschlafen hatte.

Kapitel 15

Leider hatte der Wecker am nächsten Tag kein Erbarmen mit Enna, auch wenn sie noch so gern im Bett geblieben wäre und sich an Paul gekuschelt hätte. Die letzte Nacht war seit Langem die schönste ihres Lebens gewesen. Vielleicht gerade weil nichts passiert war.

„Guten Morgen, schöne Frau", begrüßte Paul sie und lächelte sie verschlafen an. „Gut geschlafen?"

In ihrem Magen breitete sich bei seinen Worten eine angenehme Wärme aus. Das zarte Summen von Schmetterlingsflügeln machte sich bemerkbar.

„Zu gut." Enna streckte sich und gähnte. „Ich habe schon lange nicht mehr so gut geschlafen. Aber ich muss aufstehen. Mein erster Patient ist da."

Entsetzt riss Paul die Augen auf und sah sich irritiert um, bis er mit gerunzelter Stirn innehielt. Enna unterdrückte ein Grinsen.

„Ist etwas mit Rosi?" Sein Blick wanderte zum Hundekörbchen, doch die Pudeldame war bereits aufgestanden und wartete schwanzwedelnd darauf, dass sie nach draußen durfte.

„Nein, dann würde ich nicht mehr so entspannt hier liegen." Dennoch schwang Enna jetzt die Beine aus dem Bett. Hauptsächlich jedoch, weil es sie aus unerfindlichen Gründen verlegen machte, neben Paul aufzuwachen.

Sein verstrubbeltes Haar, die vom Schlaf geröteten Wangen und die verhangenen Augen stellten zusammen mit seiner Körperwärme eine Verlockung dar, der sie nicht erliegen wollte. Nicht jetzt, nicht heute.

„Ich gehe schnell ins Bad und mache dann Frühstück", rief sie von der Tür und schloss sie gleich darauf hinter sich, als ihr schlagartig einfiel, welcher Tag heute war. Wie hatte sie das nur vergessen können! Das schlechte Gewissen breitete sich in ihr aus, vernichtete die Schmetterlinge und sandte sein Gift in den hintersten Winkel ihres Körpers.

Einen Moment stützte sie sich auf das Waschbecken und schaute in den Spiegel. Was sie sah, verwirrte sie. Auch ihr Gesicht zierte noch eine schläfrige Röte, das Glitzern in ihren Augen machte ihr aber viel mehr zu schaffen. Was passierte gerade mit ihr?

Verzweiflung kämpfte sich nach oben, breitete sich in ihr aus. Doch Enna erkannte nichts davon in ihrem Spiegelbild. Es war, als sähe ihr eine andere Person entgegen, als wäre sie gespalten. Die Frau im Spiegel wirkte glücklich. Die in ihr drin fühlte sich zerrissen.

Wie hatte sie nur darauf kommen können, dass es eine gute Idee war, an diesem Morgen nicht allein zu sein? Sie war immer allein gewesen, weil sie das Mitleid der anderen nicht ertrug. Wenn sie schon das Bedürfnis verspürte, in diesem Jahr etwas zu ändern, warum hatte sie dann nicht Heike gebeten, ihr beizustehen? Wieso musste es ausgerechnet Paul sein? Der Mann, zu dem sie sich hingezogen fühlte, weswegen ihr schlechtes Gewissen augenblicklich noch größer wurde.

„Ich vergesse dich nicht. Niemals", flüsterte sie und kämpfte nun doch mit einem Kloß in ihrem Hals.

„Alles okay bei dir?", hörte sie Paul vor der Tür.

Wie lange stand sie schon hier und sah sich selbst an? Enna richtete sich auf. „Alles prima", gab sie zurück. Ihre Stimme zitterte nur ein bisschen. „Du kannst dir gern Kaffee machen. Ich komme gleich."

Sie atmete ein paarmal tief durch und lauschte den sich entfernenden Schritten vor der Tür.

Als sie aus der Dusche herauskam, hatte sie sich so weit wieder im Griff, dass sie Paul gegenübertreten konnte. Einen Moment beobachtete sie ihn von der Tür aus. Ganz selbstverständlich hatte er Geschirr aus dem Schrank genommen und den Tisch gedeckt. Sogar eine Kerze hatte er gefunden und aufgestellt.

Erneut breitete sich ein fauliges Gefühl in ihr aus. Das schlechte Gewissen kehrte zurück, diesmal wegen des anderen Mannes. Doch wieder drängte Enna es entschlossen zur Seite. Sie musste Ruhe in dieses Durcheinander in ihrem Inneren bringen.

Paul musste gespürt haben, dass sie dort stand, denn er hob den Kopf. „Ich habe Kaffee gemacht." Lächelnd reichte er ihr eine Tasse, die Enna dankbar annahm. „Außerdem habe ich nachgerechnet. Ist es möglich, dass du keinen tierischen Patienten meintest?"

Nun schlich sich doch ein Lächeln auf ihr Gesicht. „Denkbar."

„Dann darf ich unter Umständen heute wieder aufs Wasser?"

„Wenn dir so viel daran liegt. Ich wäre an deiner Stelle aber noch ein bisschen vorsichtig."

„Das bin ich immer." Das Glitzern in seinen Augen zeugte von seiner Vorfreude, endlich wieder dem geliebten Sport nachgehen zu können.

„Dann schlage ich vor, dass wir frühstücken, und anschließend mache ich mich an die Arbeit."

Enna gelang es, sich auf Paul zu konzentrieren und die Gedanken an Tobias auf später zu verschieben.

„Ist denn heute genug Wind zum Surfen?", fragte sie. „Also für dich, meine ich."

„Für dich wird das auch bald toll sein, du wirst sehen. Erst wenn du den Druck im Segel fühlst und über das Wasser gleitest, verspürt man das Gefühl der Freiheit. Aber ja, heute sollte ein guter Tag sein."

Enna seufzte. „Ich hätte dir zu gern zugesehen, aber ich kann nicht all meinen Patienten absagen."

„Die Gelegenheit ergibt sich bestimmt, keine Sorge. Der Wind soll bleiben, gegen Ende der Woche sogar an Kraft zulegen. Vielleicht klappt es am Wochenende."

Nach dem Frühstück räumte Enna auf, während Paul im Bad verschwand. Sie versuchte, jeden Anflug eines schlechten Gewissens, wem auch immer gegenüber, von sich zu schieben, weil keiner der beiden Männer es verdient hatte, dass Gedanken an den anderen die Beziehung belasteten.

Das ist ganz schön verkorkst, dachte Enna und überlegte, was Heike wohl dazu sagen würde. Auf einmal verspürte sie das unbändige Verlangen, mit ihrer Freundin zu sprechen. Heute Abend würde sie Heike anrufen. Vielleicht hatte sie einen guten Ratschlag, wie Enna mit der Situation umgehen konnte.

Nur wenig später stand Paul wieder vor ihr. Auf dem Gesicht ein Strahlen der Vorfreude. „Auf, an die Arbeit, Frau Doktor. Ich möchte sehen, wie Ihnen die Narbe gelungen ist."

„Da wirst du im Moment noch enttäuscht sein. Sie ist rot. Es wird dauern, bis sie verblasst und in der normalen Haut verschwindet. Sehen wird man sie aber immer", warnte sie.

Treuherzig sah Paul sie an. „Das macht nichts. Sie wird mich ewig an einen denkwürdigen Tag erinnern."

Der Blick, den er ihr dabei zuwarf, war so sanft und beinahe liebevoll, dass die Schmetterlinge sich wieder vorsichtig erhoben. Verlegenheit breitete sich in Enna aus, kroch den Hals hinauf und ließ ihren Kopf warm werden.

„Trotzdem wollen wir das Pflaster jetzt abmachen und die Fäden ziehen", sagte sie hastig. „Bevor die ersten Vierbeiner oder geflügelten Zweibeiner auftauchen."

Enna schaltete das Licht in der Praxis ein und bedeutete Paul, sich auf die Liege zu setzen. Professionell entfernte sie die Klebestreifen und versuchte dabei zu ignorieren, wie nah sie ihm war.

„Ich glaube, das ist mir ganz gut gelungen", meinte sie und spürte, wie sich Erleichterung in ihr ausbreitete.

Sicher, Paul hatte darauf bestanden, die Wunde von ihr versorgen zu lassen, obwohl sie Tierärztin war. Wenn die Naht nun also nicht ganz so hübsch wäre, würde er damit leben müssen. Allerdings merkte Enna, wie wichtig ihr war, dass sie gute Arbeit geleistet hatte, denn Paul war ihr mittlerweile ans Herz gewachsen, auch wenn ihr Kopf noch immer seine Probleme damit zu haben schien.

„Ich habe nichts anderes erwartet", erwiderte Paul und schenkte ihr ein beruhigendes Lächeln, das seine karamellfarbenen Augen zum Leuchten brachte.

Enna kramte steriles Besteck zum Ziehen der Fäden aus einer Schublade und streifte Handschuhe über, bevor sie Pinzette und Schere aus der Verpackung holte.

„Das zieht jetzt gleich noch mal ein bisschen", warnte sie Paul.

„So schlimm wie das Nähen wird es nicht sein."

„Nein, damit ist es nicht zu vergleichen."

„Dann macht mir das nichts aus", behauptete er, wirkte gleichzeitig aber erleichtert.

Enna trat einen winzigen Schritt zurück und sah ihm in die Augen. „Ach, war das doch ein bisschen viel für den harten Kerl?"

Paul wackelte kurz mit dem Kopf. „Sagen wir mal so, es war grenzwertig."

„Selbst schuld. Ich hätte dich ins Krankenhaus gebracht, da hättest du eine örtliche Betäubung bekommen."

Er hob zu einer Erwiderung an, doch sie ließ ihn nicht zu Wort kommen.

„Ich weiß, du wolltest nicht." Enna wandte sich wieder der Wunde zu.

In diesem Augenblick griff Paul nach ihrem Handgelenk, sodass sie überrascht innehielt und erneut seinen Blick suchte. Was sie sah, verwunderte sie noch mehr, denn in seinen Augen lag der Schmerz, den sie heute Morgen in sich gefühlt hatte.

„Irgendwann erzähle ich dir, warum ich nicht ins Krankenhaus wollte."

Enna ließ die Hand sinken, konnte den Blick nicht von ihm lösen. Es war, als sei eine Maske gefallen. Hinter dem ewig fröhlichen Mann, der Scherze machte und der der personifizierte Sonnyboy war, verbarg sich eine tiefe Verletzung. Eben hatte er ihr einen Blick auf den Grund seiner Seele gestattet, der Enna zutiefst verwirrte und das Mitleid hervorholte, das sie von anderen nicht haben wollte.

Sie hob an, etwas zu sagen, doch in dem Moment hörte sie die Eingangstür.

„Guten Morgen", schallte gleich darauf Jessicas fröhliche Stimme durch die Räume, bevor die Tür zum Behandlungszimmer geöffnet wurde und sie den Kopf hereinstreckte.

Wenn Jessica überrascht war, dass Paul schon so früh in der Praxis war, so ließ sie es sich zumindest nicht anmerken.

„Brauchst du Hilfe?", bot sie an.

Doch Enna schüttelte den Kopf und zwang sich zu einem Lächeln. „Das bekomme ich hin, danke."

Jessica verschwand wieder, ließ die Tür jedoch angelehnt und machte sich im Wartezimmer ans Werk. Jetzt wollte Enna natürlich nicht mehr mit Paul über Dinge reden, die nur sie beide etwas angingen.

Enna räusperte sich und beugte sich vor. Die Fäden waren im Nu gezogen. Zufrieden begutachtete sie im Anschluss ihr Werk. „Das sieht gar nicht schlecht aus. Ich hoffe, mein Kollege von der Pädiatrie ist damit ebenfalls einverstanden."

„Alexander? Sicher. Wenn nicht, kann ich ihm auch nicht helfen. Ich bin sehr zufrieden."

„Du hast es gar nicht gesehen."

Paul stand auf und ging zu dem Wandspiegel hinüber, der über dem Waschbecken hing. Er beugte sich vor und betrachtete die Wunde eingehend, indem er den Kopf drehte und wendete. „Sag ich doch", brummte er dann. „Das sieht gut aus."

„Weil du ja so viele Vergleiche hast", spottete Enna.

Doch Paul machte eine wegwerfende Handbewegung und kam wieder zu ihr herüber. „Sehen wir uns heute Abend?", raunte er ihr ins Ohr, sodass Jessica nichts hören konnte.

Einen Moment zögerte Enna, dann schüttelte sie den Kopf. Das fühlte sich nicht richtig an. „Ich bin mit Heike verabredet." Die Schwindelei kam ihr glatt über die Lippen, diesmal schämte sie sich nicht für die Notlüge.

Paul fasste sich übertrieben ans Herz. „Das tut weh."

„Spinner", brummte sie zurück. „Du wirst heute sowieso keine Zeit für mich haben, weil du den ganzen Tag auf dem Wasser verbringen wirst."

„Für dich hätte ich mir die Zeit genommen", versicherte er leise und das Lächeln, das seine Worte begleitete, wärmte ihr Herz.

Kurz zögerte sie, dann schüttelte sie fest den Kopf. Es wäre nicht richtig. „Vielleicht morgen."

Nur wenig später verabschiedete sich Paul von ihr und verließ die Praxis. Voller Vorfreude auf den heutigen Tag, das war ihm deutlich anzumerken.

Gedankenverloren sah Enna ihm nach.

Auf dem Campingplatz wurde Paul mit einem amüsierten Grinsen von Alexander begrüßt, das er gelassen erwiderte.

„Die Fäden sind gezogen, wie ich sehe." Sein Kumpel warf einen kritischen Blick auf die Narbe.

Paul trug es ihm nicht nach. Alex war einer seiner besten Freunde. Vielleicht ein wenig das, was Heike für Enna war. Außerdem war Paul sich sicher, dass Enna ihre Sache hervorragend gemeistert hatte. Die Anerkennung eines Humanmediziners würde ihr guttun.

„Wann habt ihr das gemacht? Letzte Nacht?"

Deutlich hörte Paul den gutmütigen Spott aus der Stimme seines Kumpels heraus.

„Es ist nichts passiert, falls du das meinst. Die Fäden hat sie erst heute Morgen gezogen. Los, gib es schon zu. Du bist neidisch, dass die Narbe besser aussieht, als du sie je hinbekommen hättest."

Alexander brummte vor sich hin. „Sie ist nicht schlecht", gab er schließlich widerstrebend zu.

Paul prustete los.

„Ich verstehe nicht, warum sie nicht in die plastische Chirurgie gegangen ist. Dieses Talent ist an Katzen und Hunden fast verschwendet."

„Sie mag keine menschlichen Patienten. Tiere bringen ihr ehrliche Dankbarkeit entgegen und rammen ihr nicht hinterrücks ein Messer in den Rücken."

Alexander stieß einen Pfiff aus. „Das nenne ich hehre Motive. Aber irgendwie nachvollziehbar."

Paul nickte. Natürlich hatte Enna ihm den wahren Grund erzählt, warum sie nicht weiter Humanmedizin hatte studieren können. Aber das wollte er Alexander nicht auf die Nase binden. Kumpel hin oder her, Enna hatte es immens Überwindung gekostet, überhaupt von ihrem verstorbenen Freund zu erzählen. Paul war kein Waschweib, das alles weitertratschte.

„Mach ein wasserfestes Pflaster drauf. Zur Sicherheit."

Paul nickte und ging zu den anderen, die gerade die Reste des Frühstücks wegräumten. Von der entspannten Stimmung der letzten Tage war nichts mehr zu spüren. Das lag an dem Wind, der über den Campingplatz strich und sie alle aufs Wasser lockte.

Daher hielten sich auch die dummen Sprüche in Grenzen. Lediglich das eine oder andere gutmütige Lächeln erntete er.

Sophie strich ihm beiläufig über den Arm. „Ich freue mich für dich. Ehrlich."

Doch Paul schüttelte den Kopf. „Es war nichts. Zumindest nicht das, was ihr alle denkt." Es war viel mehr geschehen. Enna hatte ihr Herz geöffnet und ihm ihre verletzliche Seite gezeigt. Aber auch Sophie wollte er nichts davon erzählen.

„Nanu?" Sie hob die Brauen und sah ihn fragend an.

Doch Paul schüttelte den Kopf. „Die Sachlage ist komplex", sagte er nur.

„Kompliziert?"

„Nein. Nur nicht ganz einfach. Aber wir sind auf einem guten Weg."

Einen Moment sah seine Ex-Frau ihn noch an, dann nickte sie. „Wenn du reden möchtest, weißt du, wo du mich findest. Trotzdem freue ich mich für dich."

Wenig später waren sie mit ihren Brettern am Strand. Einer nach dem anderen ging ins Wasser. Paul beobachtete den Wind, fühlte ihn, bevor auch er sich mit seinem Board in die Brandung stürzte. Schon nach wenigen Sekunden glitt er über die Wasseroberfläche und spürte ein Gefühl der Freiheit, das er in den letzten Tagen schmerzlich vermisst hatte. Sein Herz ging auf, während er über das Wasser sauste.

Nun war er auch Mia wieder ganz nah. Er fühlte, dass ihre Seele irgendwo hier draußen war. Es war, als sei dies ihr geheimer Platz, an dem sie sich trafen. Allein und ungestört, vor etwaigen Beobachtern verborgen.

„Es ist schön, wieder hier zu sein", sandte er ihr stumm zu. „Hier, bei dir. Ich habe dich vermisst. Darf ich dir erzählen, was in den letzten Tagen passiert ist?"

In stummer Zwiesprache berichtete er Mia davon, was sich zugetragen hatte.

„Wie es scheint, finde auch ich mein Glück wieder. Du wirst sie mögen, ich weiß es. Sie surft, ich bringe es ihr bei. Vielleicht kann ich sie dir in den nächsten Tagen einmal vorstellen. Mama gönnt es mir von Herzen, hat sie gesagt."

Paul blieb noch eine ganze Weile draußen, ehe sein Körper ihn daran erinnerte, dass auch er ab und zu eine Pause benötigte. Zur Mittagszeit kehrte er zurück an den Strand. Seine Gedanken wanderten zu Enna, die jetzt sicher in ihrer Praxis war. Er freute sich bereits darauf, sie morgen wiederzusehen.

Es war später Nachmittag, als Enna Jessica nach Hause schickte. Bis jetzt hatte sie sich zusammengerissen, nun wurde die innere Unruhe aber übermächtig. Glücklicherweise hatten die tierischen Patienten ein Einsehen mit ihr. Als hätten sie sich abgesprochen, weil sie wüssten, was heute für ein Tag war.

Enna schloss die Praxis und zog sich um. Nicht weniger, als dass sie sich ordentlich für ihn zurechtmachte, hatte Tobias verdient. Sie zog die dunkle Jeans an, die er an ihr gemocht hatte und die noch immer in ihrem Kleiderschrank lagerte. Nur für diesen einen Tag im Jahr holte sie sie hervor, obwohl der Schnitt nicht mehr der aktuellen Mode entsprach. Dazu zog sie eine weiße, tailliert geschnittene Bluse an und nahm eine blaue Strickweste mit. Tobias hatte sie ihr einst geschenkt, weil sie gefroren hatte und er der Meinung gewesen war, dass sie wärmere Klamotten benötigte.

Rosi sah ihr interessiert zu, als sie ihre Tasche packte.

„Du darfst mit, wenn du möchtest." Enna sah zu der Hündin hinunter. „Du bist die Einzige, der ich das erlaube. Nie hat mich jemand begleitet. Ich hoffe, du weißt, was das bedeutet. Aber du hast auch jemanden verloren. Ich finde es nur recht, wenn wir uns gegenseitig beistehen. Außerdem habe ich das Gefühl, dass ich dich heute brauche", setzte sie leise hinzu und holte die Leine.

Nur wenig später waren sie auf dem Weg zum Strand. Diesmal allerdings an der Ostseite der Insel in Morsum. Dort war das Meer ruhiger und für ihr Vorhaben besser geeignet.

Eine Weile lief sie mit Rosi an der Leine am Strand entlang. Das Wattenmeer glitzerte in den seltenen Sonnenstrahlen, die sich zwischen den Wolken hervortrauten. Dann hatte sie eine gute Stelle gefunden. Die Strände im Osten waren weniger sandig, aber mindestens genauso schön. Selbst das Wattenmeer hatte seinen Reiz, wenn auch vielleicht manchmal erst auf den zweiten Blick. Der Lebensraum hier war einzigartig und nicht umsonst UNESCO Welterbe. Auf einem Quadratmeter Wattboden lebten Millionen von Schnecken, Würmern, Algen und anderem Meeresgetier, das auf den ersten Blick nicht zu sehen war. Dazu kamen dahinter die weitläufigen Salzwiesen, die regelmäßig vom Meerwasser überflutet wurden. Sie waren auf die rauen Bedingungen perfekt eingestellt und beherbergten nicht nur einzigartige Pflanzen, sondern boten auch Zugvögeln und Insekten Zuflucht.

Enna suchte sich eine ruhige Stelle und setzte sich an den Strand. In ihre Strickjacke gekuschelt ließ sie den Blick übers Meer schweifen. Als wäre Rosi der besondere Moment bewusst, saß sie still neben ihr und sah ebenso versonnen hinaus.

Gedankenverloren vergrub sie ihre Finger in den dichten Löckchen am Kopf der Hündin und atmete tief durch.

„Ich will dich nicht vergessen", flüsterte sie schließlich. „Heute vor genau acht Jahren … trotzdem vergeht kein Tag, an dem ich nicht an dich denke. Du fehlst mir so sehr. Damals hast du ein Stück meines Herzens mitgenommen."

Enna schlang den Arm um Rosis Hals und zog die Hündin auf ihren Schoß. Die Pudeldame schnupperte begeistert an ihrem Gesicht. Erst jetzt spürte Enna die Nässe auf ihrer Wange. Sie hatte nicht bemerkt, dass ihr Tränen über das Gesicht liefen.

„Ich fühle mich so elend dir gegenüber", schluchzte sie schließlich. „Paul ist … Ich weiß nicht, ich mag ihn. Dabei kommt es mir so falsch vor. Ich habe Angst, dass du in den

Hintergrund rückst, dass du mich irgendwann noch einmal verlassen wirst. Deswegen möchte ich mein Herz nicht öffnen. Was soll ich nur tun?"

Erneut leckte Rosi ihr über die Wange und sah sie mit schwarzen Knopfaugen weise an.

„Sag du mir, was ich tun soll", verlangte Enna und wischte sich die Tränen aus dem Gesicht. „Wenn ich mich auf Paul einlasse, kommt es mir vor, als würde ich Tobias betrügen. Aber Heike hat auch recht. Er hätte nicht gewollt, dass ich für den Rest meines Lebens allein bleibe."

Rosi winselt leise.

„Wenn du doch nur reden könntest." Enna seufzte. „Du hast auch dein Frauchen verloren. Aber ich verspreche dir, dass ich gut auf dich aufpassen werde. Du sollst es bei mir genauso gut haben, wie du es bei ihr hattest."

Tier müsste man sein. Rosi gelang es offenbar schneller, sich auf jemand Neues einzulassen. Oder tat sie der Hündin damit unrecht?

Lange Zeit saß Enna mit Rosi im Arm am Strand und ließ den Wind über ihre Haut streichen. Schließlich stand sie auf, holte ein kleines Holzscheit aus ihrem Rucksack, sowie ein Teelicht und ein Feuerzeug. Mit den Sachen ging sie hinunter zum Wassersaum, begleitet von Rosi, die nicht von ihrer Seite weichen wollte.

Es war nicht ganz einfach, die Kerze anzuzünden, der Wind pustete das Feuer immer wieder aus. Doch schließlich drehte sie sich so, dass ihr Körper ausreichend Windschutz bot und die kleine Flamme schon bald brannte. Enna stellte das Teelicht auf das Brettchen und setzte es vorsichtig ins Wasser. Ein winziger Schubs genügte, dann wurde es fortgetragen. Enna folgte ihm mit dem Blick.

„Ich werde dich nicht vergessen. Niemals", flüsterte sie.

Die Wolkendecke brach erneut auf. Ein Sonnenstrahl fiel ins Wasser, fing das provisorische Boot ein und wanderte dann weiter, bis Enna die Wärme auf ihrer Haut fühlte. Doch nicht nur dort, auch in ihrem Herzen breitete sich eine Behaglichkeit aus, die sie so nicht kannte. Sie schloss die Augen, sah Tobias' Lachen vor sich an dem Tag, als sie sich kennengelernt hatten. Danach hatten sie im Park gesessen, sich über Gott und die Welt unterhalten. Nur Wochen später hatten sie Pläne geschmiedet, dicht aneinandergekuschelt davon geträumt, wie sie ihre eigene Praxis eröffnen würden.

Wie in einem Daumenkino liefen Erinnerungsfetzen an ihr vorbei, fügten sich zu einem Film zusammen, ließen Tobias lebendig werden. Als er glücklich vom Bahnsteig winkte, weil sie im Zug saß und nach Hause fuhr, stoppte der Film abrupt. Danach kam nichts mehr. Nur sein Gesicht blieb zurück, in seinen Augen der stumme Wunsch, dass sie glücklich werden möge.

Enna riss die Lider auf. Sie musste sich das eingebildet haben. Hastig glitt ihr Blick über die Wasseroberfläche, suchte nach dem Boot mit der Kerze. Doch es war verschwunden. Geblieben war die Erinnerung an jene Momente, die sie eben noch einmal gesehen hatte. Nichts davon hatte mit Tobias' Krankheit zu tun oder mit dem Leid, das sie beide zu ertragen gehabt hatten.

Es war, als wollte er, dass sie ihn so in Erinnerung behielt, wie er gewesen war, als es ihm gut ging. All die schönen Momente, die sie geteilt hatten, sollten präsent bleiben.

Noch immer spürte sie die Wärme in sich, als nähme er sie in den Arm.

„Ist es das, was du möchtest? Dass ich glücklich werde? Willst du mir sagen, dass du immer ein Teil von mir bleibst, egal was passiert?", fragte sie flüsternd, doch der Wind trug ihre Worte fort, ohne dass sie eine Antwort erhielt.

Dafür blitzte draußen auf dem Meer etwas auf. War das die Kerze, die ihrem Sichtfeld entglitten war? War das die Antwort auf ihre Fragen?

Enna atmete tief durch. Sie spürte ein Gefühl inneren Friedens, wie sie es seit den guten Tagen mit Tobias nicht mehr gehabt hatte. Es war, als wäre das schlechte Gewissen mit dem kleinen Boot nach draußen aufs Meer gefahren und käme nie mehr zurück. Als hätte sie Tobias' Einverständnis, wieder glücklich zu sein.

Wie betäubt starrte Enna noch einen Moment hinaus auf die Wasseroberfläche, ehe sich ihre Lippen zu einem Lächeln verzogen. „Danke", flüsterte sie. „Ich verspreche dir, dass ich dich nie vergessen werde."

Schließlich wandte sie sich ab und ging langsam zurück zur Straße. Rosi lief dicht neben ihr. Heute ließ sie die Vergangenheit hinter sich.

Nur wenig später klingelte Enna an Heikes Tür. Ihre Freundin öffnete fast sofort. Besorgnis zog sich über ihre Miene, die dann der Verwirrung wich.

„Süße, komm her." Heike breitete die Arme aus und zog Enna an ihre Brust. Lange Zeit hielten sie sich fest. Enna genoss das Gefühl, nicht allein zu sein.

Als Rosi sich mit einem Winseln bemerkbar machte, löste sich Heike schließlich vorsichtig, trat einen Schritt zurück und musterte sie forschend. „Ist alles okay bei dir?"

Enna nickte. „Ich glaube schon. Ich muss dir etwas erzählen."

„Du siehst aus, als seist du völlig durch den Wind."

„Ein bisschen vielleicht."

Mitfühlend strich Heike ihr über den Arm. „Komm rein. Wir essen eine Kleinigkeit und machen es uns im Garten gemütlich, was hältst du davon? Meine Mutter trifft sich mit Ilse, das kann länger dauern." Heike rollte mit den Augen, was Enna unweigerlich zum Lachen brachte.

Ilse war ein redseliger Mensch, ziemlich extrovertiert und bisweilen etwas anstrengend. Aber sie hatte das Herz am rechten Fleck und war eine gute Freundin von Gerda.

Wenig später saßen sie mit einer Käseplatte, einer Schale Oliven, Kräckern und Serranoschinken im Garten. Heike hatte zwei Gläser Wein eingeschenkt und hob ihres nun hoch.

„Auf Tobias und darauf, dass er für immer in unseren Herzen wohnt", sagte sie feierlich.

Enna ließ ihr Glas gegen das ihrer Freundin stoßen. Ein leises Klingen erfüllte die Luft. Ob Heike ihr damit etwas sagen wollte? Ausgerechnet nach dem Erlebnis am Strand. Das Leben hielt manchmal seltsame Zufälle bereit.

„Das ist lieb von dir", antwortete sie schlicht und trank einen Schluck.

„Wie geht es dir? Du wirkst irgendwie verändert. Ich kann gar nicht genau sagen, was es ist." Sie kniff die Augen zusammen und beugte sich vor. „Du hast geweint. Was kein Wunder ist angesichts der Tatsache, dass heute Tobias' Todestag ist. Aber du wirkst nicht traurig. Eher … froh? Nein, das ist es auch nicht. Als sei dir eine Last von der Seele genommen."

Die Verwirrung stand Heike deutlich ins Gesicht geschrieben. Enna schmunzelte. Sie verstand ja selbst kaum, was eben passiert war.

„Hängt das mit diesem Surfer zusammen?"

„Nein. Ja. Auch."

„Du sprichst in Rätseln. Spann mich nicht so auf die Folter. Wie ist er?"

Enna legte ein paar Oliven und etwas von dem Käse auf ihren Teller. „Paul? Er ist toll. Fast zu gut für die Welt."

Heikes Augen wurden immer größer. „Dann gibst du der Liebe endlich wieder eine Chance?"

„Bis eben war ich völlig unentschlossen. Irgendwie fühlte es sich an, als würde ich Tobias betrügen."

„Und jetzt ist das nicht mehr so?" Heike schüttelte ungläubig den Kopf. „Hast du Paul von ihm erzählt?"

Enna nickte und berichtete ihrer Freundin die ganze Geschichte und wie Paul aktiv das Gespräch gesucht hatte.

„Es war gut, dass er das getan hat. Und er war so verständnisvoll. Er hat gesagt, dass er mir alle Zeit der Welt lässt, dass wir nichts erzwingen müssen. Aber dass er mich gern näher kennenlernen möchte."

„Dann habt ihr gar nicht …? Du weißt schon."

„Ob ich mit ihm geschlafen habe? Nein. *Mit* ihm nicht." Bei der Erinnerung an letzte Nacht breitete sich ein Gefühl der Wärme in ihr aus, gleichzeitig stoben die Schmetterlinge in ihrem Magen auf und erfüllten die Luft mit einem harmonischen Summen. „Aber neben ihm."

Heike runzelte die Stirn. „Es wird immer rätselhafter."

Enna erzählte ihrer Freundin vom gestrigen Tag und dem Abend, den sie auf dem Sofa verbracht hatten und wie sie anschließend neben Paul eingeschlafen war.

Genauso berichtete sie aber auch von den letzten Stunden am Strand, in denen sie Tobias gedacht hatte. Und dass sie plötzlich den Eindruck gehabt hatte, ihn bei sich zu fühlen.

„Ist das nicht seltsam?" Fragend sah sie Heike an. „Hältst du mich jetzt für verrückt?"

Langsam schüttelte Heike den Kopf, bevor sie einen tiefen Schluck aus ihrem Glas trank. „Nein. Das ist nicht verrückt.

Ich muss das alles nur erst verdauen. Ich bin sicher, dass es Dinge zwischen Himmel und Erde gibt, die wir nicht mit den Gesetzen erklären können, die wir kennen. Da ist viel mehr. Und wenn sich zwei Menschen so sehr lieben, wie ihr das getan habt, glaube ich gern, dass der eine noch immer über den anderen wacht, auch wenn er längst nicht mehr auf der Erde ist. Etwas bleibt zurück. Nenn es Seele oder wie immer du möchtest, aber wenn wir empfindsam genug sind, spüren wir es."

Heike fasste über den Tisch nach ihrer Hand und drückte sie liebevoll. Jetzt erkannte Enna die Feuchtigkeit, die sich in ihren Augenwinkeln gesammelt hatte und dort verräterisch glitzerte. Hastig ließ Heike sie los und holte ein Taschentuch hervor. „Himmel, normalerweise bin ich nicht so rührselig", meinte sie entschuldigend und schnäuzte sich die Nase. „Aber das sind magische Momente im Leben. Und ich gönne dir von Herzen, dass du sie erleben darfst. Jetzt weiß ich, warum du geweint hast und trotzdem glücklich aussiehst. Tobias hat dir seinen Segen gegeben, davon bin ich fest überzeugt."

„Und ich glaube, Paul ist es wert", erwiderte Enna leise. „Vielleicht waren es die anderen nicht? Vielleicht war ich auch einfach noch nicht bereit. Aber diesmal fühlt es sich anders an."

„Ich freue mich so sehr mit dir." Nun kullerte doch eine Träne über Heikes Wange.

„Hör sofort damit auf, sonst fange ich auch wieder an zu heulen."

Neben ihnen sprang Rosi auf, reckte den Kopf und jaulte. Das Weinen ging in ein Lachen über, weil die Hündin es ihnen offenbar gleichtat.

„Ach, das habe ich dir gar nicht erzählt. Rosi gehört jetzt mir."

„Wie bitte? Noch mehr Neuigkeiten? Das nimmt heute ja kein Ende."

„Die Formalitäten müssen erst erledigt werden, aber die Angehörigen von Frau Walcher haben sie einfach hier zurückgelassen. Kannst du dir das vorstellen? Das ist ein Unding. Auf jeden Fall habe ich beschlossen, dass Rosi zu mir kommt."

Auch diese Geschichte erzählte Enna ihrer Freundin und es wurde später, als sie beabsichtigt hatte. Erst kurz vor Mitternacht lag Enna zufrieden im Bett und freute sich auf das, was das Leben nun für sie bereithielt.

Kapitel 16

Am nächsten Morgen schrieb Enna Paul eine WhatsApp, dass sie am Abend gern zu Sophies Geburtstag kommen würde.

Paul antwortete mit einem langgezogenen *Okaaaaaaaay* und setzte ein Fragezeichen hinter die Nachricht. *Woher der Sinneswandel?*

Enna hatte mit der Frage gerechnet. *Ich habe es mir anders überlegt.*

Ist etwas passiert?

Nein. Sie fügte einen Smiley hinzu. *Hast du eine Ahnung, womit ich Sophie eine Freude machen könnte?*

Hm, lass mich nachdenken. Sie liest gern. Liebesromane neuerdings.

Prima, da kenne ich mich ja aus und finde sicher etwas Passendes. Dann sehen wir uns heute Abend?

Ich freue mich. Zieh dich nicht zu schick an, wir bestellen Pizza und setzen uns an den Strand, um den Sonnenuntergang anzusehen. Sofern das Wetter mitmacht.

Eine schöne Idee! Ich freue mich auch, bis später!

Nachdenklich legte Enna das Smartphone zur Seite. Der Abend mit Heike hatte gutgetan. Möglicherweise war das gestern am Strand nur Einbildung gewesen. Vielleicht, weil sie gewollt hatte, dass Tobias ihr seine Einwilligung gab. Vielleicht war es aber doch so gewesen, wie sie es wahrgenommen hatte. Fakt war auf jeden Fall, dass sie selbst erkannt hatte, dass sie so nicht weiterleben konnte. Sie wollte sich wieder verlieben dürfen, sie wollte wieder glücklich sein. Endlich hatte sie auch begriffen, dass es kein Betrug war, wenn sie etwas für einen Mann empfand, mit dem sie ins Bett ging.

Möglicherweise war Paul zum richtigen Moment in ihrem Leben aufgetaucht. Ob es Zufall gewesen war, dass er ihr ausgerechnet am selben Tag vor die Füße gepurzelt war, als Heike ihr am Abend den Kopf gewaschen hatte? Möglich. Aber vielleicht hielt das Leben auch Überraschungen bereit, die man hinnehmen musste, ohne sie zu hinterfragen.

Sie würde nach vorn sehen. Und Tobias trotzdem nie vergessen.

Der Vormittag war angefüllt mit Arbeit, sodass Enna nicht mehr dazu kam, weiter über diese Dinge nachzudenken. In der Mittagspause radelte sie nach Westerland, um Heike im *Möwennest* zu besuchen.

„Ich brauche bitte einen Geschenkkorb", bat sie ihre Freundin, deren Augen deutlich kleiner wirkten als gestern noch. „Ui, dir scheint die letzte Nacht nicht gut bekommen zu sein." Enna grinste.

„Meine Freundin war da und wollte unbedingt von ihrem neuen Lover erzählen", brummte Heike.

„Der noch gar nicht ihr Lover ist", verbesserte Enna sie.

„Von mir aus. Auf jeden Fall ist sie viel zu spät gegangen und mein Ersatz verbringt den Urlaub in Namibia."

„Wann kommt Jella denn zurück?"

„Ich habe keine Ahnung, aber es wird höchste Zeit."

„Sie ist doch noch gar nicht lange weg." Enna lachte nur.

„Ein Geschenkkorb also? Für wen genau? Nur, damit ich weiß, was ich reinpacken kann."

„Für die Ex-Frau von Paul."

„Wie bitte?" Entgeistert starrte Heike sie an. „Willst du mich verkohlen?"

„Nein, überhaupt nicht." Enna erzählte Heike nun auch die Geschichte mit Sophie.

Zweifelnd schaute Heike sie an. „Und ich soll ehrlich glauben, dass das möglich ist? Das ist doch utopisch."

„Ist es nicht. Frag mich nicht, wie es funktioniert, aber es ist so. Ist mir auch ein Rätsel, aber ich finde, davon könnten sich viele Menschen eine Scheibe abschneiden. Sophies neuer Lebensgefährte ist übrigens ein Kumpel von Paul."

Heike schüttelte nur den Kopf. „Von allem ein bisschen?", fragte sie.

„Ich glaube, Kosmetikproben haben die Frauen noch, die hast du Paul neulich mitgegeben. Sophie steht wohl eher auf die Schorle."

„Dann packe ich einen Korb mit Essbarem zusammen."

„Mach, wie du denkst. Du hast da mehr Erfahrung."

Heike beugte sich vor. „Ganz ehrlich? Nicht wirklich", gab sie mit verschwörerischer Stimme zurück, obwohl außer ihnen niemand im Laden war. „So lange habe ich die Sachen ja auch noch nicht im Sortiment. Aber ich stelle dir etwas Hübsches zusammen."

Wenig später war Heike fertig und wollte den Korb in Folie einschlagen.

„Könntest du bitte einen Spalt offenlassen? Sophie liest gern, ich lege noch einen Liebesroman dazu."

Heike rollte mit den Augen. „Und das alles für die Ex vom neuen Lover. Das glaubt dir kein Mensch, wenn du das erzählst."

„Sie ist nett. Wirklich."

„Pfff", machte Heike nur.

„Hey, wie wäre es, wenn ich die Mädels alle mitbringe und wir bei dir einen Beratungsnachmittag machen? Exklusiv, wenn der Laden geschlossen ist?"

Enna wusste genau, dass sie bei der geschäftstüchtigen Heike damit einen Nerv traf. Prompt ruckte ihr Kopf hoch. Enna grinste sie an.

„Wie meinst du das?"

„Ganz einfach. Du öffnest das *Möwennest*, wenn es eigentlich geschlossen ist. Nur für die drei Frauen. Und für mich natürlich, ich bin ja die Vermittlerin. Dann schenkst du ein bisschen Sekt aus, stellst ein paar Chips hin und sie bekommen eine Exklusiv-Beratung." Enna strahlte ihre Freundin an und legte gleich nach: „Wenn das gut ankommt, könntest du das auf Bestellung fest anbieten, wie wäre das? Auf Sylt hast du sicher Publikum dafür."

Angestrengt dachte Heike nach, bevor sie sich schließlich zu einem Nicken hinreißen ließ. „In Ordnung. Wir probieren das bei den Frauen mal aus. Wenn du sie kennst, ist es nicht so schlimm, wenn es ein Reinfall wird."

Heike band eine Schleife um das Papier und ließ wie versprochen einen Spalt offen, damit Enna das Buch später hineinlegen konnte. Sogar eine von Joes geschnitzten Möwen befestigte Heike oben auf dem Geschenk.

Als Enna das Geschenk entgegennahm, sah Heike sie misstrauisch an. „Bist du mit dem Rad da?"

Enna stöhnte auf. „Mist, ja, das kann ich gar nicht transportieren."

„Dann hol es einfach später ab."

„Das ist jetzt wirklich blöd. Ich hatte heute Abend mit dem Bus fahren wollen, nun muss ich das Auto nehmen."

„Tja, was tut man nicht alles für die Ex vom Lover." Heike grinste breit.

„Er ist nicht mein Lover."

„Noch nicht."

„Ich komme später noch einmal vorbei", seufzte Enna und verabschiedete sich von ihrer Freundin.

Im Buchladen in der Fußgängerzone bekam sie einen romantischen Urlaubsroman, der in Südamerika spielte und von einer Auswanderin handelte. Zwar hatte Enna keine Ahnung, ob sie damit Sophies Lesegeschmack traf, aber die Buchhändlerin empfahl ihr den Roman wärmstens und schlug ihn auch gleich in Geschenkpapier ein.

Auch der Rest des Tages verging wie im Flug. Bald war es schon wieder Zeit, die Praxis zu schließen. Wenn Enna zum Sonnenuntergang auf dem Campingplatz sein wollte, musste sie sich dennoch sputen. Duschen wollte sie ebenfalls und den Umweg über das *Möwennest* musste sie auch machen.

Ein wenig atemlos, aber noch pünktlich stand Enna schließlich mit klopfendem Herzen vor dem Campingplatz. Diesmal wartete Paul auf sie. Für einen Moment stockte ihr der Atem. Sein Blick war von einer eigentümlichen Intensität und sorgte dafür, dass die Schmetterlinge in ihrem Bauch aufstoben und zu einem ausgelassenen Tanz ansetzten.

„Hallo, da bist du ja", meinte Paul und lächelte sie warm an. „Was ist das denn für ein Ungetüm?"

„Mein Geburtstagsgeschenk." Sie erwiderte sein Lächeln, stellte den Korb auf einem Tisch ab und umarmte Paul.

Er war sichtlich überrascht, hielt sie dann aber ein wenig länger als nötig fest. Auch ließ er sie nicht ganz los, trat nur widerstrebend einen Schritt zurück. „Es ist schön, dass du da bist."

Täuschte sie sich oder klang seine Stimme belegt?

Aufregung breitete sich in Enna aus. Vorfreude auf das, was der Abend mit sich bringen würde. „Finde ich auch", gab sie zurück und lächelte verlegen. „Wo ist denn das Geburtstagskind?"

„Schon unten am Strand. Sie haben es sich gemütlich gemacht und warten auf den Pizzaboten."

„Oh, dann bin ich zu spät?"

„Nein, keine Sorge. Das hat mir die Gelegenheit gegeben, dich allein abzuholen."

Pauls Augen glitzerten. Wieder sah er etwas verwildert aus, die Locken hingen ihm in die Stirn. Sein Blick senkte sich auf ihre Lippen, seine Hände hielten ihre Finger noch immer umschlossen. Für einen Moment schien die Welt stillzustehen. In Enna tobten die Gefühle. Am liebsten hätte sie Paul geküsst, gleichzeitig schreckte sie vor dem Gedanken zurück.

Sie schluckte trocken, bevor sie sich seinen Händen entwand und erneut nach dem Geschenk griff. „Nicht, dass wir den Sonnenuntergang verpassen", meinte sie verlegen.

Einen Augenblick spürte sie noch Pauls Blick auf sich ruhen, dann nahm er ihr den Geschenkkorb ab. Als seine Finger ihre dabei erneut berührten, prickelte nicht nur die Haut auf ihren Händen. Ein Summen erfasste ihren Körper und waberte durch ihre Nervenbahnen.

Schweigend gingen sie nebeneinander zum Strand hinunter. Rosi lief unbekümmert vor ihnen her, schnupperte mal hier, mal dort, und vergewisserte sich immer wieder mit einem kurzen Blick, ob Enna noch in der Nähe war.

Am Strand saß die Clique auf mehrere große Decken verteilt. Becher steckten im Sand, aus einer Musikbox dudelten leise Reggaeklänge. Die Stimmung hätte besser nicht sein können. Die Sonne neigte sich bereits dem Horizont entgegen. Die Wolkendecke war aufgerissen und schickte letzte goldene Strahlen zur Erde. Über dem Meer leuchteten die Farben in einem satten Orange, das an den Rändern langsam rot wurde.

Als Sophie Enna sah, stand sie auf und lächelte sie erfreut an.

„Herzlichen Glückwunsch zum Geburtstag. Mögen all deine Träume und Wünsche in Erfüllung gehen."

Sophie zog sie in eine Umarmung. „Vielen lieben Dank. Ich freue mich, dass du da bist."

„Danke für die Einladung."

„Hör mal, ich möchte nicht, dass es zwischen uns irgendwie komisch ist."

„Wieso sollte es?" Überraschung breitete sich in Enna aus.

„Ich nehme an, Paul hat dir erzählt, dass wir …?"

„Dass ihr verheiratet wart? Hat er."

„Mir ist er immer noch wichtig. Aber ich möchte, dass du weißt, dass ich nicht zwischen euch stehe. Ich bin glücklich mit Leon und dieses Glück wünsche ich auch Paul."

„Das ist lieb von dir und das ehrt dich. Ich freue mich, dass du mich eingeladen hast und dass ich hier sein darf. Außerdem habe ich eine Überraschung für euch, aber die betrifft die anderen auch."

Sophie war offenbar feinfühlig genug, um zu bemerken, dass Enna nicht weiter über das Thema sprechen wollte. Daher wandte sie sich ab und dem Rest der Clique zu.

„Seht mal, Enna ist hier. Sie hat uns eine Überraschung versprochen."

„Noch mehr als das?" Evi stand auf, um einen Blick auf den Korb zu werfen. „Ui, sind das alles Sachen aus Sanddorn? Aus dem Laden deiner Freundin?"

Enna nickte. „Genau damit hängt das zusammen. Wenn ihr wollt, öffnet Heike das *Möwennest* extra für euch. Wir können dazu gern einen Termin ausmachen und ihr bekommt eine exklusive Beratung und dürft verschiedene Sachen testen."

Entgeistert starrte Evi sie an. „Echt jetzt? Das ist der Hammer. Mega. Vielen Dank."

Auch Nina und Sophie bestürmten sie jetzt mit Fragen, die Enna, so gut es ging, lachend beantwortete.

„Die Sonne geht gleich unter", mahnte Leon in die allgemeine Euphorie hinein. Er nahm Sophie in den Arm und zog sie neben sich auf die Decke.

Auch die anderen setzten sich. Gleich darauf hatte Enna eine Bierflasche in der Hand und saß neben Paul, der einen Arm locker um ihre Schulter legte.

Das Naturschauspiel war jedes Mal atemberaubend. Selbst Rosi neben ihnen starrte wie gebannt auf die Sonne, die sich dem Horizont näherte.

„Gleich zischt es", rief Evi und die anderen stöhnten auf.

Paul neben Enna lachte leise. „Das sagt sie jedes Mal, wir können es schon nicht mehr hören."

„Das ist Romantik", verteidigte sich Evi.

Enna grinste. „Sie hat recht."

Die Sonne versank ohne Zischen im Meer, dennoch war es ein einzigartiges Ereignis. Paul an ihrer Seite zog sie dichter zu sich heran. Enna spürte seine Körperwärme und seine Finger auf ihrem Shirt. Sie kuschelte sich noch ein wenig enger an ihn und legte schließlich den Kopf auf seine Schulter.

Als hätte der Pizzabote ein Einsehen mit ihnen, fuhr er vor, als die Sonne eben die letzten Strahlen zur Erde schickte, bevor sie endgültig am Horizont verschwand.

„Ich habe Tomate und Mozzarella für dich bestellt", erklärte Paul und drückte ihr einen Karton in die Hand.

Enna schenkte ihm ein dankbares Lächeln.

Sie lauschten der Musik, lachten und aßen ihre Pizza. Selten hatte Enna sich wohler gefühlt. Die Clique hatte sie sofort in ihrer Mitte aufgenommen.

Paul wich nicht von ihrer Seite. Ihm schien wichtig zu sein, dass sie sich wohlfühlte.

„Mir geht es gut, wirklich", flüsterte sie ihm in einem unbeobachteten Moment zu.

„Du machst auch nicht den Eindruck, als ginge es dir schlecht. Ich möchte nur gern in deiner Nähe sein, falls das umschlägt", gab er ebenso leise zurück und lächelte sie an.

Ennas Herz machte einen Satz. Wieder fragte sie sich, womit sie es verdient hatte, dass ausgerechnet dieser Mann in ihr Leben gestolpert war. „Vielleicht ist es an der Zeit, Vergangenes ruhen zu lassen und nach vorn zu sehen."

Pauls Augen wurden größer, ihre Blicke verhakten sich ineinander. Enna schluckte trocken, auch Pauls Adamsapfel hüpfte jetzt. Er rückte etwas näher zu ihr heran. Vorsichtig streckte er die Hand aus, strich zart über ihre Wange. Enna schloss die Lider und schmiegte sich dagegen.

Eine Zeit lang saßen sie nebeneinander, genossen die Nähe des anderen.

„Möchtest du heute vielleicht wieder bei mir übernachten?", flüsterte Enna in die Stille hinein.

Pauls Hand zuckte zurück, als habe er sich verbrannt. Enna öffnete die Augen und sah ihn an. In seinem Blick loderte ein Feuer. Dasselbe, das sie in sich spürte. Nur die Tatsache, dass sie nicht allein waren, hinderte sie daran, sich vorzubeugen und ihre Lippen auf Pauls zu legen.

„Meine Selbstbeherrschung hat Grenzen." Pauls Stimme klang heiser.

„Meine auch", gab sie lächelnd zurück.

Einen Augenblick starrte Paul sie an. „Am liebsten würde ich dich jetzt küssen", brachte er rau hervor.

Wie gern sie sich von ihm küssen lassen wollte.

„Wir müssen ja nicht allzu lang bleiben. Immerhin muss ich morgen arbeiten." Enna zwinkerte Paul zu.

Diesmal räusperte er sich. Dann noch einmal, bis er seine Stimme wiedergefunden hatte. „Wir können auch gleich gehen."

Enna lachte leise. „Das wäre wohl ein wenig auffällig."

„Hey ihr beiden, was tuschelt ihr da?" Alexander sah zu ihnen herüber.

„Enna friert", gab Paul laut zurück und klang fast wieder normal.

Sie zog die Brauen nach oben und sah ihn fragend an.

„Soll ich dir einen warmen Pulli holen?", bot Sophie an.

Das war geradezu lächerlich, denn Enna war in ihrem gemütlichen Sweater und an Paul gekuschelt angenehm warm. Zur Sicherheit hatte sie außerdem eine Jacke eingepackt.

„Sie hat auch leichte Halsschmerzen." Nun machte Paul einen besorgten Eindruck.

„Das tut mir leid. Vielleicht hast du dir beim Surfen neulich etwas eingefangen?", bot Sophie die perfekte Ausrede.

Enna nickte und kam sich nicht einmal schlecht dabei vor. Im Gegenteil, sie musste sich zusammenreißen, dass sie nicht zu lachen begann. Ernst erwiderte sie Sophies Blick, die einen Moment in ihrem forschte, ehe etwas in ihren Augen aufblitzte und ein Lächeln ihre Mundwinkel nach oben zog, das jedoch sofort wieder verschwand.

„Dann ist es wohl das Beste, wenn du dich ins Bett legst. Paul, willst du sie nicht lieber bringen?", fragte sie todernst.

Paul nickte ebenso angestrengt. „Wenn du meinst."

„Auf jeden Fall war es schön, dass du hier warst", meinte Sophie und hob winkend die Hand. „Auf die Umarmung verzichte ich lieber. Nicht, dass ich auch krank werde."

Nur kurz darauf hatte sie sich von allen verabschiedet und ging langsam an Pauls Seite in Richtung des Campingplatzes hinauf. Ihr Herz klopfte zum Zerspringen, ein Schauer nach dem anderen jagte über ihren Rücken, als sie sich ausmalte, wie sich Pauls Lippen auf ihren wohl anfühlten.

Als sie hinter den Dünen waren und die anderen sie nicht mehr sahen, prustete Enna los.

„Kalt ist mir also?"

Paul nickte bierernst.

„Und was habe ich? Fieber?"

„Halsschmerzen."

„In Ordnung. Du weißt schon, dass Sophie uns kein Wort glaubt?" Sie wandte den Kopf und sah Paul an. Unglaubliche Glücksgefühle stiegen in ihr auf.

Der blieb stehen und riss sie in seine Arme. Atemlos blickte Enna zu ihm auf. Ihr Herz galoppierte, ihr Atem ging flach. Hitze breitete sich in ihrem Magen aus und setzte in kürzester Zeit ihren Körper in Brand.

„Das ist mir ehrlich gesagt scheißegal", flüsterte er, bevor sich seine Lippen auf ihre senkten. Unendlich weich und zärtlich küsste er sie.

Enna wollte mehr von diesem Kuss, mehr von diesem Gefühl. Wie eine Süchtige klammerte sie sich an ihn. Mit einem Mal war die Sanftheit verschwunden. Stürmisch eroberte er ihre Lippen und ihren Mund, während Enna froh war, dass er sie hielt. Ihre Knie waren so weich, dass sie unweigerlich zusammengesackt wäre, wenn er sie losgelassen hätte.

„Gib mir die Autoschlüssel, ich habe mein Bier nicht ausgetrunken", verlangte er, als er sie losließ.

Enna kicherte. „Du hast es eilig."

„Ja. Und ich schäme mich nicht, das zuzugeben."

Enna kramte den Schlüssel hervor und reichte ihn Paul, der sie an der Hand hinter sich herzog. Atemlos lachend erreichten sie den Wagen. Enna hatte sich seit Jahren nicht mehr so albern und unbeschwert gefühlt. Gespannte Aufregung waberte durch ihre Blutbahnen, als sie sich auf den Beifahrersitz gleiten ließ, Rosi zu ihren Füßen.

Paul startete den Wagen und fuhr zügiger als nötig auf die Hauptstraße. Die Fahrt zurück nach Wenningstedt dauerte eine gefühlte Ewigkeit. Er fasste nach Ennas Hand, ab und zu lachten sie verlegen. Rosi saß im Fußraum und blickte zu ihr auf.

Als Paul vor ihrem Haus parkte und der Motor erstarb, legte Enna die Hand auf die Türklinke, doch er hielt sie zurück.

„Hör mal", begann er und das Sprechen fiel ihm sichtlich schwer. „Du sollst nicht glauben, dass du etwas tun musst, nur um mir zu gefallen. Als ich sagte, dass ich dir alle Zeit der Welt gebe, habe ich das ernst gemeint." Er schluckte und atmete tief durch. „Aber ich bin auch nur ein Mensch und habe mich ab einem gewissen Punkt nicht mehr im Griff. Meine Selbstbeherrschung neigt sich definitiv dem Ende entgegen. Wenn du einen Rückzieher machen möchtest, verstehe ich das. Nur bitte ich dich, mach ihn gleich. Alles andere wäre grausam."

Einen Moment sah Enna ihn an, dann beugte sie sich vor und küsste ihn stürmisch. Paul gab sich keine Mühe mehr, sich zurückzuhalten. Seine Hände legten sich um ihre Mitte, er zog sie näher, so gut es in dem engen Auto ging. Ennas Shirt rutschte aus der Hose, seine Finger fanden den schmalen Streifen Haut über dem Hosenbund. Gleich darauf spürte sie sie auf ihrem Rücken, ehe sie weiter nach oben wanderten.

Lachend machte sie sich von ihm los. „Ist dir das Antwort genug?"

„Ist es. Lass uns aussteigen." Pauls Stimme hörte sich rau an. „Ich komme mir vor wie ein Teenager vor dem Elternhaus, der sich nicht hineintraut."

„Über das Alter sind wir zum Glück hinaus", kicherte Enna.

In Windeseile waren sie ausgestiegen. Paul rannte förmlich um den Wagen herum und riss sie in seine Arme, kaum dass sie die Autotür hinter sich geschlossen hatte.

Beinahe verzweifelt hielt er ihr den Schlüssel hin. Enna verstand, suchte den richtigen heraus und öffnete die Haustür. Glücklicherweise schien Rosi ein Einsehen zu haben. Sie trollte sich fast sofort ins Wohnzimmer.

Eilig schob Paul sie in den Flur und drückte die Tür zu, bevor er sie erneut in seine Arme zog und stürmisch küsste.

Diesmal wollte der Kuss kein Ende nehmen. Ohne jegliche Zurückhaltung fuhren seine Hände erneut unter ihr Shirt. Sekunden später stand Enna nur noch in Unterwäsche vor ihm, während seine bewundernden Blicke über ihren Körper glitten.

„Das ist ungerecht", flüsterte Enna. „Gleiches Recht für alle."

Paul ließ sich nicht lange bitten, zerrte Pullover und T-Shirt in einem über den Kopf und ließ beides achtlos zusammengeknüllt fallen.

„Ich will dich", raunte er heiser und jagte Enna einen Schauer über den Rücken.

Sie griff nach seiner Hand und zog ihn hinter sich her die Treppe hinauf. Vor dem Schlafzimmer angekommen, stieß sie die Tür auf und wollte den Raum eben betreten, als Paul sie zurückhielt.

Verwirrt sah sie zu ihm auf, doch er umfasste ihre Taille und schob die andere Hand unter ihren Knien durch. Behutsam hob er sie vom Boden hoch und trug sie über die Schwelle, um sie in die weichen Kissen sinken zu lassen. Gleich darauf war er atemlos über ihr, küsste sie immer wieder und sah sie schließlich schwer atmend an.

„Du hast die Augen einer Meerjungfrau, weißt du das eigentlich?", flüsterte er.

„Deine sind wie salziges Karamell", gab sie leise zurück und seufzte, als er sie erneut küsste und seine Hände auf Wanderschaft schickte.

Kapitel 17

Als Paul am nächsten Morgen aufwachte, wusste er kurz nicht, wo er war. Gleich darauf stieg ihm jedoch der zarte Duft von Vanille in die Nase. Mit ihm kam sofort die Assoziation an Ennas anschmiegsamen Körper.

Er öffnete die Augen und sein Blick fiel auf das blonde Haar, das ihr Gesicht sanft umrahmte. Täuschte er sich oder hatte sie ein Lächeln auf den Lippen?

Still blieb er liegen, um sie nicht zu wecken. Er warf lediglich einen vorsichtigen Blick auf seine Uhr. Es war früh, aber Enna musste arbeiten. Noch allerdings hatten sie ein paar Minuten. Doch er brachte es nicht über sich, sie aus dem Schlaf zu reißen, deswegen beschränkte er sich darauf, sie zu betrachten.

Gestern Abend hatte sie die Tränen von all den angestauten Emotionen nicht zurückhalten können. Wortlos hatte Paul sie gehalten und so viel Liebe in sich gespürt, wie seit seiner Zeit mit Sophie nicht mehr.

Später hatten sie sich noch einmal geliebt. Langsamer diesmal, sanft und zärtlich, und schließlich war Enna in seinen Armen eingeschlafen.

Nun lag sie nackt neben ihm, nur in die Bettdecke gehüllt, mit entspanntem Gesichtsausdruck. Wie konnte er nur so viel Glück haben?

Flüsternd hatte sie ihm erzählt, dass er nicht der erste Mann seit Tobias' Tod war. Aber mit ihm war es anders gewesen. Das hatte auch die Tränen erklärt. Paul hoffte, einen Weg in ihr Herz gefunden zu haben.

Jetzt blinzelte sie und schlug gleich darauf die Augen auf, bevor sie gähnte.

„Guten Morgen, Meerjungfrau", sagte er leise und lächelte.

Ennas Gesicht wurde bei seinen Worten von einem verlegenen Lächeln erhellt, das ihre blauen Augen sanft schimmern ließ.

„Guten Morgen", flüsterte sie zurück. „Bist du schon lange wach?"

„Nein. Ein paar Minuten erst. Ich habe dich angesehen."

Wieder lächelte sie. Paul beugte sich vor, um sie auf die Nasenspitze zu küssen. Sofort schmiegte sie sich an ihn und kuschelte sich in seinen Arm.

„Wie spät ist es?"

„Kurz vor halb sieben."

„Dann haben wir noch ein wenig Zeit, bis ich die Praxis öffnen muss." Er hörte das verschmitzte Grinsen aus ihren Worten heraus.

Lächelnd holte Enna Müsli aus dem Schrank und stellte es zusammen mit den Schalen auf den Tisch.

Eigentlich hätte sie todmüde sein müssen, aber sie fühlte sich wie neugeboren. Im wahrsten Sinne des Wortes. Sie hatte Paul in ihr Herz gelassen und bereute keine Sekunde, auch wenn sie letzte Nacht geweint hatte, von ihren eigenen Emotionen überwältigt.

Paul hatte sie auch ohne Worte verstanden und in seine Arme gezogen, um sie zu halten.

Sie hörte das Wasser im Bad rauschen und stellte sich vor, wie er mit geschlossenen Augen nackt unter der Dusche stand und der Strahl auf seinen Körper prasselte.

Rosi drängelte an ihrem Bein und riss sie aus ihren verträumten Gedanken. Die Hündin verlangte nach ihrem Frühstück.

„Entschuldige bitte, meine Süße. Ich habe dich nicht vergessen. Ich bin heute nur ein wenig schusselig. Sieh es mir bitte nach." Sie senkte die Stimme und beugte sich zu der Pudeldame hinunter. „Ich glaube, ich habe mich verliebt", raunte sie der Hündin zu, die mit einem lauten „wuff" antwortete und ihr beinahe vor Begeisterung über das Gesicht geleckt hätte, wenn Enna nicht im letzten Moment wieder aufgestanden wäre.

Hatte sie sich wirklich verliebt? Zumindest fühlte es sich so an. Zuletzt hatte sie das von Tobias gesagt.

Auch der Gedanke an ihren verstorbenen Freund war nicht mehr vom schlechten Gewissen begleitet. Er war Teil von ihr und ihrem Leben und sie würde ihn immer in ihrem Herzen tragen.

Enna freute sich auf den heutigen Tag. So schnell wie möglich wollte sie ihre Patienten behandeln, um dann etwas mit Paul zu unternehmen. Er würde den Tag sicher wieder am

Strand verbringen. Der Wind hatte noch einmal aufgefrischt und deutlich an Intensität zugelegt. Die Blätter der Blumen im Garten waren von Regentropfen überzogen.

Enna schüttelte sich. Das war nicht ihr Wetter. Wenn es trocken war, würde sie gern einen Strandspaziergang unternehmen, dann machte der Wind nichts aus. Doch bei Regen ins Wasser? Das musste nicht sein.

Aber natürlich verstand sie, dass Paul jede sich bietende Gelegenheit nutzen wollte, um aufs Meer zu kommen. Seine Zeit hier war begrenzt, auch wenn er fast seinen ganzen Jahresurlaub für den Aufenthalt hier genommen hatte. Schließlich wollten er und seine Freunde dem *Windsurf World Cup* beiwohnen.

Unwillkürlich fragte sich Enna, wie es sein würde, wenn Paul wieder zurück aufs Festland ging, um zu arbeiten. Ihr Herz zog sich bei dem Gedanken zusammen. Doch dann schob sie alle Überlegungen daran zur Seite. Sie wollte die Zeit, die ihnen blieb, nutzen. Vielleicht sollte sie die Praxis ein paar Tage schließen? Ihr Kollege Thomas war ihr noch einen Gefallen schuldig. Sicher würde er ihre Patienten mitübernehmen. Was danach kam, würde die Zeit zeigen. Glücklicherweise wohnte Paul nicht im Süden Deutschlands.

In dem Moment betrat er die Küche, auf den Lippen ein verschmitztes Lächeln. Sein Haar glänzte feucht vom Duschen und er sah einfach zum Anbeißen aus.

„Ich trage schon wieder die Klamotten vom gestrigen Abend. Nächstes Mal muss ich daran denken, etwas mitzunehmen."

Nächstes Mal. Ennas Herz machte einen Satz.

„Sehen wir uns heute Abend?", fragte sie hoffnungsvoll und machte sich daran, Rosis Napf zu füllen. Die Hündin hatte sie schon wieder mit einem mitleiderregenden Blick angesehen.

„Natürlich. Ich habe Urlaub und kann mir meine Zeit frei einteilen. Tagsüber Surfen, abends bei dir und nachts …" Er zwinkerte ihr zu. „Da ich mir den Camper mit Alexander teile, werde ich dir hier auf die Nerven gehen. Ihn kann ich schlecht ausquartieren."

Enna stellte Rosis Frühstück auf den Boden und die Hündin stürzte sich darauf, als hätte sie gestern gehungert.

„Wir könnten doch eigentlich auch einmal Urlaub im Camper machen", schlug Paul vor und stellte seine Kaffeetasse unter den Automaten, um sich eine Tasse herauszulassen.

Er wollte mit ihr wegfahren! Ein Glücksgefühl, wie sie es schon lange nicht mehr verspürt hatte, breitete sich in ihr aus und erreichte gleich darauf auch den letzten Winkel ihres Körpers.

„Nur du und ich, vielleicht nach Südfrankreich? Da kann man herrlich surfen. Wenn es dir überhaupt Spaß macht."

„Natürlich tut es das. Oder hattest du einen anderen Eindruck?"

Wortlos zog Paul sie in seinen Arm und küsste sie. „Du bist die talentierteste surfende Meerjungfrau, die es gibt."

„Seit du mir gezeigt hast, wie man umdreht und ich nicht mehr Gefahr laufe, nach England abzudriften, fühle ich mich auch bedeutend besser."

„Das heißt nicht umdrehen, das heißt Wende oder Halse in der Surfersprache."

„Auch die möchte ich lernen."

Der Gedanke, mit Paul zu verreisen, hatte etwas Verlockendes. Einfach drauflos. Mit dem Camper war das kein Problem. Rosi konnte sie ebenfalls mitnehmen. Das klang perfekt.

„Jetzt genießen wir aber erst die Zeit hier. Wenn ich mir Rosi so ansehe, bin ich fast ein wenig neidisch. Sie frühstückt bereits, während ich hungere."

Enna lachte hell auf. „Du Armer. Ich bin mir sicher, Rosi würde dir von ihrem Frühstück etwas abgeben."

Paul verzog das Gesicht. „Lieber nicht. Ich nehme gern von dem Müsli, das dort auf dem Tisch steht. Und den Kaffee."

Die Zeit verging wie im Flug und bald schon verabschiedete sich Paul, damit sie ihre Praxis öffnen konnte.

Paul wusste, dass alle ihm ansahen, was geschehen war. Aber er hatte keine Lust, sich das Grinsen zu verkneifen. Er fühlte sich, als könnte er Bäume ausreißen und freute sich bereits auf heute Abend. Er war süchtig nach Enna. Nach ihr, nach ihrem Körper, nach den Gesprächen mit ihr. Schon nach der kurzen Zeit, die er sie kannte, merkte er, dass sie ihm mehr bedeutete, als alle Frauen seit Sophie. Endlich konnte er sich wieder vorstellen, sich ganz auf jemanden einzulassen.

Die Idee mit dem Urlaub war ihm spontan gekommen und er hatte sie hervorgebracht, bevor sein Gehirn überhaupt eine Chance gehabt hatte, ihn zu warnen, dass er Enna damit möglicherweise erschreckte.

Doch zu seiner grenzenlosen Erleichterung war sie von der Idee angetan gewesen. Also konnte auch sie sich vorstellen, dass sie sich wiedersahen, wenn sein Urlaub zu Ende und er auf dem Festland zurück war.

Auf dem Platz herrschte bereits die übliche Unruhe. Seine Freunde zog es aufs Wasser und er freute sich darauf, sich ihnen anzuschließen.

Sophie schenkte ihm ein gutmütiges Lächeln.

„Tut mir leid, dass wir einfach so verschwunden sind gestern." Schuldbewusst sah er sie an.

Doch Sophie lachte nur. „Ich hatte nicht damit gerechnet, dich noch einmal zu sehen. Auf deinem Gesicht war deutlich zu lesen, wie der Abend ausgehen wird."

„Aber es war dein Geburtstag."

Sophie winkte ab. „Nächstes Jahr kommt schon der nächste. Wir haben noch genug Zeit, um zusammen zu feiern."

Erst jetzt fiel Paul auf, dass sie noch immer in Jogginghosen und in eine Jacke gehüllt vor ihm stand. „Kommst du gar nicht mit aufs Wasser?"

Sophie schüttelte den Kopf. „Ich pausiere heute."

„Schon wieder? Oder hast du gestern zu viel gefeiert, nachdem ich nicht mehr auf dich aufgepasst habe?"

„Nein. Ich bin nur ein wenig müde."

Prüfend sah Paul sie an. Tatsächlich war Sophie ein bisschen blass um die Nase. „Hast du etwas Falsches gegessen?"

„Nein, glaube ich nicht", wiegelte sie ab. „Ich lege mich einfach noch mal ein wenig hin. Heute Mittag bin ich bestimmt wieder fit, dann komme ich mit euch mit."

„Du passt schon auf dich auf?" Besorgt musterte Paul sie.

„Natürlich. Leon ist ja auch noch da. Er liest mir jeden Wunsch von den Augen ab, das weißt du."

Paul war ausgesprochen froh, dass Sophie und Leon zusammengefunden hatten. Leon tat Sophie gut. In der Zeit, seit sie zusammen waren, war sie deutlich aufgeblüht.

„Er hat sogar angeboten, bei mir zu bleiben", fuhr Sophie jetzt fort. „Aber ich habe abgelehnt. Es nutzt auch nichts, wenn er neben mir sitzt, während ich schlafe. Mach dir keine Sorgen."

„Paul, kommst du?", rief Alexander ihm zu.

Paul drehte sich um. Seine Freunde waren fertig und warteten bereits auf ihn.

„Bin gleich da", gab er zurück und wandte sich Sophie wieder zu. „Du würdest es sagen, wenn etwas ist?"

Empört sah sie ihn an. „Natürlich, was denkst du denn? Du tust gerade, als hätte ich eine schwere Erkrankung. Ich bin nur müde, das ist alles. Ich werde auch nicht jünger. Erst gestern bin ich ein Jahr älter geworden."

Nachdenklich ging Paul zu den anderen hinüber, zog sich um und war wenig später am Strand. Der Wind blies kräftig, es waren perfekte Bedingungen für das kleinste Segel, das er dabeihatte. Übermütig stürzte er sich mit dem Board in die Fluten.

Als er draußen auf dem Wasser war, war sein Tag vollkommen. Fast sofort spürte er die Nähe zu Mia. In Gedanken erzählte er ihr erneut von Enna und wie glücklich sie ihn machte.

Der Tag verging viel zu schleppend. Immer wieder drifteten Ennas Gedanken zu Paul und der vergangenen Nacht ab.

„Nanu, was ist denn mit dir los?" Fentje sah sie mit gerunzelter Stirn an.

Sie war mit Helga vorbeigekommen, um den Hormonchip setzen zu lassen.

„Du wirkst irgendwie verändert, so in dir ruhend. Ganz schwer zu erklären. Glücklich."

Enna konnte ein Lächeln nicht unterdrücken, selbst wenn sie sich die größte Mühe gegeben hätte.

„Möglicherweise habe ich jemanden kennengelernt", meinte sie beiläufig und öffnete die Transportbox, in der Helga saß. Die Henne war von der ganzen Prozedur wenig begeistert, als Enna sie herausnahm. Sie schlug mit den Flügeln und gackerte protestierend.

„Erzähl, wer ist der Glückliche? Etwa der, der neulich vom Fahrrad gefallen ist?"

Enna nickte. „Wie mir scheint, hat der Tag meinem Leben irgendwie eine neue Richtung gegeben. Nun bin ich auch Hundebesitzerin."

„Etwa Rosi? Wir haben uns doch erst kürzlich gesehen. Was ist in der Zwischenzeit alles passiert?"

Kurz fasste Enna zusammen, was geschehen war. Fentje schüttelte fassungslos den Kopf. „Wir sehen uns definitiv zu selten. Du musst uns dringend besuchen und deinen Freund vorstellen. Diego wird sich auch freuen, wenn er jetzt eine kleine Hundefreundin hat."

Enna lachte laut auf. „Aber nicht, dass Rosi etwas von seinen schlechten Manieren übernimmt."

„Er hat keine schlechten Manieren. Er ist nur ein bisschen wilder."

„Kannst du bitte Helga halten? Schön fest, damit sie nicht abhaut. Ich muss die richtige Stelle für den Chip suchen."

Helga zuckte nur kurz zusammen, der Hormonchip war ruckzuck gesetzt und das Huhn wieder in der Transportbox.

„Jetzt solltet ihr erst einmal Ruhe haben", meinte Enna. „Helga hat Zeit, sich von den Strapazen des Eierlegens zu erholen."

Zum Abschied nahm Fentje Enna das Versprechen ab, sie bald zu besuchen. Zusammen mit Paul und Rosi.

Später musste Enna erneut zu Petersens Pferdehof. Die Stute Sunrise lahmte noch immer. Enna sah sich die Verletzung an und legte einen Salbenverband an.

Als Paul sie am Abend endlich in die Arme schloss und sie stürmisch küsste, war sie froh, dass der Arbeitstag vorbei war und die Freizeit vor ihnen lag.

„Worauf hast du Lust?", wollte Paul wissen.

„Ich könnte einen Happen essen."

„Klingt prima. Wollen wir kochen oder in ein Restaurant gehen? Ich persönlich hätte auch nichts gegen ein Fischbrötchen einzuwenden."

Enna nickte. „Dann auf zu Ole. Rosi freut sich vermutlich auch über einen Spaziergang. Wie es scheint, freundet sie sich langsam mit dem Meer an. Zumindest hatte sie heute Mittag schon wieder die Beine im Wasser."

„Sie wird noch zu einem richtigen Meereshund. Passt zu dir." Paul zwinkerte ihr zu und küsste sie erneut.

Einen Moment war Enna versucht, das Abendessen auf später zu verschieben, doch in diesem Augenblick knurrte auch Pauls Magen, dass sie hell auflachte.

„Wir sollten wirklich etwas essen gehen." Verschmitzt lächelte er. „Später brauche ich meine Kräfte. Diesmal habe ich sogar frische Klamotten eingepackt. Vorausgesetzt natürlich, ich darf über Nacht bleiben."

„Es wäre mir eine Freude", gab Enna feierlich zurück.

Weil es wieder begonnen hatte zu regnen, fuhren sie mit dem Auto nach Westerland. Die Promenade war deutlich leerer als sonst. Doch in dicke Fleecejacken gehüllt mit Regenjacken darüber konnte ihnen das Wetter nichts anhaben.

Sie reihten sich in die Schlange der Wartenden vor Oles Fischbude ein. Auch hier standen heute weniger Menschen als sonst. Immer wieder schloss Ole das Fenster, damit es nicht hereinregnete. Die Markise konnte er wegen des Windes nicht ausfahren.

Beim Anblick mancher Touristen schüttele Enna den Kopf. „Es gibt kein schlechtes Wetter, nur die falsche Kleidung. Sieh nur." Sie deutete hinaus auf das Meer. „Ist das nicht herrlich? Da merkt man erst einmal, wie klein und unbedeutend wir eigentlich sind. Das sind Naturgewalten!"

„Stimmt es, dass mit jedem Sturm ein Stück von Sylt verschwindet?"

„Leider, ja. Sylt schrumpft. Das Meer raubt jedes Jahr mehrere Meter der Insel, die Küstenlinie verändert sich dadurch. Dazu kommt der steigende Meeresspiegel. Irgendwann wird es die Insel nicht mehr geben."

Der Wind blies ordentlich, das Meer war dunkel, beinahe schwarz und wirkte wild und ungestüm.

„Da draußen ist ja ein Surfer." Enna deutete zum Horizont, wo deutlich ein gelbes Segel zu sehen war. „Ist das nicht gefährlich?"

Paul kniff die Augen zusammen und folgte ihrem Blick. „Nicht, wenn man weiß, was man tut."

In dem Moment ging das Fenster für sie auf.

„Moin, ihr beiden", begrüßte Ole sie. „Was darf es denn sein?"

„Das Übliche bitte", bestellte Enna.

„Zwei Brötchen für mich." Paul grinste Enna verschwörerisch an.

Sie wusste genau, woran er dachte. Augenblicklich breitete sich ein Prickeln in ihrem Körper aus und ließ ihr Herz schneller schlagen, während sie gleichzeitig fühlte, wie eine zarte Wärme über ihre Wangen kroch.

Wenig später reichte Ole ihnen das Gewünschte durch das Fenster hinaus. Das zusätzliche Brötchen hatte er in eine Papiertüte gepackt. „Lasst es euch schmecken."

Paul bestand darauf, die Rechnung zu übernehmen, obwohl Enna protestierte.

Doch er ließ nicht mit sich reden. „Immerhin war es meine Idee, hierherzukommen."

Wie auf das Stichwort ließ der Regen in dem Moment nach und hörte schließlich ganz auf.

„Was für ein Glück", befand Enna. „Dann werden wenigstens die Brötchen nicht nass."

„Das muss an dir liegen. Heißt es nicht, wenn Engel reisen?" Paul küsste sie auf die Nasenspitze.

„Doch, aber der Einzige, der gereist ist, bist du. Also muss es an dir liegen."

„Eigentlich ist es egal. Vielleicht hat es auch einfach so aufgehört. Lass uns essen, noch eine kleine Runde drehen und dann möchte ich mit meiner Meerjungfrau zurück ins Bett."

Allein bei dem Gedanken daran schlug Ennas Herz Purzelbäume.

Sie biss in ihr Brötchen. Dabei fiel ihr Blick erneut auf das Meer hinaus, wo noch immer das gelbe Segel erkennbar war. „Puh, jetzt ist der Surfer aber ganz schön weit draußen."

Auch Paul sah hinaus. „Der Wind hat heute Mittag etwas gedreht. Nun ist er schräg ablandig. Vermutlich hat es irgendwo ein großes Unwetter gegeben, dessen Ausläufer wir spüren. Wenn man es nicht richtig beherrscht, kann das gefährlich werden. Dann nützt es dir auch nichts, wenn du wenden kannst."

„Ich werde nie bei ablandigem Wind aufs Wasser gehen", beteuerte Enna voller Inbrunst und schüttelte sich. „Nicht, dass ich doch nach England abgetrieben werde."

„Ach was. Wenn man weiß, was man tut, ist es nicht schwer. Mit jedem Mal, wo du aufs Wasser gehst, bekommst du mehr Routine. Du wirst sehen, das ist schnell gelernt."

Eine Weile beobachteten sie den Surfer draußen auf den Wellen, während sie ihre Brötchen verzehrten.

„Das sieht irgendwie nicht gesund aus", meinte Enna. „Für mich wäre das nichts."

Paul schwieg, kaute stattdessen langsam und starrte angestrengt hinaus.

„Was ist?", wollte Enna wissen und beobachtete den gelben Punkt, der auf dem Wasser tanzte.

„Keine Ahnung. Ich bin mir nicht sicher. Aber für mich wirkt es, als würde er kämpfen."

„Wie meinst du das?"

„Er treibt immer weiter ab. Er sollte versuchen, Höhe zu gewinnen."

„Und das tut er nicht?"

„Nein. Im Gegenteil. Er verliert immer mehr." In Pauls Stimme schwang nun deutliche Besorgnis mit.

Ihr Klang sorgte dafür, dass sich das Unbehagen nun auch durch ihre Eingeweide fraß. „Was heißt das?"

„Dass er so nicht an Land zurückkommt."

Im selben Moment erkannte Enna, wie es das Segel verschlug, dann stürzte es ins Wasser und der Surfer war nicht mehr zu sehen.

„Das ist nicht gut. Komm schon", murmelte Paul, die Stirn besorgt gefurcht. „Komm hoch."

Wie gebannt starrten sie auf das wild tobende Meer hinaus. In Ennas Magen hatte sich ein Knoten gebildet. Jetzt sah sie, wie sich das Segel langsam aus dem Wasser hob. Erleichtert atmete sie auf, dann fiel es jedoch zurück aufs Meer. Es dauerte einige Sekunden, bevor erneut etwas Gelbes auf der Wasseroberfläche aufblitzte.

Eine Weile beobachteten sie das Spiel. Immer wieder versuchte der Surfer, das Segel aus dem Wasser zu ziehen. Kurz war es zu erkennen, doch jedes Mal stürzte der Sportler sofort wieder. Die Abstände zwischen den Versuchen wurden länger, schließlich sahen sie nichts mehr.

„Verdammt, er schafft es nicht." Paul stopfte das Brötchen zurück in die Papiertüte und holte sein Smartphone aus der Tasche. „Wir müssen die Seenotrettung alarmieren."

Enna lauschte, wie Paul seinen Gesprächspartner am anderen Ende der Leitung über die Vorkommnisse informierte, während Enna weiter angestrengt das Wasser absuchte. Doch der Surfer war viel zu weit draußen, als dass sie noch etwas hätte sehen können. Mit einem Fernglas vielleicht. Aber auch dann waren die Wellen durch die aufgewühlte See zu hoch, Segel und Brett lagen flach im Wasser.

Paul gab die ungefähre Position durch und teilte mit, wo sie waren, bevor er auflegte.

„Sie schicken ein Boot raus. Wenn sie ihn nicht finden, muss ein Hubschrauber starten." Seine Stimme klang gepresst. „Ich hoffe, er ist noch beim Brett und kann sich daran festhalten oder ist sogar hochgeklettert und sitzt darauf."

Es dauerte eine gefühlte Ewigkeit, bis sie das Boot der *Deutschen Gesellschaft zur Rettung Schiffbrüchiger* erkannten, das sich dem Ort, an dem sie den Surfer zuletzt gesehen hatten, näherte.

Mittlerweile hatte es wieder zu regnen begonnen. Der Wind peitschte ihnen die Tropfen schräg ins Gesicht. Trotz der Regenjacken waren sie nass. Weil sie dort gestanden und gebannt aufs Wasser hinausgestarrt hatten, waren Menschen stehen geblieben, inzwischen hatte sich eine kleine Traube gebildet.

„Was ist passiert?"

„Ein Surfer wird vermisst."

„Er ist abgetrieben."

„Untergegangen."

„Hatte einen Mastbruch."

„Der Wind hat das Segel zerfetzt."

„Er ist vielleicht ertrunken."

Natürlich wurde weiteres Seemannsgarn hinzugesponnen, die Spekulationen waren wild.

Paul und Enna beteiligten sich nicht daran, obwohl sie immer wieder gefragt wurden. Die Retter riefen Paul erneut an, um sich zu vergewissern, dass sie die letzte Position, an der Paul den Surfer gesehen hatte, ansteuerten.

Enna spürte, wie sie zitterte. Sie wollte sich gar nicht ausmalen, dass es auch Paul sein könnte, der dort draußen hilflos auf dem Meer trieb. Rosi neben ihr bellte und sah zu ihr hoch.

Hoffentlich wurde der Surfer rechtzeitig gefunden und gerettet. Wenn er vom Board getrennt worden war, würde es umso schwieriger werden, ihn zu finden. Das Boot bewegte sich seit geraumer Zeit kaum noch. Es wurde lediglich von den Wellen hin und her geschaukelt.

Pauls Hand schob sich in ihre und drückte sie fest. Dankbar sah Enna zu ihm hoch. Mit der anderen hielt er noch immer das Smartphone ans Ohr.

„Ja? Ihr habt ihn?", fragte er jetzt und schloss die Augen. „Danke." Er legte auf und steckte das Handy zurück in die Tasche.

Erleichtert atmete Enna aus, als Paul ihre Hand fest drückte und ihr zunickte.

„Sie haben ihn gefunden. Er saß auf dem Brett. Wie ich es mir gedacht habe: Er war noch nicht geübt genug, der ablandige Wind und die Wellen haben ihr Übriges getan. Schließlich hat ihn die Kraft verlassen. Bei diesen Bedingungen kein Wunder."

Auch Enna atmete erleichtert durch. Ihre Knie wurden auf einmal ganz weich, sie ließ sich gegen Paul sinken, der sie in den Arm nahm.

Paul wandte sich an die Wartenden: „Sie haben ihn gefunden, es geht ihm gut. Nein, mehr weiß ich nicht, das reicht auch. Lass uns nach Hause gehen", sagte er leise und beugte sich zu Enna hinunter.

Enna nickte nur, warf einen letzten Blick hinaus auf das Meer, wo noch immer das Boot der Seenotretter auf den Wellen schaukelte. Dann ließ sie sich von Paul fortziehen. Sie merkte, dass sie wie auf Watte ging. Die Erleichterung darüber, dass der Surfer gerettet war, war grenzenlos. Nicht auszudenken, was geschehen wäre, wenn sie ihn nicht gesehen und Paul nicht so schnell und besonnen reagiert hätte.

Deutlich spürte Paul, wie Enna noch immer zitterte, als sie zu Hause angekommen waren. Ihm selbst ging die Geschichte ebenfalls an die Nieren. Der Surfer hatte verdammtes Glück gehabt, dass sie ihn entdeckt und die Lage richtig eingeschätzt hatten.

„Am besten, wir stellen uns unter die Dusche", schlug er vor. „Wir sind beide pitschnass. Danach eine Decke und eine Tasse Tee, dann wird uns schnell wieder warm."

Enna nickte, unfähig, etwas zu sagen. Der Schreck hatte ihr mächtig zugesetzt. Paul musterte sie verstohlen von der Seite. Sie war aschfahl im Gesicht. Kurzerhand brachte er sie ins Bad und half ihr aus den nassen Klamotten heraus. Dann drehte er das Wasser an und schob sie unter den warmen Strahl.

„Ich komme gleich nach", sagte er sanft. „Ich setze nur eben Tee auf."

„In der Schublade unter dem Schrank mit den Tellern", murmelte Enna und ließ das Wasser mit geschlossenen Augen auf ihren Kopf prasseln.

Paul ging in die Küche und füllte den Wasserkocher, bevor er Tassen aus dem Schrank nahm und den Tee suchte. Dann lehnte er sich erschöpft an den Küchentresen. Der Schreck saß auch bei ihm tief. Enna hingegen wirkte, als stünde sie unter Schock, was nicht verwunderlich war. So viel Anteil, wie sie am Schicksal anderer nahm, hatte es ihr noch mehr zugesetzt als ihm.

Warum war der Surfer auch so leichtsinnig gewesen, bei diesen Bedingungen aufs Wasser zu gehen? Paul wusste besser als jeder andere, wie wichtig es war, die Natur niemals zu unterschätzen und sich selbst und das eigene Können nicht zu überschätzen.

Wenig später goss er das kochende Wasser in die Tassen über die Teebeutel. Lieber hätte er einen klassischen Friesentee gekocht. Die Utensilien dazu hatte er gefunden. Aber mit dem Teeei wusste er nicht umzugehen und er hatte außerdem keine Ahnung vom Mengenverhältnis und der Zeit, die der Tee benötigte, um zu ziehen. Daher hatte er auf Beutel zurückgegriffen, die Enna ebenfalls im Schrank gehabt hatte. Damit machte er nichts falsch und fürs Erste würde das reichen, um wieder warm zu werden.

Als er zurück in die Dusche kam, stand Enna noch immer unverändert und mit geschlossenen Augen unter dem Wasserstrahl. Rasch zog er sich aus, öffnete die Tür zur Duschkabine und schlang die Arme um sie. Erschöpft sah sie ihn an und ließ den Kopf an seine Schulter sinken.

„Alles okay?", flüsterte Paul an ihrem Ohr.

Als Enna nickte, atmete er erleichtert auf.

Schließlich stellte Paul das Wasser ab. Nur wenig später saßen sie auf dem Sofa und hielten die dampfenden Teetassen in den Händen.

„Das war ein echter Schock", meinte Enna in die Stille hinein.

Glücklicherweise hatte ihr Gesicht wieder etwas Farbe angenommen.

Rosi kam zu ihnen getrottet. Fragend sah sie ihr Frauchen an, die neben sich auf das Polster klopfte. Die Hündin sprang hoch, rollte sich zusammen und legte den Kopf auf Ennas Schoß.

Auch Rosi war nass gewesen. Paul hatte sie mit einem Handtuch ordentlich rubbeln müssen, damit die Pudeldame wieder trocken war.

Er beobachtete, wie Enna vorsichtig den Dampf über ihrer Tasse wegpustete, bevor sie in kleinen Schlucken trank. Dann hob sie den Blick und biss sich auf die Unterlippe, bevor sie ansetzte, etwas zu sagen.

„Ich habe mich gefragt, ob dir das auch hätte passieren können", brachte sie schließlich hervor und sah ihn mit großen Augen angsterfüllt an.

Natürlich! Daran hatte er überhaupt nicht gedacht, dass sie die Geschehnisse auf ihn projizierte. Er war davon ausgegangen, dass das Schicksal des Surfers sie mitgenommen hatte. Was für sich genommen schon völlig reichte. Dass sie sich derart um ihn sorgte, rührte sein Herz.

Schnell griff er nach ihrer Hand und drückte sie liebevoll. „Nein, mir wäre das nicht passiert", beteuerte er. „Erstens kann ich dafür gut genug surfen, dass ich mit diesen Bedingungen zurechtgekommen wäre, und zweitens kann ich die äußeren Gegebenheiten einschätzen und weiß, wann ich besser wieder an Land gehe."

Enna schwieg einen Moment. „Was wäre geschehen, wenn wir ihn nicht gesehen hätten?"

Paul zögerte mit der Antwort, wusste gleichzeitig aber auch, dass er sie nicht anlügen durften. „Ich fürchte, das hätte kein gutes Ende genommen", gab er leise zu. „Vielleicht, wenn jemand ihn rechtzeitig als vermisst gemeldet hätte. Aber wenn es dunkel geworden wäre, wäre es schwierig geworden. Er war schon ziemlich kraftlos."

Sie nickte gefasst, als hätte sie sich das schon gedacht. „Es kommt immer mal wieder vor, dass unvorsichtige Touristen gerettet werden müssen", meinte sie dann und trank erneut einen Schluck. „Entweder, weil sie zu weit rausschwimmen, Strömungen unterschätzen oder von der Flut überrascht werden. Diesmal hat es mich nur so mitgenommen, weil ich dich da draußen gesehen habe."

Paul stellte seine Tasse weg und nahm Enna ihre ab, um sie ebenfalls auf den Tisch zu stellen. Dann zog er sie wortlos in seine Arme und hielt sie fest. Sein Herz sprudelte über. Sie hatte sich Gedanken um ihn gemacht, hatte Angst gehabt, er wäre an der Stelle des Surfers gewesen.

„Keine Sorge", flüsterte er an ihrem Ohr. „Ich weiß, was ich tue."

Das stimmte natürlich, wenn es auch Momente gegeben hatte, da er sein Glück auf beinahe unvernünftige Weise herausgefordert hatte. Kurz nach Mias Tod war es ihm egal gewesen, was mit ihm passierte. Es gab Zeiten, da hätte es ihm nichts ausgemacht, wenn die See ihn geholt hätte. Dann wäre er seiner Tochter wieder näher gewesen.

Doch die Zeiten waren besser geworden, er war nicht mehr so zornig auf die Welt und nicht mehr so verzweifelt. Aber er wusste, dass er Enna das unter keinen Umständen erzählen durfte. Zumindest nicht jetzt.

„Du brauchst keine Angst zu haben", flüsterte er erneut und küsste ihren Hals und die empfindliche Stelle unter dem Ohr.

Ennas wohliges Seufzen war wie Musik in seinen Ohren.

„Ich würde es nicht ertragen, wenn dir etwas passiert", gab sie leise zurück. „Dazu bist du mir in der kurzen Zeit zu wichtig geworden."

Paul hielt inne, hob den Kopf und sah sie an. Ihre blauen Augen schimmerten, der Ausdruck darin war ernst. Dahinter erkannte er aber noch so viel mehr, als die Worte eben hätten sagen können.

Voller Dankbarkeit und von tiefer Liebe erfüllt, senkte er seinen Mund auf ihren, kostete von ihren Lippen, die sich weich unter seinen anfühlten und die sich jetzt öffneten, um ihn einzulassen.

Aus Ennas Seufzen wurde ein leises, wohliges Stöhnen, das in seinem Inneren eine Hitze auflodern ließ, die sich in Windeseile in ihm ausbreitete und in seinen unteren Körperregionen zentrierte.

Ohne den Kuss zu unterbrechen, glitt seine Hand unter die flauschige Jacke, die sie trug. Ungeduldig zog er das T-Shirt aus ihrem Hosenbund und erkundete gleich darauf mit seinen Fingern die nackte Haut auf ihrem Bauch und ihrer Seite. Er wanderte höher, fühlte den Stoff ihres BHs. Er umfasste ihre Brust, Enna ließ den Kopf nach hinten sinken und stöhnte verhalten.

Jäh wurde Paul vom Klingeln des Telefons unterbrochen. Unwillig sah er hoch, auch Enna blickte auf. Dann jedoch küsste er sie erneut, wild entschlossen, sich jetzt nicht unterbrechen zu lassen.

Es war Enna, die ihn wegschob. „Solltest du nicht rangehen?", fragte sie sanft.

Er brummte etwas vor sich hin.

„Vielleicht sind es die Retter, die weitere Angaben von dir brauchen?"

„Sie sollen später noch einmal anrufen. Oder morgen."

Enna sah ihn einen Augenblick an, dann seufzte er und erhob sich, um nach seinem Smartphone zu greifen, das auf dem Tisch bei den Teetassen lag. Ein Blick auf das Display sagte ihm, dass es Leon war. Kurz erwog er, das Gespräch nicht anzunehmen. Da er aber sowieso schon in seinem Vorhaben unterbrochen worden war, entschied er sich kurzerhand um. Leon war es zuzutrauen, dass er in fünf Minuten erneut anrief, wenn er das Gespräch jetzt nicht annahm.

„Ich hoffe für dich, dass es wichtig ist", knurrte er statt einer Begrüßung in den Hörer.

„Ich bin mit Sophie im Krankenhaus, ihr geht es nicht gut." In Leons Stimme schwang Besorgnis mit.

Die Worte reichten aus, um Paul eine kalte Dusche zu verpassen. Er setzte sich auf, hielt das Smartphone fest umklammert, das seinen feuchten Fingern zu entgleiten drohte.

„Was ist passiert?"

Enna neben ihm rührte sich, besorgt sah sie ihn an und setzte sich auf.

„Ihr ging es zunehmend schlechter. Sie hat sich außerdem übergeben und fürchterliche Krämpfe bekommen. Ich hielt es für besser, sie zum Arzt zu bringen."

„Wo seid ihr jetzt?"

„Im Krankenhaus, etwas nördlich von Westerland."

Paul schloss die Augen und atmete tief durch. Die Klinik war der letzte Ort, an dem er jetzt sein wollte. Allein beim Gedanken an den Geruch wurde ihm übel. „Ich komme", sagte er dennoch und beendete das Gespräch. Ernst sah er Enna an. „Ich muss los. Das war Leon. Sophie ist im Krankenhaus, ich muss zu ihnen."

Voller Bestürzung sah sie ihn an. „Soll ich mitkommen? Kann ich etwas für dich tun?"

Doch Paul schüttelte den Kopf. „Ich weiß selbst nichts Genaues. Bleib hier und wärm dich weiter auf. Es tut mir leid, dass der Abend so endet. Ich hoffe, du verstehst mich."

„Natürlich. Ich würde an deiner Stelle nicht anders handeln", gab sie sofort zurück.

Wieder breitete sich Wärme in ihm aus. Er hatte nichts anderes erwartet. Enna war einer der hilfsbereitesten Menschen, die er kannte.

„Gibst du mir Bescheid, wenn du etwas weißt?"

„Mach ich", versprach er und war schon halb zur Tür hinaus.

Sicher, sie waren längst kein Paar mehr. Aber Sophies Wohlergehen lag ihm so sehr am Herzen, dass er dafür sogar seine Abneigung gegen Krankenhäuser überwinden wollte. Umgekehrt hätte Sophie nichts anderes für ihn getan. Er konnte nur hoffen, dass Enna Verständnis hatte.

Kapitel 18

Er lag im Bett, das Gesicht so bleich wie das Laken, in dem er lag. Die Augen tief in den Höhlen und von dunklen Schatten untermalt. Jetzt öffnete Tobias die Lider und sah sie an. Er wollte etwas sagen, brachte aber kein Wort über seine Lippen. Enna griff nach seiner Hand, doch immer wieder entglitt sie ihm.

Plötzlich war überall Wasser. Dunkel, beinahe schwarz. Wellen schlugen über Tobias zusammen, zogen sein Gesicht nach unten. Verzweifelt versuchte Enna, nach ihm zu greifen. Sie schmeckte Salz. Dann kam er wieder an die Oberfläche. Nein, es war nicht Tobias, es war Paul, der sich mit aller Kraft an ein Surfbrett klammerte. Erneut waren da Wellen. Das Meer öffnete sich, das Surfboard mit dem Segel wurde hinuntergezogen, dann riss das Wasser sein Maul noch einmal auf und zog Paul nach unten. Verzweifelt versuchte Enna, ihn festzuhalten, doch er entglitt ihr und verschwand in den Fluten.

Sie schrie auf und schreckte hoch. Es war dunkel. Panisch sah sie sich um, bis sie registrierte, dass sie in ihrem Bett saß. Sie war nassgeschwitzt und fror dennoch. Ihr Herz klopfte zum Zerspringen, erst jetzt merkte sie, dass ihre Lippen salzig von den Tränen schmeckten, die ihr über die Wangen rannen.

„Es war nur ein Traum", flüsterte sie und versuchte, sich von der Panik, die sie fest in ihren Klauen hielt, zu befreien.

Ein Fiepen erklang, dann raschelte es und Enna hörte ein Tapsen auf dem Boden. Gleich darauf spürte sie Rosis Schnauze an ihrem Arm. Automatisch tastete ihre Hand nach dem Kopf der Hündin.

Noch immer wummerte ihr Herz. Tobias' Gesicht war zu Pauls geworden. Die See hatte ihn verschlungen, wie es heute vermutlich dem Surfer passiert wäre, wenn sie ihn nicht rechtzeitig bemerkt hätten.

„Es ist nichts geschehen", flüsterte sie erneut und wusste selbst nicht, ob sie mit Rosi redete oder versuchte, sich zu beruhigen. „Paul ist nicht Tobias. Und er kann surfen."

Sie spürte Rosis raue Zunge auf ihrer Hand.

„Komm hoch", flüsterte sie und rückte ein Stück zur Seite.

Das ließ Rosi sich nicht zweimal sagen. Mit einem Satz sprang sie zu Enna aufs Bett und drängte sich gleich dicht an sie. Enna schlang den Arm um die Hündin und vergrub das Gesicht an ihrem Hals.

Nur langsam beruhigte sich ihr Herzschlag. Rational gesehen wusste sie, dass das nur ein Traum war, der den Ereignissen des heutigen Tages geschuldet war. Doch die Panik, die in einem Winkel versteckt dicht unter der Oberfläche gelauert hatte, war wieder da und streckte die Klauen nach ihr aus.

Am liebsten hätte sie Paul angerufen und ihn gefragt, ob es ihm gut ging. Doch warum sollte er in Gefahr sein? Er lag in seinem Camper im Bett und schlief vermutlich seelenruhig.

Spät am Abend hatte er sich noch einmal gemeldet. Sophie ging es schon bedeutend besser.

Kleinlaut erzählte er, dass er es nicht fertiggebracht hatte, ins Krankenhaus hineinzugehen. So war er voller Scham davor auf und ab getigert, während er auf Nachrichten angewiesen war, die Leon ihm per WhatsApp schickte.

Natürlich hatte Enna sofort zu ihm fahren wollen, um ihm beizustehen. Aber er hatte beteuert, dass das nicht nötig sei. Zwar würde Sophie über Nacht in der Klinik bleiben müssen, aber Leon war bei ihr, sodass er zurück auf den Campingplatz gefahren war.

Erleichtert darüber, dass ein Teil von Pauls Sorgen sich gelegt hatte, war Enna ins Bett geschlüpft. Allerdings hatte ein klammes Gefühl sie begleitet. In ihren Gedanken war die Frage herumgegeistert, ob er jemals auch in solche Gefahr geraten würde wie der Surfer, den die Seenotrettung hatte bergen müssen.

Offenbar hatte sie diese Angst mit in den Schlaf genommen, wo sich ihr Unterbewusstsein erfreut darauf gestürzt und alles in einem grauenvollen Albtraum vermengt hatte.

Enna strich über Rosis Fell, die sich dicht an sie kuschelte. Es dauerte ewig, bis sie wieder eingeschlafen war.

Paul war am nächsten Morgen früh wach. Die Ereignisse des gestrigen Tages, zuerst die Rettung des Surfers und dann der Schreck mit Sophies Krankenhausaufenthalt, hatten ihm ordentlich zugesetzt.

Leise kroch er aus dem Bett und verließ den Camper. Was hätte er darum gegeben, heute neben Enna aufzuwachen. Er sehnte sich nach ihr, nach ihrer Umarmung, nach ihren Küssen. Er hatte sich so mies gefühlt, gestern vor dem Krankenhaus.

Er war direkt in die Klinik gefahren, wo Leon auf ihn gewartet hatte. Wild entschlossen hatte er die Eingangstür aufgerissen und einen Schritt über die Schwelle gewagt. Doch dann hatte der typische Geruch ihn empfangen und ihm einen Flashback beschert, der ihm beinahe die Sinne geraubt hatte. Ihm war schwarz vor Augen geworden, er hatte gekeucht und sein Magen war plötzlich so flau gewesen, dass er auf der Stelle kehrtgemacht hatte und nach draußen gestürmt war.

Dieser Beinahezusammenbruch war ihm äußerst peinlich gewesen. Gleichzeitig war er aus Sorge um Sophie fast verrückt geworden.

Leon war schließlich herausgekommen, da Sophie im Moment untersucht wurde. Sein Freund war bleich gewesen, die Sorge um die Frau, die er liebte, stand ihm deutlich ins Gesicht geschrieben.

In wenigen Worten hatte er Paul in Kenntnis gesetzt. Gemeinsam hatten sie draußen gewartet, bis sie einen Anruf erhielten. Es hatte eine Ewigkeit gedauert, bis sich schließlich eine junge Ärztin telefonisch bei ihnen gemeldet und versichert hatte, dass alles in Ordnung war. Die Beschwerden, die Sophie hatte, kamen immer mal wieder vor. Sie verstand die Besorgnis der Männer, beteuerte aber, dass alles okay sei.

Natürlich war Leon sofort wieder ins Gebäude geeilt, während Paul langsam nach Hause gefahren war. Er hatte all das erst einmal verdauen müssen und gleichzeitig seine Scham darüber bekämpfen müssen, wie feig er war, dass er vor der Tür gewartet hatte.

Das war so erbärmlich. Er wusste, dass er nicht immer vor einem Krankenhaus stehen konnte. Irgendwann würde der Tag kommen, an dem ihm gar nichts anderes übrig blieb, als hineinzugehen. Aber der Geruch, das Geräusch der Schuhe auf dem Boden, die Menschen mit ihren Krankenhauskitteln und den ernsten Mienen, all das erinnerte ihn an die Monate, die er praktisch im Krankenhaus gewohnt hatte. Als er und Sophie gemeinsam um Mias junges Leben gebangt und ihr beim schwersten Kampf ihres Lebens hatten beistehen wollen, obwohl sie doch noch so winzig war. Nur um hilflos zusehen zu müssen, wie sie schließlich verlor und ein Stück von ihnen mitnahm.

Plötzlich war alles wieder so präsent gewesen, dass er keine Luft mehr bekommen hatte.

Gleichzeitig war da die Sorge gewesen, dass Enna sauer sein könnte, wenn er an der Seite seiner Ex-Frau stand, statt bei ihr zu sein. Aber zum Glück hatte sie verständnisvoll reagiert und ihm versichert, dass alles okay sei. Jetzt jedoch hätte er sie gern bei sich gehabt. Doch Enna musste arbeiten und da wollte er sie nicht stören.

Paul schnappte das Fahrrad und radelte zum Bäcker. Noch war wenig los, der Wind hatte sich gelegt, die Luft war klar und frisch. Sie half ihm, seine Gedanken zu sortieren. Er seufzte. Irgendwann hatte es so weit kommen müssen. Auch sein Leben hatte mit Enna eine neue Wendung bekommen. Dennoch fühlte es sich seltsam an.

Mit den Brötchen, die noch leicht warm waren und einen wunderbaren Duft aus der Tüte verströmten, radelte er zurück und bereitete das Frühstück zu.

Er saß beim ersten Kaffee, als Nina und Evi erschienen. Verschlafen blinzelten sie in die Sonne.

„Hast du etwas von Sophie gehört? Wie geht es ihr?" Mit großen Augen sah Evi ihn an.

„Es ist alles in Ordnung", antwortete er und spürte selbst die Erleichterung darüber. „Sie darf heute schon wieder nach Hause. Vermutlich hat sie nur etwas Schlechtes gegessen.

Möchtet ihr Kaffee?", versuchte er, das Thema zu wechseln. „Ich war sogar schon beim Bäcker."

„Klingt gut." Nina ließ sich auf einen Stuhl sinken und griff nach der Brötchentüte, um einen Blick hineinzuwerfen. „Vermutlich können wir das Surfen heute wieder knicken. War wohl nichts mit dem beständigen Wind."

„Das ist nur heute, morgen soll es schon wieder gehen", meinte Evi.

„Hast du gehört? Gestern ist ein Surfer in Not geraten. Er musste gerettet werden."

Dankbar, dass das Gespräch in eine andere Richtung abdriftete, berichtete Paul, was sich zugetragen hatte.

„Ein Glück, dass ihr ihn gesehen habt." Nina hatte ein Croissant aus der Tüte gefischt und rupfte kleine Stücke ab, die sie sich in den Mund steckte.

In dem Moment kündigte Pauls Handy eine WhatsApp an. Sofort wieder alarmiert zog er es aus der Tasche. Doch es war Enna, die ihm einen guten Morgen wünschte.

„Enna?" Evi lächelte ihm zu.

„Natürlich, wer sonst?", warf Nina spöttisch ein. „Schau dir doch sein Gesicht an. Das dämliche Grinsen sagt alles."

„Sei nicht so fies. Er ist verliebt."

Die Frauen lachten.

„Wenn ihr frech werdet, sage ich euch nicht, dass Heike euch für heute Abend zu einer privaten Produktvorführung eingeladen hat. Zumindest hat Enna mir das gerade mitgeteilt. Ab acht Uhr dürft ihr in ihren Laden kommen, der nur für euch geöffnet sein wird."

Nun begannen die Augen der beiden zu glänzen. Nina setzte sich aufrecht und holte ihr Smartphone hervor. „Ich habe mir eine Liste geschrieben, was ich einkaufen und was ich fragen möchte", erklärte sie mit glänzenden Augen.

Spätestens jetzt waren die Frauen beschäftigt, stellte Paul zufrieden fest. Er hoffte nur, dass auch Sophie teilnehmen konnte.

Enna war bereits um sieben Uhr bei Heike, um ihr bei den Vorbereitungen für ihre private Vorführung zu helfen.

Joe hatte zwei Platten mit Häppchen für sie vorbereitet, die sie der ausgewählten Gruppe später anbieten wollte, außerdem gab es Sekt und weitere kalte Getränke.

Enna war mit den Gedanken noch immer bei den Geschehnissen des gestrigen Tages. Sie hatte Ewigkeiten gebraucht, um wieder in den Schlaf zu finden, und auch heute ließ sie der Albtraum nicht los. Dass sich Tobias' und Pauls Gesichter übereinandergelegt hatten und dann beide dem Meer zum Opfer gefallen waren, hatte sie zu Tode erschreckt. Natürlich hatte sie immer wieder Träume, in denen Tobias vorkam, aber so präsent und so real war schon lange keiner mehr gewesen.

„Hallo?", fragte Heike und wischte mit der Hand vor ihrem Gesicht auf und ab.

Erschrocken hob Enna den Blick und sah ihre Freundin an. „Hast du etwas gesagt? Entschuldige bitte, ich bin ein wenig unaufmerksam im Moment. Tut mir leid."

Heike sah sie mit schief gelegtem Kopf an. „Das kann man wohl sagen. Du wirkst, als seist du völlig durch den Wind. Sei mir bitte nicht böse, du siehst auch fürchterlich aus."

„Tut mir leid. Was hast du gerade gesagt?"

„Ob wir den Tisch in die Mitte schieben können."

„Natürlich." Enna ging hinüber und packte an der Seite an. Schweigend trugen sie das Möbelstück an die entsprechende Stelle. Heike breitete eine weiße Tischdecke darauf aus, um die Probenflaschen der Produkte, die sie zeigen wollte, ansprechend zu präsentieren.

„Willst du mir sagen, was dich bedrückt?", fragte sie schließlich in die entstandene Stille hinein und sah Enna aufmerksam an. „Hattest du Streit mit Paul? Liegt es an seiner Ex-Frau?"

Enna hatte ihr erzählt, dass Sophie im Krankenhaus gewesen war und dass Paul letzte Nacht zu ihr gefahren, allerdings nicht hineingegangen war.

Verlegen zuckte sie mit der Schulter. „Nein, an Sophie liegt es nicht. Ich verstehe ja, dass sie und Paul sich nahe stehen. Auf gewisse Weise ist das wie bei Tobias und mir. Er wird auch immer ein Teil meines Lebens sein."

„Hört, hört, das sind ganz neue Töne. Ich bin froh, dass du das so siehst. Das habe ich dir immer gesagt." Heike schenkte ihr ein warmes Lächeln.

„Gestern ist beinahe ein Surfer verunglückt", sagte Enna unvermittelt und holte Gläser aus einem Karton, die sie auf den Tresen stellte. Später sollten hier außerdem die Häppchen und Getränke stehen.

„Ich habe davon gehört. Die Seenotrettung hat ihn herausgezogen. War wohl völlig am Ende seiner Kräfte."

„Ich war dabei", sprach Enna leise weiter und sah Heike jetzt an. „Paul hat die Rettung informiert, weil er die Sachlage richtig eingeschätzt hat."

Heike kam zu ihr herüber und strich ihr mitfühlend über den Arm. „Das wusste ich nicht. Wie schrecklich."

Enna schluckte.

„Du hast Paul statt des anderen Surfers draußen gesehen, richtig?"

Ein dicker Kloß stieg Ennas Kehle hinauf. Ihre Augen brannten bereits verdächtig, als sie nickte. „Was, wenn er es gewesen wäre?"

Schnell nahm Heike sie in den Arm und drückte sie fest an sich. „Sicher hat er dir aber gesagt, dass er das Surfen beherrscht und dass er bei den Bedingungen nicht hinausgegangen wäre. Der Typ gestern konnte es wohl noch nicht so gut. Zumindest hört man das."

„Sicher." Enna machte sich von Heike los und sah sie an. „Er hat mir das auch erklärt. Ich weiß, dass das nicht rational ist. Trotzdem hatte ich letzte Nacht einen schlimmen Albtraum."

Sie schilderte Heike, wie sie aufgewacht war.

„Ach Süße, das tut mir so leid."

„Ich verstehe ja, dass das Blödsinn ist", meinte Enna und hörte gleichzeitig, wie verzweifelt sie klang. „Logisch ist das nicht zu erklären. Trotzdem habe ich Angst. Was, wenn ich Paul auch verliere?" Ihre Stimme war kaum mehr als ein Flüstern. Nun liefen ihre Augen doch über, erste Tränen rollten über ihre Wange.

Heike fasste sie an den Händen und drückte sie fest. „Du wirst Paul nicht verlieren. Warum auch?"

Hilflos zuckte Enna mit der Schulter und wischte die Tränen fort.

„Rede mit ihm", sagte Heike eindringlich. „Er wird es verstehen."

„Ich überlege es mir. Ich mag nur nicht, dass er mich für irrational oder hysterisch hält."

„So sieht er dich bestimmt nicht. Mit deiner Vorgeschichte ist das doch kein Wunder. Aber lass nicht zu, dass wieder eine Beziehung in die Brüche geht, weil Angst oder Panik sie zunichtemachen, okay?"

Enna nickte. Dankbar nahm sie das Taschentuch an, das Heike ihr reichte.

„Eigentlich sind wir doch fertig, oder?" Heike sah sich um. „Lass uns einen Schluck trinken und dich ein wenig ablenken." Liebevoll legte sie den Arm um Enna und zog ihre Freundin zum Tresen hinüber.

Was würde sie nur ohne Heike machen? Ihre Freundschaft war etwas ganz Besonderes.

„Weißt du eigentlich, wie toll es ist, dass ich dich habe?" Ihr Lächeln geriet noch etwas schief, aber die Tränen waren versiegt.

„Süße, wenn ich dich nicht hätte, würde es das *Möwennest* nicht mehr geben und Joe hätte vermutlich auch das Weite gesucht."

Jetzt grinste Enna doch. Plötzlich kam es ihr selbst bescheuert vor, dass sie sich noch immer so von ihrer Angst einnehmen ließ. Es war höchste Zeit, dass sie das überwand.

Kurz vor acht trudelten Evi, Nina und Sophie ein. Im Schlepptau die Männer, die ebenfalls neugierig waren.

Paul nahm Enna in den Arm und küsste sie vor allen anderen. Verlegen sah sie sich anschließend um, blickte aber nur in begeisterte Gesichter. Auch Sophie schenkte ihr ein warmes Lächeln, was Enna am meisten bedeutete. Für Pauls Clique war sie schon die neue Normalität, was Enna mit tiefer Dankbarkeit erfüllte.

„Geht es dir gut?", fragte Enna an Sophie gewandt. „Du hast uns gestern einen ganz schönen Schrecken eingejagt. Ist alles okay? Wir hätten den Abend auch verschieben können."

„Nein. Mir geht es wirklich bedeutend besser. Vermutlich habe ich mich beim Surfen übernommen." Sie zuckte mit der Schulter. „Und dann noch etwas Schlechtes gegessen. Der Arzt meinte, ich soll mich ein paar Tage schonen, dann bin ich wieder wie neu."

Prüfend sah Enna sie an. Ein bisschen blass wirkte Sophie zwar noch, aber sie schien guter Dinge zu sein.

„Du meldest dich, wenn es dir zu viel wird?"

Statt einer Antwort lächelte Sophie und nickte dankbar.

„Wir haben dir einen Stuhl hergestellt." Enna deutete zu dem Tisch hinüber. „Du kannst dich gern setzen."

„Danke. Du hast keine Ahnung, was mir das wert ist." Sie wurde ernst. „Du bedeutest Paul viel. Und er mir, wenn auch längst auf andere Weise als damals. Mir ist klar, dass es Außenstehenden komisch vorkommen mag, wie unser Umgang miteinander ist. Aber Leon und Paul haben kein Problem damit und ich würde mich sehr freuen, wenn wir das auch so hinbekommen."

Spontan nahm Enna Sophie in den Arm. „Von mir aus gern", gab sie zurück und meinte jedes Wort so.

Die Frauen wandten sich der Auslage des Ladens zu und sahen sich interessiert um, während die Männer auf der Seite standen und nicht wussten, wohin sie sich wenden sollten.

„Ich war zwar nicht darauf vorbereitet, dass auch Männer kommen, aber wenn ihr Lust habt, seid ihr natürlich ebenfalls herzlich eingeladen." Heike lachte in die Runde.

Leon und Alexander winkten jedoch gleich ab. „Wir wollten nur kurz schauen", meinte Leon. „Wir gehen ein Bier trinken."

„Ich wäre lieber gern bei dir geblieben und hätte da weitergemacht, wo wir gestern Abend unterbrochen worden sind", raunte Paul Enna ins Ohr.

Sein warmer Atem kitzelte sie am Hals und sorgte für eine Gänsehaut. Beim Gedanken an das, was sie gestern getan hatten, breitete sich Hitze in ihr aus und sie spürte, wie die Verlegenheit ihre Wangen färbte.

„Aber ich schätze, mir bleibt nichts anderes übrig, als mit meinen Kumpels ein Bier zu trinken. Ich habe aber fest vor, mich heute Abend nicht unterbrechen zu lassen. Vorausgesetzt, du nimmst mich wieder mit zu dir nach Hause. Ich glaube, ich habe gestern meine Tasche bei dir stehen lassen." Er wackelte so komisch mit den Augenbrauen, dass Enna kicherte.

Mit einem letzten Kuss verabschiedete sich Paul von ihr und verließ mit seinen Freunden das Geschäft, um die Kneipenszene Westerlands unsicher zu machen.

„So, Ladys, wie sieht es aus? Zuerst ein Gläschen Sekt?" Heike sah sich um. „Und danach stürzen wir uns auf das, was euch interessiert. Wir probieren Honig oder machen Peelings oder was immer ihr wollt."

„Das klingt fantastisch", meinte Evi verzückt.

„Genau in der Reihenfolge", schloss sich Nina an.

„Für mich bitte keinen Sekt", wehrte Sophie ab. „Mein Magen ist noch ein wenig empfindlich, ich möchte ihm nicht gleich wieder zu viel zumuten."

Der Abend wurde ein voller Erfolg. Sie lachten viel und hatten Spaß miteinander. Enna genoss es, neue Freundinnen gefunden zu haben. Speziell mit Evi und Sophie verstand sie sich ausgezeichnet, aber auch Nina verbarg hinter ihrer spröden und burschikosen Art ein weiches Herz.

Zu später Stunde klingelte Heikes Kasse und die Frauen verließen mit großen Taschen, an denen sie schwer zu tragen hatten, das Geschäft.

„Danke", flüsterte Heike Enna zu. „Das war eine tolle Idee von dir. Mir hat es großen Spaß gemacht. Ich denke, daran werde ich festhalten und das künftig anbieten, wenn es jemand buchen möchte."

Sie trafen sich mit den Männern und riefen Taxen, um zurück zum Campingplatz zu kommen. Paul jedoch stieg mit Enna in den Bus. Weil er herumdruckste und nicht über den vergangenen Abend und seine Krankenhausphobie reden wollte, behielt auch Enna ihren Albtraum für sich. Jetzt, da Paul bei ihr war, schien er nicht mehr wichtig zu sein. Außerdem hielt er Wort. Kaum hatte sich die Haustür hinter ihnen geschlossen, setzte er fort, was er am gestrigen Abend begonnen hatte.

Kapitel 19

Zu Pauls Erleichterung hatte sich die Lage normalisiert. Sophie ging es deutlich besser, und die Nacht in Ennas Armen war Balsam für seine Seele gewesen. Stumm schien sie ihn zu verstehen, nahm ihm die Scham für das Versagen. Außerdem hatte sie die Macht, sein Herz, das wieder gelitten hatte, zu heilen und linderte den Schmerz, den er noch immer verspürte, wenn er an Mia und die Zeit, die sie im Krankenhaus verbracht hatten, dachte.

Paul fühlte, dass auch in Enna etwas vorgegangen sein musste. Erneut hatte er sie gefragt, ob es daran lag, dass er zu Sophie geeilt war. Doch sie hatte müde abgewunken und lächelnd erklärt, dass sie das verstand. Er hatte ihr geglaubt, weil er fühlte, dass auch sie nicht über das reden wollte, was sie bewegte.

Nach einer Nacht voller Leidenschaft, Verzweiflung und Begehren waren sie erschöpft in den Schlaf gesunken und hatten Vergessen beim anderen gesucht.

Am kommenden Morgen schienen all die schlechten Emotionen verschwunden zu sein. Übrig war ein Gefühl stummen Einverständnisses und tiefer Liebe. Etwas, das ihnen augenscheinlich beiden guttat.

„Heute Mittag bleibt die Praxis geschlossen", sagte Enna beim Frühstück. Sie hatte leichte Schatten unter den Augen, lächelte ihn aber voller Zuneigung an. „Wie sieht es aus mit dem Wind?"

„Für dich oder für mich?", neckte er sie und aß sein Müsli.

Das gemeinsame Frühstück war der perfekte Start in den Tag. Enna hatte gefragt, ob er lieber Brötchen mochte, doch für ihn waren die Flocken ausreichend, solange er sie in Ennas Gesellschaft genießen durfte.

Enna tat, als dächte sie angestrengt nach. „Ist das denn ein Unterschied?", fragte sie unschuldig und sah ihn mit einem koketten Augenaufschlag an.

„Ein wenig. Möglicherweise. Noch. Aber das ändert sich mit jedem Tag, den du auf dem Wasser verbringst. Was meinst du, wollen wir es heute gemeinsam wagen?"

„Nichts lieber als das." Sie erwiderte sein Lächeln und machte ihn damit zum glücklichsten Mann der Welt. Wieder erinnerten ihn ihre Augen an die Meerjungfrau aus dem Bilderbuch, das er vor Mias Geburt gekauft hatte. Es gab ihm Hoffnung, dass auch er sein Glück im Leben finden würde. Vielleicht zusammen mit Enna. Auf jeden Fall war der momentane Zustand schon nah dran.

Nach dem Frühstück fuhr Paul zurück auf den Campingplatz. Sophie ging es bedeutend besser. Sie war zu Scherzen aufgelegt und verlangte bereits wieder danach, aufs Wasser zu können.

„Nicht heute", sagte Leon streng. „Du ruhst dich aus. Ohnehin ist der Wind zu gering. Heute Nacht kommt eine Schlechtwetterfront und bringt ordentliche Geschwindigkeiten mit. Vielleicht geht es morgen wieder." Mit gerunzelter Stirn sah er Paul an. „Was machst du da?"

Der konnte das Grinsen nicht verkneifen. „Mein Surfzeug zusammenpacken."

„Du willst doch nicht etwa aufs Wasser? Bist du krank?"

„Lass ihn." Sophie lächelte verhalten. „Ich nehme an, er gibt eine Surfstunde."

Paul sagte nichts. Er wusste auch so, dass sein Gesicht Bände sprach.

Am Nachmittag war er wieder bei Enna. Er konnte es kaum erwarten, Zeit mit ihr und Rosi zu verbringen. Längst hatte er bemerkt, dass die Hündin Ennas Anker war. Wann immer sie Unsicherheit in sich verspürte, schien das auch die Hündin zu bemerken und lief zu ihr, um ihr zur Seite zu stehen. Dann vergrub Enna die Hand in Rosis Fell und streichelte ihr unablässig über den Rücken.

Auch Paul hatte sich längst an die Pudeldame gewöhnt. Sie versprühte eine unfassbare Energie und es machte Freude, ihr zuzusehen, wie sie am Strand herumtollte. Selbst mit den Wellen freundete sie sich langsam an. Keine Frage, Rosi hätte es schlechter treffen können. Erst gestern hatte Enna ihm erzählt, dass die Papiere bei ihr eingetroffen waren. Offenbar konnte es der Tochter der alten Dame nicht schnell genug gehen, die Hündin loszuwerden. Das war traurig, gleichzeitig aber tröstlich zu sehen, wie gut Rosi es getroffen hatte.

Den Nachmittag, der noch einmal erstaunlich warm war, verbrachten sie in den Fluten. Enna übte mit Feuereifer. Jetzt, da auch Paul wieder ins Wasser konnte, zeigte er ihr einige Kniffe, die sie sofort ausprobierte und nachmachte.

Es war herrlich zu sehen, welche Freude Enna dabei hatte. Im Meer schien alles von ihr abzufallen, sie war unbeschwert, lachte und alberte mit ihm herum. Endlich brauchte er sich nicht mehr zurückhalten, durfte sie küssen und im Arm halten.

Enna war eine gelehrige Schülerin. Mittlerweile hielt sie sich immer länger auf dem Board und auch die Wenden, die sie probierte, klappten öfter.

„Du bist schon sehr gut, aber du solltest wirklich noch mehr üben", erklärte er ernst, als sie eine Pause machten, konnte das Schmunzeln dann aber doch nicht zurückhalten.

Dicht aneinandergekuschelt genossen sie den Kuchen, den Paul zuvor in der *Kupferkanne* besorgt hatte.

„Ein gemeinsamer Urlaub ist genau das Richtige. Ich habe nachgesehen, ich habe noch eine Woche Resturlaub. Hast du Lust, die mit mir am Meer zu verbringen? Wenn wir es geschickt anstellen, können wir einen Feiertag und die Brückentage mitnehmen und etwas weiter wegfahren, wo es um diese Jahreszeit noch schön warm ist. Da kannst du jede Menge üben."

In ihren Augen lag ein aufgeregtes Funkeln. „Liebend gern! Ich hatte sowieso schon lange keinen richtigen Urlaub mehr. Eine Woche werden meine Patienten ohne mich aushalten."

„Du darfst natürlich auch mit." Er strich Rosi über das Fell, die die Gelegenheit nutzte, um ihm ihre Zuneigung zu bekunden. Im letzten Moment schaffte er es, sein Gesicht in Sicherheit zu bringen. Sie leckte ihm daher nur begeistert über die Hand.

Enna lachte. „Sie liebt dich."

„Was kann ich mich glücklich schätzen, mit zwei so tollen Frauen an meiner Seite." Paul grinste. „Wie sieht es aus? Möchtest du noch eine Runde aufs Wasser? Anschließend fahren wir zurück zu dir, duschen gemütlich und kochen uns etwas Schönes. Danach suchen wir uns ein hübsches Urlaubsziel und buchen einen Campingplatz."

Das glückliche Lächeln, das Enna ihm zuwarf, zeigte ihm, wie sehr auch sie sich darauf freute, mehr Zeit mit ihm verbringen zu dürfen. Und seinen Arbeitgeber würde er schon überreden, ihm nach so kurzer Zeit eine weitere Woche Urlaub zu geben.

Kapitel 20

Mit gerunzelter Stirn sah Enna aufs Wasser hinaus, die Hand hatte sie in Rosis Fell vergraben.

Seit dem frühen Morgen war Paul auf dem Meer. Enna verstand ihn nur zu gut und hatte sofort eingewilligt, ihn heute zu begleiten und ihm zuzusehen. Endlich wollte sie ihn in Aktion erleben. Auch die Clique hatte sich am Strand eingefunden. Alle hatten ein Glitzern in den Augen, das zeigte, wie begierig sie auf die perfekten Bedingungen waren.

Nun sauste Paul über das Wasser, sprang immer wieder hoch, dass Enna meinte, ihr müsste das Herz stehen bleiben, so waghalsig sah das aus. Doch sie versuchte, das mulmige Gefühl zu unterdrücken.

Als Sophie nach einer Stunde lachend aufgab, war sie froh, etwas Ablenkung von Pauls draufgängerischen Manövern zu haben.

„Mir fehlt es noch ein wenig an Kraft." Erschöpft ließ sich Sophie neben ihr in den Sand plumpsen.

Seit geraumer Zeit saßen sie nun hier, in Fleecejacken gehüllt dem kräftigen Wind trotzend. Überrascht stellten die Frauen fest, dass sie dieselben Lieblingsschriftstellerinnen hatten. Ohnehin ähnelte sich ihr Lesegeschmack bei den Liebesromanen sehr. Das Buch, das Enna Sophie neulich geschenkt hatte, hatte sie bereits gelesen und schwärmte in den höchsten Tönen davon.

„Ich war ja zur Untätigkeit verdammt, da kam mir der Roman gerade recht. Du musst ihn unbedingt auch lesen. Ich würde mich so freuen, wenn wir uns darüber austauschen könnten."

Das Leuchten in Sophies Augen zeigte Enna, wie ernst sie es meinte. Sie lächelte stumm in sich hinein. Wie herrlich es war, so unbeschwert mit Sophie zu plaudern. Dass sie Pauls Ex-Frau war, hatte Enna mittlerweile völlig ausgeblendet. Nicht nur das, sie hatte das Gefühl, in Sophie eine neue Freundin gefunden zu haben.

„Pass auf, ich leihe dir das Buch aus."

„Ich werde es aber nicht schaffen, es zu lesen, solange ihr noch hier seid. Dafür habe ich zu viel zu tun." Außerdem genoss sie Pauls Gesellschaft zu sehr, als dass sie die wenigen Stunden der Freizeit, die sie neben der Arbeit hatte, mit Lesen verbringen wollte.

„Das ist nicht schlimm", winkte Sophie ab. „Du besuchst mich einfach, wenn du fertig bist. Dann kommst du zu mir in den Laden, wir suchen dir ein schönes Shirt aus und quatschen anschließend über den Roman. Ich gehe sowieso davon aus, dass wir uns künftig öfter sehen." Sie zwinkerte ihr zu.

Mit welcher Selbstverständlichkeit auch Sophie akzeptiert hatte, dass sie die neue Frau an Pauls Seite war, war bewundernswert. Wieder einmal stellte Enna anerkennend fest, wie toll sie ihre Trennung offenbar gemeistert hatten.

„Nanu, Nina scheint genug zu haben", meinte Sophie plötzlich neben ihr.

Tatsächlich näherte sich die zierliche, schlanke Frau. Sie wirkte erschöpft, aber glücklich.

„Die Bedingungen sind der Hammer", rief sie schon von Weitem. „Sophie, du musst unbedingt noch einmal mitkommen. Meterhohe Wellen, perfekt zum Springen geeignet. Und der Wind, du bekommst so einen Speed drauf. Ich muss etwas trinken und mir einen Müsliriegel reinpfeifen, dann bin ich wieder draußen und komme heute nicht mehr vom Wasser." Sie ließ sich neben Enna in den Sand fallen und hüllte sich in ein Handtuch ein.

Ennas Blick wanderte nach draußen aufs Meer. Deutlich erkannte sie Pauls Segel an dem gelben Streifen im Blau. Er hatte ordentlich Geschwindigkeit drauf, drehte plötzlich ein wenig, um eine Welle fast im rechten Winkel zu nehmen. Beinahe senkrecht stieg er in die Luft, das Board zeigte steil nach oben.

Ennas Herzschlag setzte einen Moment aus, als Paul hochgehoben wurde. Er wird zerschellen, durchzuckte es sie, sein Körper wird auf der Wasseroberfläche zerschmettern und anschließend in den Fluten versinken. Fast so, wie es dem geretteten Surfer neulich ergangen war. Was, wenn Paul ohnmächtig wurde?

Ein Klumpen so groß wie ein Felsbrocken bildete sich in ihrem Magen, als Paul sich in der Luft drehte. In ihren Ohren rauschte es nur noch, ein Schrei blieb ihr im Hals stecken.

Dann landete Paul und surfte weiter, als sei nichts geschehen.

Neben ihr johlte Nina. Begeisterung und Respekt lagen gleichermaßen in dem Laut. „Er ist der Wahnsinn!"

Auch Sophie stieß einen Laut der Bewunderung aus, während Enna am liebsten aufgesprungen wäre und Paul aus dem Wasser gezerrt hätte. Das Szenario, das sie sich ausgemalt hatte, hatte sie überdeutlich vor Augen. Angst schnürte ihr die Kehle zu.

Plötzlich spürte sie eine Hand auf ihrem Arm. „Atme", verlangte Sophie ruhig. „Es ist nichts passiert, ihm geschieht nichts."

Nur langsam sickerten die Worte in ihre Ohren und erreichten den Verstand.

„Du bist käseweiß."

„Das sah ... schrecklich aus", stammelte Enna.

„Er weiß, was er tut. Glaub mir. Er macht das schon so lange. Sicher sieht das spektakulär aus, aber das ist nichts im Vergleich zu den Loops und Sprüngen, die du beim *Windsurf World Cup* sehen wirst."

„Kann da nichts passieren?"

Nina neben ihr zuckte mit der Schulter. „Geschehen kann immer etwas. Ein Mastbruch, oder du bekommst den Mast oder das Board an den Kopf, wenn du nicht sauber landest, dann wirst du ohnmächtig."

„Aber das passiert so gut wie nie." Sophie warf Nina einen vernichtenden Blick zu. „Außerdem surfen wir nie allein. Wir passen aufeinander auf. Glaub mir, Paul weiß, was er tut. Er geht kein unnötiges Risiko ein."

Erneut war es Nina, die neben ihr prustete. „Na, so ganz stimmt das aber nicht."

„Sei still", fauchte Sophie.

„Wieso? Enna soll die Wahrheit ruhig erfahren. Sie muss wissen, worauf sie sich einlässt. Paul hat schon das eine oder andere gemacht, was nicht ganz ohne war. Aber es stimmt natürlich, passiert ist ihm bisher nichts."

„Solche Sachen wie eben?" Enna merkte selbst, wie dünn ihre Stimme klang.

„Das eben? Das war gar nichts."

„Nina, es reicht jetzt", mischte sich Sophie erneut ein. „Du weißt doch überhaupt nicht, wovon du sprichst."

„Na hör mal, ich kenne Paul auch nicht erst seit gestern."

„Ich möchte das wissen. Alles." Enna war erstaunt, wie gefestigt und abgeklärt sie war, während sie die Frauen anstarrte. Fast meinte sie, kein Blut mehr in ihren Adern zu haben. Stattdessen flossen Eiskristalle durch ihre Blutbahnen. Das Rauschen des Meeres wurde zu einem Hintergrundgeräusch.

Paul hatte stets betont, wie ungefährlich das Surfen war. Und jetzt erzählte ihr Nina, dass er selbst immer wieder ein Risiko einging, ein unnötiges noch dazu. Warum tat er das? Hatte er sie belogen? Sie wollte, ja, sie musste die Wahrheit erfahren.

Nina sah sie offen an, während Sophies Miene Bestürzung ausdrückte. Doch sie begann zu reden, bevor Nina Luft holen konnte. Dabei warf sie der Freundin einen vernichtenden Blick zu.

„Es ist nicht so, wie Nina es darstellt."

Nina sagte zwar nichts, aber Enna beobachtete sie genau, ihr Blick sprach Bände. Abwartend schaute sie Sophie an.

„Nina hat recht. Früher hat Paul vielleicht das eine oder andere Manöver gemacht, das nicht ganz glücklich war."

Enna schluckte.

„Möglich, dass er sich dabei auch einmal in Gefahr gebracht hat. Aber das ist längst Geschichte. Er weiß einzuschätzen, was er sich zutrauen kann. Du brauchst dir wirklich keine Sorgen zu machen, dass er ein unnötiges Risiko eingeht."

„Aber er hat es schon getan."

„Ja, aber da waren die Voraussetzungen andere. Er war jünger und vielleicht ein wenig zu sorglos. Aber du hast ihn kennengelernt. Mittlerweile ist er ein umsichtiger Mensch. Er liebt dich, glaub mir. Er würde sich nicht in Gefahr bringen."

Enna schwieg, brütete über Sophies Worten, während sie vor sich in den Sand starrte. Wie sehr konnte sie darauf vertrauen, dass Paul kein Wagnis mehr einging?

In ihrem Kopf purzelten die Gedanken wild durcheinander. Rosi stupste sie gegen das Bein, aber nicht einmal sie schaffte es, die Panik zurückzudrängen, die sich wie fauliges Gift in rasender Geschwindigkeit in Enna ausbreitete und sich anschickte, auch den letzten Winkel ihres Körpers zu erobern.

Die Frauen saßen schweigend am Strand. In Enna herrschte Leere. Sophie berührte sie am Arm. Als Enna aufsah, bemerkte sie Sophies bekümmerten Blick, aber Enna wusste nicht, was sie sagen sollte, um die Stimmung zu heben.

Nina hingegen schien beleidigt zu sein. Sie saß mit verkniffener Miene neben ihnen und starrte hinaus auf das Wasser. Zwischen ihren Augen hatte sich eine steile Falte gebildet.

„Da kommt er ja", meinte sie schließlich unvermittelt. „Dann kannst du ihn selbst fragen."

Enna wandte den Kopf. Tatsächlich überquerte Paul gerade den Strand. Deutlich war seine muskulöse Gestalt unter dem Neoprenanzug zu erkennen. Die blonden Locken hingen ihm wild in die Stirn, Nässe tropfte aus seinem Haar. Sein Gesicht zierte ein breites Grinsen, seine Augen leuchteten. Er wirkte, als hätte das Adrenalin seinen Körper komplett im Griff.

Paul konnte sein Glück kaum fassen. Was für ein herrlicher Tag auf dem Wasser, die Bedingungen waren perfekt. So viel Spaß hatte er seit Langem nicht mehr gehabt, und wenn er an Land ging, saß die neue Liebe seines Lebens am Strand und wartete auf ihn.

Enna hatte sich in die Fleecejacke gekuschelt. Der Wind zauste an ihrem Haar, das ihr ums Gesicht wehte. Rosi lag zu ihren Füßen und ließ sich kraulen. Dass Sophie neben Enna saß, erfüllte ihn mit Freude. Die beiden Frauen verstanden sich hervorragend.

Gestern Abend hatten Enna und er einen hübschen kleinen Campingplatz in Südfrankreich ausgemacht, auf dem sie ihren nächsten Urlaub verbringen wollten. Mit seinem Arbeitgeber hatte er bereits abgeklärt, dass er weitere freie Tage so kurz nach seinem Syltaufenthalt nehmen durfte. Sein Chef war zwar nicht begeistert gewesen, wusste aber auch, was das letzte Projekt Paul abverlangt hatte. Daher hatte er versprochen, ein Auge zuzudrücken, wenn sein Angestellter danach erholt und mit frischem Elan an den Schreibtisch zurückkehrte.

Nun brauchte er eine kleine Pause, etwas zu trinken, vielleicht eine kleine Stärkung. Noch mehr allerdings sehnte er sich nach einer Umarmung und einem Kuss von Enna. So gestärkt konnte er wieder aufs Wasser und sich den Rest des Tages mit surfen vertreiben. Bevor er später mit Enna nach Hause fahren würde, um dort den Abend und die Nacht mit ihr zu verbringen. Sein Leben war von einem Moment auf den anderen perfekt geworden.

Er hielt kurz inne. Warum saß Enna so angespannt neben Sophie? Paul kniff die Augen zusammen. Was hatte sie? Erst jetzt bemerkte er, dass sie Rosi nicht einfach nur kraulte. Ihre Hand hatte sich tief ins Fell der Hündin gegraben, die unbeweglich neben Enna saß.

Auch Sophie sah ihm bekümmert entgegen, während Nina dumpf vor sich hin brütete und ausgesprochen schlecht gelaunt wirkte.

Er legte einen Zahn zu, die Frauen sahen ihn an. In ihren Mienen las er die unterschiedlichsten Gefühlsregungen und konnte sich keinen Reim darauf machen.

Als er sie fast erreicht hatte, löste Enna die Hand aus Rosis Fell und sah ihn mit einem düsteren Gesichtsausdruck an. „Ich muss mit dir reden", verlangte sie und klang so ernst, wie er sie noch nicht erlebt hatte.

Erschüttert registrierte er, wie Sophie Nina ein Zeichen gab. Sie stand auf, Nina folgte nach kurzem Zögern. Mittlerweile wirkte sie regelrecht wütend. Die Frauen zischten sich an, doch Paul verstand nicht, was sie sagten. Er hatte nur Augen für Enna, die ihn mit ihren Blicken zu durchbohren schien.

„Alles gut bei dir?" Besorgt ließ er sich neben sie in den Sand fallen. In seinem Kopf purzelten die Gedanken nur so durcheinander. Enna war sauer, keine Frage. Hatten Sophie oder Nina etwas zu ihr gesagt, das sie erzürnt hatte? Eigentlich konnte er sich das nicht vorstellen. Sophie würde das niemals tun. Nina warf manchmal unbedacht mit Äußerungen um sich, aber er konnte sich keinen Reim darauf machen, was sie Enna erzählt haben mochte, das sie derart aus der Fassung gebracht hatte. Vorsichtig legte er den Arm um sie.

Ihr Kopf ruckte herum. Unwirsch schüttelte sie seinen Arm ab. „Nein, es ist nichts gut. Ich habe dir dort draußen zugesehen, du riskierst Kopf und Kragen." In Ennas Stimme schwangen Angst und unterdrückte Wut mit.

Daher rührte ihre Fassungslosigkeit also. In ihren blauen Augen las er die Sorgen um ihn.

Paul spürte die ganze Liebe zu dieser Frau in sich, sein Herz blühte auf. Sanft fasste er nach ihrer Hand, doch sie entzog sich ihm sofort. Verwirrung breitete sich in Paul aus. Enna war nicht einfach nur besorgt.

„Was sollte das?"

Verunsichert lachte Paul und überlegte fieberhaft, wie er sie besänftigen und ihr sagen konnte, dass ihm nichts geschehen würde. „Du meinst den Sprung? Der sah vermutlich spektakulärer aus, als er war. Wenn du magst, zeige ich dir das. Es ist wirklich nicht schwer."

„Ich will das aber nicht lernen."

Unsicher sah Paul sie an. In ihren Augen glomm Wut, dahinter lauerte etwas anderes, das er nicht deuten konnte.

„Im Gegensatz zu dir hänge ich an meinem Leben und möchte es noch eine Weile behalten." Ihre Augen wirkten plötzlich verdächtig wässrig.

„Ich doch auch. Wie kommst du darauf, dass ich leichtsinnig etwas riskiere?"

„Man muss dir nur zusehen, um das zu erkennen."

„Enna, so ist das nicht. Mir passiert nichts, ich weiß, was ich tue." Bekümmert sah er sie an. Am liebsten hätte er sie in den Arm gezogen und gehalten, um ihr die Sorge zu nehmen. Doch er traute sich nicht, weil sie ihn bereits zweimal abgeschüttelt hatte.

„Ach? Ist das so? Was, wenn du bei einem deiner waghalsigen Manöver ein Brett an den Kopf bekommst? Oder der Mast auf dich draufknallt? Willst du mir sagen, dass beim Surfen nichts passieren kann?"

Jetzt rannen ihr Tränen über die Wangen.

Pauls Herz zog sich zusammen, doch er konnte und wollte sie nicht anlügen. „Das habe ich nie behauptet, von Anfang an nicht. Natürlich ist bei jedem Sport ein gewisses Risiko dabei. Neulich, als der Surfer draußen in Not geraten ist, hat man das deutlich gesehen. Aber das lag daran, dass er sich überschätzt hat und die Bedingungen nicht richtig gelesen hat. Das passiert mir nicht, dafür betreibe ich den Sport schon zu lange. Ich würde lügen, wenn ich sage, dass nichts passieren kann. Aber wenn ich Fahrrad fahre, kann ich ebenfalls stürzen, das hast du neulich gesehen. Klettern oder Skifahren ist sicher gefährlicher."

Einen langen Moment sah Enna ihn an. Nun lag Schmerz in ihrem Blick, der so tief war, dass Paul ihn in seiner eigenen

Seele fühlte. Hastig wischte sie sich über die Wangen. „Ich kann das nicht", flüsterte sie schließlich.

Paul war, als fasste eine kalte Hand nach seinem Magen und presste ihn mit eiserner Faust zusammen. Die Worte drangen an sein Gehirn, tropften aber nur langsam in seinen Verstand.

„Was meinst du damit?" Er legte alles an Ruhe in seine Stimme, was er aufzubringen in der Lage war, weil er spürte, dass er mit dem Schlimmsten rechnen musste.

„Ich kann nicht mit dir zusammen sein. Nicht so. Das geht nicht. Es tut mir leid, du kannst nichts dafür."

Ehe er etwas erwidern konnte, stand Enna auf und lief über den Sand davon in Richtung der Dünen.

Entgeistert starrte er ihr nach. Die Faust hielt seinen Magen fest umklammert. Die Bedeutung dessen, was sie gesagt hatte, sickerte langsam durch.

Eben verschwand ihre schlanke Gestalt zwischen den Dünen. Sie wirkte klein, zerbrechlich, als läge die Last der Welt auf ihren Schultern.

Seine Welt hingegen war gerade wie ein Kartenhaus, aus dem die unterste Karte herausgezogen worden war, in sich zusammengefallen.

Kapitel 21

Den Rest des Samstags verlebte Enna wie in Trance. Sie aß nichts, sie trank kaum. Die Zeit stand still und verging doch, ohne dass sie es mitbekam.

Hauptsächlich lag sie wie betäubt mit Rosi auf dem Sofa, die Hand tief ins Fell der Hündin vergraben, die dicht bei ihr blieb. Natürlich versuchte Paul, sie zu erreichen. Immer wieder läutete ihr Smartphone, sie hatte mittlerweile unzählige WhatsApps von ihm erhalten. Und doch brachte sie es nicht fertig, darauf zu reagieren. Aus Angst davor, einen Rückzieher zu machen und am Ende verwundeter zu sein, als sie es jetzt war.

In der Nacht hatte es einen Moment gegeben, da war sie aus dem Schlaf hochgeschreckt. Ein Traum hatte sie geweckt, ohne dass sie sich an Einzelheiten erinnerte. Danach hatte sie Stunden wachgelegen und darüber gegrübelt, ob sie überreagiert hatte.

Enna war froh, dass sie Rosi am Abend in ihr Bett gelassen hatte, weil sie sonst gar nicht erst in den Schlaf gefunden hätte.

Die altbekannte Panik hatte längst wieder Besitz von ihr ergriffen und hielt sie fest in den Klauen.

„Bin ich hysterisch?", fragte sie die Pudeldame flüsternd mitten in der Nacht. „Was soll ich denn tun? Ich werde ihn auch verlieren, wenn er solch waghalsige Dinge tut. Aber wer bin ich, ihm das zu verbieten? Er wird mich verlassen und dann bin ich auch allein."

Rosi gab ein Fiepsen von sich.

„Ich kann das nicht. Lieber bleibe ich Single, als dass ich das noch einmal durchmachen muss. Ich bin so froh, dass ich dich habe."

Dicke Tränen tropften auf Rosis Fell. Die Hündin stupste sie erneut an und kuschelte sich eng an Enna. Erst in den frühen Morgenstunden hatte sie endlich in den Schlaf gefunden.

Am Sonntagnachmittag rief Heike an. Zunächst überlegte Enna, das Gespräch zu ignorieren. Aber ihrer Freundin war zuzutrauen, dass sie vorbeikam, wenn sie Enna nicht erreichte.

„Was ist los?", fragte Heike sofort, als sie sich gemeldet hatte, und klang alarmiert.

„Was soll los sein?", erwiderte Enna und versuchte, ihrer Stimme einen normalen Klang zu geben.

„Du hörst dich fürchterlich an. Du hast geweint. Versuch gar nicht erst, es abzustreiten."

Enna seufzte.

„Los, raus mit der Sprache. Ich will sofort wissen, was passiert ist. Soll ich vorbeikommen?"

Enna merkte, wie sich ihre Mundwinkel nun doch hoben. „Das brauchst du nicht. Es ist alles in Ordnung. Wirklich."

„Das glaube ich dir nicht. Hat er dir wehgetan? Paul meine ich."

Allein seinen Namen zu hören, war wie ein Schlag ins Gesicht. Schon kämpfte Enna wieder mit den Tränen. „Nein, hat er nicht."

„Was ist dann passiert?"

„Ich kann das nicht." Jetzt schluchzte Enna.

„Süße, bleib, wo du bist, ich bin gleich da."

Ehe Enna etwas erwidern konnte, hatte Heike aufgelegt. Stöhnend ließ Enna das Smartphone sinken. Das Letzte, was sie jetzt brauchte, war Gesellschaft. Sie wollte allein sein und ihre Wunden lecken. Dabei konnte ihr niemand helfen.

Heike hielt Wort. Es dauerte gerade einmal zehn Minuten, da klingelte es an der Tür. Als Enna öffnete, entlockte ihr Heikes Anblick trotz der Tränen ein winziges Lachen. Ihre Freundin trug eine alte Jogginghose und einen übergroßen Sweater, der aussah, als hätte sie ihn sich von Joe geliehen. Sie war ungeschminkt und hatte das Haar zu einem unordentlichen Ungetüm auf dem Kopf aufgetürmt. Mit einer Frisur hatte das nichts zu tun und dennoch rührte ihr Anblick etwas in Enna.

Heike hatte eine Flasche Wein in der Hand, in der anderen trug sie einen Korb, in dem ein großer Topf und ein riesiges Baguette waren. Sie stellte beides im Flur ab, ehe sie ihre Freundin wortlos in die Arme schloss. Fast sofort begann Enna wieder zu weinen. Heike hielt sie fest und strich ihr beruhigend über den Rücken, während Enna von Schluchzern geschüttelt wurde.

„Lass uns mal reingehen", meinte Heike schließlich sanft und schob ihre Freundin zurück ins Wohnzimmer. Sie bugsierte Enna auf das Sofa und ging in die Küche, um gleich darauf mit einem Glas Wasser zurückzukehren.

„Trink erst mal. Du siehst aus wie der Tod."

Gehorsam setzte Enna das Glas an die Lippen und nahm einen kleinen Schluck. Erst jetzt spürte sie, wie durstig sie war und leerte das Glas in einem Zug. Wortlos stand Heike auf und füllte es erneut.

„So, und nun erzähl mir, was los ist."

Viel war das nicht. Enna gab die Unterhaltung wieder, die sie mit Sophie und Nina am Strand geführt hatte, und was sie danach zu Paul gesagt hatte.

„Verstehst du? Nina meinte, dass er hirnlose Sachen auf dem Wasser gemacht hat und Sophie hat das bestätigt, auch wenn es ihr nicht gepasst hat, das zuzugeben. Selbst Paul hat es nicht abgestritten. Wie soll ich denn so leben? Ständig in der Angst, dass etwas passiert. Und wie schnell das geht, habe ich neulich gesehen. Wenn wir den Surfer nicht gesehen hätten, wäre er nie gefunden worden."

Erneut schluchzte Enna auf. Heike reichte ihr wortlos ein Taschentuch und ließ sie weinen.

„Ich habe gesagt, dass ich nicht noch einmal einen Mann verlieren kann. Dann bleibe ich lieber allein. Ich mache das nicht noch mal mit. Die ganze Idee war hirnrissig."

Heike griff vorsichtig nach ihrer Hand. „Bist du fertig, Süße? Zunächst einmal muss ich mich entschuldigen. Ich habe dich zu etwas gedrängt, zu dem du vielleicht noch nicht bereit warst. Ich glaube, ich war da ein wenig zu vorschnell. Möglicherweise brauchst du einfach mehr Zeit. Aber die Idee dahinter war richtig. Außerdem hatte ich auch recht damit, dass du aus Angst keine Beziehung zulassen wolltest."

„Das bestreite ich nicht. Aber noch einmal ertrage ich nicht, was ich damals durchgemacht habe. Da bleibe ich lieber für den Rest meines Lebens allein. Außerdem habe ich Rosi. In der kurzen Zeit sind wir ein super Team geworden."

Bei der Erwähnung ihres Namens ruckte der Kopf der Pudeldame sofort nach oben.

„Wenn du ihr Fell weiterhin so malträtierst, wird Rosi aber nicht mehr lange unter uns sein."

Ennas Blick fiel nach unten. Sie hatte gar nicht bemerkt, dass sie die Hand schon wieder tief in Rosis Löckchen vergraben hatte. Zögerlich ließ sie los und strich der Hündin zärtlich über das Köpfchen.

„Süße, manchmal muss man ein Risiko eingehen, um das große Glück zu finden. Das ist wie beim Spielen. Wenn der Einsatz gering ist, kannst du den Jackpot nicht knacken."

„Wer sagt denn, dass ich den Hauptgewinn möchte?"

„Der Mensch ist nicht dafür geschaffen, allein zu bleiben."

„O doch! Das hat bisher hervorragend funktioniert und wird es auch in Zukunft."

„Dein Herz ist schon gebrochen", erinnerte Heike sie sanft.

„Schönen Dank."

„Süße, es ist nicht böse gemeint, das weißt du. Ich habe doch gesehen, wie verliebt du bist."

„Dafür ist es viel zu früh. Das ist nicht mehr als eine Schwärmerei." Noch während sie die Worte aussprach, merkte Enna, wie falsch sich das anhörte. Natürlich hatte sie sich verliebt. Hals über Kopf sogar, und sie wusste schon jetzt, dass es dauern würde, ehe der Schmerz nachließ. Aber es war wie mit einem Pflaster. Lieber riss man es mit einem Ruck ab, anstatt es langsam abzulösen.

„Du solltest noch einmal mit ihm reden", sagte Heike eindringlich.

„Nein. Kommt nicht infrage."

„Das sagst du nur, weil du Angst vor dir selbst hast."

Enna schwieg einen Augenblick. „Und du weißt, dass du mir das auch nur sagen darfst, weil wir gut befreundet sind."

Ein winziges Lächeln zupfte an Heikes Mundwinkeln. „Ich meine es nur gut mit dir. Ich möchte, dass du endlich wieder glücklich bist. Und in letzter Zeit warst du das. So habe ich dich seit deiner Beziehung mit Tobias nicht mehr erlebt. Hast du mir neulich nicht erst gesagt, dass du gespürt hast, wie er dir seinen Segen gegeben hat?"

„Du spielst mit ganz fiesen Tricks. Ich lasse mich nicht umstimmen. Die Sache mit Paul ist gegessen. Ich muss mich selbst schützen."

Heike stieß einen Seufzer aus. „Möchtest du etwas essen?"

„Nein."

„Wann hast du zuletzt etwas zu dir genommen?"

Enna dachte nach, konnte sich aber nicht erinnern.

„Himmel, du bist so stur", schimpfte Heike. „Ich habe Abendessen mitgebracht. Joe hat seine berühmte Muschelsuppe gekocht und mir davon etwas mitgegeben. Du wirst sehen, das tut dir gut. Dazu ein bisschen Weißbrot und eine Flasche Wein und du wirst dir alles noch einmal überlegen."

„Werde ich nicht", brummte Enna. „Aber gegen ein Essen habe ich nichts einzuwenden." Tatsächlich grummelte ihr Magen allein bei der Erwähnung von Essen leise. „Wein brauche ich aber nicht."

„Papperlapapp. Muss ich dich wieder an den Tag erinnern, als ich bei dir aufgekreuzt bin, weil das *Möwennest* nicht nur vor dem Ruin stand, sondern ich praktisch pleite war? Du hast Pizza bestellt und wir haben Wein dazu getrunken. Das war die Wende."

Enna konnte ein Schmunzeln nicht unterdrücken. „Die Wende für das *Möwennest*."

„Und für Joe und mich."

„Vergiss es, Heike. Du wirst meinen Entschluss nicht ändern."

So sehr es Enna auch schmerzte, tief in ihrem Inneren wusste sie, dass sie die richtige Entscheidung getroffen hatte. Sie musste sich schützen. Noch einmal konnte sie nicht durch diese Hölle gehen. Danach wäre ihr Herz zerstört.

Die Muschelsuppe war köstlich. Zweimal verlangte sie einen Nachschlag. Dazu aßen sie das Baguette und tranken Wein.

Behutsam versuchte Heike erneut, Enna dazu zu bewegen, auf Pauls Anrufe zu reagieren.

„Wenn du noch einmal anfängst, werfe ich dich raus", drohte Enna schließlich und meinte es ernst.

Heike schien das zu spüren und hielt sich zurück, auch wenn Enna deutlich merkte, dass ihre Freundin nicht gewillt war, aufzugeben.

Es war spät, als Heike nach Hause ging. Die Stille, die daraufhin im Haus einkehrte, tat Enna in den Ohren weh. Seit Heike zu ihr gekommen war, war sie von den trüben Gedanken abgelenkt gewesen. Jetzt jedoch, da sie wieder allein war, lastete die Einsamkeit schwer auf ihr.

Entschlossen löschte Enna Pauls Kontakt aus ihrer Liste und legte das Handy zur Seite. Sie wusste, dass es dauern würde, bis ihr Herz heilte, aber so hatte es wenigstens eine Chance auf Erholung.

Missmutig stocherte Paul in den Nudeln herum, die Sophie gekocht hatte. Sie hatte Himmel und Hölle in Bewegung gesetzt, um ihm sein Lieblingsessen zuzubereiten, was er auch zu schätzen wusste. Es wollte ihm nur nicht schmecken. Dabei hatte Sophie extra frische Tomaten gekauft, sie gehäutet, mit

Zwiebeln und Knoblauch angebraten und mit Weißwein abgelöscht. Verfeinert war alles mit frischen Kräutern, die sie ebenfalls besorgt hatte. All das hatte sie auf nur zwei Kochplatten auf dem Campingplatz für ihn zubereitet.

„Möchtest du Parmesan drauf?", fragte sie und reichte ihm die Reibe. Selbst daran hatte sie gedacht. Sonst gab es Käse aus der Tüte. Heute jedoch hatte sie weder Kosten noch Mühen gescheut.

Paul schüttelte den Kopf.

„Chili?"

Paul sah seine Ex-Frau entgeistert an. Einzig, um ihm eine Freude zu bereiten, hatte sie sogar getrocknete Chilischoten gekauft.

Der Versuch entlockte ihm ein müdes Lächeln. „Das ist lieb, danke. Aber lass stecken."

Die Stimmung am Tisch war gedämpft. Alle hatten mitbekommen, dass Enna ihn hatte sitzen lassen. Im buchstäblichen wie im übertragenen Sinne. Seither wurde er mit Samthandschuhen angefasst und hasste es.

Die Windverhältnisse waren heute bombig gewesen. Dennoch hatte Paul nur einen Turn gemacht und sich dann an den Strand verkrümelt, wo er im Sand gesessen und missmutig vor sich hingebrütet hatte. Sein Schädel brummte ein wenig, weil er am gestrigen Abend mit Alexander zu viel Bier getrunken hatte.

Enna war verletzt, das wusste er. Sophie hatte ihm berichtet, dass Nina ihr von vergangenen Zeiten erzählt hatte. Ja, es stimmte. Er war waghalsige Manöver gefahren, an gefährlichen Steilküsten und in schwieriger Brandung gesurft. Kurz nach Mias Tod, als ihm egal gewesen war, was mit ihm passierte. Im Gegenteil, fast hatte er sich herbeigewünscht, dass das Meer ihn holte, damit er seiner Tochter wieder nahe war. Nur wenn er etwas riskierte, hatte er sich wieder gespürt, hatte das Taubheitsgefühl nachgelassen, das ihn beherrscht hatte, nachdem sie ihre Mia begraben hatten.

Erst nach und nach hatte er sich berappelt und seinen inneren Frieden gefunden. Auf dem Meer war er Mia immer noch näher als sonst irgendwo. Dort hielt er stumm Zwiesprache. Manchmal meinte er sogar, dass sie ihm antwortete.

Nina konnte das natürlich nicht wissen, er hatte sie erst danach kennengelernt. So hatte sie nur gesehen, wie waghalsig, ja, riskant er früher gefahren war. Und das hatte sie Enna erzählt, als die nachgefragt hatte.

Jetzt, da er von Sophie die Wahrheit erfahren hatte, konnte er nachvollziehen, wie Enna sich gefühlt haben musste. Mit ihrer Vorgeschichte war das kein Wunder.

Paul wusste, dass er dringend mit ihr reden, sich erklären sollte. Doch er ahnte auch, dass Enna Zeit brauchte. Die Emotionen mussten erst verrauchen, sonst würde er nicht zu ihr durchdringen.

Er aß, was Sophie ihm auf den Teller geschöpft hatte. Nicht aber, weil er Hunger hatte, sondern aus Respekt davor, dass sie für ihn sein Lieblingsessen gekocht hatte. Doch er war froh, als sein Teller leer war und er aufstehen konnte.

Beinahe sofort schnappte er sich die Spülschüsseln und das schmutzige Geschirr und verzog sich, um den Abwasch zu erledigen. Er stand noch nicht lange dort, als Sophie und Leon folgten.

Genervt rollte er mit den Augen. Er wollte ihr Mitleid nicht, sondern allein sein.

„Ich schaffe das schon", brummte er daher.

Aber weder Sophie noch Leon sahen aus, als ließen sie sich von seiner abweisenden Art beeindrucken.

„Das wissen wir", gab Sophie ungerührt zurück.

„Wir wollen dir trotzdem helfen", ergänzte Leon.

Eine Zeit lang arbeiteten sie schweigend. Während Paul abwusch, trocknete Sophie ab und Leon stapelte das saubere Geschirr in eine weitere Schüssel.

„Möchtest du nicht noch einmal mit Enna reden?", fragte Sophie schließlich in die Stille hinein.

Paul seufzte und legte den Schwamm zur Seite.

„Sei mir bitte nicht böse. Ich meine es nur gut mit dir. Du weißt, dass mir dein Glück am Herzen liegt."

„Natürlich weiß ich das. Ich danke euch dafür. Aber ich fürchte, im Moment muss ich Enna erst einmal in Ruhe lassen und ihr eine Pause geben. Wenn ich sie jetzt bedränge, fühlt sie sich unter Druck gesetzt."

„Tut mir leid", sagte Leon mitfühlend. „Sophie hat mir die ganze Geschichte erzählt. Irgendwie kann ich Enna sogar verstehen."

„Meinst du, es bringt etwas, wenn ich mit ihr rede?" Sophie sah ihn mit großen Augen an.

„Das ist lieb von dir", entgegnete Paul. „Aber ich glaube nicht, dass es etwas nützt."

„Es tut mir einfach leid, wie du leidest."

„Ich bin mir sicher, Enna leidet auch. Vielleicht sogar mehr als ich."

„Ihr seid füreinander bestimmt", meinte Leon. „Das hat man auf den ersten Blick gesehen. Wir sind auf jeden Fall für dich da."

„Danke. Das bedeutet mir viel."

„Sicher renkt sich das wieder ein."

Paul seufzte. Er konnte nur hoffen, dass sein Kumpel recht behielt.

Kapitel 22

Am Montagmorgen fühlte sich Enna leer und ausgebrannt. Geschlafen hatte sie zwar, aber nur dank Rosis Hilfe, die sich an sie gekuschelt hatte. Ausgeruht war sie sich jedoch nicht.

Vielleicht sollte ich die Praxis für ein paar Tage schließen und Urlaub machen, überlegte sie, als sie über ihrem Kaffee brütete. Den brauchte sie, auf das Frühstück hingegen konnte sie getrost verzichten.

Bei ihren Überlegungen fiel ihr augenblicklich wieder Pauls Vorschlag ein, mit dem Camper nach Südfrankreich in die Sonne zu fahren. Schon wanderten ihre Gedanken wieder zu ihm und …

„Schluss damit." Ihre wütende Stimme zerschnitt die morgendliche Stille.

Rosi zuckte zusammen und sah sie vorwurfsvoll an.

„Entschuldige bitte, meine Süße." Enna beugte sich hinunter und kraulte sie am Hals. „Wir machen Urlaub. Nur eben nicht am Meer im Süden. Wir könnten nach Schweden fahren, aber da ist es deutlich kühler. Ein bisschen Wärme wäre nicht schlecht. Fliegen möchte ich dir nicht zumuten, obwohl eine Mittelmeerinsel auch verlockend ist. Da hat es dann aber nur wieder jede Menge Surfer. Das brauche ich nicht. Wie wäre es mit den Bergen? Da gibt es keinen Wassersport. Vielleicht erwischen wir noch ein paar schöne Tage. Wir müssen ja nicht gleich auf den Gletscher rauf. Weißt du was?", fragte sie die Pudeldame, die noch immer zu ihr aufsah. „Wir besuchen heute Abend Fentje, Dominik und Diego. Bestimmt kennt Dominik jemanden mit einer kleinen, schnuckeligen Pension in den Alpen. Und dann lassen wir es uns gut gehen. Wandern können wir dort auch."

Zufrieden mit diesem Plan, schloss Enna wenig später die Praxis auf. Nur kurz darauf trudelte Jessica ein.

„Moin", grüßte sie und warf ihr einen mitleidigen Blick zu. „Du siehst nicht gut aus. Bist du krank?"

„Hab mir vielleicht was eingefangen. Ich bin müde", wiegelte Enna ab. „Ich habe mir überlegt, ob wir die Praxis bald für ein paar Tage schließen wollen. So lange der *Windsurf World Cup* ist. Da ist sowieso so viel Trubel."

Augenblicklich begannen Jessicas Augen zu glänzen. „Du willst ernsthaft den *Windsurf World Cup* sausen lassen?"

Statt einer Antwort zuckte Enna mit der Schulter. Sie wäre ohnehin nicht hingegangen, aus Angst, Paul und seiner Clique zu begegnen.

„Warum nicht?"

Jessica schien ihr Glück kaum fassen zu können. Wie beschwingt lief sie durch den Vormittag und war die gute Laune in Person. Ihre positive Ausstrahlung reichte problemlos für zwei, was Enna ganz recht war, denn sie war heute definitiv keine Stimmungskanone.

Sie wollten die Praxis gerade schließen, als Frau Ingwersen mit schuldbewusstem Blick vor der Tür stand. In der Transportbox hatte sie Baghira, der ihnen demonstrativ den Rücken zuwandte und die Wand seines kleinen Gefängnisses anstarrte.

„Es tut mir leid, Frau Doktor. Aber ich glaube, die Wunde an Baghiras Ohr hat sich entzündet."

Innerlich seufzte Enna. Sie hatte sich auf das Mittagessen und einen weiteren Kaffee gefreut. Mittlerweile hatte sie Hunger.

„Kein Problem, kommen Sie rein."

Frau Ingwersen folgte ihr mit dem Kater.

„Du kannst ruhig schon in die Mittagspause gehen", wandte sie sich an Jessica. „Das bekomme ich allein hin."

„Bist du dir sicher?"

„Klar."

„Okay, dann bis später." Schon war Jessica zur Tür hinaus. Vermutlich rief sie ihre Freundinnen an, um die Nachricht zu überbringen, dass sie jede einzelne Minute des *Windsurf World Cup* am *Brandenburger Strand* verbringen konnte. Enna lächelte in sich hinein. Wenigstens ihre Assistentin war zufrieden.

Baghira hingegen war schon wieder äußerst missgelaunt und fauchte aus seiner Box heraus. Vorsichtig öffnete Enna die Tür und packte zu, ehe er sie mit der Pfote und den ausgefahrenen Krallen erwischte.

Tatsächlich hatte sich die Wunde ein wenig entzündet.

„Ich fürchte, das müssen wir noch einmal säubern und desinfizieren", meinte Enna an Frau Ingwersen gewandt. „Außerdem werden Sie um eine Halskrause nicht herumkommen. Zumindest nicht, bis das verheilt ist."

„Das wird Baghira gar nicht gefallen."

„Das verstehe ich, aber wenn er immer wieder an die Wunde geht, kann sie nicht heilen und es kommen Krankheitserreger hinein. Ich hatte eigentlich gedacht, dass wir darauf verzichten können, weil die Ohrverletzung im Verhältnis zu seinen anderen eher belanglos ist. Aber Sie sehen selbst, dass gerade das gereicht hat, um sich zu entzünden."

Frau Ingwersen machte ein sorgenvolles Gesicht.

„Vielleicht lässt er sich mit seinem Lieblingsessen bestechen", tröstete sie die Frau. „Außerdem ist es nicht für lange Zeit. Sie sollten nur darauf achten, dass Sie ihn nicht allein lassen. Wenn er beispielsweise unter oder hinter das Sofa gelangt, fügt er sich am Ende selbst noch schlimmere Verletzungen zu."

Enna holte, was nötig war, um die Wunde zu behandeln.

„Sie müssen ihn gut festhalten", warnte Enna.

Frau Ingwersen nickte und packte zu.

Vielleicht war es Ennas Müdigkeit geschuldet, vielleicht der Tatsache, dass Frau Ingwersen nicht kräftig genug war. Der Kater nutzte einen Moment der Unachtsamkeit, stieß mit dem Kopf nach vorn und vergrub seine spitzen Zähne mit einem Ruck tief in Ennas Hand.

Enna schrie auf und ließ das Spray fallen, mit dem sie die Wunde hatte behandeln wollen.

„Entschuldigung", keuchte Frau Ingwersen erschrocken.

Enna stöhnte verhalten auf. Der Schmerz war heftig. Sie blickte auf ihre Hand hinunter, wo aus vier Löchern Blut quoll. Sofort ging sie zum Waschbecken und ließ Wasser darüber laufen. Mist, das war nicht gut. Hoffentlich war der Biss nicht allzu tief.

Mit zusammengekniffen Augen starrte Enna die Wunde an. Doch sie konnte unmöglich sagen, wie tief sich die spitzen Zähne des Katers eingegraben hatten.

Das war ihr in ihrer ganzen Laufbahn noch nicht passiert. Hoffentlich waren keine Bänder oder Sehnen verletzt. Probehalber bewegte sie die Hand und die Finger. Das ging, wenn es auch schmerzhaft war.

„Es tut mir leid, wirklich." Aus Frau Ingwersens Stimme klang Panik heraus.

„Ist schon gut. Sie können nichts dafür."

Enna trocknete ihre Hand ab und sah noch einmal auf die Wunde hinunter, die unablässig blutete. Sie sprühte reichlich Desinfektionsspray auf die Verletzung und klebte eine Kompresse darauf. Das musste vorerst reichen. Zumindest so lange, um Baghira zu behandeln, und Frau Ingwersen mit dem Kater zur Tür hinauszubugsieren. Anschließend konnte sie sich um ihre Wunde kümmern.

Obwohl Enna selbst aufgewühlt war, versuchte sie, Ruhe zu verbreiten. Nicht nur für Frau Ingwersen, auch für den Kater, damit er sie nicht noch einmal biss oder kratzte. Jetzt wünschte sie sich, dass Jessica doch geblieben wäre.

Diesmal passten sie besser auf. Der Kater war rasch behandelt und saß wenig später mit einer Halskrause aus Hartplastik in der Transportbox.

„Sie können ihm gern auch eine aus Stoff besorgen, wenn ihm das lieber ist. Das müssen Sie testen. Sie sollten nur darauf achten, dass sie passt und dass er noch eigenständig fressen kann", verabschiedete sie Frau Ingwersen, die mit schuldbewusster Miene im Flur stand. „Nun machen Sie nicht so ein Gesicht", tröstete Enna die Frau. „Es ist alles okay."

So ganz stimmte das nicht, das wollte Enna der alten Dame aber nicht auf die Nase binden. Deren Schuldgefühle waren ohnehin schon groß genug. Aber die Wunde schmerzte und schien doch tiefer zu sein, als sie zunächst angenommen hatte. Ihr würde nichts anderes übrig bleiben, als zum Arzt zu gehen und das behandeln zu lassen.

Enna wollte die Tür gerade hinter Frau Ingwersen schließen, als sie eine Frau um die Ecke biegen sah. Innerlich stöhnte sie auf, als sie Sophie erkannte. Die Ex-Frau von Paul war ungefähr die letzte Person, die sie im Moment sehen mochte. Nein, das stimmte nicht ganz. Sie war nicht die letzte Person, sondern die vorletzte, korrigierte sie sich. Noch weniger wollte sie Paul sehen.

Dann habe ich wohl ausgesprochenes Glück gehabt, dachte Enna mit einem Anflug von Ironie.

„Hallo Sophie", grüßte Enna.

Die junge Frau sah sie betrübt an. „Darf ich dich einen Moment sprechen?"

„Im Augenblick ist es schlecht." Sie hielt ihre Hand hoch, die ihr als willkommene Ausrede diente. „Ich wurde gerade gebissen und fürchte, dass ich zum Arzt muss."

„Es dauert nicht lang." Bittend sah Sophie sie an.

Enna überlegte. Sie ahnte natürlich, worauf das hinauslief. Dennoch war Sophie immer freundlich zu ihr gewesen, hatte ihr das Buch ausgeliehen und sie zu sich nach Bremen in ihr Geschäft eingeladen.

Kurz zögerte sie noch, dann seufzte sie und gab die Tür frei. Umstimmen lassen würde sie sich jedoch nicht, das stand fest.

„Enna, es tut mir leid, dass ich dich einfach so überfalle", begann Sophie. „Es ist nur so, Paul leidet. Er sitzt wie ein Häuflein Elend auf dem Campingplatz."

„Gut geht es mir ebenfalls nicht, falls du das denkst." Nun konnte Enna den Sarkasmus aus ihrer Stimme nicht mehr heraushalten.

„Das glaube ich dir, so war das nicht gemeint. Ich möchte dir nur etwas erzählen. Vielleicht rückt das alles in ein anderes Licht. Ich gehe davon aus, dass Paul nicht darüber gesprochen hat."

Enna runzelte die Stirn, was Sophie Antwort genug zu sein schien.

„Das habe ich mir fast gedacht." Ein trauriges Lächeln glitt über ihr Gesicht. „Er hat mir von Tobias erzählt. Ich verstehe deine Angst, noch einmal jemanden auf diese Weise zu verlieren. Besser vielleicht, als du glaubst."

Bei der Erwähnung von Tobias' Namen zuckte Enna zusammen. Ihr Inneres verkrampfte sich. Paul hatte kein Recht gehabt, mit Sophie über Tobias zu reden.

„Lass mich bitte weiterreden. Du weißt, dass wir noch immer ein enges Verhältnis haben, obwohl wir längst getrennt sind. Mir liegt viel daran, dass Paul wieder glücklich ist."

Was heißt dieses „wieder" in dem Zusammenhang?, überlegte Enna. Sophie sprach in Rätseln. Aber zumindest hatte sie es geschafft, Ennas Neugier zu wecken. „Wollen wir vielleicht in die Küche gehen, statt hier in der Praxis zu stehen? Ich brauche dringend einen Kaffee."

Dankbar nickte Sophie und folgte ihr.

Die Atmosphäre hier war deutlich gemütlicher. Enna schaltete die Kaffeemaschine ein und bedeutete Sophie, am Tisch Platz zu nehmen.

„Möchtest du auch einen Kaffee?"

„Hast du vielleicht einen Tee für mich?"

„Macht dir dein Magen immer noch Sorgen?"

„So ungefähr."

Eine seltsame Antwort. Aber Enna holte Tee aus der Schublade und kehrte kurz darauf mit den beiden Tassen zum Tisch zurück. Ihre Hand schmerzte, unnötig lange wollte sie das Gespräch nicht halten. Sie musste die Wunde spülen und untersuchen lassen.

Sophie rührte Kandis in ihren Tee und nahm die Unterhaltung wieder auf. „Worauf ich hinausmöchte ist Folgendes:

Paul war immer ein umsichtiger Mensch. Er geht kein unnötiges Risiko ein, auch wenn Nina dir etwas anderes erzählt hat. Aber sie kennt ebenfalls nicht die ganze Geschichte."

Enna forschte in ihrem Blick. Auch Sophie fiel es nicht leicht zu reden, das konnte sie deutlich sehen.

„Die Wahrheit ist, wir hatten ein Kind. Paul und ich. Mia hieß sie."

Enna zuckte zurück, als hätte sie einen Schlag erhalten.

„Wir haben uns wahnsinnig auf sie gefreut. Paul hatte alles so liebevoll vorbereitet. Wir wollten eine glückliche kleine Familie werden, doch es kam anders. Mia hatte einen Herzfehler, der auf dem Ultraschall verborgen geblieben war. Erst beim letzten wurde er festgestellt, da war es aber zu spät, um etwas zu unternehmen. Sofort nach der Geburt wurde sie mir weggenommen und in die Kinderklinik gebracht. Dort wurde sie operiert, doch es gab Komplikationen."

Erneut schluckte Sophie. Unwillkürlich griff Enna über den Tisch nach ihrer Hand und drückte sie mitfühlend.

„Wir haben wochenlang an ihrem Bett ausgeharrt. Aber sie hat es nicht geschafft. Fünfundvierzig Tage nach der Geburt mussten wir sie beerdigen."

Nun liefen Sophie Tränen über das Gesicht. Auch Enna kämpfte gegen den Kloß in ihrem Hals. Unendliches Mitleid für Sophie breitete sich in ihr aus. Aber auch für Paul, der nicht hier war, den sie mit diesem Wissen aber ebenfalls gern in den Arm genommen hätte.

„Es tut mir leid. Ich weiß gar nicht, was ich sagen soll."

Sophie schüttelte den Kopf und atmete tief durch. „Sie wird immer in unseren Herzen bleiben und nie vergessen sein. Jeder hat eine andere Art, mit einem solchen Schmerz umzugehen. Wir haben beide nur noch funktioniert und nebeneinanderher gelebt. Daran ist letztendlich auch unsere Beziehung zerbrochen, denke ich."

Einen Augenblick schwieg Sophie, während Enna versuchte, diese Information zu verdauen.

„Paul war lange Zeit nicht er selbst. Eigentlich, bis er dich getroffen hat", meinte Sophie zögernd. „Es ist besser geworden, klar. Aber erst seit er dich kennt, ist er wieder ganz der Alte. Er hat damals beim Surfen ein paar waghalsige Sachen gemacht. Einiges davon war riskant. Ich habe ihn darauf angesprochen, weil ich es selbst nicht mehr mitansehen konnte. Er hat mir gestanden, dass er wie betäubt war. Nur auf dem Wasser hat er sich gespürt. Insgeheim habe ich gedacht, dass es ihm vielleicht recht gewesen wäre, wenn etwas passiert wäre. Er hat mir erzählt, dass er sich nur dort draußen wohlfühlte. Dort gelingt es ihm wohl, eine Verbindung zu Mia aufzubauen. Er spricht mit ihr, wenn er surft."

Stille breitete sich zwischen ihnen aus, Sophie trank einen Schluck vom Tee.

„Ich habe ihm ins Gewissen geredet, habe ihm gesagt, dass ich es schön finde, wenn er mit Mia spricht. Ein wenig beneide ich ihn darum, denn mir gelingt das nicht. Aber ich habe ihn auch gebeten, nicht sein eigenes Leben dafür zu riskieren. Wir waren damals schon getrennt, haben in der Zeit Nina kennengelernt. Sie weiß all das nicht. Ich glaube, Paul war nicht einmal bewusst, was er getan hat. Auf jeden Fall hat er damit aufgehört. Und ich versichere dir, was er neulich gemacht hat, sah zwar spektakulär aus, war aber ungefährlich. Natürlich kann bei jedem Sport etwas passieren, aber wenn er Autorennen fahren würde, wäre es definitiv gefährlicher, als zu surfen."

Jetzt lächelte Sophie sie an. Die Tränen waren versiegt, die Spuren auf ihren Wangen aber noch deutlich sichtbar.

Enna musste sich von dem Schlag erst erholen. Daher hatte sie die Verbindung zu Paul von Anfang an gespürt. „Deswegen geht er in kein Krankenhaus", flüsterte sie.

„Wir haben zu viel Zeit dort verbracht. Paul erträgt es einfach nicht mehr. Allein der Geruch reicht für Flashbacks aus. Wie gesagt, jeder geht anders damit um. Mir macht das nichts aus, ich habe dafür bis heute Albträume."

Sofort fühlte sich Enna Sophie verbunden. „Die habe ich auch immer noch." Erneut drückte sie Sophies Hand.

„Ich wollte nur, dass du die ganze Geschichte kennst." Sophie atmete tief durch.

Enna forschte in ihrer Miene. „Das ist aber noch nicht alles, oder?"

Eine zarte Röte zog sich über Sophies Gesicht, auf die sich Enna keinen Reim machen konnte. Sie wusste nicht, ob sie bereit für weitere Überraschungen war.

Nun strich Sophie über ihre Hand, beugte sich etwas vor und schaute sie intensiv an. „Ich hoffe, du bist mir nicht böse, wenn ich dir einen Rat gebe, das soll keinesfalls anmaßend sein. Aber vielleicht verstehst du jetzt, dass ich dich besser verstehe als andere."

Innerlich wappnete sich Enna, weil sie ahnte, was Sophie vorhatte.

„Egal, was wir durchmachen, das Leben muss weitergehen."

Enna wollte etwas sagen, aber Sophie hob die Hand.

„Bitte, lass mich erst ausreden. Wenn ich alles gesagt habe, darfst du reden, so viel du willst und ich lasse dich auch allein, wenn du sagst, dass ich gehen soll. Aber diese eine Sache möchte ich loswerden, bevor ich den Mut verliere."

Nun war Enna gespannt. Sie sammelte sich, versuchte Ruhe zu finden, weil sie ahnte, dass sie die gleich brauchte.

„Ich habe nur dieses eine Leben und ich weiß, dass ich glücklich sein möchte. Ich wollte immer Kinder haben. Dass Mia so früh von uns gehen musste, ist ein unfassbares Unglück gewesen. Aber ich weigere mich, deswegen auf das zu verzichten, was ich brauche, um glücklich zu sein. Mia wird immer ein

Teil von mir bleiben. In meinem ganzen Leben werde ich dieses winzige Wesen nicht vergessen. Ich bin wieder schwanger."

Entgeistert starrte Enna sie an, versuchte, die Worte zu verarbeiten. Ein scheues Lächeln lag auf Sophies Lippen.

„Leon und ich werden Eltern."

„Wow, das freut mich. Herzlichen Glückwunsch."

„Es ist noch viel zu früh. Paul weiß es. Aber auch nur, weil ich im Krankenhaus war."

„Ist mit dem Baby alles in Ordnung?" Erschrocken sah Enna sie an.

„Ja. Die Ärztin sagte, dass das immer mal wieder vorkommt. Ich soll mich ein wenig schonen, das ist aber alles."

Ein erleichterter Seufzer schlüpfte über Ennas Lippen. „Das freut mich sehr für dich."

„Was ich damit aber sagen möchte, ist, dass ich Angst habe. Eine Angst, wie ich sie nie im Leben zuvor verspürt habe. Und glaub mir, als ich neulich Blutungen bekommen habe, dachte ich, dass das nicht wahr sein kann. Welches Schicksal ist so grausam? Aber wie gesagt, es ist alles gut. Die Angst bleibt trotzdem. Mittlerweile weiß ich auch, dass ich sie ertragen muss, wenn ich das haben möchte, was ich mir am meisten wünsche." Sophies Stimme war immer leiser geworden, nun liefen ihr wieder Tränen übers Gesicht.

Enna stand auf, ging um den Tisch herum und nahm sie fest in den Arm. Auch sie konnte die Tränen nicht mehr zurückhalten. Gemeinsam weinten sie um das, was sie verloren hatten, und wegen der Dämonen, mit denen sie beide kämpften.

Schließlich machte Sophie sich los und packte Enna fest an den Armen. „Du willst auch wieder glücklich sein. Das merke ich doch. Und du hast es dir ebenfalls so sehr verdient. Lass die Angst zu. Du kannst sie nicht wegschieben, aber du kannst lernen, mit ihr zu leben. Richtiges Glück ist nur dann möglich, wenn du ein Risiko eingehst. Ich habe beschlossen, es zu wagen, auch wenn mich die Angst beinahe auffrisst. Aber das lasse ich nicht zu. Denn ich möchte haben, was mich glücklich macht. Ein Baby mit Leon. Und du willst Paul. Du brauchst es gar nicht abzustreiten. Gib ihm die Chance, gib sie dir. Ihr habt es beide verdient."

Lange Zeit schwiegen sie, standen sich einfach gegenüber und sahen sich an. Ennas Inneres war in Aufruhr. Sie konnte kaum einen klaren Gedanken fassen. Das waren so viele Informationen, dass sie sie nicht verarbeiten konnte. Einzig der Gedanke an Paul schälte sich heraus. Wie gern hätte sie ihn in den Arm genommen.

Jetzt erst wurde Enna bewusst, dass ihre Getränke noch immer auf dem Tisch standen. Sie hatte ihren Kaffee nicht angerührt, während Sophie nur einen kleinen Schluck vom Tee getrunken hatte.

„Ich muss mich setzen", meinte Enna matt und griff nach ihrer Tasse. Sie zuckte zusammen, als der Schmerz durch ihre Hand schoss.

„Wir gehen jetzt zum Arzt", sagte Sophie energisch. „Hinsetzen kannst du dich später."

Enna musste einsehen, dass Sophie recht hatte. Sie widersprach auch nicht, als Sophie bestimmte, dass sie mitgehen würde. Sie fühlte eine solche Verbundenheit zu der Frau, dass sie nicht auf ihre Anwesenheit verzichten wollte.

Es war Mittagszeit. Draußen tobte er Wind, aber Paul hatte jede Lust verloren, aufs Wasser zu gehen. Er biss in das Brötchen, das er sich am Morgen gemacht hatte, doch es schmeckte nach Pappe. Was hätte er jetzt um ein Fischbrötchen von

Oles Fischbude gegeben. Noch mehr allerdings wollte er es in Ennas Gesellschaft genießen. Sie fehlte ihm, hatte ein Loch in sein Herz gerissen.

Dabei verstand er sie so gut. Er fühlte die Furcht, die sie hatte, und wünschte, er könnte ihr helfen, sie zu überwinden. Sophie war dabei, ihre größte Angst hinter sich zu lassen. Paul freute sich von Herzen über ihre Schwangerschaft und bangte mit ihr, dass alles gut gehen würde.

Leon hatte ihn neulich nachts im Krankenhaus, als er selbst krank vor Sorge war, gefragt, ob er Patenonkel werden wollte. Deutlich hatte Paul gespürt, dass Leon die Zukunft planen musste, damit sie greifbarer wurde.

„Von Herzen gern", hatte er erwidert und seinem Kumpel die Hand auf die Schulter gelegt.

Gemeinsam hatten sie auf erlösende Nachrichten aus der Klinik gewartet und zusammen vor Erleichterung ein paar Tränen vergossen, als sie eingetroffen waren.

Paul war es unangenehm gewesen, dass er nicht ins Krankenhaus hatte gehen können, doch Leon hatte ihn verstanden. Wo er wartete, war ihm egal, Hauptsache, er war nicht allein. So hatten sie sich gegenseitig Trost gespendet.

Wie es schien, würde Sophie ihr Happy End bekommen. Wohingegen seines in weiter Ferne lag. Allerdings würde auch er nicht kampflos aufgeben. Er hoffte, dass Enna so weit zur Ruhe gekommen war, dass er heute Abend mit ihr reden konnte. Er wollte bei dem Fischrestaurant am Strand dieselbe Auswahl wie neulich bestellen und damit zu ihr gehen. Vielleicht gab ihr die Wiederholung dieses Abends genug Sicherheit, dass sie zu einem Gespräch bereit war. Da hatte sie sich schließlich auch geöffnet und ihm von Tobias erzählt.

Erneut biss Paul in sein Brötchen, als sein Smartphone piepte. Unwirsch zog er es aus der Tasche. Nur die Tatsache, dass er noch immer auf eine Nachricht von Enna hoffte, ließ ihn einen Blick auf das Handy werfen.

Zu seiner Überraschung war es Sophie. Sofort breitete sich ein ungutes Gefühl in seinem Inneren aus. Sie hatte heute Morgen noch einmal einen Termin im Krankenhaus zur Kontrolle gehabt. Leon hatte sie begleitet, doch er war längst zurück und hatte versichert, dass alles in Ordnung war. Wo war Sophie?

Bin mit Enna im Krankenhaus, sie ist verletzt.

Paul spürte, wie ihm das Blut aus dem Kopf wich. Augenblicklich wurde ihm heiß, gleichzeitig kroch eine unangenehme Kälte über seinen Rücken.

Was ist passiert?

Doch Sophie war nicht mehr online. Kurz wartete er, aber er erhielt keine Nachricht. Achtlos ließ er sein Brötchen in den Sand fallen, sprang auf und rannte zum Campingplatz. Noch im Laufen zerrte er am Neopren. Im Camper griff er nach der nächstbesten Hose, zog T-Shirt und Pulli an und saß nur wenig später im Auto.

Enna hatte darauf bestanden, dass Sophie bei ihr blieb. Die Anwesenheit der Frau tat ihr im Moment unendlich gut. Sie teilten nun etwas miteinander, das sie zu Verbündeten machte.

„Die Wunde hört nicht auf zu bluten", erklärte sie dem älteren Arzt, der sie mit gesetzter Miene ansah.

„Ist Ihre Tetanusimpfung auf dem aktuellen Stand?"

Enna reichte ihm ihren Impfpass.

„Sehr umsichtig", kommentierte der Arzt und nickte anerkennend.

„Ich bin Tierärztin, ich weiß, was ein unbehandelter Katzen-biss bedeutet."

„Dann wollen wir uns das mal ansehen."

„Was meinst du damit?", wollte Sophie flüsternd wissen.

„Katzen aber auch Hunde haben viele Keime und Bakte-rien an den Zähnen, die üble Entzündungen und Krankheiten hervorrufen können", erklärte Enna. „In der Blutbahn haben sie nichts verloren. Im schlimmsten Fall trägt man bleibende Schäden davon oder verliert sogar das Leben."

„Die Verletzung geht tief", meinte nun auch der Arzt.

„Das liegt daran, dass die Zähne von Katzen spitzer und feiner sind als die von Hunden", meinte Enna an Sophie ge-wandt. „Deswegen unterschätzt man oft, wie tief die Bisse gehen. Sie können sogar den Knochen erreichen, wenn es dumm läuft."

„Und Sehnen und Bänder verletzten", ergänzte der Arzt und sah auf. „Ich spüle die Wunde. Zur Sicherheit machen wir anschließend ein Röntgenbild, vielleicht noch einen Ultra-schall, um weitere Verletzungen auszuschließen. Um ein Anti-biotikum werden Sie aber nicht herumkommen."

Sophie blieb für die weiteren Untersuchungen an ihrer Seite. Glücklicherweise hatte Baghiras Biss keine tieferen Ver-letzungen hervorgerufen. Sowohl die Bänder als auch die Seh-nen waren unverletzt geblieben. Daher erhielt Enna nur einen Salbenverband und ein Rezept für die Medikamente.

Sie sah auf den Verband hinunter, als sie, gefolgt von Sophie, das Behandlungszimmer endlich verlassen durfte. Damit konn-te sie die Praxis getrost bis zum Ende der Woche schließen. Möglicherweise sogar noch länger. So konnte sie unmöglich arbeiten. Wie es schien, musste Thomas schneller als gedacht einspringen.

„Das ist saudoof", meinte sie.

„Lässt sich aber nicht ändern." Sophie lächelte sie verschmitzt an. „Vielleicht gibt dir das ja die Gelegenheit, dich anderen wichtigen Dingen zu widmen."

„Worauf genau spielst du an?" Auch Enna konnte nicht verhindern, dass sich ein Lächeln auf ihr Gesicht schlich.

„Du könntest dich auf dein persönliches Glück konzentrieren", schlug Sophie vor.

Versonnen nickte Enna. Längst hatte sie beschlossen, noch einmal das Gespräch mit Paul zu suchen. Das war sie ihm schuldig. Sie hatte definitiv überreagiert, selbst wenn er nicht diese Vorgeschichte mit sich herumgeschleppt hätte. Jetzt erschien alles natürlich noch einmal in einem anderen Licht. Sie war Sophie unendlich dankbar, dass sie ihr reinen Wein eingeschenkt hatte.

Neulich waren es die Angst und die Panik gewesen, die sie überstürzt hatten aufbrechen lassen, ohne Paul überhaupt eine Chance zu geben, sich zu erklären. Sie hatte ihn einfach sitzen lassen. Sicher hatte er gar nicht gewusst, wie ihm geschah.

Ihr Respekt vor Sophie war während ihres Gesprächs von Minute zu Minute gewachsen. Sie wollte gar nicht vergleichen, ob es schlimmer war, den geliebten Partner oder ein Kind zu verlieren. Grausam war beides und verdient hatte diesen Schmerz niemand. Aber Sophie hatte einen Umgang gefunden und es sogar geschafft, nach vorn zu sehen, ohne dass die Vergangenheit sie länger in ihren Klauen hielt. Vergessen würde sie sie dennoch nicht.

Jetzt wandte sie sich Sophie zu und sah sie feierlich an. „Ich habe beschlossen, dass du mein Vorbild bist."

„Ich weiß nicht, ob ich dazu tauge. Mich frisst die Angst selbst fast auf. Aber ich gebe nicht klein bei."

„Wenn ich für dich da sein kann, dann lass es mich bitte wissen. Ich werde deine Hand halten, bis dein Kind da ist. Und wenn ich darf, sogar noch länger."

Sie fielen sich in die Arme und drückten sich gegenseitig. Instinktiv spürte Enna, dass sie mit Sophie eine neue Freundin gefunden hatte.

„Auf jeden Fall werde ich versuchen, die Sache mit Paul zu bereinigen. Wenn er mich überhaupt noch möchte."

Eilig machte Sophie sich von ihr los und spähte über Ennas Schulter. Überraschung breitete sich auf ihrem Gesicht aus. „Ich glaube, du kannst dir durchaus Hoffnung machen. Warum sonst hätte er den Schritt über die Schwelle eines Krankenhauses wagen sollen?"

Es dauerte nur den Bruchteil einer Sekunde, bis bei Enna der Groschen fiel. Wie elektrisiert fuhr sie herum. Tatsächlich eilte Paul gerade den Flur entlang in Richtung der Notaufnahme. Auf den ersten Blick erkannte sie, dass er leichenblass war. Sein Haar war außerdem nass und hing ihm in wilden Locken ins Gesicht. Hose und Pullover klebten an seinem Körper, als hätte er beides achtlos übergestreift. Dunkle Flecken auf den Klamotten zeugten davon, dass er gerade aus dem Wasser gekommen war, bevor er sich angezogen hatte.

Das Schlimmste allerdings war sein Gesicht. Nicht nur die Blässe ließ ihn bemitleidenswert aussehen. Unter den Augen hatte er dunkle Schatten, außerdem ging er unsicher staksend, als würden ihm jeden Augenblick die Beine wegknicken.

Enna und Sophie erkannten gleichzeitig die Not, in der er sich befand, und eilten auf ihn zu.

„Paul, was machst du denn hier?" Entsetzt starrte Enna ihn an.

Deutlich war ihm anzusehen, wie sehr es ihn schlauchte, ein Krankenhaus betreten zu haben.

Enna erreichte ihn zuerst und griff nach seinem Arm. „Wieso bist du in der Klinik?"

„Scherzkeks", brachte er zwischen zusammengebissenen Zähnen hervor. „Sophie hat mir eine Nachricht geschrieben, dass du hier bist, hat mir aber nicht gesagt, was dir fehlt."

„Tut mir leid", meinte Sophie in dem Moment und sah reichlich schuldbewusst aus. „Wir wurden ins Behandlungszimmer gerufen, da musste ich das Handy wegstecken."

„Wie schlimm ist es?" Paul deutete auf Ennas verbundene Hand. „Was ist überhaupt passiert?"

„Wie es aussieht, geht es mir besser als dir. Ist alles okay?"

Paul wackelte unsicher mit dem Kopf. „Prickelnd ist es nicht. Aber ich wollte so schnell wie möglich zu dir."

Ennas Herz machte einen Satz. In ihrem Magen breitete sich Wärme aus, erreichte in Windeseile ihr Herz. Dieser Mann hatte seine Krankenhausphobie überwunden, um an ihre Seite zu eilen.

Fast sofort bildete sich in Ennas Hals ein dicker Kloß, ein verräterisches Brennen trat in ihre Augen, während sie Paul nur noch durch einen Tränenschleier sah. Sie war so voller Liebe für ihn, dass sie das kaum in Worte fassen konnte.

„Mir geht es gut", flüsterte sie, weil ihre Stimme ihr nicht mehr gehorchen wollte. „Lass uns rausgehen, bevor du umkippst."

„Das wird nicht passieren. Ich werde mich daran gewöhnen müssen." Sofort, als das heraus war, schlug er sich die Hand vor den Mund und sah Sophie verunsichert an.

„Sie weiß es", sagte Sophie leise.

Erleichterung breitete sich auf Pauls Miene aus. „Immerhin werde ich bald Patenonkel und ich möchte das Würmchen natürlich im Krankenhaus besuchen."

Nun schniefte auch Sophie neben Enna.

„Leute, ich halte das nicht aus", stöhnte Paul, ließ aber offen, ob er die Luft meinte oder Sophie und Enna, die zeitgleich nach Taschentüchern suchten. Seine verdächtig glänzenden

Augen ließen Enna aber ahnen, dass es Letzteres war. „Lasst uns einen Kaffee trinken gehen. Weit weg vom Krankenhaus, in Ordnung?"

Gemeinsam verließen sie das Gebäude. Enna und Sophie hatten Paul in ihre Mitte genommen und sich bei ihm untergehakt. Vor der Tür atmete Paul erst einmal tief durch.

„Seid mir nicht böse, aber ich verabschiede mich." Sophie schenkte ihnen ein feines Lächeln. „Ich glaube, den Rest bekommt ihr ohne mich hin."

Erneut schloss Enna sie in die Arme. „Danke", flüsterte sie an Sophies Ohr. „Für alles. Ich glaube, es war höchste Zeit, dass mir jemand den Kopf zurechtrückt. Du wirst immer mein Vorbild sein, egal, was andere dir einreden. Außerdem habe ich es ernst gemeint. Ich bin für dich da, wann immer du mich brauchst."

„Ihr macht das schon."

Sophie drückte sie noch einmal fest, dann zwinkerte sie Paul zu, bevor sie langsam davonging.

Einen Moment lang standen sich Enna und Paul unschlüssig gegenüber. Schließlich lächelte sie ihn zaghaft an.

„Geht es besser?"

Er nickte langsam. „Ich werde es überleben. Vielleicht können wir uns darauf einigen, dass du künftig ein Betäubungsmittel im Haus hast, falls ich genäht werden muss und ich nur für Blinddarmentzündungen und Babybesuche in die Klinik gehe. Deine Nähte sind sowieso die besten."

Erneut machte Ennas Herz einen kleinen Sprung. „Ich muss nach Rosi sehen. Wir haben sie allein lassen müssen", meinte sie verlegen und gab sich schließlich einen Ruck. „Außerdem würde ich gern noch einmal mit dir reden."

„Das trifft sich gut, ich auch mit dir. Ich weiß nicht, wie es dir geht, aber ich habe Hunger. In den letzten beiden Tagen habe ich nicht besonders viel gegessen. Mein Mittagessen, das nicht geschmeckt hat, habe ich vorhin in den Sand geworfen."

Enna hob beide Hände. „Kein Frühstück, kein Mittagessen."

„Dann wird es höchste Zeit. Lass uns Rosi holen, ich würde gern ein Picknick am Strand mit dir machen. Davor aber ist etwas anderes wichtig." Fast scheu sah Paul sie an, bevor er einen Schritt auf sie zumachte.

Einen Moment sah sie ihm in die Augen. Salziges Karamell. Sein Blick war so voller Wärme und Liebe, dass ihr beinahe die Knie nachgaben. Dann zog er sie in seine Arme und küsste sie liebevoll.

„Ich habe dich so vermisst", flüsterte er, als er den Kuss für einen Moment unterbrach. „Meine kleine Meerjungfrau."

„Ich dich auch. So sehr."

Erneut küsste er sie, bis das Grummeln in Ennas Magen ihn von ihr abrücken ließ. Zärtlich lächelte er ihr zu. „Na dann komm, du musst am Verhungern sein."

Paul fuhr sie zurück in die Praxis, wo Jessica an diesem Nachmittag die Stellung hielt und die vereinbarten Termine für die nächsten Tage absagte. Rosi gebärdete sich wie verrückt, als sie Enna und Paul sah.

„Sie hat mich auch vermisst", meinte Paul.

„Alle haben dich vermisst." Lächelnd sah Enna ihn an. Mit jedem Meter, den sie sich vom Krankenhaus entfernt hatten, war wieder mehr Farbe in sein Gesicht zurückgekehrt. Nun war er fast der Alte.

Wenig später saßen sie gemeinsam am Strand, vor sich hatten sie ihr Büfett aufgebaut. Enna hatte geschmunzelt, als Paul genau dieselben Sachen angeschleppt hatte, die sie neulich schon gegessen hatten.

„Soll ich dich wieder füttern?"

„Ich glaube, das ist diesmal nicht nötig."

„Da bin ich erleichtert. Ich habe nämlich wirklich Kohldampf. Aber wenn es mit einer Hand nicht geht, helfe ich dir natürlich."

Enna lachte.

Schweigend verzehrten sie die ersten Bissen, bis Enna zum Sprechen ansetzte. „Sophie war vorhin bei mir."

„Das habe ich mir schon fast gedacht, als ich euch zusammen gesehen habe." Paul grinste.

„Ich weiß, was du hinter deinen Scherzen versteckst." Ernst sah Enna ihn an. Ihr Herz klopfte zum Zerspringen, weil sie nicht wusste, wie er reagierte. Aber sie musste das jetzt loswerden. Um Paul zu zeigen, dass sie auch für ihn da war.

Augenblicklich verschwand der scherzhafte Ausdruck von seinem Gesicht. Ernst sah er sie an. Lag ein Hauch Angst in seinem Blick?

Enna nahm ihren ganzen Mut zusammen. „Du versteckt dahinter deine Verletzung. Sophie hat mir erzählt, was ihr durchgemacht habt."

Einen Moment sah Paul aus, als habe sie ihm ins Gesicht geschlagen, und Enna dachte schon, dass er ihr böse wäre. Dann schluckte er und holte tief Luft. „Ich schätze, das war nur gerecht."

„Es tut mir so leid, was ihr mitmachen musstet."

„Sophie hat mir auch erzählt, warum du mich neulich hast sitzen lassen. Nina weiß von alledem nichts. Ich gebe zu, dass Mia vielleicht ein Grund war, warum ich auf dem Wasser überreagiert habe. Aber nicht bewusst, das schwöre ich dir. Außerdem ist es vorbei. Ich habe mich so weit gefangen, dass ich weiß, was mir mein Leben wert ist." Zärtlich griff er nach ihrer Hand. „Durch dich noch mehr als zuvor. Enna, ich möchte, dass du weißt, wie wichtig du mir bist. Nach dem, was du durchgemacht hast, ist deine Angst nachvollziehbar. Wenn du willst, höre ich mit dem Surfen auf."

Erschrocken sah Enna ihn an. „Das möchte ich nicht. Das würde irgendwann zwischen uns stehen. Niemals sollte sich jemand in einer Beziehung verbiegen."

„Ich würde es tun. Weil ich dich liebe."

Ennas Herz sprudelte über. Sie fühlte die Wärme seiner Finger auf ihrer Haut, spürte das Kribbeln in ihrem Magen, das von einem ganzen Schmetterlingsschwarm herrührte, der in ihrem Bauch aufstob und zu einem ausgelassenen Tanz ansetzte. „Ich dich auch", gab sie flüsternd zurück. „Aber ich möchte trotzdem nicht, dass du es aufgibst. Zeig mir lieber, wie es geht. Dann kann ich vielleicht nachvollziehen, dass es gar nicht so gefährlich ist."

„Wenn du das wirklich möchtest, mache ich das gern. Aber ich fürchte, im Moment darfst du nicht ins Wasser." Paul deutete auf ihre Hand.

Verschmitzt lächelte Enna und drückte ihm einen Kuss auf die Lippen. „Das ist egal. Wir haben noch unser ganzes Leben vor uns und somit jede Menge Möglichkeiten, in den Urlaub zu fahren."

Kapitel 23

Die Bedingungen für den Windsurf World Cup waren perfekt. Der Wind pfiff ihnen ordentlich um die Nase, gleichzeitig hatte der Herbst aber ein Einsehen, die Sonne lachte vom Himmel.

Auf der Promenade in Westerland war viel los. Zuschauer drängten sich an Essensständen und vor den Getränkebuden. Ganz vorn zum Strand hin standen Bierbänke. Ole machte einmal mehr den Umsatz seines Lebens. Auch er hatte Bänke in der ihm zugewiesenen Zone aufgestellt und „Reserviert"-Schilder für seine Freunde angebracht. Enna hatte ihn gebeten, vorsorglich einen weiteren Tisch zu reservieren, denn Pauls Clique hatte sich ebenfalls dazugesellt.

Enna hatte die Vorstellungsrunde übernommen und alle hatten Paul in der Runde aufgenommen, so wie Enna zuvor in seiner Clique empfangen worden war.

„Du bist also der Spaßvogel, der meiner Freundin erklärt hat, dass sie in England rauskommt, wenn sie nicht aufpasst", hatte Paul Jasper begrüßt, der ihn verdutzt angesehen hatte. Nicht nur, dass Enna einen Freund präsentierte, nun sah er sich mit Vorwürfen konfrontiert.

„Was habe ich?"

„Erinnerst du dich nicht?" Enna sah ihn entrüstet an. „Ich bin jahrelang nur so weit ins Wasser gegangen, wie ich stehen konnte. So gesehen ist es ein Wunder, dass ich überhaupt schwimmen gelernt habe."

Verlegen kratzte sich Jasper daraufhin am Kopf. „Jetzt, wo du es sagst, kann ich mich dunkel an etwas erinnern."

„Sie ist aber gar nicht so untalentiert", meinte Paul gutmütig. Enna wusste, wie viel ihm daran lag, einen guten Eindruck zu machen.

„Das hast du dann davon." Enna streckte Jasper die Zunge heraus. „Ich bin besser als du."

„Das will ich nicht ausschließen. Ich stand schon ewig nicht mehr auf dem Brett. Und wie mir scheint, hast du definitiv einen guten Lehrer."

„Den besten, wenn du es genau wissen willst." Übermütig küsste sie Paul und fühlte die Schmetterlinge in ihrem Magen wieder aufsteigen. Überhaupt tobten sie in ihrem Inneren, als müssten sie alles nachholen, was sie in den letzten Jahren verpasst hatten.

Noch einmal war Enna am Strand an der Ostküste gewesen. Diesmal hatte sie Paul jedoch mitgenommen, um ihn Tobias vorzustellen.

Da Ennas Hand mit Antibiotikum versorgt war und die Wunde sich geschlossen hatte, war sie gestern wieder aufs Brett gestiegen und mit Paul hinausgesurft. Weiter, als sie zuvor gewesen war. Aber längst nicht so weit wie der Surfer, der neulich in Not geraten war. Dort hatte Paul sie mit Mia bekannt gemacht und Enna hatte zugesehen, wie die beiden stumm Zwiesprache hielten.

Anschließend hatten sie am Strand gesessen und aufs Meer hinausgeschaut, Rosi zu ihren Füßen. Über die Zukunft hatten sie nicht gesprochen. Dafür hatte Enna Spaß daran gefunden, den gemeinsamen Campingurlaub weiter zu planen.

„Du siehst glücklich aus", raunte Heike, die sich auch zu ihnen gesellt hatte, ihr ins Ohr. Ihre Mutter hatte sich bereit erklärt, den Laden für vier Stunden zu übernehmen, damit Heike ein wenig Zeit mit ihren Freunden verbringen konnte. Auch Joe hatte sich losgeeist und musste erst später in die Küche.

„Ich bin glücklich", gab Enna ebenso leise zurück und zwinkerte Sophie zu, die neben Heike saß. Die beiden Frauen hatten sich auf Anhieb verstanden und unterhielten sich angeregt.

„Dann gibst du zu, dass du es bisher nicht warst?"

„Ich gebe zu, dass du recht hattest. Auch wenn ich dich zwischenzeitlich für deine dämliche Idee verflucht habe. Mittlerweile muss ich eingestehen, dass es das Beste war, was mir in den letzten Jahren passiert ist. Danke." Sie schenkte Heike ein warmes Lächeln.

Zufrieden lehnte Heike sich zurück. „Das genügt mir."

„Ich bin dir auch dankbar", warf Paul ein. „Glücklicherweise ist dir das nicht früher oder später eingefallen. Wer weiß, wer ihr sonst vor die Füße gepurzelt wäre."

„Es geht los", rief Dominik in dem Moment.

Diego bellte aufgeregt. Natürlich fiel Rosi sofort mit ein.

Beruhigend strich Enna ihr über den Kopf. Seit gestern hatte sie alle Papiere von den Behörden zurück, die Pudeldame gehört nun offiziell ihr. Enna hatte einen Brief an Frau Walcher verfasst und mehrere Fotos von Rosi beigelegt. Eines zeigte sie beide zusammen auf dem Sofa, auf einem weiteren war auch Paul zu sehen. Eines zeigte sie allein am Strand, ein anderes

Rosi und Diego. Sie hoffte, dass es Frau Walcher ein wenig über ihren Schmerz hinwegtrösten würde, wenn sie wusste, dass es Rosi gut ging.

Nun richteten sich alle Blicke auf das Geschehen auf dem Wasser. Heute war ein Teil der Freestyle-Wettbewerbe, in denen es um spektakuläre Aktionen der Weltelite auf dem Wasser ging.

Sie sahen atemberaubende Sprünge und aufsehenerregende Drehungen in der Welle. Wie gebannt starrten sie nach draußen aufs Meer, die Darbietungen wurden von staunenden Ahs und Ohs begleitet.

Plötzlich fühlte Enna Pauls Hand auf ihrer. Zärtlich verflocht er seine Finger mit ihren. Gleich darauf spürte sie, wie sein Atem ihr Ohr kitzelte. „Glaubst du mir jetzt, dass das nichts war, was ich neulich gemacht habe?", flüsterte er leise. „Davor habe selbst ich Angst."

Enna wandte sich um und drückte seine Hand. „Das ist doch ganz einfach, wenn man es erst mal kann", gab sie mit einem verschmitzten Lächeln zurück.

Einen Moment sah Paul sie an, dann schüttelte er lächelnd den Kopf, bevor er sich vorbeugte. „Ich liebe dich", flüsterte er.

„Ich dich auch."

Als seine Lippen ihre trafen, vergaßen sie alles um sich herum.

ENDE

Danksagung

Liebe Leserin, lieber Leser, ich danke dir, dass du mich auf die erneute Reise nach Sylt begleitet hast, und ich hoffe, dass dir die Geschichte von Enna und Paul gefallen hat. Mir lag Ennas Schicksal sehr am Herzen. Umso mehr freue ich mich, dass nun nicht nur Paul, sondern auch die kleine Rosi an ihrer Seite sind. Ich finde, sie hat sich die beiden verdient.

Für mich ist Sylt mittlerweile fast ein zweites Zuhause geworden. Ich liebe das Setting und meine Figuren und auch für mich ist es immer spannend zu sehen, wie sie sich weiterentwickeln. Deswegen fiebere ich jetzt schon dem nächsten Buch entgegen, das bald erscheint. Um wen es darin geht? Nun, das war auch für mich eine faustdicke Überraschung, als sich die beiden mir förmlich aufgedrängt haben, weil sie endlich ihre Geschichte erzählen wollten …

Wie immer danke ich meinen wunderbaren Lektorinnen Ute und Sonja nicht nur für ihre großartigen Kommentare und

Anmerkungen, die die Geschichte immer das letzte Quäntchen besser machen, sondern auch dafür, dass sie immer ein offenes Ohr für mich haben und ich auch während des Schreibens jederzeit auf ihre Hilfe zählen kann. Vielen Dank für eure wunderbare Freundschaft!

Veronika Schlotmann-Thiessen von „Veros Wahre Worte" gilt mein Dank für die Fehlersuche und die humorvollen Anmerkungen am Rand. Sie zaubern mir jedes Mal ein Lächeln aufs Gesicht.

Herzlichen Dank an das gesamte Team vom Kampenwand Verlag! Raphaela kreiert nicht nur zauberhafte Cover für meine Bücher, es ist auch sonst eine Freude, mit euch zu arbeiten.

Meinem Bloggerinnen-Team gilt mein besonderer Dank. Ohne eure Hilfe würden niemals so viel Leserinnen und Leser von meinen Büchern erfahren.

Mein größter Dank gilt diesmal meiner Familie. Ohne euch wäre all das nicht möglich. Ich weiß, ihr seid diesmal mit mir durch die Hölle gegangen, weil ich bereits morgens zu nachtschlafender Zeit am Schreibtisch saß. Danke für die Unmengen Kaffee und Tee, die ihr gebracht habt, danke für euer Verständnis, dass die Gefriertruhe herhalten musste, und danke für jede Umarmung und jedes liebe Wort. Ihr seid die Besten!

Liebe Leserin, lieber Leser, dir danke ich für deine Treue, für deine Rückmeldung, für jede Mail und jede Bewertung. Ohne dich wäre es nicht möglich, dass ich meinen Traum leben darf.

Falls du möchtest, würde ich mich freuen, wenn du dir kurz Zeit nimmst und das Buch bewertest. So erleichterst du anderen Leserinnen und Lesern die Entscheidung, ebenfalls für eine kurze Auszeit nach Sylt zu reisen.

Wenn du mehr über mich und mein Leben erfahren möchtest, trage dich gern für meinen Newsletter auf www.juliarodeit.de/newsletter/ ein. Wie wäre es denn, wenn ich dir in einem meiner nächsten Newsletter das Rezept zu Dominiks Zwetschgendatschi verrate …?

Du findest mich außerdem auf Facebook und Instagram, wo ich ab und zu von meinem Huhn Helga erzähle. Ich freue mich auf dich!

Als nächstes erlebst du Sylt im Winter. Ich freue mich jetzt schon darauf, denn die Naturgewalt zu dieser Jahreszeit ist etwas ganz Besonderes.

Bis dahin herzliche Grüße
Julia K. Rodeit

Dir hat das Buch gefallen?

I ch freue mich sehr, dass du mein Buch bis zu dieser Stelle gelesen hast. Wenn es dir gefallen hat, wäre es toll, wenn du ihm bei dem Online-Shop eine Bewertung gibst, bei dem du bestellt hast. Oder du schreibst bei einem deiner Lieblings-Buchportale eine Rezension.

Es ist nicht nur sehr schön, Meinungen zu meinem Buch zu lesen. Außerdem hilft es mir auch dabei, weitere Geschichten zu schreiben und neue Leser für meine Bücher zu finden.

KAMPENWAND
VERLAG

Herzerwärmende Inselromantik vor der einmaligen Kulisse Amrums